# 愚行の賦

Yomota Inuhiko
四方田犬彦

講談社

愚行の賦　目次

装幀　間村俊一
装画　'Ya tienen asiento', *Los caprichos*, Francisco Goya

# 愚行の賦

# 愚行は人を苛立たせ、魅惑する

## 1

つい最近のことだが、わたしは新聞で驚くべき記事を読んだ。

生まれつき金髪の少年が中学校に入学したところ、そこでは校則によって、金色に髪を染めることが禁止されていた。少年は周囲から孤立し、地毛の金髪を黒く染めることを強要された。どうやら自分がいくら本物の金髪であったと主張しても、聞き入れてもらえなかったらしい。わたしは少年に同情するとともに、どこかで似たようなフィルムを観たことがあったと思った。ジョセフ・ロージーがまだ「赤狩り」で亡命する前にハリウッドで撮った、『緑色の髪の少年』という作品だ。もっともこのフィルムでは主人公の少年は髪を染めることを許されず、丸坊主にされてしまう。

わたしは外へ出た。舞台の招待を受けていた。ニューヨークと東京を忙し気に往復し、大判カメラで撮った写真をアメリカで売り込んで有名人となった日本人写真家が、これも人気絶頂の狂言師を起用して「三番叟《さんばそう》」を演出するのだという。わたしが席に就いたときには、もはや劇場はほとんど満員だった。上演に先立って写真家が現われ、日本は世界でもっともすばらしい、日本は神の国です、世界で一番の国ですと宣言した。

わたしは「三番叟」の舞台を観ながら、ぼんやりと考えていた。この写真家はどうして日本が神の国であるなどと口走ったのだろう。アメリカの白人中心社会で何も後ろ盾のない日本人として骨董商売をしている途上で、こうした表現を宣伝用に思いついたのだろうか。それとも外務省の外郭団体主催で実現した狂言演出の場に臨んで、日本文化をナショナリズムのもとに讃美しておいた方が得だと、卑小な政治的判断をしたのだろうか。いや、ひょっとして、彼は本気で、日本は神の国だと信じているのかもしれない。人を民族主義者に仕立て上げるのに最適な環境とは、屈辱に満ちた異邦の地である。この男はあまりに長くニューヨークに滞在していて、日本人としての自分が日に日に希薄になっていくことを憂慮するあまり、心のうちに祖国を理想化し、神話的に認識するようになったのかもしれない。この男はアメリカに住んでいたとき、幼い娘にも同じことを話していたのだろうか。さまざまな思念が脳裏を横切ったが、この愚鈍さをめぐって結論を出すことができなかった。「三番叟」を眺めている間に、もうどうでもいいような気になった。

わたしはふたたび新聞を手に取った。そこではある有名な病院院長がアウシュヴィッツは捏造であると発言し、それに対してアウシュヴィッツの博物館側が反論をしていた。日本の総理大臣がアメリカの大統領を、ノーベル平和賞候補として推薦していた。福島の原子力発電所事故の報道は、あいかわらずデータを捏造したまま流されていた。新しい年号が中国の漢籍からではなく、日本の古典文学から採られたという理由で、多くの人々が興奮し、書店で『万葉集』を争って買い求めていた。

わたしは外へ出た。私鉄電車の高齢者優先席は、残らず若者で占められていた。彼らのほとんどは耳にイヤホンを付け、スマートフォンの小さな画面にむかって、気ぜわしく指で記号を打ち込んでいた。わたしはＷＨＯがすでに久しい以前から警告していたことを思い出した。スマートフォンで長期間音楽を聴いていた場合、聴覚障害になる危険性がきわめて高いと、この国際機関はしきりと訴えていた。もちろん眼前の若者は聞く耳をもっていないのだろう。彼らの居並ぶ光景を見た瞬間、わたしは突然にニーチェの言葉を思い出した。彼は『ツァラトゥストラ』の序説で、人間たちにむかって書いている。**かつてあなたがたは猿であった。しかも、いまも人間は、どんな猿にくらべてもそれ以上に猿である。**

猿以上の猿！　それは猿以下の猿と呼んでも同じことだ。なんと的確な表現だろう。これは天啓ではないか。

わたしはニーチェの警句に胸の空く思いがした。もし猿が哄笑の種であり、苦痛に満ちた恥辱であるとすれば、人間とはそのうちにあってもっとも下級にして悲惨な猿なのだ。そして彼らはとうとう、いかなる猿も実現できなかった愚行の王国を築き上げることに成功したのだ！

この日、わたしは愚行について書こうと決心した。はたしてそのようなことが可能なのか、わたしにはわからない。だが書かなければいけない。書くことを後に延ばせば延ばすほど、愚かさをめぐるわたしの立場は弱くなるだろう。形勢が不利になるばかりではない。愚行がわたしを呑み尽くしてしまうことだってありうるのだ。躊躇ってはいけない。今こそ、人類の愚かしさについて論を立てる時が到来したのだ。

そう、もしわたしが書かなければ、精神の愚鈍さは枯れ草の積み上げられた秋の野に放たれた火のように燃え拡がり、より堅固で威圧的な姿となってわたしを圧迫することだろう。心は焦燥感に捕らわれた。わたしの手元には確固たる方法論もなければ、後ろ盾になってくれる便利なイデオロギーもない。それに対し敵は巨大な支配的イデオロギーのような形をとって、わたしに迫ってくる。わたしはひとまず書庫に避難し、頭を冷やした上で作戦を練らなければならないと判断した。まず故人が愚かしさについて記した書物を、一つひとつ渉猟することから始めなければならない。猿以上の猿に対しては、苛立ちを見せただけでこちらの負けだ。わたしが石をひとつ投げれば、連中は樹や崖の上から、その何十倍もの石をお返しに投げてくるだろう。

## 2

わたしはこれから愚行について書こうとしている。といっても、誰もがしているような話を繰り返そうとは思わない。ロシア革命やヴェトナム戦争は愚行であったか、あるいはなかったかといった話を蒸し返すつもりはない。第二次大戦末期の日本軍の特攻作戦についても、イスラエルがパレスチナとの境界に建設した分離壁についても、ことさらに語る気持ちはない。誰もがこうしたことを愚行と呼んで、眉を顰《ひそ》めてみせる。それはとりあえず愚行と呼んで、それ以上は立ち入らないというのが、われわれの社会の約束ごとだからだ。しかしその約束ごとに倣うことは、批評家であるわたしの義務でもなければ望むところでもない。


ではわたしはどのような愚行について語ればよいのか。猿の愚行ではない。猿は猿で自分たちの政治をもった巧みな戦略家だ。無意味で愚かなことなどしない。愚行に耽るのは猿以下の猿、すなわち人間だけだ。だが愚行について納得のいく形で書くことは、はたして可能なのだろうか。わたしは他人の愚行を論じるに足るだけの距離を、はたして獲得することができるのだろうか。

今、本書のために筆を執ろうとして、わたしはひどく寄る辺ない気持ちに襲われている。愚行とは概念なのだろうか。不安や後悔と同じように、はたして愚行についても、それを哲学の領域で概念として取り扱ってよいものなのだろうか。

いや、どうもそれは怪しそうだ。概念を形成しているかどうかは覚束ない。とはいえ、それを論じるにあたりもっとも適当な学問的領域が何なのかがわからない。哲学なのか、倫理学なのか。いや、ひょっとして政治学、あるいは文学と芸術の学なのかもしれない。わたしには今、いかなる準備もない。準備をして身構えたからといって、愚行に対して優位に立てるとは思えないからだ。ただひとつ明確なのは、世界には愚行がいたるところに横たわっており、それは過去・現在・未来において、いっこうに変化する見込みが立たないという事実である。

愚かしさは人を怒らせる。苛立たせる。こんな者たちが登場するに至ったとは、ひょっとして世界が終末を迎える、何か不吉な前兆なのではないかといった気持ちにさせたりもする。なるほど愚行がいかに残酷な結果を世界にもたらしたかを調べ上げ、それを非難することはできる。だがいかに非難を重ねたところで、愚行の犠牲者は戻ってこない。

ハンナ・アーレントが指摘したように、ナチスの絶滅収容所の責任者であったアイヒマンは、人間としてはけして粗野で愚かな人物ではなかった。彼はただ凡庸な悪を体現しているにすぎず、無思想な人物の典型であっただけなのだと彼女は論じている。だがエルサレムの法廷で、それが規則でしたから従っただけですと、みずからの行為を平然と語ってみせる元ナチス親衛隊の中佐を前に、人はどうすればよいのか。彼が深く関わった大量虐殺こそは、歴史上の愚行の最たるものだと非難の言葉を投げつけたところで、おそらくアイヒマンは顔にうすら笑いを浮かべるだけだろう。犠牲者たちが生き返ることもありえない。愚行はこうして凡庸さに裏打ちされ、みずからの業績を誇らしげに提示する。アイヒマンが絞首刑に処せられたとき、愚行は最終的な勝利を確認するのだ。

そう、愚行はかならず勝ちを収める。理由は簡単で、愚行はいかなる場合にも懐疑に陥らないからだ。みずからを鏡に映し出して問い質すということがなく、つねに確信に満ちてみずからを実現していく愚行。それが怖ろしいのは、いつしか地下に根茎を張り廻らせ、われわれが気がついたときには、見わたすかぎり大地の涯までを支配下に置いて君臨してしまうことである。

わたしは考える。世界の医学者がペストに、マラリアに、またエイズに対し撲滅を宣言したように、またアメリカ軍がＩＳに対し徹底壊滅を宣言したように、人は愚行にむかって撲滅を宣言することなどできるのだろうか。人類の歴史を振り返ってみると、過去に愚行に対して果敢なる戦いを挑んだ者たちがいなかったわけではないと、世界の文学は教えてくれる。ラ・マンチャの騎士ドン・キホーテから、トリノの街角で虐待された馬のために涙を流したニーチェまでの、長い長い勇者たちの系譜。だが彼らの一人として、その戦いに勝利したことがなかった。皮肉なことに彼らの多くはその確信を狂気だと見なされ、改めて愚行をなす者として、社会から排除されることになった。地上から愚行を一掃することが可能だと認識した瞬間に、彼らは絶望的なまでに愚行に陥ってしまった。なぜなら愚行に戦いを挑むことが、すでにして愚行の典型であるからだ。

こうした事情を知る者たちは、だから用心深く振舞い、愚行について語ろうとしない。哲学は賢明さと叡智について語ることはあっても、愚行という現象の前では例外なく口籠ってしまう。愚行についてはつとめて言及をしないことが愚行に陥らずにすむ唯一の方法であると信じていて、ただ聡明であることだけを求めようとする。誰もが恐れているのは、自分が認識において、また行動において、他者から愚かであると見なされることだ。愚行に陥ることを怖れているかぎり、人はまだ自分が愚行に陥っていないと信じることができる。賢明さを基礎づけているのは、ひとえに愚行への恐怖であるというわけだ。

とはいうものの、誰も自分がはたして愚かであるのか、それともそうでないのかを、自分で確かめる術をもちあわせていない。認識できるのはただ他者の愚行だけだ。およそ自分の愚かさに関するかぎり、人はただ他者の眼差しを媒介として、それを知る可能性を与えられているにすぎない。とはいえ自分が愚かではないと保証してくれる、慈悲に満ちた他者など、実のところ、どこにも存在していない。ただ恐怖だけが現前している。ひょっとして自分が際限のない愚行の歯車の運動に組み込まれ、そこから脱出できる手立てを見失っているのではないかという恐怖が、われわれを捉えて離さない。

愚行は粗野の現われであり無能の証明であるとは、一般に信じられているところである。だが、われわれはこの社会通念そのものをまず疑ってかからなければならない。なるほど他者への配慮を欠いた、感性のない行動が愚かに見えることは事実であるし、混乱した状況の前でなすすべもなく佇んでいる者に対し、愚か者という罵倒が投げつけられることは珍しくはない。とはいうものの、きわめて洗練された身振りのもとに堂々と演じられる愚行とは、ブルジョワジーを素材とした近現代の小説が得意とする主題であったし、有能であることがただちに聡明さを意味するような社会にわれわれが住んでいないことも確かである。時代と状況、社会体制を支配するイデオロギーによって、こうした図式は容易に変化するものである。理知に満ち有能であることが愚かさと矛盾することなく同居し、むしろ相互に支え合っているという状況は、国際政治の舞台のみならず、日常生活においてもいたるところに存在している。

では愚行は知識の欠落に由来するものだろうか。実をいうならば、愚行と知識の関係はそれほど単純なものではない。知識欲があらゆる愚行の源泉となったことは、『創世記』においてエデンの園に生えている知恵の樹の実を口にしようとしたイヴの挿話を想起するならば瞭然としている。ソクラテスは愚行に陥らないために、あらゆる対話に先立って、自分は無知の者であると表明することを旨としていた。知識と知識欲が人をして愚行へと導いた例は、ソフォクレスからヴォルテールの『カンディード』まで、悲劇と小説にいくらでも捜し出すことができる。エディプスはアポロンの神託を伝え聞くことがなければ、父親を殺害し母親と交わることがなかったであろうし、カンディードは師パングロスから「宇宙論的暗愚学《ニゴロジー》」なる学問を授かることがなかったとしたら、かくも愚かしい冒険に身を委ねることはなかっただろう。もしあることを知っていたとすれば過ちは避けられたのにという慷慨は、こんなことを知ってしまったから過ちに巻き込まれてしまったのだという後悔と同じく、何の意味も持っていない。愚行がもし知に関係しているとすれば、問題となるのは知識の有無や限界ではなく、知るという行為への関係のあり方でなければならない。

愚かしさが深く結託しているものがあるとすれば、それは無知と虚栄心である。ひとたび民族の、国家の、宗教の共同体意識に囚われ、その威信と伝統を狂信するに到ったとき、人はたやすく愚行の支配下に置かれてしまう。シオランが生涯を通して説いた唯一の真理とは、そのようなことであった。若き日にベルリンでヒトラーに熱狂するあまり、ルーマニアでも暴力的な政治改革を起こす必要があると説いたことへの後悔が、戦後にパリでフランス語著述家としての彼の出発点となった。卑小なものが人を愚かさへと走らせるように、崇高なものもまた彼をして、絶望的なまでの愚行へと導いてゆく。それでは無知が解消されれば、人は愚行から解放されることになるのだろうか。啓蒙主義者たちは、かつてそれを信じた。知識と知性は人間を自由にする。旧来の迷妄から解き放ち、より広大な、光に満ちた場所へと人を導いてゆく。だが、はたしてその通りだっただろうか。人間の本性に宿っているはずの知性は、これまで人間に対し、いかなる場合にも愚行を回避する道筋を差し出してきただろうか。

この問いに正面切って、簡単な言葉で回答をすることは難しい。なぜならば、愚行はたやすく知性を誘惑し、知性を味方につけて、より堅固にして頑強なる論理を手に入れることがあるからだ。知性の仮面を被り、知性の名のもとに平然とみずからを肯定すること。それこそが愚行のもっとも狡猾な戦略に他ならない。愚かさと聡明さとは、多くの者が漠然と信じているように純粋な対立の構図を形成しているわけではない。彼らは往々にして仲のよい姉妹であるのだ。

知性はいかに愚行と共謀するか。この問題を真剣に考えていたのは、両大戦下のウィーンに生きたロベルト・ムージルである。彼は『特性のない男』のなかで書いている。

「もし愚かさが、内側から見て、かいかぶられる才能に似ているのでなければ、もし愚かさの外観が進歩、天才、希望、改良に似ているのでなければ、誰も愚かでありたいとは思わないだろうし、そもそも愚かさは存在しないだろう。すくなくとも、愚かさと戦うことはきわめて容易であるに違いない。しかし残念なことに、愚かさには、なみはずれてひとを惹きつけるところ、ごく自然なところがある。」

「愚かさが応用するすべを知らないような重要な思想は、絶対に一つもない。愚かさはあらゆる方面にわたって柔軟であり、真理のあらゆる衣裳をまとうことができる。それに反して、真理はつねに一枚の衣裳、一つの道しかもたず、いつでも損をする。」

ムージルは思考力に欠け、感覚的に容易に体験可能なものに依存する凡庸な愚かしさを苦々しく思いながらも、その一方できわめてハイブロウな知性に支えられた、気難しくも自己顕示的な愚かしさに対し、警戒の目を向けている。いかなる思想も愚かしさのために呼び出され、その表面を飾ることができる。この知性化された愚かしさが均衡を欠いた、畸形的な心象であることには変わりはない。とはいうものの愚かしさはかくも多彩であり、高級感あふれる魅惑に満ちているため、それに抵抗して戦うことは容易ではない。人は進んで愚かになろうと求めているからだ。現代日本の知的流行を眺めてみたとき、このムージルの指摘ほどに当を得ているものはないように、わたしには思われる。

## 3

ところで虚心に考えてみようではないか。人はいつ、どのような状況にあって、ある事態や人物を愚かだと見なし、それを視界から排除しようとしてきたのだろうか。端的にいって自分を危うくさせるもの、自分にとって利益にならず、都合の悪いものに出会ったとき、そこに愚かしさの烙印を押し、それを自分から遠ざけようとしてきたのではないか。愚かしさとは下品さ、粗暴さの同義語だと見なされ、粗野なもの、卑屈で目に不愉快なものこそが、この語のもとに否定され、追放されてきた。あるものを、ある人物を愚かだと判断し、その判断を頑強に踏襲することは、ときにいかに優雅で聡明な身振りのように見えても、実のところ拒否の態度を取ることに他ならない。それは知的認識を恣意的に中断することに通じており、精神の運動にとっては敗北を受け容れることでもある。

とはいうものの、愚かさと賢さは実のところ相互依存的であって、聡明さがそれ自体として自立して存在することはできない。賢さは愚かさを絶望的なまでに必要としており、両者は地下の見えないところで密接に絡み合っている。それを厳密に弁別し、愚かさの排除をもって知性の勝利だと信じ込むこと自体が愚かさへの敗北宣言であることを、われわれはまず心しておかなければならない。誰もが賢明に振舞うことができず、それを充分に認識していながらも、愚かに振舞うことしかできない状況。そういったものが確実に存在している。誰もが等しく愚かであり、愚行に身を委ねることが不可能にして不可避であるという事態を想像するためには、恋愛と賭博を心に思い描くだけで充分ではないだろうか。『若きウェルテルの悩み』と『賭博者』が示唆しているのは、そうした場合、人はできるかぎり聡明に行動しようと決意はするものの、それゆえにしばしば、もっとも愚かな道を歩んでしまうという事実である。

それでは愚行は人を束縛し、彼をしてただちに不幸な方向へと導いていくだけのものだろうか。愚行の属性である頑迷さは、人を狭い認識の内側に閉じ込め、ひたすら彼を破滅へと向かわせるにすぎないのだろうか。愚かさと賢明さの間に厳密な境界線を引くことが困難であり、その境界線が虚構のものにすぎないことが露呈する瞬間が存在するように、愚行と解放、愚行と救済の間に横たわっている問題も、実のところそれほど単純ではない。というのも人はしばしば愚かであることを演じることで、苛酷な環境のなかで生き延びる道を見出すものである。独裁者を前に知識人があえて痴愚の道化を演じ延命に与るという事態は、皇帝ネロの治めるローマ帝国からスターリン独裁下のソ連まで、いつの時代にも存在していた。ペトロニウスからブルガーコフまで、聡明なる者、明晰な判断を率先してなしうる者が、それゆえにただちに危機に陥ってしまうという脅威の状況は、世界に絶えたためしがなかった。

愚行による救済について、カフカの短編小説はきわめて示唆的である。『断食芸人』の主人公はただ何日も何十日も食物を口にしないというだけでサーカスの観客たちの関心を惹くが、やがてその存在は忘れ去られてしまう。彼はそれでも頑固に断食を続け、やがて痩せ細って息絶えることになる。もはや芸当として衆人の関心を集めなくなったにもかかわらず、断食を止めようとしない彼の姿勢は、いうまでもなく典型的な愚行である。とはいうものの、その愚行のさなかにあって彼はまったき自由を満喫し、サーカスの他の誰よりも、また観客の誰よりも解放された場所に到達している。どうして死に到るまで断食を続けたのかと尋ねられ、彼はただ一言、食べたいものがなかっただけなのだと答えるのだ。

ネメーシュ・ラースローのフィルム『サウルの息子』では、ナチスのビルケナウ絶滅収容所にあって、このカフカの主人公以上の自由に到達した人物が描かれている。主人公のサウルはゾンダーコマンド、すなわち収容所に移送されてきたユダヤ人のなかから選別され、絶滅作業に携わることの代償にしばしの間、生命を保証された囚人である。彼はあるとき、ガス室に送られたものの奇跡的に死を免れた少年を発見し、それが自分の息子であると直感する。少年は発見されるや、ただちに別室に運ばれ、改めて殺害されるが、サウルはその遺体をこっそりと運び出す。彼は囚人のなかに何とかユダヤ教のラビを捜し出し、祈禱《カディッシュ》の文句を唱えてもらおうと努める。少年がサウルの息子である証拠はなく、ただ彼が確信しているだけにすぎない。だがその確信は頑強であり、もし発覚すればゾンダーコマンドとしての彼の生命が抹殺されることは確実である。だがサウルは危険を冒して葬礼の儀式を執り行なおうと決意し、囚人仲間とともに収容所を脱走するときにも、ズダ袋に入れた少年の遺体を手放そうとしない。時間が緊迫した絶望的な立場にあって、これは明らかに愚行である。だが彼はあえてこの愚行を貫徹することで、精神の解放に到達する。

サウルはなぜ愚行を通して救済されるのか。それを理解するためには、まず彼が二重の意味で罰せられた（られるであろう）存在であることを認識しておかねばならない。彼はユダヤ人としてビルケナウに送られ、すでにその時点で死を宣告された人間である。同時に彼はこの懲罰から逃れようとしてナチスに協力し、同胞たちの虐殺に加担している。これはいかなる希望からも見放された状況である。しかしサウルはユダヤ教徒として伝統的な葬礼に拘泥することで、無数の匿名の死体を処理するという任務に対し抵抗を始める。自分はすでに死の空間に属しているという自覚が彼に勇気を与える。死に赴こうとする者は、たとえ遺体が息子であると証拠立てるものがなくとも、またいかに大きな犠牲を払わなくてはならないと知っていても、頑強に愚行に拘泥する資格を携えているのだ。それは死にいく者の威厳に他ならない。監督ネメーシュは主人公の愚行を通して、ホロコーストという、ひとたび覗きこんだら二度とその暗黒から逃れる術がないとされている無底の虚無から抜け出る手立てを探究している。これまで映画にあって禁忌であるとされてきた絶滅収容所をめぐって、表象不可能性という問題を克服しようと試みている。サウルに希望を与え、死の恐怖を克服することを可能にするのは、まさに奇跡のように実践された愚行なのだ。

## 4

ところであまり論が先走りして進まないうちに、このあたりで愚行について、簡単な語源的註釈を施しておいた方がいいかもしれない。さまざまな言語が愚かしさをどのように呼んでいるか、ひとわたり眺めてみることにしよう。

東アジアの漢字文明圏では、愚行や愚かしさを表現するときに、一般的に「愚」の一字を用いる。「蚩」や「癡（痴）」といった字を用いる場合もあるが、ここでは「愚」のことだけを論じておきたい。現代の中国語では四声は右上がりで「ユ」と読む。韓国では「ウ」、日本では「グ」である。

「愚」は会意形声文字で、「禺」と「心」からなっている。禺とはおろかな物まね猿のことであり、その姿は目が赤く、長い尾、大きな頭をもっているという。漢字では上半分が猿の大きな頭、下半分が足と尾を象っている。愚かであるとは、人間にそっくりであり、人間の真似をする動物のことである。

「愚」の一字から「偶」や「隅」が生じる。「偶」は人の真似をする大猿のわきに人を添えたもので、本物と並んで対をなすことから人形を意味している。「土偶」「木偶」といえば、それぞれ土や木を素材とした人形のことである。だが生身の人間が自分を真似る猿や自分を象った人形と同じ場所に並ぶというのは、いささか奇異なことのように思える。「偶」という語から予期しない出会い、偶然の計らいという意味が生じてくるのは当然であったような気がする。「禺」から「愚」へ、そして「偶」へ、このように漢字の発展を辿ってみると、その背後に祝祭をよしとする演劇的世界観が横たわっていることが想像できる。愚かであるとは人の動作を滑稽に真似ることであり、逸脱と即興に身を委ねることに通じている。それは猿、つまり人間でない者が人間を前にして行なうコミュニケーションでもある。

では次に、西欧世界に目を投じてみよう。

英語でいうstupidity、フランス語のstupidité、イタリア語のstupiditàといった言葉は、いずれもがラテン語のstupiditas、つまり愚鈍、無感覚という言葉から派生したものである。stupeoといえば、驚いてしまって咄嗟には動けない状態、狼狽と硬直という意味だ。ロラン・バルトの『恋愛のディスクール・断章』のなかに、「愚かしさとは、つまり、不意打ちを喰うということである。」La bêtise, c'est d'être surpris. という有名な警句がある。一読しただけではなかなか意味がとれず、それこそ人を狼狽させてしまう語句であるが、その後に「恋する者はたえず不意打ちを喰っている。」と続く。「いかにも愚かしいことだ、でもそれは真実なのだ。」この一節は、stupeo というラテン語を中間項として介在させればみごとに納得できる言葉である。

ラテン語に出自をもたない北方の者たちは、愚かさを何と呼んでいるのだろうか。ドイツ語では愚鈍とは Dummheit、その形容詞は dumm である。興味深いことは、それが聾唖という意味を併せ持っていることだ。日常生活にあって健常者と普通の言語コミュニケーションができないという点で、愚者と唖者は等しい存在であると長らく見なされてきた。唖者が両手を用いて懸命に行なう自己表現は、その奇異でたどたどしい仕種から、その知能が充分に発達していないという印象を与え、彼をして社会の周縁へと追いやってきた。

ドイツ語と歴史的に深い関係にある英語でも事情は同様で、dumb といえば聾唖と愚者、無知といった意味となる。dumb を崩して dummy とすると、唖と馬鹿というばかりか、偽物、まがい物、さらに軍隊用語での空砲、医学用語での偽薬、ショウウィンドウのマネキンと意味がさまざまに拡散し、カード遊びやらラグビーまで幅広い領域で用いられる言葉となる。不思議なことは、東アジアにおいて「愚」から「偶」に移動したとき、人形という意味が生じたように、dumb から dummy が派生してきたときにも、本体にそっくりの見せかけの人形という意味が発生してきたことだ。洋の東西を問わず、人間の想像力には目に見えない原型が働いているのかもしれない。dumm、dumb という音は単に音声である以上に、発声の遮断である。もはやそれ以上は語ることもないという判断に基づいて、厳重に口を封印してしまう身振りである。ひとたび愚者だと認定されてしまうと、人はもうそれだけで軽やかなお喋りの世界から排除されてしまうのだ。

ここで思い出されるのは、マルクス兄弟の一人、ハーポ・マルクスのことである。ニューヨークにおけるユダヤ系アルザス移民の二代目であった喜劇役者として、ハーポは実生活においてはまったくの健常者であったが、舞台とスクリーンではつねに唖者を演じてみせた。彼は一見愚鈍そうに見えて実は狡猾な破壊衝動の権化であり、厳粛な状況を瞬時のうちに無政府主義的な混乱の場へと変えてしまう、狂気じみた道化。その行動は通常人からすれば徹底して無目的な愚行の連続であった。唖者にして愚者であるという不条理を、彼は身をもって演じていたのであった。

ドイツ語に Dummheit があるように、フランス語には sottise、bêtise という二つの言葉があって、それは stupidité よりもより頻繁に、より日常的に用いられている。たとえば人間の悪行と悔恨の賦であるボードレール『悪の華』の序詩を引いてみよう。

愚かさ、誤り、罪、吝嗇《りんしょく》は、
われらの精神を領し、肉体を苦しめ、
われら、身に巣食う愛《いと》しい悔恨どもを養うさまは、乞食たちが蚤《のみ》や虱《しらみ》をはぐくむにも似る。

すでに第一行目初めから、「愚かさ」la sottise という単語が顔を覗かせている。この語は、フランス人がより日常的に口にする la bêtise とは少し雰囲気を異にしている。前者はラテン語の sopor（眠り）より派生した言葉であり、眠たげで呆然とした精神状態という意味が転じて、愚かにして動作が鈍い人物やその行動を示すようになった。後者は語源的にまったく異なり、ラテン語でいうと bestia、つまり獣、動物を出自としている。これがフランス語では bête となり、そこから bêtise という言葉が生じた。この語の成立の過程を眺めていると、いかにも道徳と文明をもった人間にとって、野蛮で粗野な状態にある者、つまり愚かなる者とは、獣同然の存在であるというフランス人の人間観が、そこに典型的に示されているような気がする。

それでは日常生活において「ソ」（女性形は「ソット」）と「ベット」はどう使い分けるのだろう。あるときわたしは気になって、何人ものフランス人にそっと訊ねてみたことがあった。しかし捗々《はかばか》しい回答は得られなかった。「ソ」の方が、〈かわいい〉感じ、「ベット」はちょっと調子がキツくて、本当に馬鹿って感じ……などと、わざわざ日本語まで混ぜて説明されたこともあったが、今ひとつ要領を得ない。日本語における「馬鹿」と「阿呆」のように、地域による含意の違いが明確に浮かび上がってくるわけでもない。『フィネガンズ・ウェイク』全巻を日本語に翻訳するという、敬すべき「愚行」に生涯の情熱を捧げた故柳瀬尚紀さんであったなら、「ソ」はそそっかしい馬鹿で、「ベット」はベタに馬鹿だと、即座に説明してくれるかもしれないが、困り果てていたところ、ユゴーが『レ・ミゼラブル』の中ごろで、みごとに使い分けをしていることを発見した。第3部第4篇第4章で、グランテールなる酔っ払いが居酒屋の奥で管を巻いているときの科白である。

「おれは飲みたい。人生を忘れたい。人生なんて、だれだか分からん奴が考えだしたものだ。長持ちしないし、なんの値打ちもない。生きようとすれば、首の骨を折る。人生なんて、舞台装置みたいなもので、実体はほとんどない。幸福なんて、片面だけ色を塗った古い框だよ。『伝道の書』曰く、いっさいは空の空、とな。おれはたぶん存在しなかったそのおじさんと同意見だね。ゼロは素っ裸で歩きたくなかったから、虚栄を身にまとった。ああ、虚栄よ！　大げさな言葉でなんでも取り繕ってしまう虚栄よ！　台所は調理室、ダンサーは師匠、軽業師は体操教師、ボクサーは拳闘家、薬屋は化学者、床屋は芸術家、左官は建築家、ワラジ虫は翼足類と呼ぶ。虚栄には裏と表がある。**表は愚かで、ガラス玉を身につけて喜んでいる黒人みたいだ。裏は間抜けで、ぼろを着て気取っている哲人みたいだ。**おれは前者を可哀想に思うが、後者はとんだお笑い種だ。」

引用でゴチックにしたところの前後の原文は以下の通りである。

La vanité a un envers et un endroit; l'endroit est bête, c'est le nègre avec ses verroteries; l'envers est sot, c'est le philosophe avec ses guenilles. Je pleure sur l'un et je ris de l'autre.

虚栄の表地に「愚か」とあるのは、原文では bête であり、その裏地の「間抜け」は sot である。いうまでもないことだが、この酔っ払いの饒舌の背後には、アンデルセンの有名な童話「裸の王様」が見え隠れしている。bête は派手派手しく、アフリカの黒人が装飾品としてガラス玉を身にはつけているものの、その実、ほとんど全裸であることの愚かさに対応している。sot は逆に直接には視線から隠されているが、肝腎のところに気がついていない、オッチョコチョイの愚かさを示している。bête には西洋文明を知らない黒人がより地上的である、つまりより動物に近い存在であるという含意が隠されている。sot には逆に、ギリシャの賢人ディオゲネス以来の、思索には秀でていても社会の常識を知らず、貧しさの極みにいる哲学者というイメージが付着している。
ともあれここで重要なのは sot よりも bête の方である。「愚」という漢字が猿に由来することを先に述べたが、ことと西洋においても bête が獣、動物に起源をもっていることは、きわめて興味深いことである。愚かさを動物との親近性を基準に測定するかぎりにおいて、いずれも同根であるからだ。だがもう少し丁寧に比較をしてみよう。実は両者は対照的であるのかもしれない。「愚」とはそもそもが人間を真似る猿であった。だが bêtise はその逆で、人間が獣じみた行為をするときに、まるで獣みたいという意味あいで用いられてきたのだから。愚かであるとは、西欧社会にあっては、理性をもった人間が動物へと転落してしまうことなのだ。

## 5

人間は愚かではない。彼らが愚かであるとしたら、それは動物を真似ているからだ。la bêtise というフランス語には、ドイツ語の Dummheit やロマンス語圏の stupidity などの単語にはない、固有にして頑強な人間中心主義が反映されている。西洋社会が長らく携えてきたドクサ(思い込み)であるといってもよい。だがこのドクサの映像に対し、徹底した反論を寄せたのが哲学者のジル・ドゥルーズであった。掻い摘んで説明しておくことにしよう。

およそ愚行にかんするかぎりドゥルーズの主張は、主に次の3点に纏めることができる。

1 愚行は獣、動物とは関係ない。
2 愚行は誤謬などではない。誤謬よりもはるかに本質的で深いものである。
3 哲学は愚行を突き詰めて考えてこなかった。愚行を知るには文学に向かうのが一番。

『差異と反復』のなかでドゥルーズは書いている。

「愚行は動物性ということではない。動物はそれなりに独自の型によって守られていて、『愚』に陥ることを免れている。昔はよく人間の顔と動物の首との間に、つまり人間の個体差と動物の種の違いの間に、形態的な照合が横たわっているものだと決めつけたものだった。しかしそれでは、人間にしかありえない獣性《ベスティアリテ》として、愚行を説明したことにはならない。あの諷刺詩人はありとあらゆる罵倒をせんものと万事において渉猟を行なっていて、動物の形態には留まってなどいない。肉食獣から草食獣へと、さらにディープに後戻りしてゆく。最後にはとうとう掃き溜めの中、どこにでもある消化のいい豆スープ（フォン）の中に姿を現わしたりする。肉食獣が外から攻撃をしかけたり、ガツガツ肉を貪ったりするよりも、ずっとディープなのだ。消化のための内部過程というものがあり、それは蠕動運動する愚行である。」

60年代のドゥルーズの文章は日本語にするとひどく骨ばっているように見え、冗長さと飛躍が交互に現れるので、なかなかスラスラと読めない。老婆心ながら註釈を添えておくと、19世紀にはJ・J・グランヴィルのような挿絵画家がよく人間の顔が変化して動物になるといった諷刺画を描き、人間の本性に潜む獣性を嘲笑することがあった。ドゥルーズはこうした通俗的な観相術を批判しているのである。

「あの諷刺詩人」とはラ・フォンテーヌのことである。彼はイソップなどを素材として、狐や鴉から蛙や昆虫までを主人公として寓話詩を発表し、人間の愚行をときに軽妙に、ときに悲痛に描くことを得意としていた。グランヴィルがいけないのなら、ラ・フォンテーヌだって同じ穴の狢《むじな》ではないかと、普通のフランス人なら疑問に思うだろう。しかしドゥルーズはこの国民的詩人に対しては敬意を払い、非難しようとしない。彼は人間の愚行を表象する場合、単にガツガツと貪り食う動物に喩えただけではないと弁護している。ラ・フォンテーヌが『寓話』においで説いたのは、獣よりもはるかに原始的な次元で、内臓が蠕動し食物を消化してゆくという過程だったのだと書いている。

ちなみに訳文で「フォン」つまりスープストックだと、一応はお料理用語に直しておいたfondとは、ものごとの根底という意味であり、「地」とか「地面」「根拠」だと理解しておいた方がいいだろう。ドゥルーズは「掃き溜め」などと過激な表現を用いているが、要するに事物のもっとも下層にあってそれを根拠づけているものというほどの意味であって、これは老子のいう「道《タオ》」に案外近い考えかもしれない。その多義的な陰影を示す適当な訳語が見つからないので、以下ではとりあえず「根《こん》」と記すことにする。

ドゥルーズによれば、動物は「根」によってキチンと守られているおかげで、愚行を行なうことがない。愚行に陥るのは人間だけである。なぜならばその自我、つまり「わたし」というものが根によって保護されておらず、無防備の、吹き曝しの場所に置かれているからだ。ちなみにこの考えは、人間だけが本能の崩壊した動物であるという岸田秀の立場に近いところがある。


人間が自分について語ろうとするとき、そこではつねに人類、つまり種としての人間存在が前提となっている。デカルトは「我思う、ゆえに……」と口にしたが、この場合、「我」は表象行為の普遍原理を担っていた。「わたし」(「我」)を通して種としての人間が確認されているのであり、種と種の表立った展開を通して「わたし」が表象されることになる。

だがドゥルーズはこの種別化に先立って、人間には個体化という運動が存在しているはずだと説いている。個体化があってこその種別化なのであり、個体化は「わたし」などという意識よりもはるかに深いところで、感性の次元において思考と結びついている。個体化を成しているものは「流動的な強度」であり、それは先ほどの根と切り離すことができない。個体は根から立ち上がってくるものだが、根はけして目立つことなく、不定形なまま、一番低い場所からじっと個体を見つめている。

愚行が生じるのは、この根と個体との間で齟齬が起きたときである。個体化が根に形も与えないまま出現を許したとき、根は「わたし」を突き抜けて浮かび上がってしまう。根は思考の深いところにまで浸透し、ときには残酷かつ攻撃的で悪しきものへと変化する。根の歪んだ鏡の前で、すべてが暴力に転化する。こうした愚行の勃発によって個体がもはや自分を支えきれなくなったとき、狂気が出現する。

個体は根と思考とを和解させなければならない。思考をしているものが「わたし」であり、そこにはもっぱら自発性が働いているなどと信じていたら大間違いで、人は強いられてしか思考などしない。思考は自分では思考することなどできないのだ。根とは「つねに思考されないもの、かつ思考しえないもの」であるのだが、こうした事情から「思考されるべきもの」「思考されることしか可能でない」ものと化す。当然のことながら、思考と根の間で齟齬が生じ、思考は亀裂を余儀なくされる。愚行が生じるのは、こうした齟齬と亀裂が原因なのだ。

このあたりの事情を説明するのに、ドゥルーズはフローベールの遺作『ブヴァールとペキュシェ』を援用して、「愚行を見るという、そしてもはや愚行に耐えられないという能力」という表現を見つけ出している。まだ思考こそされていないにもかかわらず、思考されることしか可能ではないもの。愚行とは端的にいって、そのようなもののことだ。人が愚行について思考しなければいけないのは、根が自分を保護してくれるわけでもないのに自分の根源にあってそれを切り離すことができないという、抜き差しならない関係ゆえに他ならない。思考とはつまるところ、愚行を思考することなのであって、愚行はいうなれば「思考の生殖性」に他ならない。

ドゥルーズのモノのいい方には寅さんが縁日で万年筆や手鏡を売っているようなところがあって、読んでいるうちにしだいに怪しげにノセられてくるのだが、こうした文脈に即して考えてみると、愚行とは本来的に思考の本質に深く関わるものであり、とても認識の誤謬といった表面的な現象に帰着できないものであるということが、少しずつわかってくる。そう、愚行とは思考の誤謬にすぎないという考えこそ、プラトン以来、西洋哲学が陥ってきた教義《ドグマ》であると、『差異と反復』の著者は論を続ける。

プラトンは『テアイテトス』のなかで誤謬を論じ、それが思考にとっていかに厄難であるかを力説した。それは偽なるものを真なるものと取り違えることであり、知覚するものと理解・想起するものを混同することである。感覚によって現に目の前にあると感じられるものと、記憶のなかに浮かび上がる別のものとをいっしょにしてしまうことであると、プラトンは説く。しかしこうした列挙はまるで無意味なのだと、ドゥルーズは一刀両断する。思考には狂気、悪意、愚行など、さまざまな厄難があり、誤謬などタカが知れたものである。にもかかわらず哲学はこうしたものを、たかだか外部から到来し、思考に足を踏み外させる偶発的なものだと見なし、誤謬程度のものだと考え軽んじてきた。だが実のところ、愚行や狂気は思考が思考である内的構造のなかに組み込まれているものであって、それを社会だとか人格といった外部の事象に還元すること自体が過ちなのである。

そもそも哲学は何をしてきたというのか。多くの哲学者は、愚行とは誤謬から派生する認識であるという思い込みから自由になることができなかった。それは純粋な思考の内側からは排除され、さまざまな誤謬の形に還元されてきた。想起説の徒であるプラトンは、無知と忘却は想起に関する問題にすぎず、誤謬とは区別されるべきだと唱えた。ルクレティウスも、スピノザも、フォントネルも、迷信に宿る不条理《ばかばかしさ》を誤謬に帰着させただけであった。カントにとって誤謬は外在しているものではあっても、「内なる理性」「内なる幻影」からはかけ離れていた。ヘーゲルは真と偽の問題を再調整するにあたって、愚かさは真でもなければ偽でもないとして回避した。

カントも、ヘーゲルも、ショーペンハウアーも、いずれも思考と誤謬をめぐる教義に異を唱える素振りを見せたものの、その転倒にはとうてい到らなかった。哲学は愚行を外部からの偶発事、つまり誤謬だと思ってはならない。愚行がいかにして可能となるかという本質的な問いに向き合うべきであったというのに、それを怠ってきたのだ。しかし愚行に対して経験論的決定をもってよしとする回避的態度は、もはや改められるべきである。それこそが哲学の誤謬に他ならなかったのだ。今こそ愚行を超越的問題として検討しなければならない。ドゥルーズはそう力説する。結果的に彼は既存の哲学を批判するあまり、文学の哲学に対する優位を口にする。

「最低の文学は愚行集を作るだけだが、しかし最高の文学は、愚行の問題に憑かれている。最高の文学はそのまま進むと、哲学の入口にまで到達する。宇宙的、百科全書的、グノーシス論理的な全次元が与えられる。」

こうして愚行を自分の内なる問題として問いかけた文学者として、フローベール、ボードレール、レオン・ブロワと、三人の名前が掲げられることになる。いいぞ、いいぞ。

なんだか妙に請け合ってもらったようで気が引けるが、ともあれ愚行を動物の隠喩のもとに語ったり、外部から偶然に到来した単なる認識の過ちだと見なしてすますことが過ちであるとするドゥルーズの批判には、大いに学ぶべきところがある。愚行を論じるためには、愚行を思考の内側にある本質的問題であると覚悟し、本気になって係《かか》らないかぎり、かならず挫折してしまうのだ。「我思う、ゆえに我あり」という有名な言葉を吐いたデカルトのように、思考を自我の自発的な行為だと見なすことは、もはやできない。もっとも重要なことは、思考の根底にあった根の底が抜けてしまうという事態であり、その場合、人間は「もう考えることができない」という状況に陥ってしまう。人間にできることは、いまだ考えられていないものを考えることであり、われわれがまだ考え始めてもいないという事実を謙虚に受け入れることなのだ。

## 6

ともあれ愚行という敵はあまりに強敵である。その脅威の最たる点は、愚行がまず人の前に、強烈なる魅惑として現前してしまうという事実だ。なるほど人は愚行を憎み怖れる。だがどうしてある時点で例外なく愚行の前に跪き、みずからをそれに譲り渡してしまうのか。われわれがまず対決しなければならないのは、愚行が本来的に抱いている誘惑的な性格であり、抗うことの困難な魅惑のことである。

ボードレールは「愛に関する慰めの箴言抄」のなかで書いている。

「その女が愚かだと気が付いたその日に、一人の女を愛したことに顔赤らめる者たちがいる。これらの者たちは、神に創られた物の中で最も不浄な薊《あざみ》のたぐいを、あるいは青鞜派の女の寵愛をでも喰《は》むように出来た、虚栄心のつよい驢馬《ろば》である。愚かさはしばしば美しさの飾りとなるものだ。それこそは、眼に、黒ずんだ池のあのあした陰鬱な清澄さを、熱帯の海のあの油を流したような静穏さを与える。愚かさは常に、美しさを保存するものである。それは皺を遠ざける。それは、われわれ、賤しき物知りたるわれわれのために思考が取っておいてくれている嚙み傷から、われわれの偶像たちを守る、神々しい化粧品なのだ！」

先に『悪の華』の序詩を引いたが、この辛辣なエッセイのなかでもボードレールが愚かさに積極的な効用を与えていることがわかる。美は移ろいやすいものであるが、愚かさにはその美を保存し、経年の劣化から守る力がある。愚かさを忌み嫌うのは虚栄心のなせるわざであって、実は愚かさゆえに人は女を美しいと思い、その魅惑に惹かれるのだ。「お利口ぶってなんになる。美しくあれ！　そして悲しくあれ！」と、いかにも俗謡めいた調子で「悲しいマドリガル」を書いたこの詩人は、女性における聡明さが美と積極的に対立するものと考えていた。愚かさこそが男性を無防備にし、容易に美の崇拝者に仕立てあげてしまうという原理に気付いていた。マリリン・モンローも『紳士は金髪がお好き』のなかで語っていたではないか。わたしがお利巧な顔を見せると殿方は警戒するけど、馬鹿なフリをするとみんな気に入ってくださるのよ。

ここでボードレールの同時代人であったフローベールの『聖アントワーヌの誘惑』について触れておきたい。

生まれ育ったルーアンで、秋になると上演される人形劇の記憶が契機となって、フローベールはこの奇想天外な聖人譚を、戯曲形式のもとに書き始めた。勢いよく書き上げたものの、文学仲間の友人二人の前で四日にわたり全篇を朗読したところ、ただちに失敗作だと一刀両断された。彼がそこでまったく違う素材、つまり田舎町に住む退屈で愚かな人妻の不倫自殺を題材として取り上げ『ボヴァリー夫人』を執筆したことは、文学史的に著名な挿話である。だが古代世界における誘惑の物語への情熱を捨てきれない作者は、それから二度にわたって改稿を試み、ようやく晩年近くになって完成させた。口さがない者であれば、この恐ろしく効率の悪い作業そのものを愚行と呼ぶことだろう。だが作者は友人たちの無理解にもめげず、ただ生真面目に若き日の習作に拘泥し、ついに決定稿を書き上げると出版に漕ぎつけた。

フローベールは『誘惑』を執筆するにあたって、夥しい文献資料に目を通した。さまざまな師父の遺した文書はもとよりのこと、古代教会史から考古学、神話学、オリエント史、中世の空想旅行記、博物誌、さらにゾロアスター教からグノーシス教、仏教にいたる宗教概説書まで、夥しい書物を案前に積み上げ、みずからの幻想に根拠出典を与えようと試みた。それが可能となったのは、19世紀フランスの図書館において、古文書の蒐集と保存が徹底して行なわれていたからである。ミシェル・フーコーは「幻想の図書館」なるエッセイのなかでこの作品を「図書館の現象」であると呼び、彼が参照した「ほかの書物たちの夢」であると説く。なるほどその通りだ。ここに描かれている怪物や魔物たちも、彼らが口にする瀆神的な言辞も、すべて先行する数多くの書物からの引用である。ただそれが次世紀のボルヘスと異なっているのは、それらが絶対的な書物である聖書との緊張した拮抗関係において引用されていることだろう。

『誘惑』にはポール・ヴァレリーのように、熱狂的な賛辞を書きつける批評家が存在している。だが『ボヴァリー夫人』や『感情教育』と比較するならば、この労作に言及する者は寡ない。日本でも一応翻訳があるのだが、寡聞にして『誘惑』に的を絞った論文を発表しようとするフローベール研究家はなかなかいないようだ。とはいうもののこの作品をつぶさに読んでみると、長い間愚行であると信じられていた作品が、愚を崇拝すること、つまりボードレールが鋭い洞察力のもとに見抜いた愚の魅惑と誘惑を、優れて体現しているテクストであることが理解されてくる。『ボヴァリー夫人』のなかで同時代の愚劣を事細かに描いた作者が、ほとんど生得的というべき愚行崇拝を作品の核に据えていることが判ってくる。ああ、偉大なる愚行の殉教者フローベールよ。この戦闘的な愚行撲滅者にして崇拝者であるあなたの名前を、わたしはこれから本書でいくたび繰り返すことだろう！

フローベールは『誘惑』のなかで、つとに伝説化された聖人を取り上げ、彼が荒野に一人、隠遁しているさまを描いている。ゲーテの『ファウスト』が次々と到来する誘惑を待ち受け、それを積極的に受け容れてゆく物語であるとすれば、『誘惑』は逆に、眼前に提示される誘惑に対し、ただひたすら回避と拒否の姿勢を貫く隠者の物語である。この禁欲的な修道僧は、ただただ圧倒的なまでに受動的であり、抵抗するということを知らない。ファウストのように未知の美と快楽、そして知に対し、人生を積極的に投げかけていくということがない。

髪と髭を長く伸ばし、山羊皮の下衣をまとう隠者のもとにはまず古代の女王が登場し、さまざまな幻を開示する。シバの女王は彼の顎髭を摑み、肉の誘惑を語る。イラリオンという弟子が現われ、巧みに聖書に言及しながら禁欲的な隠遁の無意味を説き、聖者を異端者たちのもとへ差し向ける。魔性の者たちが訪れ、彼を快楽と欲望の世界へ拉致せんとして、蠱惑的な言葉を囁きかける。仏陀が出現し、悪魔の娘たちの誘惑を拒んで悟りを開いたことを告げる。もっとも仏陀は、今やすべてが死に絶えていくのだと宣言して、そのまま消えてしまう。エフェソスのディアーナ（アルテミス）からエジプトのイシスまで、異教の女神たちが到来し、言葉巧みに瀆神の説を披露し、隠者を禍々しい信仰へと誘おうとする。ギリシャの神々はもとより、死神、スフィンクス、キメラ……こうした喧騒渦巻く状況のなかで、アントワーヌは断固と神への忠誠を誓い、あらゆる誘惑に対して厳しい拒否をもって応える。

イラリオンがもう一度登場する。彼は実は悪魔の化身であり、かつての師を、怪物たちが跳梁する広大な未知の空間へと拉致してゆく。カトブレパスと呼ばれるグロテスクな黒い水牛が現われ、長い剛毛に隠された自分の眼を見た者は、たちまちにして死んでしまうだろうと宣言する。このとき隠者はとうとう耐えきれなくなり、ついに決定的な言葉を口にしてしまう。

「おお！　あいつ！　あ、あ……もしみたくなったとしたら？……あいつの愚かしさがわしの心を惹き寄せる。いや、違う！　わしはみたくなんぞあるものか！」

オディロン・ルドン「聖アントワーヌの誘惑　わがアイロニーは他のすべてを凌駕する」(1889)

隠者が誘惑に屈した直後から、ありとあらゆる怪物が躍り出て来る。半身が鹿、半身が牛のトラゲラフス。前が獅子で後ろが蟻、性器が逆さまに付着しているミルメコレオ。かつてモーゼを脅かした巨蛇のアクサール。三つの頭をもつ熊のセナッド。角の生えた兎のミラグ。乳房から青い乳を撒き散らす犬のケプス。蚊が飛び回り、蟾蜍《ひきがえる》が跳ね回る。蛇がシュウシュウと音を立て、稲妻が走り、霙《みぞれ》が落ちてくる。こうした天変地異のなかで、百鬼夜行のごとき光景が実現される。恐ろしい数の怪物たちがアントワーヌを取り囲み、さながら彼を窒息させるかのようだ。

だがその直後、彼らの輪が崩れ、突然に空が青く見えてくる。一角獣が現われては消え、隠者は上空に夥しい鳥たちの姿を認める。水平線の彼方で鯨が潮を噴き上げているのが見える。海の生物たち、植物たち、昆虫たちと、まるで生物の進化を遡行するかのように数多くの生命が出現し、ついに原生動物から鉱物に到る。アントワーヌは生命がまさに発生するところに立ち会い、強い歓喜に包まれる。彼はあらゆる生物のなかに入り込み、水のように流れ、光のように輝くことを望むことになる。

いうまでもないことだが、これが悪魔の究極にして最大の誘惑なのである。悪魔はもはやグロテスクな怪物や美女の姿を取ることをしない。悪魔はついに知的探究者としての、その本当の姿を露わにする。彼が開示する世界とは、生命が無限に湧き立つ自然界の豊饒そのものなのだ。そして誘惑とは生命のメカニズムに則って生きることと同義であることが判明する。

「あらゆる形体のうえに潜み、あらゆる原子のなかに入り、物質の奥底にまでくだり、――物質になってしまいたいのだ!」

聖アントワーヌがこう叫んだとき、ついに太陽が浮かび上がり、黄金の雲が空に現われる。太陽の中央には、光り輝くイエス・キリストの顔がある。修道僧は十字を切り、ふたたび祈り始める。

Sa stupidité m'attire.「あの者の愚かしさがわたしを魅惑するのだ。」

この一言が発せられた瞬間から、舞台は急変する。いかなる誘惑にも頑なに禁欲的な拒否を続けていた隠者は、ついに生命の神秘を目の当たりにする。だが彼が五月蠅《さばえ》なす怪物たちの脅威的な試練に打ち勝つことができたのかは明言されない。アントワーヌは信仰を守り抜いて、みごとに救済されたのか。ものいわぬ物質に身を預けることで、魂の無垢を回復することができたのか。それとも悪魔の巧妙なる罠に嵌ってしまい、その報いとして、未来永劫にわたって内実のない祈禱を強いられることになったのか。フローベールは聖者に最後の言葉を与えない。ただ明確なのは、世界に存在し、さまざまに愚かさを体現している怪物たちが放つ魅惑に、聖者みずからが積極的に身を近づけてみせたという事実である。

フローベールのこの作品は、人が愚かさを前にいかに屈服するかという問題をめぐって、その典型的な過程を語って余すところがない。最初、聖アントワーヌは愚かさに対し武装し、徹底した抗戦を試みる。しかし愚かさとは世界の多様性そのものであり、さまざまな手練手管を用いて、彼を籠絡しようと企てる。最後に彼は愚かさに包囲され、ほとんど窒息状態に陥りながら、その圧倒的な魅惑を受け容れる。彼は神について敬虔な信仰をもち、深い叡智を抱いている隠者である。だがその知識は彼を保護してはくれず、逆に彼の認識の狭量さを語るばかりだ。ひとたび世界の愚かしさを受け容れたとき、彼ははじめて生命の神秘に触れ、神の手になる創造の秘密に到達する。愚かさは知的認識と対立しているわけではない。それは認識を助け、予想がつかないまでにその領域を拡大してくれるのだ。生命の起源のさらにその根源には、非生命である物質が控えている。聖アントワーヌは最後に、この物質になりたいと願う。これこそ愚行の究極的なありかたであると、フローベールはいいたげである。
聖アントワーヌは聖者として敗北を喫したことになるのだろうか。神秘的な直観を得、世界の起源の秘密を知りえたにもかかわらず、彼はその後も以前と変わりなく十字を切り、神に祈ることを止めない。フローベールは意図的にこの場面を曖昧に処理している。さまざまな試練の後に、愚かしさを受け容れるに到った聖アントワーヌが、あたかも何ごとも起きなかったかのように神に祈りを捧げているとすれば、それこそ愚行と呼ぶに値するのではないか。それを秘かに暗示するかのようにして、戯曲の幕を閉じている。愚行としての信仰。愚鈍と化した聖者。ボシュやブリューゲル、またグリューネヴァルトといった画家たちによってつとに取り上げられ、グロテスクな怪物を描くさいの動機とされてきた聖アントワーヌの誘惑という主題に、フローベールは残酷にして晦渋な物語的結末を与えることで、いかなる画家もなしえなかった強烈なアイロニーに到達している。

いささか蛇足の感がないわけではないが、フローベールの戯曲には辛辣なパロディが存在している。ルイス・ブニュエルのフィルム、『砂漠のシモン』である。この亡命スペイン人は『黄金伝説』に材を採り、古代末期にアレッポの近くに生きた実在の修道僧シモンの生涯を描いてみせた。伝説によればシモンは40年にわたり荒野に設けられた高塔のうえに居住し、ひたすら祈りと信仰の生活を送った。彼が超人的な治癒力をもっていると知って、多くの病人や身体障害者が塔を訪れ、奇跡の到来を待ち望んだ。

ブニュエルのフィルムでは、彼を誘惑しようとして、女悪魔がさまざまな姿に化けて登場するさまが描かれている。彼女はなぜか19世紀末の子供服を真似たセーラー服を着て現われ、シモンの長い髭を引っ張ったり、スカートをたくし上げて、黒いシルクのストッキングとパンティを露わに見せたりする。シモンが無視を決め込んでいると、今度は乳房を擴《はだ》けてみせ、長い舌を出して彼の顔を舐めたり接吻を試みる。『聖アントワーヌの誘惑』の主人公と同様、シモンはことごとく誘惑を撥ね退け、ただひたすらに神に祈り続ける。

フィルムでは後半にいたり、シュルレアリスム特有の転調が生じる。古代の物語であるにもかかわらず、修行に邁進するシモンの前にジェット機が飛来し、彼を時空を超えて20世紀後半のニューヨークへと拉致してしまうのだ。気が付くとシモンはヒッピーのように髪を伸ばし、満員のデスコティックにいる。そこでは若者たちが我を忘れ、「シンナーズ」(罪人たち)という名前のロックグループの演奏に乗って踊り狂っている。古代の修行僧はどこか居心地の悪そうな表情をしながらも、神への信仰になど何の縁もない若者たちを、座りながら眺めている。

ブニュエルの描く聖シモンも、聖アントワーヌと同じく愚行に魅惑されてしまう。だが彼は生命の起源をめぐるヴィジョンを体験し、世界の神秘に到達するわけではない。ただ俗悪にして享楽的な世俗社会へと拉致され、凡庸なヒッピーに姿を変えるばかりである。時空を軽々と無視してこうした演出を平然と実行してしまうあたりにブニュエルの面目躍如が窺われる。

ではこのシモンなる修道僧は悪魔に拉致されて、生涯にわたる挫折を体験することになったのだろうか。彼の思いもよらぬ転向は、それまでの長年にわたる苦行と奇跡の価値を一気に滅却してしまう厄難だったのだろうか。ブニュエルはこの聖者について語っている。

「シモンは所有ということが何であるかを知りもしないし、理解もしない。（……）シモンは空気と少しの水と少しのレタス以外には何も必要としない。彼は自由である。牢獄の中でも彼は自由である。」

ここでもわれわれは愚行をめぐって、カフカの『断食芸人』やネメーシュの『サウルの息子』の主人公たちが体験したのと同じ矛盾に突き当たってしまう。サーカスの檻のなかに、また絶滅収容所の悲惨な状況のなかにありながら、彼らはみずから決めた行為を貫き通し、そのために生命が危機に及ぶことをいっこうに怖れようとしなかった。なんとなれば、彼らはすでに死の空間へ移行を果たしていたからである。断食芸人とサウルは、それゆえに愚行を通して大いなる自由に到達することができた。

ブニュエルが聖シモンのまったき自由を口にするとき、それは彼の生涯における愚行を全面的に肯定することを意味している。塔の上で修行をすることも、悪魔の飛行機に乗ってニューヨークへ向かうことも、等しく愚行である。そしてそれは愚行であるかぎり、それらはともに肯定されるべきであると映画監督は主張する。ブニュエルは、聖者伝説としてつとに知られている聖シモンの生涯に、さりげなくありえぬ最終章を加えることで、その全体を巨大な愚行物語に作り変えてしまった。加えてその愚行に一抹の崇高さを与えることまでを、抜け抜けとやりとおした。彼は古代から現代まで延々と続く〈愚行の賦〉に、ひとつの輝かしい挿話を書き加えることに成功したのである。


「愚鈍さDummheitはある傷痕なのだ。」ホルクハイマーとアドルノは『啓蒙の弁証法』のもっとも最後の部分に書きつけている。

「ある人がある点で愚鈍だとすれば、それはいずれも、筋肉の働きが始動に際して促進されずに阻止された、その箇所を示しているのである。もともと組織立てられていないぎこちない試みは、阻止されることによって始まったのだ。（……）子供は経験を積むことで豊かになる、とよく言われるが、しかし欲望がそこで何かにぶつかって阻止された箇所には、目立たない瘢痕が、表皮が鈍感になったしこりが、残りやすいのだ。そういう瘢痕は変形をもたらす。それはしっかりした有能な性格をつくり出すこともあるし、また人を愚鈍にすることもある。愚鈍とは、その場合、瘢痕がただ沈澱して凝り固まっただけならば、盲目性とか無能力とかいう欠落現象の意味で言われるし、心の内へ向って癌をつくり出す場合には、悪意や反抗心やファナティズムという意味で言われることもある。」

フランクフルト学派の二人はこの書物を、１９３０年代終わりから40年代前半にかけて、アメリカに亡命しながら共同執筆した。ナチス・ドイツがヨーロッパの大半を占領し、秘密裡にユダヤ人の大量虐殺を進めていた時期である。彼らは『啓蒙の弁証法』を次のような言葉で終える。

「動物の種の系統発生と同じく、人間という類の内部での知的な発達段階、いや同じ個人の内部の盲目的ないくつかの箇所は、そこで希望が静止してしまった停止点《ステイション》を示しているのであり、それは化石となって、生きとし生けるもののすべてが呪いにかけられていることを証ししているのである。」

故国ドイツで現下になされている蛮行に身の危険を感じ、いち早く新大陸に亡命した二人のユダヤ系知識人にとって、ナチズムの愚行とそれを熱烈に支持してやまないドイツ人の愚鈍さがまさに耐え難いものであったことは、容易に想像がつく。彼らはそれを先天的なものではなく、どこまでも幼少時よりこの方、皮膚や筋肉に加えられてきた傷、圧迫から生じる歪形という隠喩を用いて理解しようとした。傷はやがて瘢痕となり、ひとたび硬化してしまうと、もはや熱も痛みも感じない鈍感なもの、化石のように頑固で硬いものと化してしまう。ナチズムの根底にあるのは抑圧と挫折が結果的に生み出してしまった暴力であり、鈍感さに由来する悪意と熱狂である。それは希望を壊死させ、盲目のうちに生を呪詛することになる。だからこそ人類の歴史のなかで啓蒙という行為がこれまでなしてきたことを検討する作業が必要なのだ。傷跡をもってしまった子供がひとたび陥ってしまった野蛮状態から立ち上がり、もう一度、生に対して希望を回復できるように、かつての文明が野蛮に低落していった過程をキチンと見定めなければならないのだと、ホルクハイマーとアドルノは説く。

わたしは現下の愚行に際し、それを単に同胞の厄難と見なすのではなく、人類史の再検討へと向かったこの二人の知的作業に敬意を抱くことに吝かではない。だが人間の愚かしさを後天的に与えられた傷と歪形という隠喩のもとに了解しようとする姿勢には、どうしても違和感を覚えないわけにはいかない。人間における愚かしさがもし外部から到来する抑圧的な歪みによって生じるのであれば、それは何らかの手段によって矯正が可能であることになる。外科手術に類する処置によって人は愚行から解放され、ひとたびは見失った希望を回復し、本来の理性に立ち戻ることができることだろう。だがもし愚かしさが人間の内面深くに自生するものであり、人間が人間である根拠に根差している何物かであるならば、それを皮膚に刻まれた瘢痕、筋肉と骨に加えられた歪みとして論じること自体が無意味なこととなってしまうのではないだろうか。愚行には愚行の内的な構造があり、人はときにその愚行に深く魅惑され、頑迷なる愚行を通して自由に到達することもできるのだ。

次章ではこの愚行が、愚行を罵倒しその撲滅を宣言する者に対し、いかに残酷なしっぺ返しを食らわせるかについて、語ることにしよう。

# わが偽善の同類、兄弟よ

## 1

世に無限に存在する愚行を系統立てて分類することはできない。愚行というものは、それが生じた直後にはもう別の形に姿を変え、別のところへ移っている。愚行が佇んでいる切り株を見つけ、正体を見たりと思い込んだ瞬間、人間の愚かさはすでに別の樹木の枝へ移ってしまっていて、そこからこちらを見下ろして笑っている。苦心の末、ようやく捕まえたと信じたまではよかったが、それもつかの間、手のうちからスラリと通り抜け、ギリシャ神話のプロテウスのように姿格好を変えるとどこかへ行ってしまう。われわれに認識できるのは、愚行というものがいたるところに実在し、それには数えきれないヴァリエーションがあるということだけなのだ。

加えて愚行は生ものである。癌細胞ではないが、最初のうちは目に見えず、ひどく小さかったものが、やがて急速に成長して脅威的なものになることは珍しくない。人類の歴史を振り返ってみても、最初は愚行どころか、むしろ愚行に抵抗する試みであったものが、歳月を経るうちに手のつけられない巨大な愚行へと変貌してしまうという場合がままあった。イエスと12人の弟子たちは、パリサイ人の偽善的戒律を頑固な陋習と見なし、その転倒の道を説いた。マルクスとエンゲルスは階級と国家の廃絶を求めて、共産主義を唱えた。だがいずれの教説も時間のなかで決定的に硬化し、ヴァチカンとソ連邦という巨大な権力組織を作り出した。世界中に伝染病のように広まった共産党も、強固な官僚制において例外ではない。ソ連邦は周辺諸国にもその愚行を蒔き散らし、前世紀の末にようやく消滅した。愚行は生き物であり、周囲に種子を蒔き散らすばかりではない。株分けや枝分かれを通して、いくらでも増殖していく。だから愚行については抽象的な原理をいくら振りかざしても意味がない。現実に自分の眼で確かめた愚行を、一つひとつ検討していくしかない。

愚行について書こうとするとき、もっとも気を付けなければならないことは何だろうか。それは偏《ひとえ》に結論を急ぎ過ぎることである。愚行について決定的な言葉を手にしたと信じた次の瞬間に、それは平然と言葉を裏切り、何食わぬ顔をしてこちらを眺めている。「馬鹿とは結論をつけたがることだ」と、フローベールは書いた。なるほど、その通りだ。だが何とも愚かなことに、その正確な出典を探そうとしているわたしは、何日にもわたって書架を探し回っていなければならなかった。そしてようやく先ほど、それがルイ・ブイエに宛てた1850年9月4日の書簡にあることを発見した。

もっとも年に一度の曝書ではないにせよ、書架を点検したことは無駄なことではなかった。日頃、手に取ることもなく、存在を忘れていたもろもろの書物のなかに、信じがたいほどの愚行が記されているのを次々と発見したからである。愚行について思考するにはまずそのさまざまな相を知り、愚かしさの世界の広大さを認識してからでも遅くないだろう。そう思い立ったわたしは、とりあえずここに三冊の書物を選び出し、そのまま書き写すことにした。前章にチラリと名を出したフローベール晩年の未完小説、『ブヴァールとペキュシェ』の二人の主人公に敬意を払い、彼らの顰に倣うことにしたのである。

最初に書架の奥から引き出したのは、ジャン＝クロード・カリエールとギー・ベシュテルの編纂した『愚行判断誤謬辞典』（邦題は『珍説愚説辞典』、高遠弘美訳、国書刊行会）である。これはともかく途轍もない書物で、どこでどう調べたのか見当がつかないが、中世から現代にいたるまで、有名無名を問わず、およそ奇怪極まりない愚説愚行の類を網羅し、いかにも真面目そうな顔をして並べあげている。その項目たるや３５００。８００頁近い大冊なので、読もう読もうと思っているうちに十数年の月日が経ってしまった。そうか、これを参照しない手はない。さっそく頁を捲ると、どの頁からも、これでもかといわんばかりに愚かしい行動と認識が飛び出してくる。

極端に赤毛の娘は善良かひどく意地悪である。

『婦人観相学入門』(1843)
小さな賭けをしても構いません。五年後に、イエス・キリストが二回目の顕現をするでしょう。
ノーマン・テュリー(オハイオ州ヤングズ・タウンの牧師)『説教』(1924)
黒人は医学用語で言うところの奇形である。自然は黒人を、我が国の病院でもしばしば見られる奇形児と同じようにして創りだした。
A・ド・カトルファージュ『フロリダ』。「両世界評論」(1843年5月)

今、偶然に開いた頁にも、こうして無知と偏見に凝り固まった、信じがたい言説が紹介されている。だがこのような程度で驚いていてはいけない。人類はさらに荒唐無稽な愚かしさに耽溺して、現代に到っているのである。

編者の一人カリエールには、ブニュエルのことが聞きたくて何回か会ったことがある。映画脚本家としてプロフェッショナルな仕事をした人物で、後期ブニュエルのフィルムが破綻のない傑作ぞろいとなったのはもっぱら彼の貢献によるところが大きい。そればかりではない。ワイダからシュレンドルフ、大島、それにゴダールまで、世界中のアートフィルムの脚本を一手に手掛け、その合間にピーター・ブルックの『マハーバーラタ』の脚本まで担当するという、信じられない仕事の旺盛さに驚いたことがあった。誰とでもスラスラ組めるのである。カリエールは古書蒐集家としても著名で、ウンベルト・エーコとともに、イエズス会神父アタナシウス・キルヒャーの書物を競って集め、二人で意気投合すると、書物の未来について対談集まで刊行している。

ちなみにいう。キルヒャーは写真や映画の遠い起源である暗箱を考案し、伝染病は血液中の微小生物が原因であると説いた大学者である。またヒエログリフを独自の方法で解読し、中国の漢字がエジプト起源だと信じて疑わず、解読に生涯を費やした。もちろん現在の言語史学の立場からすればそれはありえないことだが、その好奇心と情熱には端倪すべからざるものがある。

キルヒャーのことで思い出したのが西脇順三郎のことで、この大詩人もまた晩年にギリシャ語と漢語の発音比較研究なるものに熱中した。西脇の大部の論考は、あまりの荒唐無稽さゆえに全集にも収録されていないのだが、キルヒャーのエジプト文字＝漢字説も無根拠さの度合いにおいて双璧をなしているような気がする。これをはたして愚行と呼ぶべきか。やはりそうだろう。もっともいかに周囲に呆れられようとも自説を曲げず、愚行をもって頑強なる生涯を貫いたキルヒャーと西脇に対し、わたしがある意味で敬意を抱いていないといえば嘘になるかもしれない。キルヒャーの蒐集家であるカリエールにしても、おそらく彼に相当な親近感を抱いていると信じたい。

カリエールに戻ろう。キルヒャーがそうであったように、カリエールもまた、およそ地上世界の知識に関するかぎり「広大な食欲」（ボードレール）を誇るたぐいの人物に違いあるまい。もっともブニュエルの右腕を長らく務めた人だけあって、諷刺と意地悪《メシャンステ》に関しては当世、まず右に出る者がいない。この『愚行辞典』にしても、よくもまあこんなことまで調べたものだと、ひたすらに感心してしまう。脚本家としての多忙なスケジュールの合間を縫って国立図書館に通ったり、カルチェラタンの古書店めぐりを重ねたりしたのだろうか。似たような作業に徹した人にミシェル・フーコーがいるが、カリエールの場合には社会科学や歴史学の更新などまったく考えず、ただひたすら冗談のためにそれを行なったのである。

この辞典で「洗礼」という項目を引いてみよう。

難産のときは浣腸器を用いること

最初手足に洗礼が施された場合は、もし産児が死産児でないなら、再度洗礼を施さなくてはならないだろう。手足は生きるのに本質的な部分ではないから、かような洗礼が有効かどうか疑わしいのである。

四肢が外に出ずに、きわめつきの難産の様相を呈していれば、胎内で洗礼を施してもよいというのが教皇ベネディクトゥス十四世の考えである。トゥルヌリも同意見である。温水を手か浣腸器か洗滌器《サイホン》かで中に入れ、胎児か羊膜にかけるようにする。場所はどこでもよい。そして同時に洗礼の言葉を唱えるのである。それで産児が死なずに生まれてきたら、再び所定の洗礼を施す。これがベネディクトゥス十四世の特命である。

出典となったのは１８１７年にカーンで刊行された、ディヌアリ司教座聖堂参事会員による『発生学大要』という書物である。いくらフランスがカトリック教徒の多い国だとはいえ、よくもまあこんなに奇妙でグロテスクな書物を発見してきたものだ。この『大要』からはさらにもう一ヵ所、「水の問題」と題して引用がなされている。

流産、あるいは流産と考えても差し支えないような何らかの事態が生じたときは、妊婦が娩出したものをむやみに捨てないように注意しなくてはならない。産児の有無を確かめ、受洗させるべきかどうかをみなくてはならないのだ。産児が羊膜に覆われていることは珍しいことではないので、その場合は空気に触れて死んでしまわないように気をつけながら羊膜のうえから洗礼を施す。唱える言葉は「汝受ケルコト可能ナラバ《シ・トウ・エス・カパクス》」か「汝、人間ニシテ受ケルコ《シ・トウ・エス・ホモ・》ト可能ナラバ《エト・カパクス》」である。それから羊膜に穴をあけて以下のように唱えて再度洗礼を施す。「モシ汝、洗礼ヲ未ダ受ケズンバ《シ・トウ・ノン・エス・バプティザトウス》」。直接胎児の体に水をかけずに膜のうえから施された洗礼は果たして有効かどうかがわからないからである。さりながら、羊膜そのものが産児と一体化していると考えることも可能だから、無効とも言えないのである。それに早生児はきわめて虚弱なので、洗礼が済むまえに、冷水に触れて死んでしまうこともあるかもしれない。その事態をふせぐためには、もし手許にあるならそのまま、なければ速やかに準備できる場合に限り、温水を用いるべきである。温水の準備に手間取りそうなら冷水を用いたほうがよい。冷水しかなく、しかも温水の準備に時間がかかりそうなときは、より害が少ないと思われる方法を選ばなくてはならない。

出産時において危機的な状況が生じたとき、どのような形で新生児に洗礼を施せばよいのだろうか。これはキリスト教徒が人口の１％ほどしか存在しない日本では、それほど切実とは思えない問題かもしれない。だが正式のカトリックの教義に鑑みれば、洗礼を施されていない魂は、いかに無垢であろうとも天国に行くことが許されていない。キリストが誕生する前に運悪く生まれてしまい、洗礼を受ける機会のなかった者も同様。また受ける前に息絶えてしまった幼児も、天国の門を潜ることが許されていない。なんと不条理で可哀想なことよといくら異教徒が思っても、こればかりは古代から現在まで踏襲されてきた教義であるから仕方がない。こうした宗教的共同体の内側に身を置くなら、ここに掲げた引用箇所こそは真面目に検討し、あらかじめ分娩に立ち会う者たちが了解しておくべき重要事項なのだろう。『大要』の著者はあらゆる場合を想定して、微に入り細に入り叙述を続ける。その間、彼はニコリともせず、口調を崩すことがない。

日本ではなかなかうまく比較する例を見つけ出すことができないのだが、中世の高僧たちの場合はどうだったのだろうか。彼らは不意に魔物に襲われたり、臨終に際し念仏を唱えることが困難になったときどうすればよいのかを真剣に思い悩み、それをめぐってさまざまな方法を検討している。そうした探究に立ち入ってみると、案外似ているところがあるかもしれない。

現に源信の『往生要集』中巻には「対治魔事」「臨終の行儀」という章が設けられていて、こと細かに規則方法が説かれている。

何が何でも人は洗礼を施されなければならないと教義で定められてしまった社会では、『大要』に記されたようなマニュアルが論理的に必要とされる。だがそれにしても、教皇の意見を伺いながら、ここまで細部にわたって偏執狂的に説明されたマニュアルが19世紀になっても堂々と刊行されていたとは、わたしには驚きであった。

わたしはこのマニュアルを愚行だと見なすだろうか。しばらく考えてから、やはりこれは愚かなことだ、いや、愚かであるばかりか、グロテスクで滑稽なことだと考える。苦痛に泣き叫ぶ妊婦の両足を思いきり拡げさせ、お湯を入れた浣腸器をその膣に突っ込み、まったく手探りの状態で胎児を探り当てると、このときとばかりに洗礼の言葉を早口で口にする神父。おそらくこの神父にしても生涯を女人禁制の世界で生きている以上、女性の膣に器具を挿入する体験などそうあるわけもない。いや、それどころか、思い切り拡げられた女性性器を目の当たりにする機会すら、一般男性と比較してみれば、それまでの人生にそれほど多くはなかったであろう。これは何かの間違いではないだろうか。よりによって、神に仕える清浄なるわが身が、なぜにこのような目に遭わされなければならないのだろうか。こうした状況のなかで神父が慌てふためき、お祈りの文句を忘れてしまったり、どこか別の場所に浣腸器を挿入してしまうという失敗が起こらないと、いったい誰が保証できるだろう。わたしはこうした一連のドタバタ劇を想像する。もしその場に居合わせていたとしたら、どうして笑い出さずにいられよう。

かつて原始キリスト教は、「神の愚かさ」という表現を逆説的に用いていた。パウロはエフェソスからコリントスの信者に宛てた書簡のなかで書いている。

それ十字架の言は亡ぶる者には愚なれど、救はるる我らには神の能力なり。録して『われ智者の智慧をほろぼし、慧き者の慧を空しうせん』とあればなり。智者いづこにか在る、学者いづこにか在る、この世の論者いづこにか在る、神は世の智慧をして愚ならしめ給へるにあらずや。世は己の智慧をもて神を知らず（これ神の智慧に適へるなり）この故に神は宣教の愚をもて、信ずる者を救ふを善しと為給へり。（「コリント人への前の書」第一章18〜21）

ここではユダヤ教の戒律社会のなかに微力ながら芽生えようとしている新宗教によって、価値の驚くべき転倒が説かれている。十字架に掛けられたイエスの説教も、それを説いて回る者たちの布教も、ともに愚かなことである。だがその愚かさは人智を超えたものであり、既成の知恵と学識をことごとく否定する力を備えている。「神の愚は人よりも智く」（同第一章25）あるのだ。
とはいうものの、聖パウロの時代から千数百年が経過したときこの逆説はみごとに形骸化し、秩序転覆的な力とは無縁のものと化して後景へと退いていく。代わって登場するのは、先に引用したグロテスクな洗礼マニュアルである。マニュアルの厳粛にして生真面目な口調は、神と信者の愚昧を徳とする信仰のあり方からは恐ろしく隔たっている。歳月が経過することで、当初は愚行に対する果敢なる抵抗、異議申し立てであった運動が、逆に巨大な愚行を構築してしまうという例が、そこにはある。

おそらく『愚行辞典』を編纂したカリエールとベシュテルはこの『大要』を手にしたとき、こいつは飛び切りの愚書だと思って、ゲラゲラ笑いながら辞典に収録を決めたことだろう。だが、ここで新しい問題が生じてくる。カトリックの熱心な信者にとってはけして疎かにできぬ深刻な案件が、どうして辞典の編纂者やわたしをはじめとする読者の眼には、滑稽にして愚かな振舞いに映るのかということである。これは突き詰めれば、信仰とイデオロギー、イデオロギーが構成する視座の問題である。

『辞典』の編者たちはその点に関しきわめて戦略的であった。巨大な書物のなかからある一部分を取り出し、それを周囲の文脈から切り離して提示する。断片はじっと見つめれば見つめるほどに、グロテスクで滑稽に見えてくる。こうした愚劣の演出がこの大部の書物を作成した際の、カリエールとベシュテルの基本的身振りである。次章で詳説することにしたいが、彼らはフローベールが骨身を削って書き続けた『紋切型辞典』から多くの着想を得ている。

地上には、そしておそらく天上にも、絶対的な愚行など存在しない。生起するのは、ある人にとってはひどく真摯で道徳的な行動が、別のある人にとっては腹を抱えて笑い出すしかない愚行だという、きわめて残酷な事実である。何が愚行であり、何が愚行でないかを定めるのは世界に普遍的に横たわっている原理や法則などではなく、たまたまそこに居合わせた者の、偶然に投げかけられた眼差しにすぎないのだ。難産時の洗礼に際しては浣腸器を用いることという『大要』の滑稽さを突き詰めてみると、それは洗礼という宗教的儀礼そのものに帰着することになる。そもそも新生児であれ、幼児であれ、人間の頭に水を振りかけ、これで神の御許に登録されたぞよと決める儀礼自体のうちに、本来的に滑稽の種子が仕込まれているのではないか。わたしのような不信心者は、思わずそう口にしようとする。だがカリエールはそこまではいわず、ただ達観した表情でこの『大要』の一節を書き写し、それが終わるともっと愚かしいものはないだろうかと、古書の森のさらなる奥へと踏み込んでいく。

そういえばとここで思い出されてくるのが、1968年、パリが〈五月〉で騒然としていた直後に、カリエールが脚本を手掛け、ブニュエルが監督をした『銀河』というフィルムである。筋立ては簡単で、二人の浮浪者がパリから聖地サンチャゴ・デ・コンポステーラへと巡礼の旅に出、その途中で死神に出会ったり、時空を超えて中世の異端司教の集会と乱交を目撃したりするという話だった。イエスからサド侯爵までがぞろぞろ登場し、奇妙な教説を唱えるかと思えば、中世の神学書からの夥しい引用がなされたりもする。一人の尼僧が十字架に掛けられ、両手に太い釘を打ちつけられたり、女子校の学芸会で異端告発の劇が少女たちの手で勇ましく演じられたり、現在でもスペインでなお続いているらしき宗教的狂信の数々が画面に登場する。

だがこのフィルムの主眼は、小さな愚行を挿話的に紹介していくことではない。物語の最後まで来て、無事に巡礼地サンチャゴ・デ・コンポステーラに到達した主人公たちは、旅の目的であった聖ヤコブの遺骨が実は偽物であったことを知らされる。こともあろうに、それは札付きの異端司教プリシアヌスのものだったのだ。こうしてカトリックの正統的な教義と伝承はことごとく否定され、虚偽のものとして退けられていく。二人の浮浪者の旅の苦労はいっこうに報いられることなく、愚行の一語のもとに葬り去られていく。『銀河』を観終えた観客は、信仰も巡礼も、いかなる宗教的情念も、人を愚かしさの方へ向けるばかりだという結論を手渡され、途方に暮れることになるだろう。

スペイン内乱のせいで亡命生活を余儀なくされ、ラテンアメリカの政治的不条理を身をもって知っていたブニュエルは、〈五月〉のパリに滞在していながらも、路上で熱狂するパリの学生たちを嘲笑してやまなかった。彼はカトリックの巡礼といういかにも反時代的な主題をあえて選ぶと、そもそも信仰も奇跡も、内実が空虚な詐術に他ならないというフィルムを発表した。カリエールの『愚行判断誤謬辞典』はその脚本家が同じ精神に基づいて編み上げた、愚行の百科事典である。

## 2

愚行について書こうとする時、最も気を付けなければならないことは何だろうか。もう一度繰り返すことにしよう。それは偏《ひとえ》に結論を急ぎ過ぎることだ。馬鹿とは結論をつけたがることだと、フローベールは書いた。なるほど、その通りだ。だが何とも愚かなことに、その正確な出典を探そうとしているわたしは、そのため何日も書架を探し回ることになった。

とはいえ、先に書いたことだが、故人の曝書の顰に倣い書架を点検したことは、やはり徒労ではなかった。さんぬる昔に一度読んだきりで、すっかり内容を忘れていた書物のなかに、極めつけの愚行が記されているのを、次々と発見できたからである。『愚行判断誤謬辞典』に続いて、二冊目の書物を紹介することにしよう。サミュエル・ベケットの短編である。


サミュエル・ベケットは戦時中、ドイツ占領下のパリを嫌い、南フランスの山村で農業に従事していた。彼は戦後になって、はじめて母国語でないフランス語で、『初恋』という短編を執筆した。もっともベケット本人はこの作品を公にすることにかなり躊躇していたらしく、刊行されたのは執筆後25年が過ぎた１９７０年のことである。これがおよそ恋愛こそが愚行の極致であると説く、きわめて辛辣な作品であった。

主人公の「わたし」は25歳の青年である。彼は自分の父親の墓を訪れ、さまざまな追憶に耽る。父親が死んだとき、はした金と引き換えに家を出なければならなかったこと。長い間、便秘に苦しんでいたこと。運河の岸でルルーという斜視の女性と知り合い、ベンチに座っていて勃起してしまったこと。いくたびも出会ううちに愛を感じるようになったが、冬が近づいてきたので近くの牛小屋に住み着くようになったこと。その後彼女に誘われるままその部屋を訪れると、そのまま居候として留まるようになったこと。しばらくして彼女が春を鬻《ひさ》いで生きていると知り、客たちの声が妙に気になりだしてきたこと。彼女の妊娠を知って家を出たが、出産の際の呻き声が通りまで追いかけて来たこと。

こう要約してみると、「わたし」はいかにも無頓着で非人情な人間のように見えてくる。だがこうした饒舌にもかかわらず、彼について本質的なことは何一つ語られてはいない。彼は読者に向かい、「あなたがたのような馬鹿には話してもむだだからやめるが」と、わざわざ断りを入れている。ルルーという女性の名前にしても、彼はそれにもう飽きてしまったからという理由から、平然と、途中からはアンヌと呼び変えたりしている。いったいこんな不真面目でいい加減な語り手があっていいものだろうか。

ともあれ語り手がこのルルー（もしくはアンヌ）という女性への愛情をどのように認識し、どのようにそれを実践していたかを記しておかなければならない。「指でさすと溜め息のような音をたててへこむ牛糞でいっぱいのこの牛小屋」のなかで、彼はわが身に初めて訪れた恋という感情と向き合うのである。


そう、わたしは彼女を愛していた、そうわたしは言っていた、残念ながら今でもそう言っている、その当時、わたしのしていたことを。その点についてわたしには予備知識はなかった、それ以前に一度も愛したことがなかったからだ、ただ、その事について話しているのは、家でも、学校でも、淫売宿でも、教会でも耳にしたし、後見人の指導のもとで、英語やフランス語やイタリア語やドイツ語で、散文と韻文の小説を読み、それらの小説では、いずれもそれが大問題だった。したがって、ふいに自分が若い雌牛の古い糞の上にルルーという字を書きつけたり、月の光の下で、泥のなかに寝て、刺草《いらくさ》を茎を折らずに抜きとろうとしているのに気がついたときなどに、わたしは、自分のしていることに、とにかく名前を与えるだけの用意はあった。刺草は巨大で、高さが一メートルもあるのがあって、それを抜き取ると、気分が治まった、だが雑草を抜くなどというのはおよそわたしの柄ではなく、それどころか、もしあれば、肥やしを思う存分くらわしてやるところだ。（中略）あるいは、わたしはプラトニック・ラブで彼女を愛していたのだろうか？　そうも思いにくい。もしわたしが純粋で無欲な恋で彼女を愛していたとしたら、はたして彼女の名を雌牛の糞の上に書きつけたりしただろうか？　それも、自分の指で、そして、あとでなめたりしただろうか？

自分の愛する相手の名前を乾ききった古い牛糞の上に指で記し、さらにそれだけでは満足せず、その指を舐めてみて愛を確認する。これはいくら愛する相手のことだからといっても、なかなか常人に出来ることではない。「わたし」は西洋のいくつかの言語で恋愛小説を読んだと、控えめながら自分の文学体験を披露している。思うにそのなかには青春文学の古典ともいうべき、ゲーテの『若きウェルテルの悩み』も当然含まれていたことだろう。ロラン・バルトが『恋愛のディスクール・断章』で恋愛の心理を論じる際につねに傍らに置いて、依拠することを躊躇わなかった小説である。

そう、思い出してみようではないか。『ウェルテル』の主人公はシャルロッテから贈られた手紙に接吻し、インクを乾かすために用いられた砂が唇を汚すことにも、いっこうに頓着しない。誕生日のプレゼントである飾紐にも、いささかも躊躇うことなく口をつける。シャルロッテという恋愛の対象に関わるもの、彼女が一度でも触れたものは、ただちにフェティシズムを発動させる。手紙の紙面であろうと、紙面に振りかけられた砂であろうと、彼女を連想させるものは崇拝の対象となる。その卑小さにもかかわらず、いやその卑小さゆえに、それはいっそう神聖なるオブジェとして拝跪されることになる。

ベケットの『初恋』では、主人公はウェルテル同様、はじめてわが身に降りかかった恋愛感情を前にたじろぎ、牛小屋のなかでそれを何とか表現し確認しようと試みる。とはいうものの、その行動はウェルテルのそれとは極限的なまでに対照的である。彼は相手方の署名のある手紙に接吻するのではない。牛糞に彼女の名前を指で書きつけ、あまつさえその指を舐めてみせるのだ。あまたある恋愛物語のなかで恋人たちが一輪の花を前に、花占いに興じるとき、この主人公は巨大な刺草を、茎を折ることなく抜き取るという、いとも無意味な行為に情熱を傾けるのだ。表情ひとつ変えることなく、黙々とこうした行為に耽るそのありかたは、どこかしら無声映画時代の喜劇俳優、バスター・キートンを連想させる。ベケットはキートンが大好きだった。このニコリともしない顔（グレート・ストーン・フェイス）を持った俳優は銀幕の内側にあって、衆人にはいかに奇矯に見えることであっても疑いを抱くことなく、当然のことのようにそれを熟《こな》していた。

わが国の魅力をなしているのは（中略）物語という古い糞を除けば、すべてが見捨てられているという点にある。その古い糞を、人は夢中になって集め、藁《わら》でつつんで、行列をつくってひきまわす。時とともにくさった糞ができあがったところでは、どこでも、わが同国人たちが、顔をかがやかせて、しゃがみこみ、匂いを臭いでいるのにお目にかかれる。（前掲）

この一節まで読み進んだとき、われわれはベケットが古今の恋愛物語《ロマンス》、というより物語一般の権能に対し、この短い作品を通して痛烈な「奪冠」（バフチン）、つまり格下げ、相対化を行なっていることに気付く。物語とは糞なのだ。「わが国」つまり文学の世界では、その糞を蒐集し、厳かに飾り立て、人々の前に展示する。糞の臭いを嗅ぐかのように物語の前にひれ伏し、それに夢中になってみせる。『初恋』という短編は、単に恋愛がスカトロジカルな愚行にすぎないと語っているばかりではない。物語を作品として創造し、それを受け取って賞味するという行為そのものが、糞便のこびりついた愚かしい行為であると説いているのである。ここまで読み込んだとき、主人公が父親の死後、恐るべき便秘に悩まされたり、ルルー（あるいはアンヌ）との最初の性交の前に、寝室で排泄するための「夜の壺」を持ってきてほしいと頼んだりする、作品の細部が意味をもってくるのだ。

## 3

19世紀のカトリック教会が刊行したマニュアル本とベケットの短編を取り上げてみた。読者のなかには、人間はここまで愚行に徹することができるのかと呆れ返った人もいることだろう。わたしも同感である。およそ人間の思いつく愚行には際限がない。

とはいえよくよく考えてみると、愚行は数学の概念のように厳密に定義などできるわけがない。また絶対的な基準があるわけでもない。そもそも哲学的概念として成立しているとはとても思えない。何が愚行なのかという議論は、あることを愚行だと判断する者の裁定に任されている。人は愚行とは何かを、直接に問うことはできない。ただそれが誰にとっては愚行であり、誰にとっては真剣な行動であるかを確かめることしかできないのだ。カリエールとベシュテルは人類のいかなる行為をも達観する姿勢を保ちながら、19世紀に執筆された大真面目な書物を愚行として提示してみせる。ベケットは明らかに少し頭のおかしい語り手を設定し、彼が一人称で語るとめどもない言葉を、見えない距離のもとに再現してみせる。この二つのテクストを愚行の言説たらしめているのは、編纂者と著者がテクストに対して携えている批評的距離に他ならない。ベケットはといえば、ニコリともしないで愚行に耽る語り手を、これもまたニコリともしないで眺め、いっさいの私情や感想を差し挟むことなく、彼をして自由に語らせているのだ。

それでは著者がかぎりなく話者に接近し、あるいは接近する演技を行ない、他者の愚行を嘲笑しながらも、みずからの愚行をも語ってみせるというテクストは存在しているだろうか。ボードレールが興味深く思われてくるのは、もっぱらこの点においてである。「われとわが身を罰する者」(ロトンチモルメノス)として、みずからの愚行を読者の前に曝け出してみせること。ボードレールこそはまさにこの二重化された嘲罵を、内面に抜き差しがたく宿していた近代詩人であった。

ボードレールにとって愚行が特権的な主題であったことは、前章に引いた『悪の華』の序詩が、「愚かさ」la sottise の一語から始まっていることからも明らかで、ここに繰り返すこともあるまい。とはいえ序詩はその置かれている場所のせいもあって、抽象的であり観念的である。ボードレールが愚行なるものを具体的にどう認識していたかについては、散文詩集『パリの憂愁』にあたった方がいい。生前に刊行はされずに終わったが、この書物こそは、まさに愚行の総合カタログとでもいうべき書物である。

まず「午前一時に」という作品から引いてみよう。語り手は長い一日を終え、深夜にようやく帰宅したばかりである。


恐るべき生! 恐るべき都市! この一日を振り返ってみよう。何人かの文士に会ったが、そのうちの一人は陸路でロシアに行けるかどうかと私に尋ねた(彼はたぶんロシアを島だと思っていたのだ)。ある雑誌の編集長と気前よく議論を戦わせたが、彼は反論される度に「こちらは誠実な人々の集団でして」と答えた。ということは、他の新聞雑誌はみな悪党どもが書いているということだ。二十人ほどの人に挨拶したが、そのうち十五人は見知らぬ人だった。それと同じ数だけの握手をふりまいた、それも、あらかじめ手袋を買っておくという用心をせずにである。俄か雨の間、時間を潰すために女軽業師のところに上がりこんだら、〈ヴェニュストル〉の衣装をデザインしてくれと頼まれた。

語り手はこうして、その日に見聞した他人たちの愚かさを、次々と列挙していく。彼らは一様に無知であり、傲慢にして図々しい。また偽善的である。語り手は軽蔑を感じないわけにはいかない。女軽業師が〈ヴェニュストル〉と口にしたのは、たぶん「ヴニーズ」（ヴェネツィア）と「ヴィーナス」（ヴェニュス）を混乱していたからだろう。

「手袋」の一語は、他者と触れ合うことの嫌悪と警戒を示している。警句集『火箭』にも「沢山の友人、沢山の手袋」という言葉があるから、どうやらボードレールにとって強迫観念のひとつであったといえるかもしれない。街角をどこまでも散策し、匿名の群衆のなかに溶け込むことを歓びとしながら、一方では他者との接触を蛇蝎のごとくに嫌うというあたりに、彼の相反感情の深さが見て取れる。とはいえ、いささか過激な調子ではあるが、この一節を読んで共感する人は少なくないだろう。わたしにしたところで、ときおり深夜に疲れきって帰宅した時、似たような気持ちに襲われることがないわけではない。

この散文詩は語り手の、いかにも韜晦に満ちた神への祈りで幕を閉じる。

あらゆる人に不満をもち、自分にも不満をもつ私だが、夜の静寂と孤独の中では、いささかなりと我が身を贖い、我が身に誇りをもちたいものだ。私が愛した人々の魂よ、私が歌った人々の魂よ、私を強くしてくれ、私を支えてくれ、この世の虚偽と、腐敗をもたらす瘴気とを、私から遠ざけてくれ、そして御身、主なる我が神よ！　私が人間の中の最低の者ではなく、私の軽蔑する人々に劣る者ではないことを私自身に証するような、数行の美しい詩句を生み出せるよう、どうかお恵みください！


何と敬虔な終わり方だろう。神を罵倒してやまない者が、しおらしく神に懇願の祈りを捧げているとは！　もっとも彼はいきなり全能の神に祈る前に、媒介者として自分が愛し、詩を捧げた親密な人たちに祈りを捧げている。しかしこんなことで驚いていては、ボードレールを読み進むことはできない。これこそが彼の得意とする猫かぶり（ミスティフィケーション）の始まりなのだから。彼は自分が軽蔑する者たちと同類であることを恥じ、立派な詩を書くことによって、彼らに先んじようとしている。衆愚の喧騒を離れ、深夜の静寂のなかで、孤独に詩作に集中しようとしている。詩作の動機を俗衆への蔑意に置くあたりに、ボードレールに独自の韜晦が窺われる。

同じ散文詩集に収められた作品でも、「不都合なガラス売り」では、いささか事情が異なってくる。努めて愚行から身を遠ざけようとしていたはずの語り手は、そこでは逆転して、積極的に愚行に身を委ねてしまう。「自分でも不可能と思われるような素早さで」思いもよらない過激な行動を起こしてしまう。
この散文詩でもまずもろもろの愚行が、ひどく戯画的に強調されて列挙されている。

ある者は、管理人のところに何か辛い知らせが来ているのではと恐れて、自分の住居に入ることをためらい、戸口の前で一時間もびくびくしながらうろついたりするし、またある者は、手紙を二週間も開封せずにいたり、また、一年も前にすべきだった手続きをしぶしぶ片付けるのに六か月もかかったりするのだが、そうした人々が、時には、何か抵抗しがたい力によって、まるで弓から矢が放たれるように、突然、行動に駆り立てられるように感じることがある（中略）
私の友人の一人は、およそこの世に存在し得た中で最も無害な夢想家だが、かつて森に火をつけたことがある。それというのも、彼がいうには、火というものが人が一般に断言するほど容易につくものかどうかを見るためなのだ。実験は十回続けて失敗したが、十一回目には、度を越した成功を収めてしまったわけだ。
また別の友人は、火薬の樽の傍で葉巻に火をつけたのだが、それは運を見るため、知るため、試すためであり、（中略）不安がもたらす快楽を知るためであり、何でもないことのためであり、さらには、気まぐれから、また手持ち無沙汰からである。（前掲）

ブラックユーモアに満ちた書きぶりである。ここで描かれている愚行は、先に引いた「午前一時に」のそれとは、若干趣きを異にしている。「午前一時に」でやり玉に挙げられた者たちは、単に無知で偽善的であるだけで、深層を欠落させた存在であった。彼らは認識においても行動においても、ブルジョワ的な身の保全から一歩も外へ歩みだすことがない。しかるに「不都合なガラス売り」では、もろもろの奇行・愚行に拘泥する者は、なかなか外面からは窺い知ることのできそうにない、移り気で不透明な内面をもつ存在である。なるほど彼らは「気まぐれ」と「手持ち無沙汰」から狂気じみた行為へと走る。だが危険をも顧みず彼らを促しているのは、「倦怠と夢想から奔出する一種の活力」に他ならない。語り手はこうした活力の噴出に深い共感を覚え、みずから進んで、以前に同じ「発作と衝動の餌食」と化したことを告白する。

ある朝、私は不機嫌で、悲しく、無為に疲れた状態で起き上がり、何か大きなことに、派手な行動に駆り立てられているような気がした。

語り手がアパルトマンの七階の窓を開けると、下にはガラス売りがいて、調子外れの叫び声をあげながら、階段を登ってこようとしている。背中には売り物の大きなガラスを何枚も背負っている。「私」の部屋は高いところにあり、階段はひどく狭いから、ガラス売りは部屋まで登りきるまでに、さんざん苦労することだろう。ひょっとしたら商売の割れ物の角をぶつけて、台無しにしてしまうかもしれない。「私」はそう空想すると愉快になる。ただちにガラス売りを呼びつけ、早く上がってこいと命令する。

ついにやつが現れた。私はガラスというガラスをじろじろと検査し、それから彼にこういった、「なんだ？　色付きのガラスは持っていないのか？　薔薇色のガラスや、赤色や、青色や、魔法のガラス、楽園のガラスは？　なんという厚かましさだ！　わざわざ貧民街を歩き回りながら、人生を美しく見せるガラスさえ持っていないなんて！」

「私」はこういって、勢いよくガラス売りを階段の方へ追い返す。彼は不平をいいながら元来た階段を降りていく。だが「私」の意地悪《メシャンステ》はそれだけではすまない。ガラス売りがアパルトマンの戸口の外に現れた瞬間を狙って、彼が背負っているガラスめがけて小さな植木鉢を落下させてみせるのだ。たちまち大音響が響き、ガラス売りは倹しいが貴重な財産を背中の下で粉々にしてしまう。「私」は「自分の狂気に酔いしれて」、彼にむかって叫ぶ。「人生は美しく！　人生は美しく！」

これは壮大な規模の愚行である。作者がこれまで列挙してきたいかなる愚行と比べても意地悪さに満ちていて、性質《たち》が悪い。だがこの愚行が厄介なのは、それがいかなる動機ももたず、身に危険を招きかねないということを重々承知だということだ。その上ですべてがあえて無償の行為としてなされている。「だが」と、語り手は勝ち誇ったかのように宣言する。「ほんの一瞬にせよ悦楽の無限を見出した者のことだ、地獄堕ちの永遠などかまうものか?」

「不都合なガラス売り」の結末は、「午前一時に」のそれとは対照的である。「私」は俗衆の愚行に辟易しているのではない。彼は彼らが無為と倦怠の下に密かに隠し持っている狂気じみた衝動を発見し、その突然の噴出に限りない親近感を寄せている。自分の内面にも同様の意志が隠れていることを知ると、それを過激に実践してみせる。それが危険に満ちた愚行であると知りながらも、というよりその認識ゆえに、愚行をあえて実践してみせるのだ。一瞬ではあるが、彼は無限の悦楽を、魂の崩落を体験する。


ボードレールが『悪の華』の序詩を「愚かさ」という語で始めたことについては、前章で述べておいた。せっかくであるから、彼がその序詩をどのように終わらせたかについても、ここで書いておきたい。

人間の悔恨の原因となるものを次々と並べだしたあげくに、彼は動物園を訪れ、あまたの猛獣や怪物たちに言及していく。金狼《ジャッカル》、豹、牝狼、猿、蠍、禿鷹、蛇……。なかんずく怪物たちのなかで醜く不浄なのが、倦怠《アンニュイ》という怪物だ。でも、あんたはこの怪物のことはもうご存じでしょう? と、語り手は突然読者に向き直って問い質す。

——偽善の読者よ、——私の同類、——私の兄弟よ！


この序詩を細かく読んでみると、冒頭からここまではずっと「われら」という一人称複数で語られてきたのが、最後に到って突然に「私」という単数形に切り替えられていることがわかる。最終連では「私」は読者に向かって、きわめて挑発的な口調で呼びかけている。

「私の同類」Mon Semblable とは何を意味しているのだろうか。それは端的にいって、愚行をともにする者という意味である。愚行は人をして悔恨と倦怠へ導いていく。そのかぎりにおいて、「私」とこの詩を読んでいる読者とは同じ穴の貉《むじな》であり、兄弟といっても不思議はない存在なのだ。ボードレールはそう説いている。ちなみに「読者」も「兄弟」も単数形である。作者は衆人を排して、たった一人の読者に向かい合い、彼に呼びかけているのだ。

わたしが偽善者であるように、きみも偽善者である。わたしが愚かであるように、きみも愚かである。この両刃の剣を思わせる認識において、『悪の華』の序詩と散文詩「不都合なガラス売り」は重なりあう。ボードレールは好んで嘲罵に情熱を燃やし、俗衆を冷笑することにおいて右に出る者のない存在であった。とはいうもののその攻撃のヴェクトルは、高みの安全地帯から発せられたものではなく、究極的にはみずからに回帰するものであった。「われとわが身を罰する者」という言葉のごとく、他人の愚行を嗤うとともに、自分もまた彼らと愚行を分かち持っているという自覚を強く抱いていた。『悪の華』の冒頭で彼が挑発的に掲げているのは、読者もまたその愚行を共有し、愚行において対等であれという呼びかけである。

## 4

カリエールとベシュテルは愚行に対し、どこまでも冷笑的な達観を崩していない。彼らは万巻の書物を渉猟して、これぞという愚行を発見すると、昆虫採集に夢中の者が珍しい南国の蝶を捕獲したときのように展翅板に貼りつけ、標本を作製する。彼らはどのようなことがあっても自分たちの服に泥がかかることはないという確信のもとに、19世紀フランスのとある教区における洗礼マニュアルを引用している。

ベケットの場合はより挑発的な悪意が感じられる。彼は恋愛という行為と、世にあまたある恋愛物語を愚行として嘲笑するために、一人の偏執狂的な主人公を想定し、彼に思いつくかぎりの愚行を演じさせてみせる。作者はこの道化劇の舞台裏に身を潜め、愚行を免れない身である人間の宿命をいくぶんペシミスティックに眺めている。

この両者に対し、ボードレールが愚行に向かい合う態度は大きく異なっている。彼は俗衆の無知と愚昧を憎悪する一方で、人間の生の根底に横たわっている愚行への衝動を本質的なものとして受けとめている。愚行とはわがことなのだ。他人の愚行を嘲笑する一方で、自分もまたその愚行を分有している存在であることを認識し、いくえにも自己韜晦を重ねながら、読者を同じ愚行へと誘おうと試みる。

では愚行に対して宣戦布告をすること。愚行の撲滅を誓い、愚行が根絶された後の清涼たる大地を心に描くこと。それはいったい可能なのだろうか。人は愚行を前に、はたして勝利をおさめることができるのだろうか。

多くの賢人が、哲学者が、道徳家が、こうしたドン・キホーテ的野心に捕らわれてきた。彼らは人類の救済という観念の虜となって、忌まわしい人間の悪徳を地上から一掃することを宣言してきた。だがその一人として成功した者はいない。愚行を消滅させたいという熱心な主張そのものが、焦燥感に満ちた口ぶりと他者の声に耳を傾けない頑強な姿勢から、彼らを否応のない孤立へと向かわせてしまうためである。

最初は黙って耳を傾けていた街角の聴衆も、あまりに長く続く教説の異常さに辟易して去ってゆく。だがそれでも説教者は語ることをやめようとしない。われにこそ真理は宿るという確信のもとに、誰もいなくなった広場で、声を嗄らして語り続ける。今こそ世界の愚行に対して戦いを挑まなければいけない。今こそ時が到来したのだ。とはいうものの、こうした終末論的な情念に促された者たちは、自分たちがまさに愚行の罠に落ちたことに気がついていない。愚行を相手に戦いを宣言すること自体が、すでに愚行なのだという事実を了解していない。彼らは例外なく挫折する。だが挫折の原因を見究めることのできる者はきわめて稀だ。なんとなれば愚行とは本来が鏡の回避であり、自分の姿を距離のもとに眺めることの拒否であるからだ。愚行は愚行自身をけっして認識しない。愚行がつねに勝利を収めるのはそのためである。

愚行を罵倒してやまない者が、まず真先に愚行の犠牲となり、先陣を切って愚行のために奉仕してしまうという矛盾。この逆説をもっとも端的に描いているのが、ジョナサン・スウィフトが匿名で世に問うた『ガリヴァー旅行記』の主人公、レミュエル・ガリヴァーである。

ガリヴァー（この名前はgullible、つまり愚鈍で騙されやすいという形容詞に由来している）はベイツ先生（マスター・ベイツ、つまりマスターベイションの先生）のもとで医学を修め、東インド諸島や西インド諸島へ数度の航海を重ねた船医である。あるとき彼は暴風雨に襲われ、矮人国リリパットに漂着する。2年後に帰国するが、ほどなく再度の航海を試みる。今度は巨人国ブロブディンナグへ漂着してしまう。ここで彼は矮人として扱われ、筆舌に尽くしがたい屈辱を体験する。だがそれでも航海を断念することはない。彼はさらに不思議な島々を次々と訪問し、日本を経由して帰国する。とはいうものの航海への思いは捨てがたく、それから半年も経たないうちに、妊娠中の妻をイギリスの自宅に置いたまま、船長として四度目の航海に出る。今回は海賊に船を乗っ取られ、馬の島に置き去りにされてしまう。

馬の島には高雅にして理性をもった馬フウイヌムと、人間そっくりだが衣服を知らず、野蛮で不潔な獣のヤフーが住んでいる。ガリヴァーは最初、フウイヌムからヤフーと間違えられるが、誤解が解けるとフウイヌムの仲間に加えられる。彼は自分と寸分変わるところのないヤフーを蛇蝎のごとく嫌う。とはいえ衣服が朽ち果てるとヤフーの皮を剝いで服を作り着用する。また曖昧にしか記されてはいないが、馬の餌に馴染めない人間として、どうやらヤフーの肉を秘かに口にしていた形跡がある。かくするうちに4年の歳月が過ぎ、どう見ても外見的にヤフーとの区別がつかなくなったガリヴァーは、馬の国を追放される。このとき彼は53歳である。

ガリヴァーは運よく親切なポルトガル船に救助され、いかにも人格者といった船長から寛容なもてなしを受ける。だが彼はすでに人間とヤフーの区別がつかなくなっていて、船内で精神錯乱の徴候を見せる。故国イギリスに戻り妻と再会を果たすが、彼女に接吻され、そのあまりの悪臭に卒倒する。ヤフーたちと顔を突き合わせるのが嫌で馬小屋に閉じこもり、自伝的航海記の執筆に専念する。その目的は人類の悪徳と愚行を是正することにあった。
ガリヴァーは『旅行記』のなかで、二度にわたって人間の愚行を長々しく嘲罵している。一度目はブロブディンナグの宮殿で、巨人王に対し進言を試みるときである。ガリヴァーは古代ローマの賢人の言を引用し、故国イギリスをさながら理想的なユートピアであるかのように語る。巨人王は食卓の上で何やら饒舌を並べる矮人の道化を面白がって眺め、いくつか厳しく本質的な質問を投げかける。ガリヴァーはそれに答えることができず、しだいに王の語気に圧倒され、故国の政治と歴史について説明をする。王はただちに感想を述べる。「それでは陰謀、叛逆、殺人、虐殺、革命、追放の連続ではないか。貪欲、内紛、偽善、背信、残虐、憤怒、狂気、憎悪、嫉妬、色欲、悪意、野望といったことがらの産む、最悪の事態ではないか」と。次の拝謁の機会にはもはやガリヴァーは故国を弁護することができなくなっている。王はひどく怒り、張り裂けんばかりの大声で結論を下す。「きみの国の連中の大部分は、自然が大地の表面を這いずりまわることを許した卑小で忌わしい害虫どものなかでも、害悪の甚だしさにかけては右に出るものもない種族なのだ。」（『ガリヴァー旅行記』第2部6章）
巨人王の言葉という虚構を借りてはいるものの、ここで語られているのは、スウィフト本人の人間観である。それはきわめて強烈な軽蔑と憎悪に満ちてはいるが、それでも一応はイギリスの政治と歴史という枠組みの内側に留まっている。語り手のガリヴァーは王の言葉に衝撃を受け、大いに動揺はするものの、精神に異常を来《きた》すわけではない。彼は王の嘲罵を引き出すための媒介であり、挑発者にすぎない。
だが第4の、つまり最後の航海における主人公とフウイヌムの邂逅は、より深刻かつグロテスクな結果に終わる。ここでもガリヴァーは馬の一族の一人にむかって、長々と故国のありさまを説明する。とはいうものの、嘲罵の対象となるのはもはやイギリス人ではない。およそ人間が人間であるという自明の理そのものが疑問に問われることになる。ガリヴァーは対話者の言葉を媒介することをやめ、みずから狂信的に人類の矯正とヤフーの撲滅を口にするまでになる。このフウイヌムとの対話において重要なのは、対話が進行していくにつれてしだいにガリヴァーの人間としての自己同一性に罅《ひび》が入り、その結果、罵倒の身振りだけが偏執狂的に拡大されていくことである。

わたしはこの優れた四足獣のもつ多くの美徳を人間の堕落と照らしあわせてゆくうちに、眼から鱗が落ち、心が開けてくるような気がしてきた。人間の行動や情欲を以前とはたいそう違った眼で見るようになり、同族の体面など口に出す価値もないものだと考え始めたのだ。（……）もうけっして人間界には戻るまい。むしろ余生をこの愛すべきフウイヌムの間で瞑想と徳行に励みつつ過ごしたいと、固く心に決めるに至ったのである。（第4部7章）

ガリヴァーはフウイヌムを心から讃美する一方で、ヤフーを深く憎悪している。だがヤフーたちは彼を仲間だと思い、排泄物を投げつけたりして意志の疎通を図ろうとする。雌にいたっては、性的交渉を求めてくる者までいる。ガリヴァーにとってさらに我慢がならないのは、フウイヌムたちが彼をヤフーだと見なし、その集落の近くに住居を宛てがったことだ。彼らの自己完結した社会は、知恵あるヤフーなる矛盾的存在を了解することができない。無謬性を誇るフウイヌムにとってガリヴァーの出現は醜聞であり、それゆえに彼は島を追放されてしまう。一方、フウイヌムに同一化しようと努めてきたガリヴァーは、帰国しても馬の嘶き声を真似て奇声を発したり、馬小屋に好んで入り浸るようになる。

16年と7ヵ月にわたる航海は、こうして無残でグロテスクな挫折に終わる。ガリヴァーはフウイヌムの「完璧なる」理性に同一化しようとして、人間としての自己の尊厳を放棄し、狂人と化してヨーロッパ世界へと帰還するのだ。とはいえヤフーの皮を上衣代わりに着込み、ヤフーの毛髪で編んだ靴下を履いて人間世界に帰還したガリヴァーとは、名実ともにヤフーそのものと化した存在ではないだろうか。

ガリヴァーは「人類を啓蒙し、教化しようという高邁な目的」を心に抱きながら、回想録の執筆に邁進する。自分の書き物は巷に氾濫している偽旅行記とは何の関係もないと語り、高潔なるフウイヌムの国に長く滞在したため、「もう虚偽という意味すらほとんど忘れてしまった」と書きつける。彼を衝き動かしているのは真理への意志なのだ。

とはいうものの、ガリヴァーの情熱は理解されない。フウイヌムに倣ってみずからの無謬性を確信し、人類最大の悪徳とは傲慢さであると宣言したものの、彼は人間世界でまったき孤立に陥ってしまう。苦心惨憺の末に完成した航海記（『ガリヴァー旅行記』の本体にあたる）にしても、出版社によって勝手に改竄されて刊行される始末だ。ガリヴァーはただちに抗議の書簡を認めるが、あっさりと無視される。著者の真摯なる主張は、編集者には理解されない。こうしてイギリスのヤフーを矯正し、人類を教化するという夢は灰燼と化し、著者は失意と絶望のどん底へと突き落とされる。ガリヴァーがなそうとしたことのすべてが、愚行の名のもとに一蹴されてしまう。

ガリヴァーは故郷の田舎に隠遁し、それ以後の消息は不明である。

人類の愚行を激しい口調で罵倒する者が、いつしか精神の均衡に異常を来し、ついにみずからも救いがない愚行に陥ってしまう。『ガリヴァー旅行記』の主人公を襲ったこの悲痛なる逆説は、愚行を撲滅し、人類を教化救済しようという試みがつねに挫折し、後には惨たらしい狂気しか残らないことを、端的に語っている。

『ガリヴァー旅行記』が執筆された背景には、イギリス人であるにもかかわらずアイルランドに生を享けた著者スウィフトが、若き日に本国の手になる粗悪貨幣鋳造に怒り、反イギリス闘争に深く関わったという体験が見え隠れしている。高々と掲げられた政治的理想が挫折したとき、彼は政界の舞台であったロンドンを去り、聖パトリック教会の司祭となってダブリンに引き籠った。現実の政治闘争での敗北が、スウィフトをして匿名の空想旅行記を書かせた。そこでは真理は我にありと確信し、誇大妄想の虜となった主人公が、人生の終わりに際し愚かな道化芝居を演じるさまが、グロテスクな筆致のもとに描かれている。

## 5

過激な口吻をもってなす罵倒家が、あまりの過激さゆえに攻撃のヴェクトルを反転させてしまい、知らず知らずのうちにみずからを罵倒の対象に仕立て上げることになるという皮肉な事態は、何も18世紀のスウィフトに限ったことではない。すべてを嗤う者がふと気が付くと、自分で自分をも嗤っていたという認識の自己言及の物語は、ルキアノスやペトロニウスといった古代ローマの戯作小説の時代に、すでに定型化され、文学ジャンルとして成立していた。このジャンルの形成にあたっては、それに先立って古代ギリシャに物真似芝居やソクラテス風対話を始めとする「真面目な茶番」の伝統が存在していた。紀元前3世紀にガダラに生きた哲学者メニッポスの名に因んで、「メニッペア」Menippeaと呼ばれるこのジャンルでは、嘲笑や罵倒は直線的で一方的な攻撃という形を取らず、より複雑な構造のもとに現れる。笑いは多くの場合、対象から反転して主体に回帰し、語る者を語られる者と同じ平面に立つ、笑われるべき存在へと引き摺り下ろしてしまうことになる。

ルキアノスの対話篇『ティモン』(後にシェイクスピアの戯曲『アセンズのタイモン』の原作となった)では、富裕な身の男ティモンが友人知人に集《たか》られ騙され、貧窮の身に落ちぶれてしまう。彼はすっかり厭世家となり、神々が訪れても、人間の嘘と欺瞞を非難してやまない。そこで神々は彼を一気に、以前にも増して富裕な身分へと持ち上げる。ふたたび友人たちが群がってくるが、猜疑心の塊となったティモンは、石を投げて彼らを追い払おうとする。この対話篇では富に群がる人間の愚行が細かく描かれているとともに、その愚行を憎むあまりに過剰な攻撃性を発揮する主人公の道化ぶりが、やはり愚かなものとして描かれている。

別の対話篇『ニグリノン』では、人間の虚偽と愚昧を声高に非難し、自分だけが真理に到達したと嘯く「賢人」がやり玉に挙げられる。嘲笑の対象とされるのは作者と同名の語り手、ルキアノスである。

ルキアノスは眼病治療のためローマに赴き、隠者ニグリノンに出会って、プラトン哲学の教説を教えられる。彼は世界の究極の真理を知ったと思い込み、それ以来、現世のすべての出来ごとに軽蔑を抱くことになる。だが対話者である彼の友人には、その回心が狂気の沙汰としか思えない。ルキアノスの長々としたニグリノン讃美に対し、友人は、狂犬に嚙まれた者が怒り狂って、自分もまた狂犬のように振舞い、その結果、嚙まれた人がさらに狂気に陥るようなものだと、冷静に批評する。ルキアノスは友人からその愚行を暗黙の裡に嗤われているのだが、その事実に気が付いていない。彼は自分が真理を獲得したという思い込みに酔っていて、他人の愚行を嗤うことで精いっぱいなのだ。彼は身体的に眼疾を患っているばかりか、精神においてもモノを明確に認識することができなくなっている。ルキアノスはこの対話篇の語り手にあえて自分の名を与えることで、みずからの愚行をも見つめることができる道化戯作者として、自分を差し出して見せた。

ルキアノスの作品を特徴づけているのは、世界にはまだ最終的な言葉は語られていないという態度である。絶対的な真理に到達したと確信する者、世界と人生について究極の結論に到達したと吹聴する者たちは、彼の筆によってことごとく嘲笑され、その行為の愚かしさを罵倒される。単一の視座に固執して世界を判断する者は、別の視座から発せられる別の声に出会うことで、その観念性を相対化されてしまうのだ。世界はつねに開かれた未知のものであって、それを認識において閉鎖してしまう者は、気づかぬままに愚行を重ねている。ルキアノス本人も例外ではない。作者は機会あるたびに自分の分身と思しき人物を登場させ、ある距離のもとにその愚かさを暴き出す。ある者が笑いの対象とされたとき、同時に笑う者もまた別の者から笑われる運命にある。

## 6

メニッペアという文学ジャンルは古代ローマに端を発し、けっして正統的な文学規範として認められはしなかったにもかかわらず、その後の西洋文学の流れのなかで重要な役割を果たすことになった。大真面目なものの威厳を嘲笑し、同時に嘲笑しているみずからをも嘲笑するというのが、その基本的な姿勢である。ラブレーの『パンタグリュエル』では、巨人王の従者でも才知と美貌を誇るパニュルジュが、いかなる論戦にも打ち勝つほどの知性をひけらかす。にもかかわらず彼はひどく臆病で、思いもよらぬところで無様な失策を見せてしまい、一同の憫笑を買う。セルバンテスの『ドン・キホーテ』では堕落した世俗社会に憤慨した自称騎士の老人が、今こそ正義と口にして孤軍奮闘する。とはいえ彼は誇大妄想に憑かれた狂人に他ならず、いたるところで困難な矛盾に遭遇する。

『運命論者ジャックとその主人』のディドロからサド、ロートレアモン伯爵を経て、20世紀の前衛文学に到るまで、メニッペア的な思考は時代に応じて姿を変え、真理をめぐる権威的言説をも愚行として嘲笑しつつ、観念の位階的秩序を攪拌させるという役割を果たしてきた。その根底にあるのは、世界をめぐる最終的な言葉はまだ語られておらず、絶対的真理を標榜するいかなる声も、その本質において虚偽であり、相対化されるべきものであるという立場である。

19世紀においてこのメニッペアをもっとも大規模に展開し、その可能性を集大成してみせた小説家は、ドストエフスキーに他ならない。彼はミハイル・バフチンが『ドストエフスキーの詩学』においてまさに指摘したように、自作を絶対の視座、単一の超越的な声のもとに統括することに無関心であった。『白痴』にせよ、『悪霊』、さらに『カラマーゾフの兄弟』といった長編小説を構成しているのはつねに複数の登場人物の議論であり、それはいうなれば声の混淆、視座の多元化である。ひとつの声を持つことは、そこではひとつの世界観に立つことを意味している。人物たちは機会あるたびにそれぞれの世界観をぶつけあい、他者の声を媒介として自分を変容させてゆく。

ドストエフスキーにあっては、たとえ全篇が語り手の一人称の語りで終始している場合にも、この構造には変わりがない。主人公がただひたすら語り続ける作品においても、声はしばしば分裂して互いを批判し合い、言葉には見えない対話の痕跡が色濃く残されている。その典型的な例として、中編『地下室の手記』を取り上げてみることにしよう。
『地下室の手記』の主人公、つまり語り手は、冒頭から自分を「病んだ人間」「意地の悪い人間」だと呼ぶ40歳の独身男性である。どうやら以前はペテルブルグの役所で八等官という職を得ていたのだが、遠縁の親戚が遺してくれた遺産が転がり込むとあっさりと仕事をやめ、地下の一室に閉じこもって何やら書き物をしている。壁を見つめて夢想に耽ることが彼の日課であり、その言葉は彼の自意識がきわめて混乱した状態にあることを示している。

いやらしいペテルブルグの夜ふけどき、自分のねぐらに戻りながら、ああ、今日も俺は醜悪な真似をしでかしたぞ、だが、できてしまったことはどうせもう取返しがつかないんだと、ことさら強く意識しては、心中ひそかに自分を苛み、我と我が身を嚙みさき、切り刻み、しゃぶり廻す。すると、ついにはこの苦痛が、ある種の恥ずべき、呪わしい甘美さに変っていき、最後には、正真正銘、ほんものの快楽に変ってしまうのである。そう、快楽に、まさしく快楽になのだ！

深夜に自宅に戻り、孤独のなかで自分の一日の愚行を振り返ったり、自分の内面を意図してサディスティックに苛んだりする。この語り手には精神においてボードレールの血族ではないかと、強烈に印象付けるところがある。彼は自分が体験した卑小な屈辱のなかにも、日夜苦痛をもたらす歯痛のなかにも、それなりに快楽が存在しているのだと挑発的に語る。この手記の基調音をなしているのは怨恨と後悔、狂気じみた饒舌である。
現代の社会は利益と効率によって動いている。かつては正義の名のもとに、平然と残虐な行為を行なってきたが、現在ではやましい良心に苛まれながら、それに目を瞑って残虐行為に手を染めている。表向きは万能なる理性に導かれ、水晶宮に代表されるよりよき未来を信じて、何ごとにおいても聡明に振舞おうとしている。こうした傾向に対し、語り手は真っ向から異議を唱えてみせる。

だが、くどいようだが、僕は繰り返していいたい。たった一つ、ほんとうにたった一つかもしれないが、人間がわざと意識して、自分のために有害な、（中略）他でもない、自分のために愚にもつかぬことまで望めるという権利、自分のためには賢明なことしか望んではならないという義務にしばられずにすむ権利、それを確保したい、ただそれだけのために他ならないのだ。なぜといって、この愚にもつかぬこと、気まぐれ以外の何物でもないことが、実は、諸君、この地上に存在する一切のもののなかで、僕ら人間にとって何よりも有利なものかもしれない、とりわけ、ある種の場合にはそうなのかもしれないのだから。特殊な例をとるなら、たとえばそれが明白に害をもたらし、利益についての僕らの常識のもっとも健全な結論に反するような場合でさえ、やはりそれはあらゆる利益よりもさらに有利なのかもしれないのだ。

こうして語り手はまず、人間には愚行をなす権利があると主張する。なぜ愚行なのか。それは理性万能のこの世界でただひとつ、「僕らの個と個性とを僕らに残しておいてくれる」「僕らにとって一番大事で貴重なもの」であるためである。

だがそう説いた直後、語り手は豹変して、今度は人間の愚行を非難してみせる。

たとえばこの世には、徳の高い、思慮正しい人たち、立派な賢人や人類愛の唱道者などがつぎつぎと現れてきて、できるかぎり美徳と叡知にみちた行動をとり、いわば自分の光によって隣人の道を照らすことを生涯の目的にし、そうすることによって、この世のなかでは実際に美徳と叡知を持って生きることが可能であると、隣人に示そうとしているふうだ。ところが、どうだろう？　周知のように、こうした人類愛の先生たちのほとんどは、おそかれ早かれ、生涯の終わり近くなると、自分で自分を裏切り、一口話のたねになるような、それもときには下劣きわまるような行為をしでかすものなのだ。そこで、諸君に聞きたいが、こういう奇妙な特質を生まれながらに持ち合せた動物である人間から、いったい何が期待できるものだろうか？　ひとつこうした人間に、あらゆる地上の幸福を浴びせかけ、幸福のなかに頭からすっぽり沈めてしまって、ちょうど水面と同じに、ちっぽけな泡だけがわずかに、幸福の表面に浮かび上がるというようにしてみたまえ、また人間に十二分の経済的満足を与えて、眠ることと、ハッカ入りの蜜菓子を食べることと、世界史が断絶しないよう気を配ること以外には、文字通り、何もすることがないようにしてみたまえ。それでもなおかつ人間というやつは、ただもう恩知らずの気持ちから、中傷根性から、けがらわしいことをしでかすものなのだ。蜜菓子を棒にふる危険を冒してまで、わざわざ身のためにならぬたわごとを、およそ非経済的なナンセンスを求めるわけで、それもただただ、そうしたけっこうずくめの合理主義に、破滅的な幻想の要素を混じようためだけなのである。ところで人間が、そんな突拍子もない夢想やら、あさましいばかりの愚劣さに必死にとりすがるのも、ただただ、人間がいまだに人間であって、ピアノの鍵盤ではないことを、自分で自分に納得させたい（まるでそれが絶対不可欠事ででもあるように）、そのためだけにほかならないのだ。

人間はいかに美徳と叡知をもった者であっても、生涯が終わりに近づくにつれて、ついつい下劣で愚かしい振舞いを演じてしまう。いかに恵まれた生活をし、充分に幸福を享受している身であっても、わざわざ破滅的な幻想に足を取られ、必死になって愚行に取りすがってしまう。いったいそれは何を意味しているのだろうかと、語り手は自分に問い質す。なぜ愚行は人間にとって必要であり、かつ必然であるのか。

こうして語り手は堰を切ったかのように饒舌を振るう。だが結局のところ、「何もしないのが一番いいのだ！　意識的な惰性が一番！　だから、地下室万歳！」と叫ぶ。この忙し気な道化の一人芝居に立ち会っているうちに、読者は愚行を論じるこの語り手こそが、まさに典型的な愚行を演じているという強い印象を受けることになる。
ほどなくして語り手は奇妙な分裂と自己嘲笑に陥ってしまう。真摯な、というよりむしろひどく切迫した口調を弄する一方で、自分が目下「書きなぐったこと」を、自分は一言も信じていないのだと開き直る。語り手のもう一人の自我が出現して、歯に衣を着せず、語り手を批判し嘲笑する。

きみは生活に飢えているくせに、自分では生活上の問題を論理の遊戯で解決しようとしている。きみの言い草は、なるほどひどくくどくて、厚かましいが、そのくせきみはびくびくものじゃないですか！（中略）
たぶん、きみにしたって、苦しんだことはあるのだろうけれど、きみは自分の苦悩なんて屁とも思っちゃいない。きみには真実はあっても、純真さが欠けている。つまり、きみは、実にけちくさい見栄から、きみの真実を恥ずかしげもなく見せものにして、安売りをやらかしているんですよ……たしかにきみにも何か言いたいことはあるのだろうけれど、恐ろしくて、その最後の言葉を隠している。

『地下室の手記』は主人公の独白からなっている。だがこうした一節を見るかぎり、叙述の細部において語る声はしばしば二つに分裂し、互いに相手方を批判しあっている。それはいうなれば個人の内面で演じられる〈見えない対話〉であり、この作品が本来的に対話論的な構造を持っていることを暗示している。作者であるドストエフスキーはそのいずれの側にも与《くみ》さず、どこまでも二筋の声どうしが戦いあい、戦いを通して発展していくさまを眺めている。彼はけして読者の前に結論を差し出さない。
『地下室の手記』の後半部では、前半部の観念的でいくぶん誇大妄想的な独白とは対照的に、主人公が40年間の人生において体験した、悲嘆と屈辱をめぐる具体的挿話がいくつか紹介されている。それはいずれもきわめて卑小なものである。
主人公はまず、かつて自分が勤務していた役所での同僚をめぐる忌まわしい思い出を語る。

ぼくは現代の知的人間にふさわしく、病的なまで知能が発達していた。ところが、やつらときたら、どいつもこいつも鈍感で、しかも、まるで羊の群れのように、おたがい同士そっくりなのだ。たぶん、役所中でぼく一人だけが、自分は臆病者で奴隷のような存在だといつも感じていたのかもしれない。そう感ずるのは、ほかでもない、ぼくが知的に発達していたからである。しかし、じつをいうと、それはそう感じられただけではなく、実際にもそうだったのだ。

語り手はこのように、かつて職場で感じていた強烈な自意識について回想する。彼はひどく孤独であり、同時に傲慢であって、周囲のあらゆる人々を軽蔑している。だがこうした言説は彼の内面において完全に閉じていて、外部からの眼差しを頑強に拒否するという姿勢で一貫している。いや、より正確にいうならば、彼は自分に向けられた他者の評価や意見をあらかじめ想像し、それを先取りして自分の内側で処理してしまう。そのため、自分のことを話しているつもりで、そこに次々と他者が見るであろうはずの自分の像が挿入されてしまい、独白は混乱した、支離滅裂なものと化している。「ぼくはもうそのころから、自分の内心に地下室をかかえていたのだ。何かの拍子に人に見られはすまいか、だれかに行き合いはすまいか、素姓を知られはせぬかと、そればかりがやけに気になった。」読者は結局のところ、この人物がいったい何者であるかを、最後まで理解できずに終わる。彼はただ空虚に帰着する饒舌を繰り返すだけであり、そこには真の意味で他者が批評をする契機が完全に欠落しているからだ。

回想のなかで、主人公は愚行への尽きせぬ衝動に駆られている。彼は夜ごとに街角を徘徊し、「きたならしい女遊び」に耽っている。彼はあるとき一軒の安レストランの前を通りかかって、喧嘩をしている客たちの一人が窓から突き落とされるのを目撃する。「そのときはどうした加減か、窓から突き落とされたその紳士がふいに羨ましくなった。羨ましさのあまり、その安料理屋の撞球場まで入っていったほどである。〈ぼくもひとつ殴り合ってみよう、そうすれば、ぼくも窓から突き落とされるだろう〉というわけだった。」

もちろん彼は実際には窓から突き落とされることもなく、喧嘩もせずに終わる。ただこのときたまたま身長2メートルもある巨漢の将校と鉢合わせになってしまい、彼の道を塞いでしまうことになる。将校は主人公の両肩を摑んで脇にどかせると、そのまま彼を無視して先へ行ってしまう。主人公はこれを大いなる侮辱と受け取り、それ以来、何とか報復の機会を狙うことになる。将校の姿を目にすると、遠くから彼の後を付け、名前や住まいを調べ上げる。将校のことを戯画化して、暴露小説を執筆してやろうと空想する。謝罪を要求する手紙を執筆し、それが拒絶されたら決闘に持ち込もうなどと計画を立てる。自分の知性によって彼の品性を高めてやることができるならばと、空想に耽る。将校がよく姿を現わす大通りを知ると、まるで惹き付けられるかのように、足しげくそこに通うようになる。

今度将校と鉢合わせになったときには、けっして道を譲らず、むしろ故意に衝突してやろうと、彼は決意を固める。とはいうものの、いざ将校を目の当たりにしてしまうと、どうしてもそれができない。ぶつかりそうになると、またしても自分の方が道を譲ってしまう。一度はもう少しで決行しかけたのだが、結局、相手に足を踏まれただけで終わる。あと数センチというところで、こちらの意気が挫けてしまったからだ。こうして2年の歳月が流れた。

自分の勇気のなさにすっかり意気消沈していたとき、ひょっこりと将校が現われる。主人公は蛮勇を振り絞り、目を瞑って将校の肩に自分の肩をぶつけてみせる。


ぼくは一センチだって道を譲ろうとはせず、完全に対等の立場ですれちがった！　彼はふり返ろうともせず、何にも気がつかないようなふりをした。しかし、それはふりをしただけだった。ぼくはそのことを確信している。いや、ぼくはいまでもそのことを確信している！

もちろん、よけい痛い目を見たのはぼくのほうだった。彼のほうが力が強いのだから。しかし、そんなことは問題じゃなかった。問題は、ぼくが目的を達したこと、品位を落とさず、彼に一歩も道を譲ろうとせず、公衆の面前で社会的に彼と同等の人間だということを見せつけてやった点だった。ぼくはもう何の思いのこすところもなく家に帰った。僕は有頂天だった。

『地下室の手記』では、作品の前半部における誇大妄想的な夢想とは対照的に、後半で語られる回想のなかのこうした挿話はきわめて卑小で、狭量な自意識の産物であるように思われる。主人公の行動は、今風にいうならば明らかにストーカーである。その強烈なる思い込みは、一歩間違えば衝動殺人に転化しかねない危険を含んでいる。読者は作品の最初の方で語られた、「自分のために愚にもつかぬことまで望めるという権利、自分のためには賢明なことしか望んではならないという義務にしばられずにすむ権利」という言葉が、この挿話を通してみごとに実現されていることを知る。だが、それは何と卑小でとるに足らない行為であろう。効率一辺倒の社会の風潮に抗って、人類の愚行権を果敢にも掲げた語り手が実践することができたのは、かかる愚行に過ぎなかったのかという印象だけが、読者には残されることになる。
作者であるドストエフスキーは、こうした主人公の独白の裏側に身を潜め、彼を人形芝居の人形のように操作している。主人公はその過大なる自意識に妨げられて、自分の外側の世界を見つめることができない。地下室に引き籠っているという主人公の状況は、隠喩的な意味をもっている。彼は自分の外部にいる他者と言葉を交わすことを拒絶し、ただ他者の眼差しを想像上に設定して、それにワクチン処理を施すと排除してしまう。作者はこうした語り手のあり方を高次の次元から眺めながら、耳を傾ける者とていないままに際限なく続くその声に対し、それがけっして超越的な声ではありえず、むしろ実際には聞き取ることはできないにせよ、不在の他者の声によって相対化された声にすぎないという残酷な事実を、読者の前に提示しようと試みている。主人公はなるほど人間の愚行の権利を弁護し、みずからの過去の愚行を告白までしてみせた。だがそうしたことが真の愚行ではない。彼が本質的に愚かな存在であるのは、独白することでじぶんが超越的な声を手にしていると信じ込んでいるところにある。こう考えてみたとき、『地下室の手記』の語り手が、古代ローマのルキアノスが好んで描いた、真理は我にありと確信する愚者たちの、みごとな継承者であることが判明する。『ガリヴァー旅行記』の老いたる航海者がそうであったように、人類の運命をめぐって大言壮語を重ねるにもかかわらず、それゆえにみずからの姿を鏡に映し出す契機を見失ってしまった愚者であることが理解されてくる。

愚行を糾弾するにせよ、それを擁護するにせよ、どちらでもよい。愚行をめぐって真理に到達したとひとたび信じえた者が、いつとはなしに知らずと愚行を実践してしまう。いうまでもないことだが、こうしたメニッペア的原理は、古代から近代を通し、現代にいたるまで、小説というジャンルが展開していくにあたり、大きな役割を果たしてきた。とはいうものの、それは西洋文学に限定されるものではない。日本や中国といった東アジアの文学史を繙くならば、そこにも豊かな実践を見ることができる。詳しくは本書の後の方で論じることにしたいが、このジャンルの伝統をきわめて壮大な規模のもとに実践してみせた現代日本の文学作品の例として、ここではとりあえず埴谷雄高の『死霊』の名前を挙げておきたい。半世紀にわたってひたすら書き継がれ、一応は作者によって完結が宣言されたものの、本質的には巨大な開口部を残して中絶されたこの長編小説については、その主題においても、エクリチュールのあり方においても、まさに世界文学に例をみない壮大な愚行という言葉がふさわしい。だが物語の内側に足を踏み入れてみると、そこが登場人物たちによる奇行と愚行のオンパレードであることが判明する。『死霊』についてはいずれもう一度言及することになるだろう。

# ぼくはあの馬鹿女のことをみんな書いてやる　フローベール

## 1

1845年5月26日、長編小説『感情教育』の初稿をようやく書き上げ、一息ついていたギュスターヴ・フローベールは、ジュネーヴに旅行し、5歳年長の友人ル・ポワトヴァンに向かって、興奮した調子で手紙を書き送る。彼は24歳で、バイロン卿が詩に描いたシヨン城を訪れ、地下牢の柱の一本にその名前が記されているのを発見し、強い歓喜に襲われたのだった。

それを見ていると、ぼくは喜びでうっとりしてしまった。囚人なんかよりバイロンのことを考えた。専制政治とか奴隷制といわれても、何も思いつかなかった。ある日ここにやってきて、あちこちを歩き回り、石の上に自分の名前を書きつけた、顔色の悪い男のことを、ぼくはずっと思い浮かべていたのだ。こんな場所にまでわざわざやってきて、自分の名前を書きつけるなんて、よっぽど勇気があるか、でなければ馬鹿に違いないよ。

バイロンの署名は灰色の柱に斜めに刻まれていて、経年のためすでに黒く変化している。名前の下のあたりはいくぶん傷んでいるが、地下牢に入るや、ただちに目に飛び込んでくるような場所に記されている。フローベールはその五つの文字を前に、もの思いに耽る。少年時代からラブレーとバイロンだけは別格で、アイドルともいうべき存在であったことが思い出されてくる。なんとなればこの二人だけが「人類に害悪を及ぼし正面切って嘲笑する目的で書いた」(1838年9月13日、シュヴァリエ宛て書簡)からだ。未来への希望に満ちた文学青年は、自分の名前が栄光のもとに石柱に刻み込まれ、永遠に記憶されることを、こっそりと夢想している。

ところがそれから5年後、1850年10月、彼はギリシャのトルコ沿岸に近いロードス島から叔父パランに宛てた手紙のなかでは、まったく正反対のことを書いている。つい前日に訪れたアレクサンドリアで、古代遺跡の上にイギリス人らしき観光客が自分の名を刻み込んだというので、大いに立腹しているのだ。


ねえ友よ、馬鹿どもの沈着さというものを、これまで考えてみたことがありますか。愚鈍とはビクともしないものなのです。攻撃なんてできるわけがない。こちらが木っ端微塵になるのが落ちです。花崗岩のように硬くて頑丈なやつ。アレクサンドリアでは、サンダーランドのトムプソンなる人物が、ポンペイの柱の6フィートの高さのところに、自分の名前を書き残していました。４分の１マイルも離れたところからでも読めるくらいです。トムプソンという名前を見ずして柱を眺めるわけにはいきません。だから否応なしにトムプソンのことを考えてしまうのです。この白痴は記念碑と合体して、碑とともに不朽のものとなったのです。どういったらいいのか、こいつは自分の文字の派手派手しさで、碑を台無しにしているのです。未来の旅行者に自分のことを考えろ、忘れないようにしろと命令するなんて、なかなかできることじゃないではありませんか。馬鹿というのは、多かれ少なかれ、このサンダーランドのトムプソンのようなやつです。人生、生きている間に、美しい場所を訪れ、せっかく清浄な一角に足を向けたというのに、こうした連中に何とたくさん出会ってしまうことか。ぼくたちを台無しにしてしまうのは、決まってこいつらです。連中はいくらでもいて、幸せそうで、いなくなったなと思ってもいつでも戻ってくる、それも健康この上なく。旅行をしているとごまんと出会うもので、いくらでも思い出せるほどです。まあすぐに消えてくれるから、面白いだけかもしれない。これが毎日の生活だったら、最後には頭に来てしまうわけですけど。

フローベールは転向したのだろうか。永遠の相のもとに自分の名前が記憶されるという幸福な夢想をもはや捨て去り、神聖なる古代遺跡を破壊した観光客に怒りを感じるだけの身になっていたのだろうか。伝記的事実はその前年、マキシム・デュ・カンとともにオリエント旅行に旅立つ直前に、彼が当のデュ・カンから初稿『聖アントワーヌの誘惑』を完璧に否定されたことを語っている。この事件がフローベールに大きな衝撃を与え、もはやかつて信じえたようなロマンティックな文学趣味から彼を遠ざけてしまったことは否定できない。だが、はたして事態はそれほど単純なものなのか。われわれはこの第2の手紙をもう少し丁寧に読み込んでみることにしよう。

フローベールは最初、トムプソンが行なった蛮行に対し、強い憤りを感じている。この馬鹿なイギリス人は自分の名前を不朽のものにしたいという一心から、石柱にそれを大きく彫り込んだのだろうか。なるほどそれは巨大な円柱の表面に付けられた疵にすぎない。だがその表面ゆえに円柱の本質、つまり円柱の深さを支配し、それが本来的に携えていた意味を変えてしまった。今では円柱はアレクサンドリアの栄華を示す記念碑などではなく、人間の根拠もない愚行の記念碑へと低落してしまった。フローベールはこうして、トムプソンの何気なくなされた愚行を非難してやまない。

トムプソン事件は、サルトルにとっても重要な意味を持っていたようである。彼は大著『家の馬鹿息子』のなかで、数頁にわたってそれを論じている。「トンプソンは自分を永遠の作品の寄生虫たらしめて、本来ならば芸術家たち、すなわち不幸にも歴史に名を記憶されなかったこの人たちに帰すべき栄光を、簒奪したのである。」（鈴木道彦訳）サルトルはこう断言した後、ひとまず勝利者としてのトムプソンの肖像を描いてみせる。トムプソンは偉大なる石柱の栄光を盗み取り、その永遠性に「寄生」して生き続けるであろう。だが永久に愚か者と見なされることが勝つことなのだろうか。サルトルはこの問に答えていわく、「なぜなら愚か者は無数《レギオン》だからであり、その彼らが一人残らずこの厭わしい仕草をくり返すことが可能だからだ。なぜなら人類は馬鹿だからだ。」と論を進めている。

サルトルの論の進め方はまことに魅力的であり、愚行に対する憤激の心理を充分に説明しているように思われる。だが、ここで一歩退いて、そもそもこのトムプソンなる無名の人物に、かかる功名心、野心がまったく存在していなかったとすればどうなのか。

記念碑的な場所に自分の足跡を刻み付けるという行為は、けして珍しいことではない。『西遊記』の初めの方では、如来様と対決した孫悟空が宇宙の果てにまで飛んでいこうとする。ほどなく進んだところで五つの山が見えてきたので、その一つに「斉天大聖様がここに来たぞ」と落書きをし、ついでにオシッコまでひっかけていく。この話には、五つの山と見えたのが如来の五本の指にすぎなかったという落ちがついているのだが、さすがにこの頑要《やんちゃ》な猿の生国だからなのか、中国の観光地に行くと、あちらこちらに「何某到此一遊」(オレはここに来たぞ)という落書きが眼に入る。日本でも最近は鳥取砂丘で、同じような落書きが増えて困っているという話を聞いた。もっともそうした悪戯をした観光客が、自分の存在を永遠不朽のものに変えたいという願望に突き動かされていたとは、とうてい思えない。おそらくは単に面白いから、何気なく名前を書きつけてしまったのだ。

サルトルは、わたしにはいささか生真面目すぎるように思われる。トムプソンの行為は、さしたる動機も根拠もなく、無自覚なままになされた悪戯ではなかっただろうか。それは威厳ある物語を深層に抱えもった石柱の表層に刻まれたエクリチュール、いうなればシニフィエ(記号内容）を欠落させたシニフィアン（記号表現）である。目的もなく、効率も度外視して、その場に留まり続けているオブジェという点では、かつて赤瀬川原平が意味不明の建築物を前に唱えた「トマソン」の眷属であるといってもよい。とはいうものの興味深いのは、この表層が深さを遡行して構築し、トムプソンこそは円柱の本質であると主張し始めていることである。

ここでわれわれは、フローベールが単に憤慨感だけを抱いているわけではないことに留意しなければならない。かつてバイロンの署名に心躍らせた文学青年は、有体にいってトムプソンに嫉妬しているのである。この無名のイギリス人がさりげない悪戯を通してその名を不朽のものとなしえたことに、反撥とともに、尽きせぬ羨望の念を抱いているのだ。いったい自分の名前をモロッコ皮の書物の背表紙に残すことと、古代の円柱に残すことは、どこが違うというのか。もし後者を愚行であるとするなら、前者もまた飛び抜けて愚行であり、自分はその愚行目掛けて日夜努力を重ねているのではなかったか。

本書の冒頭の章で愚行の魅惑を論じるさいに取り上げた『聖アントワーヌの誘惑』を思い出していただきたい。この奇想天外なる古代の物語の結末部では、アントワーヌは悪魔の誘惑を受け容れ、人類はおろか、生命という生命の起源にまで遡行し、宇宙の神秘に直接に触れることになる。もはや彼は人間界にも動物界にも帰属することに飽き、ただひたすら物質と化したいという強い欲望を抱く。物質になるというのは、感情も欲望ももたず、ただ永遠に不動なままそこに質量として留まり続ける石になりたいと願うことだ。フローベールはなぜ見知らぬイギリス人観光客トムプソンに対し、かくも憎悪と執着を見せたのだろうか。それはこの無名の人物が、彼に先んじて、みずからを石たらしめたからに他ならない。不朽の、永遠の存在となるとは、富や名声を意味しているわけではない。それは石と化することなのだ。

1852年6月26日、親友のデュ・カンに宛てた手紙のなかで、フローベールは書く。

名声を立てることは、ぼくには重要なことではない。それで満足するのは凡庸な自惚れ屋だけだ。満足といったところで高が知れたものだろうし。完璧な名声を得ても満足はできまい。自分の名望を信じ切って死ぬことができるのは愚か者だけではないだろうか。それならばぼくからすれば、有名だって無名と同じで、自分の本当の姿を教えてくれるわけではない。そうだろ?

こう書きつけるとき、彼はいまだにトムプソンの亡霊にとり憑かれている。愚かなトムプソンは、いつしかフローベールその人の分身と化している。今や、彼の轍に倣って、愚行の坂を転がり落ちなければならない。

『ボヴァリー夫人』のなかでエンマは、かつて結婚式の日に受け取った花束が朽ち果てて、抽匣《ひきだし》に仕舞い込まれているのを発見する。彼女は何も考えることなく、それを暖炉に投げ捨てる。しかし『ブヴァールとペキュシェ』のペキュシェは田舎に隠遁する直前、長年住み慣れた家を離れるにあたって、暖炉の漆喰の上にそっと自分の名前を刻みつけるのだ。

## 2

フローベールの書簡集を繙くと、彼が幼少時から、自分を取り囲む世界の全体を愚かなものだと直感し、同時にそれを書くことの主題と見なしていたことがわかる。現存するもっとも古い手紙のひとつ、9歳で小学校の同級生エルネスト・シュヴァリエに宛てた手紙を引いてみよう。

もしきみがいっしょに書くことをしたいんだったら、ぼくはお芝居を書くよ。きみは自分の夢を書いたら。パパのところに女が来ていて、そいつはいつも馬鹿な話ばかりいうんだ、それを書くよ。（1830年12月31日）

11歳のとき、彼は国王ルイ・フィリップがルーアンを訪れ、派手派手しい観兵式が行なわれたことを、「何と人間は愚かなのだろう、何と人々は低能なんだろう」（1833年9月11日）と書く。この姿勢は少年時代を通していっそう強くなる。「今ではぼくは世界を見世物として眺め、笑ってやることにしました。」（1838年9月13日）そしていよいよ将来の進路を決めなければならなくなったとき、彼はやはりシュヴァリエに向かって書き送る。「でもね、ぼくは何を選択しようかと、優柔不断なわけじゃない。絶対に選択などしないと決めてるんだ。人のた

めに良いことや悪いことをするには、人間を軽蔑しすぎているわけだからね。」（1839年2月24日）

17歳の青年は、今後の人生が、自分が夢想していたように美しくも詩的にもならず、単調で、分別臭く、愚かしいもので終わってしまうことを、すでに予感している。だが「栄光だとか、愛さとか、ローリエ、旅、オリエントなんて夢を見てたなんて、なんて僕は情けない馬鹿者！」

そう、フローベールは自分もまた愚かであったと、はっきりと気付いているのだ。

彼はパリ大学法学部に進学したものの、講義がさっぱり理解できない。そのうちに癲癇を引き起こしたことが原因で、大手を振って法学士の道を進まずにすむようになり、文学修行に邁進する。法学部を出て官吏の道を直進するシュヴァリエとは、それ以来、疎遠になってしまう。

ありとあらゆるブルジョワ的なるものが、この青年を窒息させる。その言葉遣い、その身振り、その臭い。彼はブルジョワたちのほんのささいな仕種に愚かしさを発見することに、驚異的な才能を示し、かつそれを呪わしく思う。だが自分がルーアンの医者の息子として、ブルジョワジーとして生きていることの宿命から逃れることができない。

フローベールは生涯を愚行に塗れて生きた。他人の愚行を逐一観察し、蒐集し、それを描写することで小説家となった。それが多大な労力を必要とし、心身をひどく消耗させることはあらかじめ了解されていたにもかかわらず、人間の愚行のことごとくに首を突っ込み、それを小説に採り入れることに孤独な情熱を注いだ。
死の4ヵ月前、ロジェ・デ・ジュネット夫人に宛てた手紙を読むと、フローベールのこの態度は、晩年に到ってもいささかの変化もなかったように思われる。

わたしは二ヵ月半をまったく独りで過ごしました。洞窟の熊みたいなものです。結局のところ、誰にも会っていないというのに、とても元気です。人の愚行を聞かないですみました。人間の馬鹿さ加減に対する耐え難い気持ちは、わたしにあっては病気と同じです。病気というくらいでは足りない。ほとんどどんな人間も、わたしを激怒させる才能を持っているわけで、自由に息のつけるところは砂漠しかありません。(1880年1月25日)

愚行は耐え難いものであるが、それを認識しないですますことはできない。愚行はいたるところに存在しており、というより、世界の普遍的な構造であるように思われてくる。それは秩序の解体された混乱でもなければ、啓蒙によって打破されるべき不幸な無知でもない。愚かしさとは名状こそし難いが、ある意味で世界の中心に鎮座し、頑強な秩序を形作っている何物かである。そしてそれを見つめるわたしは、病気にとり憑かれている。いや、わたしは見つめているばかりではない。実のところ、自分を苛んでやまない愚行に、心密かにではあるが、歓びすら感じているのだ。わたしはアレクサンドリアの円柱に自分の名を刻み込んだトムプソンに、憤慨と同時に羨望をも感じているのだ。

フローベールのこうした認識が告げているのは、愚行がもはや書くことの主題の域を超え、彼の思考の根底に横たわる原理的な選択と化しているという事実である。人間の愚行について書くのではない。人間の愚行が彼をして書かしめるのだ。

とはいえ他者において際限なく進行してゆく愚行に戦いを挑んだとして、はたして勝算はあるというのだろうか。いかに苛烈な言葉を駆使してそれを攻撃したところで、敵の構造の頑強さを突き崩すことは可能なのだろうか。もちろんそれは不可能である。愚行に立ち向かうには、より周到な戦略を準備しておかなければならない。

サルトルはこの間の事情を、「世界のあらゆる〈愚鈍さ〉を身に引き受けてその贖罪山羊となることを夢見ているのであり、こうして他人をこの〈愚鈍さ〉から解放しつつ自分は一瞬そこに迷いこみ、これを告発しつつ同時にこれを極限にまで、あの「下からの崇高」である卑しさにまで、至らしめようとする」（前掲）と分析している。

サルトルの論を敷衍していうならば、これは徹底してマゾヒスティックな戦略である。愚行をあえてわが身に招き寄せ、引き受けること。そうして愚行の媒介者となった自分を犠牲の祭壇に乗せ、殉教者たらしめること。だがこうして一見して屈服するように見せかけつつ、実は愚行の残酷さをグロテスクに誇張し、それを常軌を逸した極限的な形にまで押し通すこと。だがこうした抗争の場にあって、他人に気付かれる可能性のある率直にして直接的な戦闘は、つとめてこれを避けること。愚行が世界の核をなす普遍的な構造であるならば、その世界においてイエス・キリストを詐称してどこがいけないというのか。愚行という愚行は他者に帰属しているという思い込みをひとまず廃棄し、それをすべて自分の内側に据え直し、あたかもそれにとり憑かれた者のように振舞って、どうしていけないというのか。

こうした根源的選択がフローベールをして小説の執筆に向かわせたと、わたしは考えている。

## 3

『ボヴァリー夫人』は全篇これ、愚行の相のもとに構想された小説である。登場人物は主役から端役まで、誰もが例外なく愚かであり、愚かな服装をして愚かな建物に住んでいる。愚かな対話をし、愚かな願望を抱いて、愚かに破滅する。舞台となるノルマンディー地方の村と町はといえば、およそこれほどに俗悪で退屈で、要するに愚かな場所はないといった風に描かれている。

ルーアンで医学を学んだシャルル・ボヴァリーなる青年が、トストで開業し、ひどく年上の痩せた女性と結婚する。彼はあるときルオーなる老人から骨折治療を依頼され、遠路にもかかわらず、馬で頻繁に老人を訪れる。彼はそこで一人娘のエンマを見初《みそ》める。しばらくして妻が喀血し、あっという間に死んでしまう。

シャルルはエンマに求婚し、二人はトストで新婚生活を送る。だが「結婚する前は、恋をしたと信じていた」エンマは、いっこうに幸福感が到来しないので、思い違いだったのだと了解する。彼女はその代わり小説に夢中になり、一日の大半をロマンチックな夢想に耽って過ごす。やがて彼女はトストに飽き、家事を投げやりにするばかりか、誰に対しても苛立ちと軽蔑を隠さないようになる。

シャルルとエンマはヨンヴィルという、ひどく小さな村へ移る。エンマは一女の母親となる。彼女は公証人の書記である青年レオンと懇意になり、暑気のなか、蠅の群れに囲まれながら密会する。夫の顔を見ると苛々《いらいら》するようになり、浪費を始める。真面目で内気なレオンが去ると、今度は遊び人のロドルフが到来する。二人は森で逢引きを重ねるが、もはやエンマは人目を憚ろうとしない。彼女はかつて親しんだ小説のヒロインたちを思い出し、恍惚とした気持ちに襲われる。彼女はついに駆け落ちの計画を立てる。だが直前にロドルフが逐電する。エンマは見捨てられて体調を崩すが、回復するや、度を越した慈善に耽る。そこへレオンが戻ってくる。二人の恋はふたたび燃え盛り、エンマは浪費が昂じて借金地獄へと追いやられる。家屋が差し押さえられる。

エンマは薬剤師の家を訪れ、砒素の瓶から中身をごっそりと手で掬い取ると、一気に頰ばって口に入れる。妻の異変を知ったシャルルは、それでも事態をまったく把握できない。エンマは絶命する。シャルルは遺品のなかにレオンとロドルフから来た手紙を発見し真相を知るが、彼もほどなくして死んでしまう。

これが『ボヴァリー夫人』の物語である。だが粗筋を説明したところで、何の意味もない。作者の意図はそれをいかに意地悪く脚色し、故意に語りの遠近法を歪ませて、バロック的なグロテスクを演出するかにあるからだ。
フローベールはこの長編を発表するにあたり、「田舎風俗」Moeurs de provinceという副題をつけた。パリはとにかくとして、田舎では万事がこんな風に進むのが慣《なら》わしなのですよ、という意味の言葉である。達観というより、ひどく冷めた、意地悪な眼差しが感じられる副題だ。なぜ「愛と偶然の戯れ」とか、「悲運の果てに」といった、いかにも当世風のメロドラマといった題名を付けなかったのだろう。映画でいうならばこの副題には、思い切ってカメラを引き、田舎町の遠景のなかに人物を点のように配置してみせたという印象がある。すでにこの副題を定めた時点で、作者の視座は定められていたのだ。では具体的に、舞台となるヨンヴィル村はどのように描かれているのだろうか。

市場、といえば、二十本ほどの柱で支えた瓦屋根のことだが、それだけでヨンヴィルの大広場の半分を占領している。「パリの建築家の設計によって」建てられた村役場は、ギリシアの寺院をかたどり、薬剤師の家と角をなしていた。階下には三本のイオニア風の円柱、二階には半円アーチがついた廻廊があり、中心の半円形の壁には一面にゴールの牡鶏が彫られ、一方の足ではフランス憲章を、他方では正義の秤をつかんでいる。（中村光夫訳）

村役場の建物は、わざわざパリから建築家を招いて、古式ゆかしきギリシャの神殿のように建ててもらった。もっとも二階の壁にはフランスを示す牡鶏の徽章が刻まれ、正義というイデオロギーを体現する形象によって、それが革命後の建築であることを如実に語っている。凡庸といえば凡庸、しかし見方によってはきわめて俗悪な外観である。自分たちはけして田舎に住んでいるのではない。ほら、現に村役場には、パリで権威のある様式と最新流行の浮彫まで備わっているではないか。作者がここで説いているのは、時代に支配的なイデオロギーとは、ただそれだけで愚かしいという立場である。とりわけそれは少しく古びているとき、いっそう愚かしく感じられる。こうした例は日本でも、バブル景気にあちらこちらの地方自治体に建設されたポストモダン建築が、過疎化に応じて滑稽な廃墟に思えてくることを想起するだけで充分であろう。
語り手の眼は村役場から離れ、ただ一本しかない通りに並ぶ数軒の店に向かう。そこにはまた別の意味で俗悪さが鎮座している。

一番人目をひくのは、「金獅子」旅館の前の、オメエ氏の薬局だった！　おもに晩方、ケンケ燈がつき、店頭を一杯に占める赤や緑の広口瓶が、地面の上に、遠くまで、二色の光をおとすころ、そのとき、まるで仕掛花火のような、その光のなかに、机に肘をついた薬剤師の影を、覗うことができた。彼の家は上から下まで、イギリス書体、円字体、活字体などで書いた板が張ってある。「ヴィシイ水、セルツ水、バレージュ水、浄化用果汁、ラスパイユ氏薬剤、アラビア人の粉末、ダルセ錠、ルニョー練薬、繃帯、浴剤、薬用チョコレート、等々」店幅一杯の看板には、金文字で、「薬剤師オメエ」と誌してある。それから、店の奥には、勘定台の上に固定された天秤のうしろに、「実験室」という文字がガラスの扉の上にかかげられ、扉の中ほどの高さに、もう一度、黒字に金文字で「オメエ」とくりかえしていた。

　そのほか、ヨンヴィルには、もう見るべきものは何もなかった。


村の名物男、オメエ氏の経営する薬局は、その看板を眺めただけで、経営者の騒々しくも泥臭い人格が窺われるほどに、当世風の科学信仰による衒学趣味に満ちている。この後に続く部分には、胎児の標本まで顔を見せる。それは「白いほくちの塊のように、にごった酒精のなかでだんだんに腐って」いく。怪しげでグロテスクで描写だけを読むならば、まるで夢野久作の小説のようだ。オメエの言動については後でもう少し詳しく記すことにするが、それにしても店先に見られる徹底した自己顕示欲とは、いったい何なのだろうか。

　ヨンヴィル村の景色はこのように俗悪にして退屈である。革命後の政治的正義の偶像化と科学信仰、つまり19世紀前半のフランスのイデオロギーが吹き溜まり、形骸化したかのような愚かしさが、そこにはこびり付いている。これが田舎の光景なのだ、この愚かしさが田舎の本質なのだと、フローベールは説いている。だが俗悪さは、単に視覚的に見て取れるばかりではない。田舎に住まう者たちは、その住居や街並みがそうである以上に、観念において俗悪であるのだ。この事実は、シャルルとエンマがヨンヴィルに到着する以前、結婚式のさいに運び込まれた仰々しいケーキの描写を前にしたとき、読者に強く印象付けられる。

まず、一番下には、青い四角のボール紙が、廻廊、柱列にかこまれた寺院をかたどり、まわりに大理石まがいの小さな像まで、金紙の星をちりばめた龕《がん》を背負って並んでいた。ついで二階にはサヴォワ風のカステラの天主閣の周囲に、アンジェリカ草、巴旦杏、乾葡萄、四つ割りのオレンジなどの小さな砦がめぐらしてあり、最後に、一番上の段は、緑の野原になっていて、岩のそばにジャムの湖と榛《はしばみ》の殻でつくった舟があしらわれていたが、小さな愛の天使がチョコレートのブランコにのり、その二本の柱の先には、玉のかわりに本物の薔薇の蕾がついているのが見られた。

結婚式のケーキは、不気味なまでに手間がかかっている。その土台には教会とも城砦ともつかぬ建物がボール紙で築かれている。だが上階はカステラで、かわいらしい果物が飾られている。最上階はお菓子によって再現された田園風景であり、結婚式にふさわしい観念、愛を示すキューピッドを象ったチョコレートが添えられている。このミニアチュールはいかにもキッチュである。材質があまりに雑多であるため、実際に披露宴の席で切り分けて口に運ぶわけにはいかない。それはいうなれば、愚かしさそのものが儀礼の場で食物という形態をとったものだと、ひとまず理解することができる。
とはいえこのケーキの細々とした描写を通して、われわれは二つのことを知らされる。一つはそれを、先に引いたヨンヴィル村の目抜き通りのかたわらに置くことによって、「田舎風俗」

の俗悪さがいっそう如実に示されることになる点である。現実の村役場や薬局の泥臭い俗悪さとは別に、田舎の者たちは結婚と愛、家庭の幸福といった観念に対し、こうした紋切型の映像を対応させている。両者は一見対立しているように見えるが、その実、同根である。村役場の壁にゴールの牡鶏の浮彫を設えることと、ケーキの表面にジャムで湖を拵え、キューピッドを遊ばせることとは、同じ観念の働きによるものなのだ。だが作者はこの愚かしさを憎悪しているわけではない。この二つの断片はわれわれに、もう一つの真実を告げている。すなわちフローベールは細々とした描写を通して、この俗悪にして愚かなことがらに牽引されている自分を、無意識のうちに告白しているのである。愚かしさについて書くという、何と尽きせぬ魅惑!

## 4

それではフローベールは、この小説に登場する人物たちの愚かさを、いかに描いてみせただろうか。

この小説では、あらゆる人物が愚行を繰り返しているわけなのだが、作者は意地悪くもそれを三つの典型に分類し、それぞれを三人の登場人物に振り当てている。すなわち愚鈍を性として、状況の認識把握能力の完璧な欠如から来る愚行。過剰な空想癖が昂じて、生活の現実から転落してしまう愚行。そして科学信仰と尽きせぬ知的好奇心により、問題の本質を取り逃がしてしまう愚行。フローベールはこの三つの愚行をそれぞれ、シャルル、エンマ、薬剤師オメエに振り当てている。

本来なら主人公であるエンマ、つまりシャルルの前妻に続く二代目のボヴァリー夫人から紹介すべきかもしれないが、小説そのものは12歳のシャルルがルーアンの中学校に転校してくる場面から始まっている。そこでまず、シャルルから始めたい。

シャルルは「僕ら」、つまり匿名の中学校の同級生たちの眼に、「田舎くさい少年」として登場する。「僕ら」の間では帽子を床に叩きつけるのが約束ごとだったのに、それを知らず、いつまでも膝に乗せている。ここで語り手はなぜか帽子の形状について、何行にもわたってくだくだしく説明を始める。それがコサック帽や槍騎兵帽、丸帽、川獺帽のさまざまな要素を取り入れたものであり、鯨の骨で卵形に膨らませ、そこに飾り紐を三段に巻き付け、ビロードと兎の毛の菱形模様が赤い帯に仕切られて続き、その上には袋のようなものがついている。袋の天辺は、裏に厚紙が張られているので多角形になっていて、そこにはモールで複雑な刺繡が施され、そこから垂れている極細の紐の先には……と、延々と描写が続く。

いったい教室に入って来たばかりの転校生の膝のうえに置かれた帽子を、同級生たちがここまで細かく見つめ、ここまで執拗に語るということが可能なのだろうか。また、たとえ可能だったとして、その必要があるのだろうか。もちろん、あるわけがない。だが、この程度の語りの捻じれに驚いていては、フローベールを読み通すことなどできない。これはいくらネタバレしようとも、少しも魅力が軽減されない、不思議な小説なのだ。

「僕ら」と呼ばれる語り手は、最初はいかにも同級生たちの語りであるように思えているが、実はしばらくして、その眼差しのあり方がとてつもない大嘘であることが判明してくる。腕白盛りの中学生が帽子をめぐって凝視と観察などするわけがないからだ。では、なぜ語り手はかくも執拗にシャルルの帽子を見つめ続けるのか。あえて拙訳を試みるならば、そこではいうまでもない、それが「実のところ貧相なもので、ものいわぬ醜さに、いかにも馬鹿に特有の表情の深さがある。」からである。シャルルという未知の存在は、こうして小説の冒頭から「馬鹿に特有の表情の深さ」des profondeurs d'expression comme le visage d'un imbécile という表現に結び付けられ、真面目だが融通の利かない知恵遅れといった印象を読者に与えることになる。

自分の名前をいうようにと、シャルルは命じられる。だが返事の声があまりに小さいので、先生は聴きとることができない。そこで彼は思い切って大声で、「シャルルボヴァリ」と怒鳴ってしまい、たちまち教室中を混乱の場に変えてしまう。生徒たちは足を踏み鳴らして、「シャルボヴァリ!」「シャルボヴァリ!」と喚き散らす。シャルルは帽子を見失ってしまい、おろおろと探している。立腹した先生は彼に、ridiculus sum（ボクハ笑イモノデス）というラテン語を、活用変化させて20回書きなさいという罰を与える。シャルルには状況がまったく理解できない。ただ彼は狼狽するままに、道化的な身振りを繰り返し、教室で「笑いもの」となってしまう。『ボヴァリー夫人』という小説全体を通して、シャルルのこのありようはまったく変わらない。匿名の「僕ら」はまもなく語りの表面から消えてしまうが、今度はわれわれ読者がいつしか彼らを真似るかのように、シャルルの一挙一動を嗤う側に廻ってしまうのだ。

ここで語り手は遡って、シャルルの両親がいかに輪をかけて馬鹿であったかを語る。父親は妻の家の資産で最初はいい暮らしをしたが、「製造業」に手を出して失敗。田舎に隠遁して耕作を始めたが、これも失敗。さすがに厭人癖にとり憑かれ、娼家から正体もなく酔って帰宅という体たらくとなる。シャルルが生まれると、人生に孤立した母親は失われた名誉心のすべてを彼にそそぎ込み、子供をジャムだけで（！）育てようとする。もちろん彼を小学校になど行かせず、独自に読み書きを教える。シャルルが一般の子供より遅れて中学に入学することになったのには、こうした事情があった。

それでもシャルルは一生懸命に勉強をしたおかげで、成績も中くらい。両親の希望によって大学は医学部に進むが、講義は何もわからない。いくら聞いても、まったく理解できない。医師免許獲得の試験はみごとに失敗。だが父親は「自分の血をうけた者が馬鹿者とは考えられなかった。」シャルルは心機一転してふたたび勉強。今度は合格。トストで開業すると、「器量が悪く、薪のようにやせていて、春の芽のように吹き出物ができている」年上の女と結婚する。とはいえ期待していたような、自由で裕福な人生など実現されるわけもない。彼は妻の尻に敷かれ、いつも生活に追われる田舎医者の身に甘んじることになる。

ところがなんとしたことか、ルオー爺さんの骨折治療のため、遠距離をものともせず馬を走らせ、頻繁に往診を繰り返しているうちに、娘エンマの存在が気がかりになってくる。するとここが小説の調子のいいところなのだが、シャルルの妻は立ちどころに喀血して死んでしまう。

ルオー爺さんは治療費を届けに来る。彼は75フランの代金をすべて40スウ銀貨で、つまり37枚か38枚の銀貨でじゃらじゃらと支払い、それに特別のお礼として七面鳥をつける。一家にあるありったけの小銭を集め、馬で何時間もかかる道のりをトストの村医者のもとへ届ける。これが「田舎風俗」というやつですよと、作者はニヤリとしながら記している。

シャルルはエンマに求婚し、結婚式が挙げられる。新婚の夜、夫婦の寝室の机には、前妻が新婚のときに活けられた花束が、水差しに入ったまま、そのままほったらかしにされている。さすがのシャルルも気が咎めたのか、枯れた花束を天井裏へ運んでいくが、この無頓着さはただごとではない。自分が死んだら、自分が結婚の日に持参した花束はどう始末されるのだろうと、エンマは一瞬、寄る辺ない気持ちに見舞われる。だがシャルルは、自分が花嫁を落胆させたなどとは、露にも思っていない。

「シャルルの話は町の歩道のように平凡であった。そこには世間並みの考えが普段着のまま練り歩いているだけで、感動も、笑いも、夢想もよび起こさなかった。」彼はオペラや演劇を観る習慣を持たず、芸術一般に無関心である。水泳も、フェンシングも、射撃も、馬術も、まったく興味を示さない。彼を特徴づけているのは、ただ「落ちつき払った静穏、晴ればれした鈍重」ばかりであり、男はすべてを知っていて、自分に教えてくれるはずだと期待したエンマは、大きく失望することになる。二人はあるとき、とある偶然から古色蒼然たる城館で開かれる舞踏会に招かれることになる。エンマは恍惚としてダンスに興じるが、シャルルはいつまでもじっと壁から動かず、退屈そうに居眠りをしている。彼はオペラ見物に劇場に向かっても、メロドラマに酔い痴れるエンマがまったく理解できず、休憩時間に飲み物を買ってこようとして、他の女性客の洋服の上に零してしまう。

やがて二人はトストよりもさらに小さなヨンヴィル村へと移る。シャルルは相変わらず落ち着き払っているが、鳥打帽を被り、ぶ厚い唇を小刻みにふるわせている「馬鹿げた顔」を見ているだけで、エンマはその凡庸さに耐えきれなくなり、苛立ってくる。小説冒頭の挿話にもあったように、シャルルはなぜか帽子に異常なまでの執着を示している。それもエンマの癪の種なのだ。もっともシャルルは彼女の苛立ちや苦しみをいっこうに察する気配がない。自分の妻は現に幸福ではないかという確信を揺るがそうともしない。彼女が書記のレオンと別離するにあたっても、それが不義密通ゆえの結果だとは想像もせず、レオンの将来を心配してやるほどだ。そしてこの愚鈍なまでの無頓着ぶりが、エンマをいっそう苛むのである。

ロドルフとの不倫はどうだろうか。女を籠絡する手練手管に長けたロドルフは、エンマにしきりと乗馬を勧める。エンマは感極まって啜り泣きし、それが昂じて呼吸困難寸前にいたる。そこへシャルルが登場。彼は妻の健康のため、ロドルフに賛成して乗馬を勧める。エンマはさっそくロドルフとの逢引きのため、庭の柵の鍵を抜き取っておくが、シャルルはそれを、単になくなったのだと思うだけである。彼は妻が次々と靴を履きつぶしても、その意味に気付かない。レオンが妻に宛てた恋文を発見しても、きっと二人はプラトニックな関係なのだろうと一人で結論を下し、それで満足してしまう。状況を理解できないばかりか、それに関心を示そうともしないかぎりにおいて、シャルルはまったくの間抜けであり、それゆえにエンマからいっそう軽蔑される存在となる。とはいえあまたある彼の愚行のなかでその最たるものは、旅館の下男イポリットの手術の失敗である。

あるとき薬剤師オメエは最新医学論文を読んでいて、科学の日々の進歩に思いを廻らせる。自分たちのヨンヴィル村でも、(世界の)「水準に達するために」、彎曲足の手術を行なわなければならないと確信する。オメエはエンマにむかって、それがいかに簡単な手術であり、執刀者はかならずや名声を得ることだろうと語り、通りの向かいのホテルの下男イポリットを治してやったらどうだろうと持ちかける。薬剤師とエンマから熱心に勧められたシャルルは、自然とその気になる。ただちにルーアンから足の外科手術に関する専門書を取り寄せ、毎晩読書に没頭する。生来の不具の足に悩んでいたイポリットは、「愚鈍そうな眼」をしたまま、わけもわからないままに手術台に乗せられる。大手術が初めてのシャルルは、誤って大切な部分を切りはしないかという恐怖で、執刀前から慄えている。ともあれアキレス腱が切断され、手術は無事に終わる。一同は安堵し、オメエは地元新聞に掲載する報告記事を、深夜までかかって作成する。

だが五日後に思いがけない事態が起きる。患者は怖ろしい痙攣を来し、身悶えして、苦痛に壁を叩き始める。患部から始まった紫色の腫れがしだいに全身を覆い出し、壊疽のために生命が危機に晒されていることが判明する。手術は失敗だったのだ。シャルルは無垢にして不幸なこの患者の足を切断することを強いられる。イポリットはかろうじて一命を取り留め、それ以後、義足をつけて仕事に精出すことになる。シャルルはこの事件に挫折感を感じるが、エンマはもはや彼に同情しない。彼女の心中にあるのは、「こんな男に何か値打ちがあるかもしれないと考えたこと」に対する後悔と屈辱ばかりである。イポリットはその後も、以前と変わりなく、下男としてホテルで働いている。とはいうものの、シャルルには「彼の救いがたい無能への非難の権化としてここに立っているこの男の存在自体が、それだけでどんな屈辱であるか」が理解されていない。彼は妻の不倫と膨大な借金にはまったく気がついておらず、「自分を人間のなかでもっとも幸福な男と思っていた。」あまつさえ彼は、不倫に疲れた妻の体調が優れないのを見て、そこに癌の初期症状を認めてしまうのだ。夫として、医師として、このとき彼はいくえにも重なり合った愚行の頂点に立っている。

シャルルの愚かしさはどこで結末を迎えるだろうか。妻が毒薬を呑んだと知った夫はまず医学事典を取り出し、頁を捲ろうとする。だが行が躍って読めない。もちろん治療は間に合わず、エンマは臨終を迎える。だが妻の葬儀にさいして、シャルルはこれまでになく自己を頑強に主張し、彼女に婚礼の衣装を着せ、白の短靴を履かせることに拘泥する。棺の一番上からは大きな緑のビロードをかけること。居合わせた者たちは、司祭も含めてこの取り合わせの異常さに怪訝な表情を見せる。だがシャルルは、日ごろの大人しさとは打って変わって執拗に要請し、とうとう衆人を無視して、思い通りの葬儀を執行してしまう。これは『ボヴァリー夫人』という長編小説のなかで、シャルルが完璧な自由のもとに実行する、ただ一度だけの行動である。少年期より馬鹿だ愚図だと蔑まれ、大小とりまぜさまざまな失敗を生きてきた男が、寝取られ男という最大の不名誉のさなかにありながらも、なおかつ妻への愛情を示す最後の機会に援用したのが、結婚衣装を妻に着せ、緑のビロードを棺にかけるという、奇想天外な演出であった（ちなみにルイス・ブニュエルは『ビリディアナ』において、妻を喪って久しい老貴族が、若き修道女の姪に亡妻の結婚衣装を着せるという場面を演出した。このとき、ブニュエルは『ボヴァリー夫人』の強い影響下にあった）。

これまでシャルルの人格を特徴づけてきたのは、融通の悪さ、不活性、受動的な消極性、つまり約めていうならば、愚鈍と呼ばれるものであった。彼はこの愚鈍さゆえに屈辱と不名誉を体験し、私財の大方を差し押さえられて失うという憂き目にあってきた。しかもそれをいっこうに屈辱と不名誉と感じ入ることがないほどに、彼は愚鈍であった。だがその愚かさが小説の結末部において、周囲の利発な誰もが到達できなかった提案を彼に許すことになる。妻の死に装束に婚礼の日の衣装を選ぶという常軌を逸した決断へと、シャルルは導かれていくのだ。彼は司祭からそれを咎められると、誰憚ることなく瀆神の言葉を吐く。あらゆる愚鈍さを統合した時点で、あたかも奇跡のように実現されてしまう壮大な愚行。それはほとんど自由と同義であるかのような恩寵である。読者はここでカフカの『断食芸人』やネメーシュ・ラースローの『サウルの息子』の主人公がついに獲得することのできた自由、死の空間の間近にあって、あえて前例のない愚行に身を委ねる自由を想起されることだろう。

ではどうしてシャルルにはこうした愚行ゆえの自由が許されることになったのか。それはエンマの死を契機に、彼もまた生者の空間を離れ、死の空間へと参入を遂げてしまったからである。事実、葬儀におけるこの暴挙からしばらくして、ある夕暮れ時に、シャルルの死が幼い娘によって発見される。彼は最初の妻がそうであったように、いかなる劇的なる契機をも拒んで、聡明なまでに無名の死を死ぬのである。それが妻エンマの派手派手しい自殺への無言の批判であることはいうまでもない。死の直前、シャルルは妻に宛てられた秘密の恋文の幾通かをはからずも読む機会があるのだが、それはいささかも彼の死の静寂さを乱すことはないだろう。生涯に最大にしてただ一度の巨大な愚行をなしえたこの男は、もはやあらゆる愚かさから解放され、静かに眠りに就くのである。

シャルルが不活性な愚鈍によって特徴づけられているとすれば、妻のエンマは対照的に活性的にして移り気、つねに陶酔と恍惚を求め、場所を変えていく存在である。彼女は本質的に空虚であり、その心を捉えているのはとりとめのない夢想に他ならない。現実への幻滅が深くなればなるほどに、夢想の権能は強くなる。それはついには現実との境界線を突き破り、日常世界に大きな混乱をもたらすに到る。エンマにもし愚行があるとすれば、それはありもしない虚構の世界に自分を重ね合わせてしまったあまりに、現実の自分の身の上に破滅を引き寄せてしまったこととなるだろう。

「ルオー嬢は田舎は面白くない、と言った。」これが小説のなかでエンマが最初に口にする言葉である。

エンマは13歳のとき、故郷の村を出て、町の修道院に預けられる。ここで彼女は教理問答をよく覚え、礼拝堂の神秘的な雰囲気に魅惑される。だがそのときから、彼女はすでに強い夢想癖に突き動かされている。鋭い矢で射られた主の心臓や、十字架のうえに倒れたイエスの画像に心を奪われ、告解の場では「小さな罪をいくつもつくりあげ」、少しでも長く暗く狭い小部屋のなかで、司祭の囁きを聞いていたいものだと思う。洗濯や繕い物をする老女がときおり到来すると、彼女が口にする前世紀の恋の歌に耳を傾け、やがて外出が許されるようになると、こっそりと貸本屋で恋愛物語を借り出し、それに熱中する。ウォルター・スコットの騎士道恋愛小説を知ったエンマは、ロマンスに歌われた悲運の女性たちに熱烈な敬意を捧げ、やがてそれは教会の厳格な規律に対する抵抗という形をとるようになる。彼女は家に戻される。だが田舎は退屈であり、人生はもはや何も学ぶことのない幻滅の連続のように感じられてくる。ちょうどそのとき、シャルルが彼女の前に現われ、妻の死を契機に求婚をする。

結婚は瞬時のうちに幻滅に取って代わる。

結婚する前には、彼女は恋をしたと信じていた。しかしこの恋から生まれる筈の幸福が来なかったので、これは思いちがいだったに相異ないと、彼女は考えた。そしてエンマは、書物のなかであれほど美しく見えた「至福」「情熱」「陶酔」などという言葉を、本当のところ、世間ではどういう意味に使っているのか、知りたいものと思った。

エンマとシャルルはあるとき、偶然にもとある侯爵の古城に招かれる。栄光ある先祖の肖像画と戦死した功労者の額をさんざん眺めさせられた後、彼らは晩餐会の席上で、零落した老公爵の姿を認める。シャルルは無関心のようだが、エンマはその姿に「何か異常に高貴なもの」

を感じる。彼女の偶像の一人、王妃マリー・アントワネットの寝台に寝たことのある人物であるという風評を聞いていたからである。やがて舞踏会の時間となると、エンマは「初舞台の女優」のように念入りに化粧をし、夜更けまで初めてのワルツを踊ってみせる。これまで書物のなかでしか知らなかった「至福」と「情熱」と「陶酔」の世界が、現実に眼前に存在していることを知ったのである。

舞踏会の後、エンマの態度は一変する。彼女は家事を投げやりにするようになり、誰に対しても軽蔑を隠さなくなる。痩せようとして無理に酢を飲み、生活が思い通りにいかないと知ると、ますます苛立つようになる。新しいメイドがやって来る。皮肉なことに、彼女の名は「フェリシテ」（至福）である。

シャルルは生活を一新しようと決意し、トストを出てヨンヴィル村に新しい診療所を建てることにする。エンマは引っ越しの荷造りをしていて机の抽匣《ひきだし》のなかに、かつて結婚式の日に手にした花束が朽ち果てて仕舞われているのを発見する。彼女は事もなげにそれを暖炉に投げ捨てるのだが、針金で指を傷つけてしまう。フローベールはここで夢想家であるはずの彼女が、過去の幸福だった日々を回想し、感傷に耽るといった雰囲気の描写をいっさい排除している。エンマは何も考えることなく、花束を暖炉に投げ込んでしまうのだ。その簡潔な描写から彼女の愚かさが否応なしに立ち上ってくるのを、読者は感じ取ることになる。

恋愛小説にあまりに耽溺したおかげで、エンマは恋愛とは突然に襲いかかる暴風のようなものだと頑強に信じている。それは激しい稲妻や雷鳴を伴い、「空から人生に落ちかかって覆し、意志を木の葉のようにちらし、心のすべてを深淵におとす」といったものであるべきだ。ヨンヴィルで彼女は年下の青年レオンにそれを期待する。だがレオンは彼女の願望に充分応えることなく、姿を消してしまう。「いつまでも暴風がふきつづき、情熱は燃えつきて灰になってしまい、何の救いも来ず、太陽はどこにも現われない」ので、エンマは終わりのない悲しみに突き落とされる。このとき、後々まで彼女を苦しめることになる、絶望的な浪費癖が頭を擡げる。ゴシック風の祈禱台を買い、爪磨きのため、大量のレモンを買う。高級なカシミアやスカーフを買い、部屋の鎧戸を閉ざすと、それらを身に着けたまま、読書に没頭する。次々と髪形を変え、歴史や哲学の読書を試みようとする。もちろん長く続くはずもない。すると彼女は夫の眼の前で、ブランデーを大コップに注ぎ入れ、平然と一気飲みしてしまう。結果はたび重なる気絶と喀血である。
さて、いくぶん草食系の気のあるレオンの後に、女遊びに慣れたロドルフが登場する。これぞ適役、エンマはたちまち彼に夢中となる。

彼女はむかし読んだ書物の女主人公たちを思いだした。これらの不義の女性たちの合唱隊は記憶のなかで姉妹のような声で歌いはじめて、彼女を恍惚とさせた。彼女自身これらの想像のまぎれもない一部になっていた。以前あれほど羨望した恋する女性たちの典型のなかに自分を見出だすことで、若いころの長い夢を実現した。それに彼女は復讐の満足も感じていた。彼女も充分苦しんだではないか！　しかし、今や勝利を得たのだ。長い間抑えられていた恋が、歓喜に沸きたって、あますところなく噴出したのだ。彼女は悔いもなく、不安もなく、悶えもなく、それを味わった。

ロドルフとの情事はまもなく習慣化する。エンマは夢の実現に自信をもち、何ごとにつけても態度が変わってくる。眼付がいっそう大胆となり、怖れるものがなくなってくる。巻煙草を咥えながらロドルフと散歩をしたり、人目につくような不謹慎を故意に行なったり、すっかり世間を舐めるような振舞いを続ける。ロドルフとの駆け落ちに備えて、鞄や靴といった旅行用品を次々と後払いで購入し、近い将来に実現するであろう幸福を考えて、幸福感に酔い痴れる。だがロドルフは決行の直前に逐電し、エンマは見捨てられる。彼女は不実な恋人の記憶を、「地下室におさめられた王者の木乃伊《ミイラ》」のように、厳かに心の奥底に仕舞い込む。そして度を越した慈善事業に邁進する。自分の雑巾に継ぎも当てず、孤児のために肌着を編み、浮浪者たちを食卓に招く。

あるときシャルルは妻の気晴らしのため、彼女を町の劇場へと誘う。エンマは気が乗らないままにそれに従う。オペラは少しも面白くない。「芸術が誇張する情熱の卑小」をすでに嫌というほど思い知らされた彼女は、舞台をひどく醒めた眼で眺めている。だが次の瞬間、彼女はレオンとばったり再会してしまう。たちまちのうちに彼女は偶然をメロドラマのもとに受け取り、以前と同様、「あらゆる小説の恋する女、すべての劇の女主人公」になった気になってしまう。

とはいうものの、エンマは夫に隠れて作った膨大な債務のため破滅する。レオンもロドルフも、彼女を助けてくれない。ついに家屋が差し押さえられる。彼女は薬剤師の家にある広口瓶から砒素をごそっと摑み取り、そのまま頰張りだす。

先にも書いた通り、エンマは本来的に空虚であり、原初から欲望を抱いている存在ではない。彼女はつねに外界からの契機、具体的にいうならば、聖人の物語から当世の恋愛小説、オペラに到るまで、他者の物語に喚起されることを通して、みずからの欲望を醸成していく。すべては借り物であり、借り物ゆえに彼女にとっては真剣な模倣の対象たりうるのだ。結果として、彼女は何も経験から学ばない。自分が愚行のさなかにあることに気付かない。なんとなれば他者の物語はけして鏡ではなく、彼女に自己像を認識させる契機を与えない。エンマの愚かさとは鏡の不在に他ならない。彼女の愚かさはシャルルのそれとは異なり、愚鈍という印象を与えるわけではない。それはむしろ他者の物語を見つめ、それを模倣せんとする過剰なまでの情熱であり、あてどない夢想と不安、焦燥を属性としている。熱中と無感動が隣り合わせとなり、究極的には無に帰着する。エンマはつねに解放を夢見、そのたびごとに無惨な幻滅に突き落とされる。そこには彼女の棺を前にしたシャルルのように、愚鈍の果てに図らずも到達できる自由に匹敵するものがない。もし彼女に恩寵があるとすれば、それはまさに死に赴こうとしているとき、家の外から突然に聴こえてくる盲人の乞食の戯れ唄がそれに当たるだろう。

とはいうものの、フローベールはこの小説において、愚かしさをめぐりさらにもう一つの典型を造り上げている。ヨンヴィルの通りで薬局を開いているオメエである。

このトルコ帽を被った薬剤師は、かつて免状も持たぬのに医療行為に従事したという嫌疑で検事に召喚され、譴責を受けたことのある人物である。彼はそれにもかかわらず、ヨンヴィルの村人たちに対し、あいかわらず怪しげな診察を続け、新参の開業医であるシャルルににじり寄ってくる。

オメエは万事において博学であり、向学心に燃えている。機会あるたびに科学への信奉を口にするという点では、まさに革命以後にフランス国中に急速に広まったイデオロギーに、完璧なまでに忠実な衒学者であるといえる。彼は「至高の存在、創造者を信じています」と宣言し、ソクラテスとヴォルテールを賛美しながらも、司祭たちの偽善を非難してやまない。気象学はもとより、土壌学、地政学、天文学、農学、植物学、衛生学といった具合に知識を滔々と披露し、未知の学問分野に際してはただちに書物を通して知識の不備を補おうとする。料理にも一家言をもち、晩餐の席に招待されるや、料理を目の前にして、香料の利かせ方、調理の際の衛生、スープのエキスの取り方にいたるまで、延々と蘊蓄を傾ける。

オメエは四人の子持ちであるが、最初の二人には栄誉と自由を表す意味で、ナポレオン、フランクリンの名を与え、次の二人には名作芝居の主人公の名を与えている。その理由を尋ねられると、彼は悲劇という思想には反対であるが、哲学はけして芸術への讃美を妨げるものではないと彼は答える。彼はエンマの棺の前で深夜、司祭と罵倒寸前の議論を続ける。司祭が信者のために記された信仰の書を勧めると、それに昂然と反発し、ヴォルテールを読めと怒鳴る。だがエンマの葬儀の後、シャルルが死に、ルオー老人が死に、ボヴァリー夫妻の間の娘が口減らしのため紡績工場に出された後、オメエだけが成功する。ヨンヴィルには三人の医者が次々と到来し開業するが、誰も成功しない。ただオメエの薬局だけが大繁盛を見せる。「近ごろ彼は勲章をもらった。」というのが、この長編小説の最終行である。

フローベールがオメエを通して描こうとしたのは、愚行とは無知に由来するものではないということである。もし知識と情報の不在が人をして愚かな振舞いに向かわせるのであるのなら、俄か学問に精出して、知識を積み上げればすむことである。もし愚行がブルジョワ階級という出自に基因するものであるのなら、貴族か庶民の、いずれかの側に加担すればすむことだ。だがもし愚行が知識や階級によるものではなく、ある時代に支配的な文化の原理的選択であり、その時代に固有の言語のモードであるとすれば、人はそれに抗して、どのように戦っていけばよいのか。オメエが口にする長々とした言説は、これすべてが紋切型の尽きることのない連続である。彼はけして世界の多様なあり方に、直接的に触れているのではない。フーコーの言葉を借りるならば、19世紀の言説が築き上げた閉鎖的な言語空間の内側にあって、ただひたすらに既得観念を振り回し、知識こそが権力であるという不毛な信念を説いているにすぎない。知識をもつとは、こうした自己完結的な言語体制のなかに自分の位置を探し求め、ほどよい場所で満足をすることだと、フローベールはいいたげである。それが愚かさに他ならないことを、彼はオメエという、「田舎」で衒学趣味に生きる人物を通して描いてみせた。

## 5

『ブヴァールとペキュシェ』は、『ボヴァリー夫人』以上に奇想天外な小説である。

主人公のブヴァールとペキュシェはともに47歳の独身男である。彼らは1838年のある夏の日、たまたまパリの運河近くのベンチでいっしょになり、「苦杯を嘗めさせられた人々のように、人類全般を悪しざまに貶」すことを話しているうちに、たちまち意気投合する。その日のうちに夕食をともにすると、互いの下宿先を訪れあう仲となる。

ブヴァールは長身で、かつて菓子屋を営んでいた。彼は妻に逃げられ、一度は零落したが、そこに叔父の遺産が転がり込んだという。ペキュシェは短軀で、中途半端な教育しか受けてこなかったことを気に病んでいる。彼はこれまで女性を知らずに、孤独な歳月を過ごしてきた。二人はともに筆耕で身を立てているが、単調な生活に飽き飽きしている。そこで二人で決意し、シャヴィニョールの田舎に農園を購入し、共同生活を送ろうという話になる。

彼らはさっそく農作業を開始する。庭に植物を植え、専門書を注文すると、にわか仕込みで農学の学習をする。それなりに家畜と番犬を揃え、使用人を雇う。肥料は人糞がいいと聞いて便所を廃止し、尿を畑に蒔く。だが野菜は種が混ざりあい失敗。家畜は次々と倒れ、藁塚は火事になる。近所の農民たちは二人をせせら笑う。彼らはそれでも挫けず、造園と醸造を手掛ける。蒸留器が爆発し、すべては灰燼に帰してしまう。

農学に挫折した二人は、化学の探究に切り替える。だが、どうしても土が元素でないことが理解できない。そこで医学に切り替え、人体模型を入手する。医学の異常症例を丹念に探し出し、浴槽のなかで運動をし、水温の上がりぐあいを測定する。万物は寄生虫に由来するという学説を信じ、市場で見つけた乞食の少年の佝僂病を矯正しようとして失敗。あげくの果てに、脳膜炎の女性を天井から吊るした椅子に座らせ、二人がかりで揺すっているところを夫に発見され、家から叩き出される。博物学に転じると異常交配に夢中になり、山羊と羊、雌鶏と家鴨、猟犬と雌豚をかけあわせようとして、これもすべて失敗。磯辺で化石の採集を試みては税関吏に誰何され、神父と大洪水をめぐって論争しては、進化論を弁護する。

家のなかは石棺、貨幣、燭台、金具、錠前、そしてさまざまな古本で溢れかえり、博物館じみてくる。二人は歴史的建築物を見て回る一方で、屑屋になりすまして家々を訪れ、古文書を獲得しようとする。墓地で古代の聖水盤らしき陶器を発見し、こっそり持ち帰るが、神父にそれを目撃され、揉めごととなる。ノルマンディー半島では何よりもケルト文明が重要だと教えられ、あちこちの石の研究を始めるが、やはりフランス文化だ、いや古い時代のほうがわかりやすいとローマ文化に移り、結局もとのフランスに戻って、近代史の書物を読み耽る。一時はご当地の公爵の一代記の執筆に夢中になるが、その間に使用人の男女の間に乱脈が生じ、家中が混乱の極にいたる。

気分を一新して文学へ。とはいえ歴史小説の粗探しにも、芝居の紋切型の筋立てにも飽きてしまうと、冒険小説に耽り、美と崇高をめぐって探究を始める。

そのうちに１８４8年となり、二月革命の後、ルイ＝ナポレオンが大統領となる。一連の政治的混乱のなかでペキュシェは個人の権利を説く。もっとも誰にも聞き届けられない。共和国の願いを込めてポプラの苗を記念植樹したものの、それはただちに伐採され、憲兵隊の暖をとるために使われてしまう。ブルジョワは残忍酷薄、労働者は嫉妬の塊、僧侶は卑屈、民衆はどんな暴君でもおかまいなし。目抜き通りで銃殺が行なわれると、民衆には大評判だ。ブヴァールとペキュシェは政治に深く幻滅し、学問探究の情熱さえ喪失してしまう。

ここで二人は恋に落ちる。ブヴァールは旧知の未亡人に、ペキュシェは使用人の小娘に恋情を抱く。だが前者は地所の権利を要求され破談となる。後者は処女どころか梅毒持ちで、ペキュシェはようやく童貞を棄てることができたというのに感染してしまう。それどころか相手を妊娠させたため、後々まで子供の養育費を払わなければならなくなる。二人は女性をめぐる紋切型の悪罵を並べ、恋愛から撤退する。代わりに登場したのが降霊術、磁気治療、透視術。ブヴァールは治療と称して若い娘の下腹を撫で、昏睡状態に陥らせてしまう。

かくするうちに彼らは経済的に少しずつ困窮してくる。外出を避け、人の訪問も受け付けなくなる。やがて死の観念が二人を訪れる。彼らはひとたび自殺を決意するが、遺言を書き忘れたため思い止まり、好奇心に駆られて深夜の教会のミサに参加。それ以来、すっかりキリスト教神学に熱中する。だが、もちろんそれも長続きしない。聖書の矛盾をめぐって司祭と喧嘩をしたのが契機となって、情熱は消えてしまう。

二人は最後に教育に夢中となる。乞食の少年少女を引き取ると、読み書き、算数、言葉遣い、善悪の区別といったぐあいに、すべてのことを教えようとする。だが少年は狂暴な性格で、生きたまま猫を鍋に入れて煮ようとするし、少女は流れ者の仕立屋とセックスしてしまうありさまだ。おまけに正式な養子手続きを怠っていたため、彼らは子供たちから引き離される。

二人はあらゆる人々に裏切られ、とうとう生きることに関心も情熱も失ってしまう。彼らはどちらからともなく提案する。昔のように、また筆耕をして暮らそうよ。

いったい何という小説だろう！　しかもこれは未完で、まだ加筆が予定されていたらしい。作者は長い時間をかけ、夥しい資料を駆使しながら執筆を続けたが、それを完成させることなく逝去した。いったい残り少ない生命をこのような荒唐無稽な作品に捧げるとは、まるで愚行を絵に描いたようなものではないか。まだ20歳代であったが、最初にこの作品を読んだときわたしが抱いた感想とは、そのようなものであった。いったい二人の初老男の勉強はいつまで続くのか。いつまで経っても同じことの繰り返しではないか。これはひょっとして、読者を馬鹿にするために書かれた小説ではないか。

実をいうと、この第一印象は今でもほとんど変わっていない。フローベールは明確に、ブルジョワの読者を馬鹿にするためにこの作品を書いた。しかし彼は、自分自身がブルジョワジーであり、主人公たちの隣人であることを忘れてはいなかった。二人の主人公が次々と専門書に挑戦し、意味もわからないままにそれを克服読破するように、自分もまた同じ専門書を読破しなければならなかった。そして自作に挑戦する読者もまた同じく、困難にして退屈な読書を強いられるであろうと、確信していた。彼はそれと期待しつつ、筆を走らせた。しかも彼はそれが愚行であることを重々承知のうえで、ご意見無用の立場を取り、多大な労苦をものともせず、困難な執筆を続けたのだ。1875年4月にロジェ・デ・ジュネット夫人宛ての書簡で、フローベールは書いている。「『ブヴァールとペキュシェ』で私の中はいっぱいです。とうとう私は彼らになってしまいました！　彼らの愚行は私の愚行であり、私はくたばっちまいそうです。」

この風変わりな小説については、まず主人公たちの呼称から説明をしておくべきかもしれない。小説のなかで彼らは一貫して「ブヴァール」と「ペキュシェ」という姓で呼ばれている。これは19世紀の近代小説の多くが主人公を名前（洗礼名）で呼んだことを考えてみると、少し不思議に思われる。作者がそうした約束ごとに抗って二人を姓で通したことは、彼が主人公に中世的な意味での寓意化を施したかったからだと、わたしは推測している。

Bouvardという言葉は、「おしゃべり好き」bavardをただちに連想させるし、Pécuchetはpéculeという言葉に近い。これは一般的には、刑務所の受刑者が服役中に労働で得たわずかな所得といったふうに、少しずつ貯めた小銭という意味合いで用いられる単語である。本編を読み終えた読者は、彼らが年金を支えに延々と学問について語り合うという物語を知って、いかにもその通り、名は人を表すと納得することだろう。この作品を構想中のフローベールは、主人公の呼称とは本質的に渾名であり、彼らの性格と言動を端的に凝縮したものと考えていた。この事実は、この長編小説が（未完には終わったものの）同時代に通用していたリアリスティックな小説という概念を逸脱し、ラブレーの『ガルガンチュアとパンタグリュエル』やヴォルテールの『カンディード』のように、メニッペアという文学ジャンルに属していることを示している。

ではこの二人の道化たちは、いったい何をしているのだろうか。

彼らは年齢も職業も同じ。その退屈な境遇までが似通っているのだが、微妙な点において異なっている。ブヴァールがどちらかというと女性に手が早く、人類の進歩を漠然と信じているのに対し、ペキュシェは性的に臆病であり、より悲観的な世界観を抱いている。彼らはけして単純に、仲良し二人組ではない。とはいえこうした差異はいささかも弁証法的なものではなく、彼らは対立しあっているわけではない。十数年にわたって共同生活を続けるものの、意見の対立から真剣な議論をするわけでもなく、ただ「どちらからともなく」お互いに話しあって行動を開始する。

二人は世界全体に対して広大な好奇心と探究心を持ち、それを極めようと多大な情熱を傾ける。19世紀に存在していた、ほとんどありとあらゆる学問が、探究の対象となる。彼らはひとつの学問分野に熱中するとただちに専門書を取り寄せ、さまざまな学説を羅列しては悦に入る。だが、どこにも到達しない。真理の大発見を期待して次々と知識を並べたてるものの、結局のところ、すべてが元の木阿弥となる。

愚かさは無知にではなく、むしろ博識に由来するものである。人は知識がないから愚かなのではなく、世界とは知識を媒介とするならば、たやすく了解可能なものだという確信によって、充分に愚かなのである。『ボヴァリー夫人』に登場する薬剤師オメエを通してフローベールが語ろうとしたのは、こうした真理であった。『ブヴァールとペキュシェ』の主人公たちは、知識の探究欲という点では、オメエの延長上に位置している。だが彼らは薬剤師よりもはるかに悲しみに満ちており、彼の俗悪さとは無縁な存在である。科学の発展に対し充分に懐疑的であり、自分たちが手に取る芝居の脚本が紋切型で埋め尽くされていることに悲嘆を感じている。

彼らは新しい学説を手にするとただちにそれに飛びつき、つい今しがたまで熱中していた学説の蓄積を忘れてしまう。探究が粗雑で等閑《なおざり》なのではない。探究の際に方法論が欠落していることが、決定的な問題なのだ。われわれは彼らの言葉を通して、すべての知識がまったく対等に、横並びに読み上げられていくのを知る。あるものが顕彰され、ただちに別のあるものに取って代わられる。だがその交代劇を説明するものはない。ひとつの知的探究がなぜ挫折を余儀なくされたのか、その原因はいつまで経っても知らされない。では探究はいつまで続くのか。いつまでも続くのだ。二人の間に弁証法的な緊張がないために、それは原理的には永遠に続く。そしてどの学説もどの学問分野も、それが誤っているかぎりにおいて平等である。

フローベールは二人の職業を筆耕 copiste に設定した。事務所で註文に応じて書類を清書したり、優雅な書体で書き直したりする職業である。筆耕は眼前に積み上げられた元原稿の内容には立ち入らない。ただ寡黙にそれを書き写すだけである。退職した彼らを農園で待ち構えている作業も、この不毛な作業と本質的にはいささかも変わりがない。農学から文学、美学、政治思想にいたるまで、二人は数多くの書物を読破し、それに言及するが、実のところ、書物の内容を理解することなく、ただ筆写しているにすぎない。今の言葉でいうならば、コピペを大量に製造しているだけである。そして物語の最後に、彼らは振り出しに戻る。ふたたび筆耕を生業とすることを決心するのだ。

『ブヴァールとペキュシェ』は同時代の文化学問を批判するために執筆されたのだろうか。だがそう考えてみるためには、主人公たちはあまりに知に対し無防備であり、脆弱な存在である。彼らは書物と芝居のなかに散見する常套句に苛立ち、その頑強な存在のあり方に対決を企てる。すべてを愚劣なものとして一蹴しようと試みる。だがいつとはなしに、女性をめぐって口さがない常套句を並べ、悪罵を重ねている。愚行を嘲笑する者はたやすく愚者の列に連なってしまうという真理は、ここでも正しい。民衆は愚昧だと宣言したとき、彼らもまた救いがたい愚かさのなかに陥入してしまう。

だが、われわれは一体、ブヴァールとペキュシェを愚かだと軽蔑することができるのだろうか。とりわけ日本にあって現代思想や文芸評論の専門家と称する者たちは、彼らの情熱的な探究を嘲笑することができるのだろうか。実存主義から構造主義へ、ジャン＝ピエル・リシャールのヌーヴェル・クリティックからデリダの脱構築主義へ、ポストモダンからポストポストモダンへ、猫の目のように目まぐるしく変化していく文化流行を敏感に追い駆け、率先してそのお先棒担ぎを享受している者たちは、さながら今世紀のブヴァールとペキュシェであり、ひとつの思想が生まれ来るさいに深層に込められた意味を理解することなく次の思想に移行していくさまは、まさに現代の筆耕の名にふさわしいのではないだろうか。誰もこの二人の初老男の悲しみに満ちた企てを嘲ることはできない。もし彼らを批判することができる者がいるとすれば、それはこの作品の読者ではなく、むしろ作者フローベールその人だけであろう。自分は常套句を蛇蝎のごとくに憎悪してはいるものの、知らぬ間にその権能に思考を支配され、常套句の罠にかかりつつエクリチュールを発動させているのではないか。『ブヴァールとペキュシェ』の著者は、つねにこの恐怖に脅かされていた。そしてこの恐怖を唯一の資格として、彼は二人の主人公を愚かと見なす権利を獲得できたように、わたしには思われる。

## 6

『紋切型辞典』(『既得観念の辞典』*Le Dictionnaire des idées reçues*)は『ブヴァールとペキュシェ』の第2として予定されていたといわれているが、定かではない。作者の死後長らく放置され、1913年になってようやく刊行された書物である。

もっとも作者は青年時代に、すでにその着想を抱いていたようである。マクシム・デュ・カンの『文学的回想』には、若い日のフローベールが嬉々としてその構想を語ったことが記されている。いや、われわれはさらに遡ってみるべきかもしれない。愚かな者たちが語る愚かな言葉を記録しておきたいという欲望は、実は本章の前の方に引いた、フローベール9歳の砌の手紙に、その萌芽を読み取ることとさえ不可能ではないからだ。ということは、まず『辞典』の企

フローベールを描いたカリカチュア（作者不詳、フランス）

画があり、それを包み込む形で、枠物語として『ブヴァールとペキュシェ』が後で構想されたのだと、今日の研究家たちは推測している。

支配階級に属する者たちの紋切型の表現だけを集め、一冊の書物を編纂するという試みは、フローベールの独創ではない。すでに1738年の時点でジョナサン・スウィフトが『上流会話術集粋』*A Complete Collection of Genteel and Ingenious Conversation* をダブリンで執筆している。イギリスの上流階級のお嬢様を中心に、虚飾と偽善に満ちた対話の例を、これでもかといわんばかりに列挙したテクストである。もっともこれは簡潔ではあるが戯曲形式であり、辞典という形で語の説明がなされているわけではない。スウィフトの意図は、自分を徹底して排除したロンドンの紳士淑女の社交界の裏側にある、グロテスクな欲望を、すべて常套句だけを用いて素描することにあった。もし辞書形式で類書を見つけるならば、アンブローズ・ビアスの『悪魔の辞典』であろう。しかしこのアメリカ人作家は黒い諧謔は好んでも、ブルジョワジーの言語一般に横たわる紋切型への恐怖と憎悪を執筆動機としているわけではない。

『紋切型辞典』には、およそ千にわたる見出し語が収められている。Abélard, abricots, Absalon

……と、配列は主題に依らず、すべてアルファベット順である。これはあらゆる項目が対等であり恣意的であることを意味している。後にロラン・バルトの著作でも用いられることになったが、超越的な順序の不在は作者の意図を故意に曖昧にし、テクストがいかにも匿名性を帯びるように仕組まれた修辞である。だが匿名の叙述が必ずしも真理であるかというと、そう簡単にはいかない。もっとも項目の書かれ方にはさまざまな類型があり、いかにも万人向けの真理であるようなものもあれば、強烈な皮肉を臭わせるものもあり、フローベール本人の個人的意見もあれば、いったい誰の立場に立った叙述なのか、声の起源が定かでないものもある。
いくつかの例を引いてみよう。

**オメガ**　ギリシア字母の二番目の文字。常にアルファとオメガと言うから。
**ルソー**　二人のコルネイユが兄弟だったように、ジャン＝バチスト・ルソーとジャン＝ジャック・ルソーも兄弟だと思うべし。
**あばたのある**　あばたのある女性はいつも淫乱である。
**犬**　（中略）狂犬病にならないよう、犬の飲み水に硫黄を混入すべし。
**イギリス人**　みんな金持ち……。
**女家庭教師**　常にきわめて醜い。みんな「不幸に見舞われた」良家の出身。（中略）家庭では危険な存在。夫を堕落させる。

最初の三つは無知無教養に由来しており、読んでいて明らかに滑稽である。次の三つは根拠のない偏見に基づいた、虚偽そのものである。
しかし、いったい誰がそのような言葉を口にしたのだろうか。あなた以外のすべての方ですよと、編纂者であるフローベールはニコリともせずいう。とにかく人様に訊ねられたなら、このようにいっておけば無難なのです。皆さまのなかで目立たずにいられます。今日日、ただ一人、人と違って独創的な意見を口にでもしようものなら、空気が読めないと思われ、ただちに孤立してしまいますよと、彼はこっそりと忠告しているのだ。
とはいえ『辞典』には、運悪く文脈を違えてしまったため、本来は真理であるにもかかわらず、孤立し、忘れられてしまった言説も掲載されている。

**アメリカ**　世間の不当さを示す好例。発見したのはコロンブスだが、アメリカという名称はアメリゴ・ヴェスプッチに由来する。
**ダイヤモンド**　「それは石炭にすぎない、と言う者がいる」

いずれもが正しい言説である。だが一般的に関心を持たれていないため、先に引いた無知や偏見と同列の、いや、それ以下の扱いを受けることになる言葉である。ブルジョワジーの社会では、真理か虚偽であるかは決定的な問題ではない。より重要なのは、それが社会に流通する言説かどうかである。

では、次の2点はどうだろうか。
**印刷された** 印刷されたものはすべて信じるべきである。
**陰部** ある人々にとっては「恥ずべき部分（parties honteuses）」であり、別の人々にとっては「自然な部分（parties naturelles）」である。
これは強烈な皮肉である。作者はこうした引用を通して、それを口にする者たちの愚かさを、そのたびごとに確認している。
『辞典』に収録されている見出し語の大方は、ブルジョワジーが会話のたびごとに、まずこういっておけば問題ないという、イデオロギー的な言説であると考えてよい。
**憲兵** 《社会》を守る砦。
**場末** 革命のときは恐ろしい。
**バスク人** いちばん速く走る民族。
第二共和政から第二帝政へと移行していくフランスにおいてこうした言辞を口にする者は、いうまでもなくブルジョワジーである。その意味でフローベールの試みには、一世紀後にバルトが新聞コラムに連載した『神話学』を先取りしているところがある。社会の中でいかにも自然に受け取られ、異を立てる者など想像もできないような言説。本来は歴史的に成立した認識であるにもかかわらず、その来歴が隠蔽されているため、あたかも普遍的な真実のように世間に流通している神話。それを一本釣りで取り出し、前後の文脈から切り離して提示してみると、不思議なことにどれもかもが愚かしく思えてくる。

だが忘れてはならないことは、『辞典』を手に取って笑い転げる者がいるとすれば、それは間違いなくブルジョワジーでしかないという事実である。労働者は皮肉も解さなければ、自分たちの嘲笑的な表象に対しても無関心である。ブルジョワの読者だけがこうした言説を目にし、自分たちの階級が嘲笑されていることに快楽を感じるのだ。

最初のうち、ブルジョワジーは自分が標的とされていることに気が付かない。世間の大多数が受け入れる考えはもうそれだけで愚劣だが、自分だけは運よくそれを免れていると信じ込んでいる。だが頁を捲り、読み進んでいくうちに、いかにも自分を代弁してくれる言述に出会い、それがたび重なるにつれて、しだいに居心地が悪く感じられてくる。自分もひょっとしてけして独創的な観念の徒などではなく、世間の凡庸さを体現している匿名の一人にすぎないのではないだろうか。こう考え出したとき、ブルジョワは自分の思念のなかに、明らかに愚かしさが混入していることに気が付く。だが、それを止めることはできない。実は標的とされているのは、他ならぬ読者の内面にあるブルジョワ的なるものなのだ。

フローベールは女友だちのルイーズ・コレに宛てて、目下構想中の『紋切型辞典』について、次のように書き送っている。

私はそこで、多数派がつねに正しく、少数派が間違いであることを示すつもりです。偉大な人物たちをすべての馬鹿どもに、殉教者を首切り役人に引き渡し、処刑してもらおうと思います。それも限度を超えるまでに過激な、火花の散るようなスタイルで。そんなわけで、私はキチンと述べておきたいのですが、文学では、誰もが手に取れる安易なもの、凡庸なものだけが正しいものなのであり、それゆえに、独創性なるものはそれが何であれ、危険で馬鹿なものであって、唾棄すべきなのです。(……)この本全体を通して、私のベタの言葉は何一つ、入っていません。ひとたびこの本を読んでしまうと、もう話せなくなってしまうかもしれません。そこに出ていた言い回しを、何も考えずに口にすることが怖くなってしまうのです。(1852年12月16日)

こうしてフローベールは個人の言語使用における独創性という神話を、あっけらかんと解体してしまう。われわれは自分で言語を創案することはできない。われわれが口にするのはつねに他人の考案になる言語であり、それはとりもなおさず常套句である。常套句こそ多数派の言語であり、それゆえにつねに正しい。それは、つねに愚かであるといっても同じことである。われわれは常套句を媒介にしないかぎり、世界に手を触れることができないのだ。何かを話そうとすることは、無限に準備されている常套句のなかから適当なものを選び取るということだ。そのたびごとに人は一歩一歩、愚かしさの沼に足を踏み入れてゆく。だがそこから抜け出る手立てはない。匿名のなかに埋没し、紋切型の語句を平然と口にして恥じないのが愚かであるように、それを断固として忌避し、世間の大方に抗って特異たろうと望むこともまた愚かなのだ。いや、ひょっとして後者の方が前者よりも、はるかにはるかに愚かなことであるかもしれないのだ。

こうした晦渋な意志表示のもとに、フローベールは『辞典』の編纂に最後の情熱を燃やす。だが『ブヴァールとペキュシェ』同様、この前代未聞の企ても、またしても完結しないままに終わる。

## 7

19世紀フランスのブルジョワ家庭に育った一人の少年が、あるとき世界が際限のない愚行の連続によって築き上げられていることに気付く。彼はそのすべてをサーカスの見世物のように傍観し、嘲笑的な眼差しを向けていようと決意する。他人の愚かさを逐一観察し、蒐集し、記録してやろうと、高邁な野心を抱く。

だがやがて愚行は単なるエクリチュールの素材であることをやめ、少年が世界を認識するにあたっての原理的選択へと変化する。ギュスターヴ・フローベールと呼ばれるこの少年は、あまたの愚行に憤慨し、それを友に書き送るのだが、実はこっそりとではあるが、愚行に魅惑されてしまった存在でもある。やがて彼は、愚行こそが人間が永遠的なるものへ向かうさいの、本質的な位相ではないかと考えるにいたる。

そう、彼はすでに充分愚行に塗れて生きてきた。おそらくこれからも、生の続くかぎりその通りだろう。ではこの宿命ともいえる愚行への拘泥に対して、どのように折り合いをつけていけばよいのか。愚行は外側にあるのではない。今それについて魅惑と嫌悪の両極を感じている、このわたしの内面に、すでに深い根を下ろしているのだ。幼少時から家の中では愚鈍だと呼ばれてきた彼は、いつしか不活性で鈍い物質に憧れるようになっている。人間の生命を越えて、鉱物のように冷たく不動の存在になることに魅惑されている自分に気付く。だが同時に、彼は自分を骨まで蝕んでいる愚行に対し、宣戦布告をしなければならない。

愚行への戦いを決意したとき、彼はエクリチュールに身を委ねることを選択する。結果として、三つの、互いに異なった大きな企てがなされることになった。

『ボヴァリー夫人』は愚行の類型学である。他人が書いた小説を過剰に読み過ぎて、愚行へと走ってしまう人妻。状況の把握ができず、妻の愚行にまったく無頓着なままの、愚鈍な夫。文明発展のイデオロギーを素朴に信じ、知識が人間を解放すると無邪気に信じる薬屋。人妻と夫は挫折し、薬屋は凡庸に成功する。作者はこの愚劣なる「田舎風俗」を、作者という外部の視座から操作的に描ききることにひとまず満足する。

次に彼はより過激な長編、『ブヴァールとペキュシェ』に着手する。マダム・ボヴァリーがロマンス小説を読み耽るように、二人の年金生活者の初老男は、同時代に神話化されている学術書を読み耽り、その引用言及から、新しい知の神話を築き上げようと努める。すべてが徒労に終わり、彼らはもとの筆耕の世界に引き戻される。だが今回、作者の立ち位置は先のメタ・メロドラマのそれとはいささか異なっている。フローベールは二人の主人公が探索した夥しい書物のすべてに目を通し、彼らと同じ抜き書きを拵える。この際限のない作業のなかで、彼は彼らの愚行に親密感を抱くようになる。彼らは愚かな存在であるが、その彼らの口上を逐一漏らさず記録して小説に仕立て上げようとする自分もまた、等しく愚かな存在ではないだろうか。ここに愚行という観念を柱として、書く者と書かれる者との間の奇怪な鏡像関係が成立する。

フローベールが最後に企画し、完成には到らなかった『紋切型辞典』は、ある時期までは『ブヴァールとペキュシェ』の第2部として予定されていた。だがその構想の起源は古く、愚行の世界に生まれ落ちたことに気が付いた次の瞬間には、フローベールの脳裡に胚胎されていたものと考えられる。そこには物語的構造はなく、ただブルジョワ社会のなかで多数派が好んで口にするフレーズ、流行の言い回し、無知と無教養に由来する思い込みなどが、順序も恣意的に、アルファベット順に並べられている。作者、というより編纂者の顔は見えない。ただこの辞典を手に取る者は、項目から項目へと移っていくうちに、しだいに居心地の悪さを覚えだし、ひょっとして自分が馬鹿にされているのではないかという懸念に囚われてしまう。フローベールは「馬鹿とは結論をつけたがることだ」（1850年9月4日、ルイ・ブイエへの手紙）と書き、事実この辞書には社会の多数派による「結論」だけが、何百となく掲載されているのだが、書物そのものにはいかなる結論もない。それはいかなる作者にも帰属することなく、つねに宙に浮いているテクストであり、人はこの辞書を手にした後では、それまでのように無自覚に対話を続けていくことができないというジレンマに囚われてしまう。

そもそもの出発点がトムプソンであった。アレクサンドリアの円柱に刻み込まれたイギリス人観光客の名前に、フローベールが強い憤りを抱いたことが、彼の愚行との馴れ初めであった。真正の神話の表層を弄ぶことで生じる、愚かにして不朽の神話。フローベールのテクストの主体は、つねにこの神話の前に挫折する。ボヴァリー夫人は同時代のメロドラマ神話の前に敗退し、ブヴァールとペキュシェは神話的学術書の山のなかで、神話の断片を蒐集しているうちに、身動きがとれなくなってしまう。最後に『紋切型辞典』では、使い古された既得観念、つまり時代の卑小な神話が、単語とその註釈という形のもとに蒐集されるが、その読書は以前の二書と比べて、はるかに困難で居心地の悪いものとなるだろう。

フローベール、かく戦えり。わたしはそう書きつける。彼は愚かさを憎み、愚かさについて書き続けた。エクリチュールは愚かさに対する最大の武器ではあったが、書くことは同時に愚かさの発現でもあった。

フローベールの孤軍奮闘は、同時代のヨーロッパにあって、言語と国境を異にする二人の文学者、哲学者と平行している。ドストエフスキーは『白痴』を執筆中、『ボヴァリー夫人』をつとに参照し、ニーチェは（フローベールをデカダンだと誹謗しながらも）『聖アントワーヌの誘惑』の結末部における生命の全面的肯定において、フローベールの血を分けた兄弟でありうるだろう。19世紀のヨーロッパにあって彼らは、愚行と差し向かうことによって、高貴にして危機的な三位一体を築き上げていた。

それでは次の20世紀においてはどうだったのだろうか。前世紀よりもさらにいっそう普遍的な価値の崩壊が進行し、ニヒリズムが猖獗を極めることになった時代にあって、愚行への恐怖は、知性の危機よりもさらに脅威的なものと化すことになった。意味と価値の体系が、もはや人間を制御することへの無力を告白し始めたのがこの時代である。『神話学』のロラン・バルトは同時代の大衆の愚行表象である神話を前に、『ブヴァールとペキュシェ』の方法を絶賛する。だがフローベールのように直接に愚行にむかって憤りを告白し、メタレヴェルでの戦いを挑もうとはしない。彼は紋切型にはどこまでも妥協しないが、にもかかわらずそれを手に取り、自由で開かれた戯れを演じてみせる。愚かしさを細かく解きほぐし、イデオロギー的な部分をピンセットで除去する。愚行を飼いならし、服従させようと試みる。わたしは本書の後の方で、バルトについて一章を設け、その優雅な処し方を論じることになるだろう。

## 8

フローベールの晩年は悲惨な色彩に彩られている。ただ一人の肉親であった姪の夫が破産し、その窮状を救うため、彼は全財産を譲渡してしまった。彼はパリのアパルトマンも田舎の農場も売却し、クロワッセに閉じ籠る。聖アントワーヌのように隠遁して『ブヴァールとペキュシェ』を書き続けるが、筆は遅々として進まない。経済的にはひどく困窮する。見るに見かねた友人たちの尽力もあって、図書館に客員司書の職を得たものの、かつての愛人を含め旧知の者に次々と先立たれ、孤独と病苦の日々を過ごす。そうした苦境のなかで、『三つの物語』なる短編集が執筆される。

短編集の冒頭には、Un Cœur Simple という短編が掲げられている。一般的には「まごころ」とか「純な心」という訳題で通っているが、どうにも一昔前の歌謡ポップスのようなので、ここではあえて「愚直な心」としておきたい。少し口性《さが》ない表現になってしまうかもしれないが、この短編は生活のために執筆したと思われるところがないわけでもない。

主人公のフェリシテは、零落して気難しい奥様に仕えるメイドである。彼女は教育こそ受けてはいないが、心から二人の子供の面倒を見、家事という家事をことごとくこなす。暴れ牛が突進してきたときには、自分の身の危険も顧みず子供を助け、ただ一人の肉親である甥の死を知って、深い悲しみに捕らわれる。彼女はひどく頑固だ。やがて歳月が経ち、奥様もその子供たちも先立ってゆく。フェリシテは愛する鸚鵡が死ぬと、それを剝製にして慈しみ、死の直前に鸚鵡が天空にむかって羽搏いていくのを幻視する。

『ボヴァリー夫人』の読者であれば、このフェリシテ（至福）という名前がエンマのメイドのそれであったことに気付くはずである。だがこの短編では、『ボヴァリー夫人』とは違って、登場人物にいささかも皮肉めいた視線が投じられていない。すべての挿話が、無知ではあるが純粋な心の持ち主であるフェリシテの視点から眺められているのだが、有体にいって小説という名にふさわしい、特異で劇的な事件は何も起こらない。ただ無名の庶民の女がメイドとして年を取ってゆき、最期を迎えるまでが、淡々とした筆遣いで記されているばかりである。

フローベールの作品群のなかで、「愚直な心」はいかなる作品にも似ていない。ここには他者の愚かしさを糾弾したり、嘲笑したりする意志が徹底して不在である。もし愚行と呼びうるものが描かれているとすれば、それはフェリシテの生涯そのものが巨大な愚かさを体現しているとしかいいようがない。だがその愚かしさに向かい合っているフローベールは、これまでの作品に見られた辛辣さとは無縁な場所から、主人公の存在を簡潔に肯定しているように思われる。『ブヴァールとペキュシェ』に『紋切型辞典』という、幾重にも皮肉と寓意で武装し、書くこと自体が愚行であると衆人に思われかねない作品にかかりっきりであった作者にとっては、おそらく『三つの物語』の執筆は、閉鎖された部屋の窓を開くかのような爽快感をもたらしたのではないだろうか。わたしには作者が生涯の終わりに近づいて、ようやく愚行という原罪から免れている人間の尊さ、それ自体が聡明さの証であるような至高の愚かさに到達できたのではないかという気がしている。

# わたしは本当に白痴だったのです　ドストエフスキー

わたしはドストエフスキーを読んだ。十八歳のとき『白痴』を読んで、その意味を理解した。

ヴァーツラフ・ニジンスキー

## 1

1866年、45歳のフョードル・ドストエフスキーは、原稿の口述筆記を担当していた20歳の女性に求婚する。二人は債務やら出版社との不愉快な契約やら、とにかくあらゆるものから自由になりたいと思う。そこで逃亡同然のかたちでヨーロッパ旅行が始まる。二人は信じがたいことに、4年の長きにわたってドイツからスイス、イタリア、チェコを放浪し、ドストエフスキーは行く先々で3作の長編小説を手掛ける。

だが順風に乗った外国滞在ではない。ほどなくして作家のなかに、宿痾ともいうべき悪癖が首を擡げてくる。彼は絶望的な賭博癖のおかげで経済的に恐ろしい困窮に見舞われ、たび重なる癲癇の発作に大きな不安を抱え込む。その結果、故郷ロシアからあまりに遠くあまりに長く離れてしまったことに、名状しがたい危機を感じるようになる。

わたしは帰還についての物語を書かなければいけないと、彼は決意する。癲癇に由来する脳の劣化から長らくスイスで治療に専念していた青年が、治療を終え、今まさにロシアへ帰ろうとするという設定の小説を手掛けなければならない。美によって世界を救済しようとする聖者、現代における美の体現者を主人公とした小説を、まさにロシアのために執筆しなければならない。ドストエフスキーはそう決意する。

彼はなぜそう決意するのか。自分がまさにスイスにあって流謫の身にあるからだ。わたしはロシアにおいて蘇生するだろう。スイスとは治療の地であり（後の彼の小説の主人公の言葉を先取りして引くならば）シベリアを拒否してしまった、愚かなロシアにすぎないのだ。健康を回復した者はかならず故国へ帰還する。わたしはロシアへ戻ろうとする青年の物語を描くことを通して、ロシアにおいて復活を遂げる。それは同時にロシアの蘇生をも意味している。

こうしてドストエフスキーは『白痴』の執筆に着手する。ヒロインの名前は「ナスターシャ」、つまり復活を意味することになるだろう。彼は執筆の途上で幼い愛児を喪い、いくたびも激しい精神の危機に悩まされる。脳の損傷をめぐって恐怖に脅え、苦痛を耐え忍び、１８６９年についに長編小説を完成させる。もちろん作家は大事なことを忘れてはいない。それは主人公に、わが身と同じ癲癇という聖痕《スティグマ》を与えることだ。

『白痴』はドストエフスキーの数ある長編のなかでも、愚かしさと聡明さ、凡庸と無垢、卑劣さと神聖さといった相反する主題をもっとも雄弁に物語っている作品である。恐ろしいまでの美しさと恐ろしいまでの愚かさが平然と同居し、互いに双方を照らしあっている。詐欺師、アルコール依存症患者、偏執狂、怨恨者、嫉妬者、性的変質者、妄想患者、犯罪者、乱暴者……ありとあらゆる愚者がここには登場している。だがその中心には、誰一人到達できない神聖な存在として、「白痴」と呼ばれるレフ・ムイシキン公爵が鎮座している。

この長編小説が発表されて以来この方、ムイシキンという名は単なるロシア小説の主人公を離れ、ハムレットやドン・キホーテと同様、無垢にして愚かな人間の典型と見なされるにいたった。彼はもはや文学史のなかで、普遍的人間像として記憶されている。仏教文化圏に生を享けたわたしには、そうした構図は自然と胎蔵界曼荼羅を連想させる。絶対の愚を体現する公爵を中心に、大小さまざまな愚者がそれぞれに固有の場所をもち、グロテスクにして奇怪な星座布置《コンステレーション》を築き上げているのだ。人類は理性の光に導かれて幸福への道を歩むのだというイデオロギーが支配的なものとして機能していた19世紀ヨーロッパにおいて、ドストエフスキーがそれに対抗し、狂人と白痴が跳梁し、愚行という愚行がパノラマのように展示されている長編小説を執筆したことは記憶されるべきことである。

『白痴』の粗筋を簡単に説明しておこう。主なる登場人物は、ムイシキン公爵とロゴージン、ナスターシャ、アグラーヤの四人。ここまでが作者によれば魂に崇高さを分有している者たちで、そこに五人目の道化としてガヴリーラが加わることになる。

第一部は、ムイシキン公爵がペテルブルグ行きの夜行列車に乗っているところから始まる。彼は26歳で、4年にわたるヨーロッパでの療養生活を終えて帰国するところだ。

公爵は列車のなかで、モスクワの富裕な商人の息子、ロゴージンと出会う。ロゴージンは一見粗暴に見えるが、内面に強い情念を秘めた男で、最近父親の遺産を相続したばかりである。彼は初対面の公爵に向かい、平然と自分の愚行を物語ってやまない。ナスターシャ・フィリッポヴナという美女に一目惚れし、恐ろしく高価なダイヤのイヤリングを発作的に買い求めると、それを贈ろうとして相手にされなかったというのだ。公爵は公爵で、自分が癲癇による精神的危機に見舞われ、スイスの病院で治療を受けていたことを、訊ねられるままに答える。この二人の対話に割って入ったのがレーベジェフという小役人。お喋り好きで卑屈な中年男であるが、恐ろしく情報通で、後に公爵を禁治産者に仕立て上げようとしたり、トリッキーな悪策を思いつく小悪党である。

列車は朝にペテルブルグに到着する。公爵は無一文のまま、鞄ひとつで遠縁にあたるエパンチン将軍を訪問。将軍の書斎でナスターシャの肖像写真を見て、深い衝撃を受ける。また将軍の夫人と三人の娘に会い、スイスで出会ったマリーという村の娘や、実際に目撃した死刑囚の話をする。末娘のアグラーヤは公爵に強く印象付けられ、やがて彼を愛するようになる。アグラーヤは全世界に敵意を抱き、「人並みの幸福」といった観念を軽蔑している女性である。

公爵は将軍に勧められ、彼の秘書ガヴリーラ・イヴォルギンの家に下宿することになる。イヴォルギン家では誰もがガヴリーラの婚約話で持ちきりで、ナスターシャに悪印象を抱いている。というのも、野心家のガヴリーラはもともとアグラーヤとの結婚を望んでいたが、最近になってナスターシャに付けられた莫大な持参金に心惹かれるようになったからである。

ナスターシャは零落した貴族の出で、天涯孤独の孤児であった。少女時代からトーツキーなる金満家の地主に愛人として囲われ、性的に成熟こそしたが、やがて自分の境遇に自覚的となり、毒気のある皮肉でトーツキーを嘲笑せんばかりとなった。手に負えなくなった金満家はこの愛人をガヴリーラと結婚させて、厄介払いをしようと思いついたのである。

公爵はイヴォルギン家で、お調子者の道化をはじめ、次々と奇怪な下宿人たちに出会う。主人のイヴォルギン老将軍はといえば虚言癖があり、すっかり記憶に混乱を来している。いい加減閉口していたところに、突然ナスターシャが乱入してくる。続いて荒くれ仲間を引き連れて、ロゴージン。ナスターシャへの思いを諦めきれぬロゴージンは、遺産にものをいわせて彼女を競り落とそうとするが、ナスターシャは冷ややかに軽蔑の表情を浮かべている。ガヴリーラとその妹ワルワーラは、互いに殴りかかったり唾をかけたりして、大喧嘩となる。

ところでその夜はナスターシャの誕生日に当たっていた。公爵は招かれてもいないのに彼女の家を教えてもらうと、パーティに顔を出す。トーツキーやエパンチン将軍はもちろんのこと、すでに大勢の客が来ていて、これまでの人生で犯した一番の悪事を告白しあうといった、きわどい遊び「プチ・ジョー」に耽っている。そこへまたしてもロゴージンが一味を引き連れて乱入。新聞紙に包んだ10万ルーブルの札束をナスターシャの前に差し出し、悪びれずに結婚を迫る。だが彼女の意志は変わらない。そこへ公爵が間に入り、自分が純潔なナスターシャを引き受けると宣言してしまう。このとき彼が死んだ伯母から巨額の遺産を相続しようとしている事実が明るみに出される。これまで彼を得体のしれない余所者だと侮っていた者たちの態度が、大きく変わる。ナスターシャは眼前の札束を燃え盛る暖炉に投げ込み、ガヴリーラに素手で取り出してごらんと命令する。ガヴリーラが躊躇していると、彼女はみずから紙包みを取り出し、彼に手渡す。ナスターシャはロゴージンとともに夜の巷に出て行ってしまう。さてここまでが第一部で、早朝から深夜まで、わずか一日の出来ごとである。

第二部ではすでに半年が経過し、ペテルブルグは蒸し暑い夏のさなかである。公爵はその間ずっとモスクワに滞在していて、どうやらアグラーヤに手紙を出していたらしい。ペテルブルグに戻ってきた彼はロゴージンの家を訪れる。ロゴージンがホルバインの『死せるキリスト』の複製画を見せたことが契機となって、二人は信仰について深く語りあう。彼らはお互いの十字架を交換する。その後、公爵はナスターシャを訪問しようとして会えず、ホテルに戻ったところでロゴージンに襲われる。だが偶然にも癲癇の発作が生じたおかげで、彼は難を免れる。

ここで舞台は別荘地パーヴロフスクへと移る。公爵は遺産相続をめぐる醜聞に巻き込まれたり、彼を偽善者だと思い込む少年イポリットから告発されたりする。アグラーヤに宛てた手紙のことで、その母エリザヴェータ夫人から詰問を受ける。精神の緊張には休まる時がない。だが彼はみごとに苦難の時を耐え抜く。

第三部は波乱万丈である。パーヴロフスク駅前広場では、ナスターシャの奇矯な振舞いから危うく修羅場が生じかける。公爵が何とかそれを調停するが、肝腎の彼女はロゴージンに拉致され、聖公爵はひとり取り残される。かくするうちに翌日となり、公爵の誕生日パーティが彼の別荘で開かれる。多くの人々が招待されるが、そのなかには公爵を憎んでやまないと自称する瀕死のイポリットが混じっている。結核で余命いくばくもないこの少年は、「告白」と称して長々と遺言めいた文章を読み上げ、ピストル自殺を企てては失敗する。

一方、ナスターシャはアグラーヤに手紙を出し、公爵との結婚を勧める。アグラーヤは思い切って公爵に駆け落ちを提案する。だが彼は優柔不断な態度を崩さない。怒ったアグラーヤはナスターシャから送られた手紙を彼に読ませる。思い悩む公爵が公園を彷徨っていると、そこに突然ナスターシャが出現し、別れの言葉を口にする。

第四部ではいよいよ小説が完結する。とはいえ、物語はあまりに巨大な開口部を持ちすぎてしまったため、それを収斂させることが容易ではなく、作者も手こずっているような印象がないわけではない。

まず凡人ガヴリーラの悲運が語られる。彼はナスターシャと結婚できないばかりか、アグラーヤからも愛想をつかされてしまったのだ。公爵はというと、エパンチン家を二度にわたって訪れ、アグラーヤに対する自分の真摯な気持ちを説明する。さすがの頑固娘もそれに折れ、ここに婚約披露のパーティが開かれる。しかしそれ以前から躁状態に陥っていた公爵は、その席でローマのカトリックに対する批判を長々と始め、最後に発作を起こしてエパンチン家の家宝である中国の花瓶を割ってしまう。

翌朝、静養中の公爵のもとに、その夜にいよいよアグラーヤとナスターシャの対決面談が行なわれるという報せが届く。その夜は二人の女の他に公爵とロゴージンが加わり、激烈な言い争いが生じる。公爵はアグラーヤと訣別し、彼とナスターシャが結婚式を挙げることになる。だが結婚式の直前、ナスターシャは群衆のなかにロゴージンの姿を認めると、彼に助けを求め、二人は失踪する。

公爵はナスターシャを索《もと》めてペテルブルグ中を廻るが、行方は杳として知れない。最後にロゴージンが現われ、彼を自宅へと連れてゆく。ナスターシャはロゴージンに胸を一突きされ、死体となって横たわっている。公爵はあまりの衝撃に立ち竦《すく》んでしまう（ちなみにこの事態はラテン語でいう「愚かしい」stupidus の原義、つまり驚いてただちには動けない状態の、正確なる再現である）。ロゴージンの提案により、彼ら二人はナスターシャの遺骸のかたわらで、横になりながら一晩を過ごす。翌日、彼らが発見されたとき、公爵は元の白痴に戻っている。彼はふたたびスイスで治療を受けることになる。ロゴージンは裁判にかけられ、シベリア流刑となる。

『白痴』は有体にいってしまえば、際限なく続く底なしのドンチャン騒ぎの物語である。その騒ぎのさなかで、ときおり主役級の人物が立ち上がり、朗々と生真面目な独白を始め、それに対して別の者が茶々を入れたり、侮蔑や罵倒といった反応を示すといった小説である。実に多彩な人物が好き勝手に喋りまくり、いい争いをしあい、グロテスクな道化を演じる。だが結局のところ、最後には誰もが一人きりになって、世界の片隅へと消えていく。その構造をもう少し上等な言葉で説明すると、カーニバルを描いてはいないものの、本質的にはカーニバル化された文学であるということになる。『ドストエフスキーの詩学』を著したミハイル・バフチンは『白痴』について、それが「狂人」ナスターシャと「白痴」ムイシキンを中心とする〈あべこべの世界〉の叙述であり、「カーニバルの幻想的雰囲気」によって全体が貫かれていると述べているが、けだし正鵠を射た指摘である。とはいうものの、この作品ほど論者によって異なった印象のもとに語られるものも、ドストエフスキーの長編のなかでは存在していない。いくつかの例に言及しておこう。

まず最初に、この作品にまったく気乗りのしなかった文学者の代表として、ナボコフを挙げておきたい。彼は『ロシア文学講義』のなかで、「いくつかの宗教的議論の味気なさは嘔吐を催させるほどである」と退屈そうに小説の感想を述べた後、ロゴージンがナスターシャを殺害したのは、主人公たちのなかで彼が一番正常な人間であったからで、異常な状況に耐えきれなくなったのだと、いかにも常識人であるかのように説いている。だがドストエフスキーの作品のなかでとりわけこの長編を好み、熱狂的な賛辞を口にする者の方が、数としては圧倒的に多い。もっともその論考や翻案のあり方を眺めてみると、各人がまったく異なった関心と視座から、まったく異なった『白痴』像を心に描いていることがわかる。

ジェラール・フィリップは文字通り、この小説の映画化（1946年）によって、フランス映画界で脚光を浴びた。いわゆる戦後フランスの文芸名作映画である。だが注目すべきなのはその6年後、1952年にクラウス・キンスキーが舞台でムイシキン公爵を演じていることだ。芝居というよりは、朗読を中心としたパフォーマンスであったらしい。『夕陽のガンマン』から『アギーレ』まで、金髪の狂気じみた悪相で印象の強いこのドイツ人男優が、若き日にかかる無垢な青年に化けていたというのは意外な感じがしないでもないが、自伝に掲載されている写真を見て納得がいった。記録映像が残されていないのが残念である。ちなみにキンスキーは娘が生まれたとき、『白痴』の女主人公にちなんで、ナスターシャと命名した。

ポーランドの映画監督アンジェイ・ワイダは、きわめてミニマルな形で映画化を企てた。彼にとって『白痴』とは、結末部、ナスターシャの遺骸を前にした公爵とロゴージンの真摯な対話に他ならなかった。黒澤明は鋭い直観のもとに、この物語は、雪祭りの夜になされる仮面舞踏会で絶頂を迎えるべきだと考えていた。彼は映画化にあたって原作にないその場面をわざわざ付け加え、バフチンの説くカーニバル性を、それを知ることなくみごとに実現させていた。日本の批評家では小林秀雄は戦前戦後を通し、異常なまでの執着を『白痴』に対して示した。彼はムイシキン公爵はスイスからではなく、ラスコーリニコフの物語を語り継ぐために、シベリアから戻って来たのだと強引に主張した。小林はロゴージンやナスターシャといった主役級の人物にはほとんど関心を示さず、もっぱらイポリットとレーベジェフに焦点を投じた。純粋無垢のイポリットがもし結核で夭折せず生き延びたとしたら、必ずや卑屈なレーベジェフになるであろうというのが、小林の持論であった。

一世紀半にわたるさまざまな評言を前にし、ロシア文学の専門家でもないわたしが『白痴』についてこれ以上に独創的なことを口にすることは、おそらく不可能だろう。とはいえ、もしわたしが本稿においてこの奇怪なる長編に接近する手立てを求めるとすれば、やはり「愚かしさ」を鍵言葉とし、愚行の視座を採用することにおいてでしかない。先にも記したように、わたしにはこの小説を、愚者と愚行の総合カタログ、すなわち曼荼羅のようなものであると考えてきた。その神聖なる中心に鎮座しているのがムイシキン公爵であることはいうまでもない。ではは公爵からもっとも遠く、周縁的な場所にありながらも、あわよくば彼の分身でありたいと、嫉妬と羨望に苛まれながらも願っている人物が存在しているとすれば、それは誰だろうか。公爵の競争者という意味では、ここでロゴージンの名を出すのが妥当かもしれない。だが実はそれはロゴージンではない。イヴォルギン将軍の長男であるガヴリーラである。わたしは以下に、これまで論者のほとんどが馬鹿にして軽視し、というより無視を決め込んできたこのガヴリーラを見えない対極に置くことで、公爵の方へ少しずつ接近していくことにしたいと思う。

## 2

まず「白痴」идиотという単語の意味から解き明かしていくことにしよう。日本では「放送禁止用語」や「差別用語」として公共の場から排除されているこの言葉には、厳密な意味で知能があまりに低く、健常者のような日常生活を営むには重大な障害がある人間という医学的な意味と、世間一般の人間よりいくぶんお人よしで、なるほどちょっとオツムは弱いかもしれないが、それなりに無垢な心を抱き、素朴に神を信じて生きていく人間という、二通りの意味の含みが込められている。後者はトルストイの童話に登場する馬鹿のイワンのように、ロシアの民衆的想像力のなかから生まれてきた純朴な人物である。おそらくこの点に関するかぎり、妙好人のような人格的モデルを有する日本でも、さほど事情に変わりはないのではないだろうか。

もっともロシアに固有の宗教的文脈を忘れてもいけない。たまたま列車の三等車に乗り合わせたロゴージンはムイシキン公爵と話しているうちに、彼がまだ女性の体験をもたないと知って、思わず彼のことを「正真正銘の神がかり」と呼んでしまう。これは原語では「ユロージヴィ」юродывыйであり、あえて直訳するとすれば、「聖なる馬鹿行者」くらいの感じだろう。ただちに想起されるのはムソルグスキーのオペラ『ボリス・ゴドゥノフ』で、皇帝に耳に痛い街角の流言を告げ知らせる道化の白痴がそう呼ばれていることだ。日本中世でいうならば、聖《ひじり》と呼ばれた放浪する非農耕民がそれにいくぶん近いかもしれない。

ちなみにこうした言葉がただちに口を突いて出てくるあたりに、ロゴージンの出自が見え隠れしている。後に判明することになるが、彼の家は代々がロシア正教のなかでも去勢派の信仰に近く、今でも屋敷に下宿人として古儀式派の信者を住まわせている。物語のなかでいつも騒動を引き起こしているこの直情型の青年が、幼少時からロシアの土の匂いのする民衆信仰のなかで育ったことが、この一語からただちに窺われるのは興味深いことである。ともあれ作者が「白痴」という語を用いるとき、そこには少なくとも三通りの意味論的共示が前提とされていることに留意しておく必要がある。

ムイシキン公爵は幼少時に両親を喪い、たび重なる癲癇の発作のおかげで「ほとんど白痴といってもよい人間」になってしまったと、自分のことを説明する。彼はすっかり記憶を喪失し、論理的な思考を続けていくことができなくなった。発作の後に訪れる意気消沈は耐え難いものであり、視界に映るもののすべてが無縁であるという気持ちに苛まれた。もっとも彼は幸運なことに、スイスで精神医学の研究に携わる教授のもとに5年前に送られ、冷水浴と体操による独自の治療を受けることができた。またロシア語の個人教授を含め、高等教育を施される機会を与えられた。脳の障害は完治こそしなかったものの、4年の間にほぼ完全に健康が回復できたというのでスイスを発ち、遠縁を頼ってペテルブルグに向かうことになった。つまり公爵は帰還者である。

この帰還は単に故国への空間的な回帰である以上に、痴愚の暗黒から理性ある光明の世界へ復帰したことをも意味している。新約聖書の喩えを用いるならば、彼は蘇生を遂げた者であり、それゆえにラザロ、もとい救世主イエス・キリストを原型と仰ぐ神聖なる復活者の反復でもある。ドストエフスキーが『白痴』を執筆するにあたって準備したノオトを読むならば、彼が最初、「キリスト公爵」という名前を考えていたことが判明する。

帰還者とは何だろうか。彼はかつて自分を育んできた共同体にむかって訣別を宣言し、異国にあって異邦人のさなかに身を置いた後、短くない歳月の後に故国への帰路に就いた人物である。かつては親しげに感じられたはずの共同体の言語も、宗教儀礼も、遊戯も、要するに文化的な共同性を示す何もかもが、彼の眼には逆に異邦のものに映る。彼は眼前に展がるすべての状況に心を開き、そこに介入しようとする。だが共同体の側はこの突然降ってわいた異邦人を訝し気に見つめるばかりだ。ちなみにポーランドの演出家、タディウシュ・カントルはこの帰還者こそが最初の俳優の原型であると説き、そこに演劇の起源を認めていた（カントール『死の演劇』松本小四郎、鴻英良訳、パルコ出版、１９８３年）。

帰還者は一挙一動が注視の対象となる。なるほどこの人物はアクセントこそ強いが、一応はわれわれの言葉を口にしている。だがその服装は粗末であり、社会階級を正しく表象していない。動作は奇妙であり、思考法にも常軌を逸したところが目立つ。いったい彼は正常な知能なり理性といったものを、われわれ同様に所持しているのだろうか。いや、そもそも彼はなぜ帰還を志したのであろうか。その帰還にどこか使命めいたものが感じられるとすれば、それはいったいどのような使命なのであろうか。『白痴』に登場するさまざまな人々は、こうした事情から公爵に好奇の目を注ぎ、彼に魅惑される。だがそれは同時に、彼を共同体に対する脅威と見なして警戒することでもある。ムイシキンの突然の出現は、スキャンダルとして受け止められるのだ。

公爵は初対面のロゴージンから神聖なる愚者だと見なされた。次に人の好いエパンチン将軍にはひと目で信頼され、その夫人と三人の娘には好意をもって受け入れられる。もっとも下宿先イヴォルギン将軍家の息子で彼と同世代のガヴリーラからは、抜け目のない男だと誤解され、最初のうちは警戒される。初対面のナスターシャからは家僕と間違えられ、茫然として彼女の毛皮のコートを落としてしまい、「ほんとうにばかなんだから！」とすかさず罵倒される。彼女の誕生パーティに列席している者たちも、公爵がナスターシャにむかって信じがたい言葉を口にするたびに、心の中では「この白痴」といわんばかりに、軽蔑的な感情を抱いている。約めていうならば、誰もが自分の置かれている位置と視座に応じて公爵を判断する。彼らは間接的な意味でこの未知なる青年に、みずからも気が付いていない自我を投影しているのだ。

この帰還者を特徴づけているのは、彼が地上の法則、つまり現実世界に生きる者が従属することを強いられている経済法則に左右されず、物質的制約から完全に超越した場所に立っているという事実である。また彼は性的な欲望からもいっさい解放されている。公爵がナスターシャに求婚するのは、彼女を自虐的な地獄の認識から救済したいからであって、そこには性的なるものがいささかも介入していない。

まず公爵はまったく無一文のまま、これといって職業のあてもなく、文字通り鞄ひとつでペテルブルグの鉄道駅に到着する。頼りとするものはただひとつ、エパンチン将軍夫人エリザヴェータとの縁戚関係だけなのだが、その彼女にはかなり以前に療養先のスイスから手紙を送ったものの、いっこうに返事をもらえないままでいる。とはいえ公爵はいっこうにこうした状況を深刻に受け取っている風にも見えない。エパンチン将軍から25ルーブルを借り受けると、ただちにそのうちの10ルーブルを人に与えてしまうのだが、それでも平然としている。金銭への執着はもとより、およそ私的所有の意識とは無縁の存在なのだ。

実はこの公爵は到着のその日の晩になって、巨額の遺産を相続する身分であったことが判明する。だからといってその態度に変化があるわけではない。世俗的な意味合いにおいて境遇の急変に対して無関心であり続ける一方で、人に対して施しを与えることには躊躇しない。彼は自分に向けられた好意に対し、つねに過分の謝礼をもって応じるのである。

誰に対しても秘密をもたない。いかなる場合にも心を開いたままにしておき、人を疑うことをしない。冗談や皮肉どころか、寓話や例え話を口にすることもなければ、悪意のもとに人を中傷することもない。他人がいうことはすべて字義通りに受け取り、また字義通りに応対する。結果として人に騙され、予期せぬ苦境に追い込まれることがないわけでもないのだが、とうてい一人では背負いきれないような責任でも、動じることなく引き受けてしまう。これは喩えていうならば、経済的にも道徳的にも債権者たることを拒絶し、どこまでも自分を無条件の債務者の側に立たせることに他ならない。

こんなことになったのを残念に思います。しかしこうなってしまった以上、あなたの好きなように決定してください。でもお願いですから、怒りを鎮めてください。わたしたちはただ、誤解しあっていただけではないでしょうか。どのように事態が緊迫していたとしても、公爵はこのように相手に向かって話しかける。彼はけして自己を正当化もしなければ、弁解もしない。交渉を有利に進めるために条件を提示するといった身振りとも無縁である。公爵のこうした態度は居合わせた多くの人を当惑させるばかりではない。彼らは一人の人間のなかに実現された、こうした天上的な無垢を前に、自分たちが拠って立つ道徳的な根拠が突き崩されていくのを感じ、それゆえに彼を犠牲の山羊の祭壇へと運んでいくのだ。

公爵は招待もされていないにもかかわらず、進んで困難な状況のなかに飛び込んでいく。みずからを紹介することもしないまま、すべてのことに介入してゆく。何事に対しても躊躇するということがなく、思い立ったらただちにそれを口にし、行動に移す。自分が責任の取りようもないことに対しても、それが当然であるかのように責任を取ろうとする。というよりも、正確にいうならば、この世界にあって生じるすべてのことは、あたかも自分の責任であるように立ち振舞う。なぜこのようなことが可能なのか。それは彼が、みずからいうように、白痴だからである。

世界のあらゆる事件に対し、債務者の側に立つこと。つねに支払う側に廻り、文字通り際限もなく払い続けること。これはいうまでもなく愚行であり、ただみずからを無条件のまま供犠の祭壇に捧げることに他ならない。『白痴』の作者は、キリストにおいてのみそれが可能であったと説いている。人類のあらゆる罪を贖うため、ただ一人、キリストだけがこの愚行をなしえた。その意味で公爵はキリストの再来であり、回帰である。彼は無慈悲と悪の跳梁する世界にあって、わが身に浴びせられる嘲りにもかかわらず、人々を赦し、人々に施しを与えようと試みる。それはいうまでもなく滑稽なことであり、衆人の理解を超えたものである。だが善の属性としての愚を純粋状態において貫くという点で、公爵はキリストの内側に宿っていたはずの愚かしさを肯定し、それを十全な形で体現する存在である。

先にも書いたように、ドストエフスキーは最初、主人公に「キリスト公爵」という名を与えることを構想していた。およそ人間として考えられるかぎり無垢の極限にまで接近しているムイシキン公爵のあり方は、彼にキリストに紛うべき神聖さを与えている。キリストは驢馬に乗せられてエルサレムに入城するが、公爵もまた療養先で驢馬と深く親しんでいた。ここにセルバンテスの小説の主人公である狂気の騎士、ドン・キホーテが加わることで、愚者として体現された至高の善の三位一体が成立する。ドン・キホーテをキリストの隣に置く点において、ドストエフスキーは『死にいたる病』を著したキルケゴールの隣人である。この二人の原型的人物は果敢にも世界にむかって正面から衝突することを怖れず、愚かしさの次元において純粋なる善そのものと化している。ドストエフスキーはその文脈のなかに、みずから考案したムイシキンという新しい人物を呼び寄せたのだ。

とはいうものの、ムイシキン公爵をキリストから隔てるものがないわけではない。4篇の福音書を読むかぎり、イエスは怒ることこそままあったが、一度として笑うことがなかった。一方、公爵はさまざまな層において笑いとともにある。

『白痴』の冒頭、三等列車のなかで公爵とロゴージン、さらにレーベジェフらが対話をする場面をつぶさに確かめてみよう。彼は自分を嘲けろうとする者たちに対しては、うっすらとした微笑で応じている。また人々が笑うときには、異邦人を前に緊張気味の者たちに武装解除を求めるかのように、彼らに調子を合わせるかのように軽く笑ってみせる。ロゴージンはニヤニヤと笑いながら公爵に質問を重ね、公爵が驚くばかりの率直さでそれに応えると、いっそう大声を出して笑う。そうした対話を脇からレーベジェフが、品のない薄笑いを浮かべながら聞いている。やがてそこに公爵が加わり、三人は「いやというほど大笑いした」。この列車の場面では、こうして同じ車両に乗り合わせた未知の者どうしが、さまざまな位相の笑いを披露した後、巨大な笑いを分有するまでの過程が、公爵の来歴の提示という形を借りながら、みごとに描かれている。

だが公爵の笑いのなかにどこか不吉にして異常な要素が含まれていることも事実である。それは彼が予期せぬところで立てる、大声での馬鹿笑いにおいて特徴づけられている。公爵はまずロゴージンの眼前で癲癇の発作を起こした直後、正気に戻るや急に笑い出す。次に自分の誕生祝の席で長々と遺書めいた書き物を読み上げたイポリット少年が、その後に敷地内でピストルで自殺未遂をしたと聞いて、ひとり公園にて大笑いをする。またエパンチン家の別荘で開かれた、アグラーヤの婚約者としての披露パーティで、なぜか突然に怖ろしい早口でカトリックへの攻撃を始め、ロシア人にロシアの光を発見させなければならないと語り出す。彼は激昂のあまり、いきなり立ち上がって片手を振り上げ、かたわらにあった中国の美しい花瓶を叩き落とす。一同が動揺するなか、彼はひとり歓喜に包まれ、立ちつくしている。

こうした笑いと恍惚は共同体の武装解除のための微笑とは正反対のものであり、公爵の異邦人性をいっそう際立たせることになる。それは明らかに狂気の笑いであり、誰もが厳粛に沈黙を余儀なくされている空間にあって、その場の秩序を攪乱し、人々に恐怖を抱かせる笑いである。また公爵の内面から自然と現われ出たというよりも、むしろ彼の外側から彼に突然に襲いかかる笑いであって、笑っている本人ですら統御できない獰猛な性格を抱いている。公爵は自分が何にむかって笑っているのかも理解できないまま、ただ笑いに引き回され、笑いに憑依されている。白痴という小説の主題が、ここでふたたびグロテスクな形をとりながら浮上してくる。共同体を構成する健常者の理性とは無縁の生を生き、誰もが隠蔽しておきたいことがらを前に、いささかの躊躇いをも見せることなく笑い続けることができるというのは、白痴を除いて誰に可能だというのか。

『白痴』において過剰を極めているのは笑いばかりではない。この小説のなかではしばしば常軌を逸した蕩尽が企てられる。ロゴージンはナスターシャを見初めた瞬間、法外な金額を払ってダイヤモンドのイヤリングを購入し、それを彼女に与えようとする。彼はそれを悪びれもせず、初対面の公爵に告白する。次にこの蕩児は10万ルーブルもの札束を紙に包んで、ナスターシャの前に差し出す。そして彼女はそれを事なげに暖炉の炎のなかに投げ捨てる。ロゴージンによるこうしたポトラッチは、公爵が行なう無際限の謝罪と過剰な謝礼に呼応し、地上世界におけるその卑俗な対応物であると見なすことができる。ロゴージンがナスターシャのために巨額の金銭を投じるように、公爵はナスターシャを赦し、彼女を殺害し自分にもナイフを突き立てようとしたロゴージンを迷うことなく赦すのだ。デリダが『赦すこと』（守中高明訳、未來社、2015年）で説いているように、赦す（pardonner, forgive, vergeben）とは与える（donner, give, geben）と言語的に隣接し、派生の関係にある。赦罪とは、金銭の補償や債権の主張を超えた地点で、贈与として純粋になされるべき何ものかである。採算や褒賞を考慮に入れず、すべての行為を無償のもとに実践すること。赦すとは赦しを与えることだ。キリストがみずからの生命を無償のまま投げ捨てたように、公爵もまた無償に与えかつ赦す存在である。

無償の贈与と赦しの間に横たわる等価性は、実のところ、公爵がなぜ戸惑うことなく人を信頼するのかという問題と密接に結びついている。彼はなぜ出会ったばかりの未知の他人に向かってかくも寛大に心を開き、いささかの疑いもなく、その言葉を信じてしまうのか。たとえば彼はナスターシャの家を教えて進ぜようというイヴォルギン将軍をやすやすと信じてしまい、彼の虚言癖にさんざん振り回され、予期もしなかった場所へと連れていかれてしまうのだ。なんと愚かな！　信頼におけるこの極端な盲目性を理解するためには、彼がエパンチン将軍家で三人の姉妹を前に披露する、二人の死刑囚の挿話を参照しなければならない。

公爵はかつて知りあった一人の人物の話をする。その人物は死刑を宣告され、5分後に刑場で処刑されると知ったとき、その5分間を果てしなく長い時間のように感じたと語った。彼は5分間の間にいくつもの人生を生きられるような気がして、仲間たちとの別れのために2分を、自分のことを考えるために次の2分を、周囲の風景を見収めとして眺めるために最後の1分を割り当てることにした。刑場から遠くないところに教会があり、その屋根が太陽の光で黄金色に輝いている。そのありさまを見たとき、彼は自分がまもなくその光と融合してしまうのだという感想を抱き、もし死なずにすんだならば、その時はすべてが自分のものになるのだ、

1分1分を一世紀に見立てて、何一つ無駄にしないという決意をしたという。ところが図らずも彼は処刑を免れてしまう。その結果、決意とは無縁の人生を送り、文字通り莫大な時間を無駄にしてしまったという。

だが別の機会に、公爵はまたしても死刑囚のことでトラウマ的な体験をもってしまう。スイスにて療養中、リヨンで実際の公開処刑に出くわしてしまったのだ。死刑囚が処刑台の上に登り、今まさにギロチンの刃の犠牲になろうとする寸前、公爵は一瞬ではあるが、この人物と視線が合ってしまう。この偶然がトラウマとなり、公爵はこの死刑囚についてさまざまな憶測を開始する。ある朝、この死刑囚は突然その日に刑が執行されると知らされる。処刑台まで町中を引き回されている間、彼は生きていられる時間がまだ無限にあるような気持ちになる。処刑の直前、司祭が彼の前に十字架を差し出し、彼はそれに接吻をする。頭脳は異常なまでに明晰となり、何もかもがわかっているといった全知感が彼に訪れる。公爵はこの瞬間をぜひ絵に描いてみたいと、エパンチン家で語る。

若き日にドストエフスキーみずからが体験した極限状況が根底にあって、この二つの挿話は考案された。いずれもが死を前にして自分に許された時間が極小のものとなったとき、その時間が意識のなかで逆に無尽蔵のものと化したという内面的事実を告げている。時間における無限的感覚は、世界のすべてが自分のものとなるという絶対的自由を可能にする。もはや時間が外部から自分を切り刻み支配するという事態は去った。これからは自分を時間の内側に取り込ませ、時間そのものへと変身を遂げるべき時が到来したのだ。時間の内側にあって、それを盲人のように体験すること。信頼とは時間を信頼することに他ならず、およそそれが信頼に値するものであるかぎり、それは自分を無防備の状態に置いて躊躇うことのないような、盲目性に基づいていなければならない。時間が無尽蔵であるとすれば、喜捨も赦しも同様に無尽蔵でなければならない。信頼がたとえ自分を他者からの攻撃に晒すものであったとしても、それが何であろう。処刑寸前の囚人が突然に到達した自在感と全能の意識をもってすれば、いっさいの投企は純粋な賭けであり、盲目のもとになされるべきものである。死刑囚を目撃したというトラウマを根拠として、公爵はこうして時間の無限性と信頼の盲目性に到達する。彼はもはや躊躇しない。何ごとにおいても従順であり、しかも即座に行動する。

## 3

ここでムイシキン公爵にとって重要な相手役となる二人の人物、ロゴージンとナスターシャについて触れておきたい。彼らは出自においても人格においても公爵とはまったく対照的な人物であり、その意味で絶対的な他者だといえなくはない。だが同時にそれは、この二人の激情家が、それぞれの存在のあり方において公爵の分身であることをも意味している。

ロゴージンは富裕な商人の息子で、粗野にして直情型の人物である。もしロシアが人間の身体を所有しており、公爵がその上半身を体現しているとすれば、ロゴージンはまさに下半身そのものであって、欲望の一元論が彼を衝き動かしている。ロゴージンはロシアに土俗化したキリスト教信仰の家系に生まれ、ペテルブルグに住まうあまたの登場人物のなかでは、誰よりもロシアの大地に近しい存在である。彼は高齢のあまり認知症に陥ったと思しき自分の母親を、公爵に引き合わせることに躊躇しない。ホルバインの絵画が契機となって互いの信仰について語り合ったのちに、肌身離さず付けていた十字架を公爵と交換する。これは典型的なホモソーシャリティの光景である。ちなみにここで断っておかなければいけないのは、ホモソーシャリティ（同性社会性）はホモセクシャリティ（同性愛）と峻別されなければならないということである。『クローゼットの認識論　セクシュアリティの20世紀』（外岡尚美訳、青土社、１９９９年）のイヴ・セジウィックによれば、前者は肉体的交渉を重視する後者を蛇蝎のごとく嫌悪し、もっぱら精神的な次元において、異性を排除した同性だけの強烈な信頼関係を構築せんとする欲望であり、しばしば異性の身体を媒介とすることが多い。これは軍隊や牢獄、男子校の寄宿舎といった状況では、日常的に生起する現象である。

ロゴージンの単純な欲望一元論に対し、ナスターシャは複雑な矛盾の塊である。彼女はマリオ・プラーツの呼ぶところの典型的な「宿命の女」、つまり19世紀のロマン主義者が讃美した、悪魔的な危険をもった女性であるが、バフチンはきわめてあっさりと彼女を「狂人」と呼んでいる。この没落貴族の孤児は少女時代にトーツキーの愛人として育てられ、長じて彼を軽蔑するに至ったが、自分が堕落した罪深い女であると公言している。だが本当にそう信じているのだろうか。彼女はその一方で誰彼に対しても、自分が魂の純潔な清浄なる女性であることを認めよと要求し、自分の人生を正当化してくれる人物を求めている。その内面に自己断罪と自己正当化の要求が分かちがたく共存しているため、口から出る言葉は支離滅裂、つねに両面価値性を帯び、痙攣的な叫びのように聞こえる。ナスターシャは恐ろしく高慢であり、世界全体に対し攻撃的である。その言葉は感情に促されるあまりに一貫性を欠き、いたるところで論理的な分裂を見せている。いや、彼女の生こそが分裂そのものであるといった方が適切かもしれない。もし公爵が至福感に満ちた天国の住人であるとすれば、彼女は逆に、永遠に地獄のさなかにあって、苦痛と自己撞着に身を引き裂かれた存在である。

公爵とロゴージン、そしてナスターシャ。この三位一体のあり方は目まぐるしくも動的であり、瞬間ごとに結合と反目、殺意と赦しとが交互に出現するといった印象を与える。彼らは互いに深く信頼しあったかと思えば、次の瞬間には憎悪と絶望に駆られ離反しあう。熱愛と嫌悪、軽蔑と崇拝は互いにたやすく交換可能なものであり、その置換があまりに頻繁なので、それ自体としていかなる重みも携えていないようにすら思えてくるほどだ。ロゴージンは公爵と義兄弟の契りを結んだ直後に彼を待ち伏せし、殺害しようとする。ナスターシャは公爵とロゴージンの間を忙し気に往還し、公爵との結婚の当日、ロゴージンと手を取り合って失踪する。結末部ではついに破局が実現する。ロゴージンは手ずから殺めたナスターシャの遺体に花嫁衣裳を着せ、公爵を呼び寄せると、二人で彼女の夜伽を行なおうと提案するのだ。いうまでもなく公爵はそれを受け容れる。ここに女性の死を媒介として、ホモソーシャルな友情は完璧なものとなる。だがそのあまりに壮絶な体験から、公爵は最後に白痴に戻ってしまう。

19世紀の小説としてきわめて奇怪なことではあるが、この三人の間には性的な関係が存在していない。ナスターシャはトーツキーのもとで充分に性的な成熟を強要され、それがゆえに自分の堕落を責め、自己嘲笑に陥ってしまうのだが、はたしてロゴージンに拉致された彼女が彼と肉体交渉を持った形跡はない。公爵がロゴージンに確認したところを信じるならば、二人は一日中、部屋に閉じこもってトランプばかりをしていたのである。
では公爵はどうなのか。これは最初からはっきりしている。最初に三等列車のなかで遭遇したとき、彼はロゴージンにむかって、「自分は生まれつき病気で、女性をまるで知らない」と、あっさりと告白している。この言葉を信じるかぎり、公爵とナスターシャとの間で性的な関係があったとは考えられない。公爵が他者の肉体と接触するのは唯一、ロゴージンと互いの十字架を交換しあった瞬間であり、しかもそれは神聖なる神の徽章を媒介としたものである。この三人を包んでいるのは不思議な肉体的希薄さである。

『白痴』とは無垢なる魂が体験する受難の物語だと、ひとたび要約してみよう。だがこういい切ってしまったとき、われわれの前に大きく立ち塞がるのは、精神の対極にあって頑強に存在している肉体という問題である。肉体とは何か。それは三人の主人公がいかに排除の身振りを見せようとしても、けして把握も統括もできず、ただその現前を受け容れざるをえない何ものかである。ドストエフスキーはこの厄介ごとに対して、この小説においていく通りかの接近を試みている。それは部分的にはみごとな効果をあげ、この作品に独自性を与えているが、別の部分ではいまだに充分に展開されておらず、消極的な問題提示の段階に留まっている。肉体をめぐる最終的な言葉はまだ語られているわけではない。それは神と精神をめぐる長々とした議論のなかで躓きの石と見なされ、遺作『カラマーゾフの兄弟』へと持ちこされることになるだろう。

『白痴』における肉体の現前を考えるさいにもっとも重要なことは、作者が主人公の公爵を先天的癲癇患者と設定したことである。というより、『白痴』という作品自体が癲癇を核として発想され、この宿痾を担わされた人物を主人公とすることで着手された小説であるというべきかもしれない。

公爵は二度にわたって癲癇の発作に見舞われる。繰り返して指摘をしておくと、一度目は彼が失踪したナスターシャを探しに出た後、ホテルの前でロゴージンの待ち伏せに遭い、階段の踊り場で彼にナイフで刺されそうになった瞬間である。二度目はアグラーヤとの婚約披露パーティの席上である。いずれの場合にも、発作のしばらく前から主人公が体験する頭脳の停滞感から不安、夜ごとの精神的高揚までがつぶさに描写されている。ここでは最初の発作について書かれた部分から引いてみよう。


彼の身に起こったのは、絶えて久しく生じることのなかった、癲癇の発作だった。知られるように、癲癇の発作、すなわち本来的に倒れ病と呼ばれる病は、一瞬のうちにやってくる。その瞬間、顔、とくに目つきが、突如はげしく引きゆがむ。痙攣とひきつけが全身およぶ顔面におよぶ。恐ろしい、想像を絶する、およそほかの何とも比べがたい絶叫が、胸の奥からほとばしり出る。この絶叫のなかでは、ありとあらゆる人間的なものがとつぜん消滅していくようで、傍で観察している者にとって、目の前で叫んでいるのがその当人だと想像し、納得することなどとてもできない、というか、少なくともきわめて困難である。目の前で叫んでいるのが、その人間の内側に潜む別人であるかのようにさえ思えるのだ。

公爵の突然の発作にロゴージンは、文字通りその場に凍りついてしまう。彼は公爵がいきなり仰向けに倒れ、石段に後頭部を打ちつけ、そのまま階段を転げ落ちてゆくのを見て、仰天のあまり、彼をそのままにして、そのまま現場を逃げ出してしまう。

すでに数かぎりなく発作を体験したことのある公爵は、この病がもたらす恐ろしいまでの恍惚感について、次のように認識している。


癲癇にいたる症状には、発作直前に訪れる（ただしその発作が覚醒時に訪れるとしての話だが）ひとつの段階がある。それは鬱と魂の闇と圧迫のさなか、とつじょ脳髄が秒きざみで燃え上がり、すべての生命力が異常な勢いで一気に張りつめるのである。稲妻のごとく持続するこれらの瞬間には、生命感覚と自意識が、ほとんど十倍も研ぎ澄まされる。理性も心も異常な光に照らし出され、ありとあらゆる心の揺らぎ、ありとあらゆる疑念、ありとあらゆる不安が一度に癒され、明るく調和的な喜びと希望に満ち、理性と最終原因が充満する何かしら至上の安らぎのなかに溶解していくかのようなのだ。ところがこの瞬間、この閃きはまだ、発作それじたいが起こる最後の一秒（一秒以上ということは断じてない）のたんなる予兆にすぎない。この一秒は、むろん耐えがたいものだ。

ここまで来て、公爵は反省的意識に囚われる。発作がいかに絶大な恍惚感をもたらすものであったとしても、正気に戻って冷静に考えてみるならば、こうした至高の感覚と自己意識の閃きとは、結局のところ病的なものであり、正常な精神状態の破綻を意味しているのではないだろうか。至高の存在と信じえたものも、実は体験としては最悪最下等のものに他ならないのではないだろうか。だが彼は、この反省にも異を唱える。たとえそのストレスが病であるからといって、これまで抱いたこともなかった至高と恍惚感が「美と祈り」であることは疑いようがない。

もしもこの瞬間、ということはつまり、発作が起こる間ぎわの意識的な瞬間に、たまたまはっきり意識的に『そう、この瞬間のためなら命を投げ出したっていい』と言うことができたとすれば――それはむろんこの瞬間が、それじたい全生涯に値するからである。

「癲癇」epilepsia の語源はギリシャ語で、「不意を襲い、捕らえてしまう」という意味である。ヨーロッパにおいて癲癇は長い間「神聖なる病」morbus sacer と呼ばれ、神に捧げられた畏怖すべきものであると見なされてきた。アレクサンダー大王やシーザーといった古代の英雄からモハンマドといった宗教的指導者、またパスカルやナポレオン、ヴァン・ゴッホといった天才的人物にいたるまで、癲癇という「小さな狂気」を抱え込んだ著名な人物には、人智を超えた超越的なものが頭上に舞い降りてくるものだと素朴に信じられてきた。精神分析の立場からは、フロイトはそれが痙攣を伴っていることからヒステリーに近いものではないかと考え、フェレンツィは胎内回帰の願望が発作を誘発するのだという説を唱えた。

もっとも現実の癲癇患者にとって、こうした学説は何の意味ももっていなかった。彼らは癲癇が体質的な遺伝に基づくのではないかと脅え、相続く発作が究極的に脳の破壊を招くのではないかという恐怖に苛まれてきた。前章でとりあげたフローベールにとって生涯の最初の挫折のひとつは若き日に起きた発作であり、それは彼の人生観に決定的な歪みを与えることになった。癲癇について触れることは、家族全体で大きな禁忌であった。フローベールの同時代人であったドストエフスキーにおいても、この病は深刻な問題であった。彼はいつか脳の劣化が進行し、自分が狂気に陥るのではないかという強迫観念を、『作家の日記』に書きつけている。

もっとも脳医学の発展に伴って脳波が発見されて以来、癲癇は精神の病であることをやめ、脳出血のような神経内科的疾患、つまり臓器肉体の領域に属する疾患として扱われることになった。精神病理学の臨床から癲癇が姿を消しつつあることは事実である。

精神病理学者の木村敏は、こうした医学界の傾向を認めながらも、真性癲癇を精神分裂病（統合失調症）や鬱病に続く、「第三の狂気」として分析するという立場をとり、癲癇患者における時間意識の変容について注目すべき指摘を行なっている（木村敏『時間と自己』、中公新書、1

982年)。
木村によれば、分裂病患者は過去において自我形成に失敗しているため、未知なる未来の徴候をあたかもそれが現前するかのように恐怖し憧憬している。一方、鬱病患者は過去にとりかえしのつかない負目を背負うあまり、罪障妄想に憑りつかれている。今、「祭り」festum に喩えていうならば、前者は「アンテ・フェストゥム」(祭りの前、先取り感)、後者は「ポスト・フェストゥム」(祭りの後、手遅れ感)の意識によって特徴づけられる。ところが癲癇患者は、そのいずれにも属さない。分裂病と鬱病が日常性の外部へと逸脱することで生じる非日常性であるとすれば、癲癇は日常性の存立基盤それ自体の解体によって生じる非日常性であるからだ。木村はこの違いを、前二者は水平方向における危機であり、後者は垂直方向における危機であると、巧みな比喩を用いて説明している。
癲癇患者にとっては、過去も未来も問題ではない。いうなれば彼は祭りのさなかに居合わせているのであって、そこにはただ圧倒的な現前しか存在していない。あるとき突然に時間の連続性が断ち切られ、短時間のうちにふたたび回復される。意識は発作を通して「死と再生」を体験する。このとき「時間の中に永遠が稲妻のように侵入してくる。永遠は彼岸的なものとしてでなく、現世的生の真只中で生きられるものとして姿を現す。癲癇発作は、生の只中での死の顕現である。」(木村前掲書)
ドストエフスキーの『白痴』に戻るならば、公爵が体験する発作は、まさにこの木村の分析的叙述に対応している。公爵は「この瞬間のためなら命を投げ出したっていい」と実感し、ロゴージンにむかっても、「ぼくにはね、『もはや時がない』というあの、驚くべき言葉の真意がわかるような気がしてくるんだ」と告白している。公爵の自己認識の根底にあるのはこうした無時間状態における至福感であり、それは彼がヨーロッパで療養中に知り合う機会のあった死刑囚の話にもみごとに対応している。処刑の寸前、もはや「最後の1分間」しか残されていないと意識した死刑囚は、たまたま目にした教会の屋根の黄金の輝きに感動し、次の瞬時にはその輝きに同一化できるという直感に襲われた。未来へと流れていく時間が不意に堰き止められたとき、彼は時間における無限を垣間見ることになったのである。この圧倒的な現前に由来する幸福感、全能感は、癲癇患者が発作のさいに体験する瞬間的な恍惚と相同的なものである。

とはいえ公爵は癲癇の発作を無条件に肯定していたわけではない。「彼の前には、感覚の純化、精神の闇、痴呆状態が、これらの《至上の瞬間》のあからさまな結果として立ちはだかっていたからである」。ここでわれわれは彼の過去を想起してみなければならない。公爵は幼少時からたび重なる発作に襲われてきたために記憶を喪失し、白痴と判断されてスイスへと送られることになったのだ。癲癇という宿命は彼に陶酔と至福を約束してくれるばかりではない。自分がこうした呪われた肉体のもとにあるという自覚は、彼をつねに動揺させ、際限のない不安へと追いやっていく。ペテルブルグの共同体にとって突然に出現した公爵は躓きの石ともいうべき〈他者〉であるが、その公爵にとっては、けしてみずから統御することができず、突然にその不透明な現前を露わにして君臨する肉体こそが、まさに〈他者〉なのである。この事実は別の角度からすれば、次のようにいい直すことも可能だろう。すなわち公爵にあってもっとも受け入れが困難なこととは自分が白痴であることではなく、他の人間と同様に肉体なるものを持ち、しかもその肉体を制御し統括することができないということである。

人間が肉体を所有しているという事実、肉体の有限性のなかに閉じ込められ、その俘囚であるという事実が、『白痴』のなかではまさに解決困難な問題として提示されている。公爵は神聖なる魂をもち、時間の無限性を体得した者ではあるが、にもかかわらず癲癇という宿命から逃れることができない。癲癇はどこから来たるのか。それははるか彼方の上方から到来するように見えて、その実、公爵の体内に由来し、予告もなく内側から外へと現われ出るものである。午後の発熱、就寝時の興奮、重い憂鬱感……なるほど予徴というものがないわけではない。だが発作は不意に生じる。彼は自分の肉体を統括することができず、他人に対してもそれを説得的に説明することができない。ただひとつ可能なのはこの病気と寝ること、つまり互いの存在を認め合い、秘かに契約めいたものを取り結ぶことである。

自分の肉体を自分で所有することができないという状況は、他人の肉体の所有不可能性に通じる。公爵が生まれてこの方、女性と無縁であり、ナスターシャとの間にも性的交渉が起こりえないのは、ひとえにこうした事情による。だが彼は病の肉体ゆえに、健常者がなしえない関係を他者との間に築き上げる。病める者はより重く病める者に憐憫を注ぐ。公爵はスイスで療養中、村人たちから貶められているマリーという若い女性に親密な感情を抱き、結核に感染した彼女をなんとか守ろうと腐心する。またナスターシャを病める子供であるかのように見つめ、彼女の心身の「健康回復」のために役立ちたいと、希望を口にする。結核が昂じて余命い

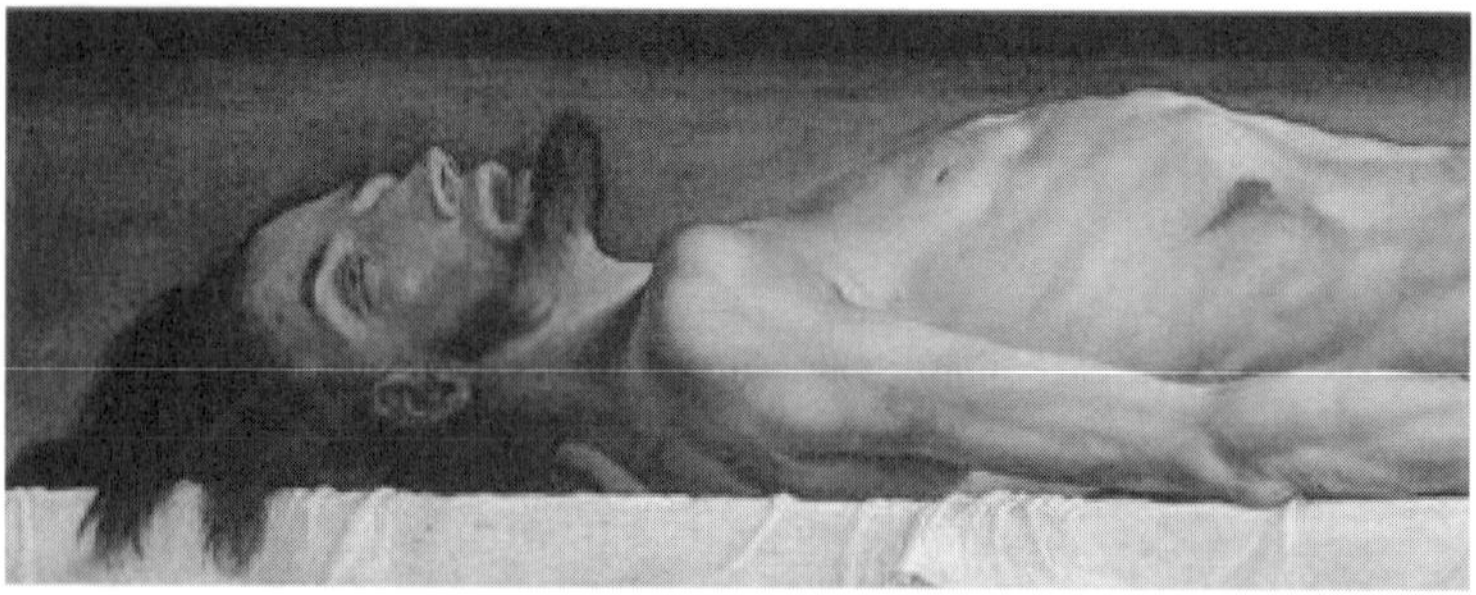

ハンス・ホルバイン『死せるキリスト』、部分（1521～22）

くばくもないイポリットが公爵に反目し、憎悪を公言するにもかかわらず、公爵が彼の面倒を看るのはそのためである。公爵にとって病者とは、共同体から排除された存在という点で対等であり、自分との間を隔てる境界を意識することなく向かい合うことのできる唯一の存在である。みずから治療を必要とした者だけが他者を癒し、また治療することができるのだ。

ここで公爵が最初の発作に見舞われる日に何があったかを、もう一度確かめてみることにしよう。
ペテルブルグに戻ってきたばかりの公爵は、まずレーベジェフ家を訪問し、次にロゴージンの古色蒼然たる屋敷へ向かう。二人は互いに「きみ」「あんた」と、胸襟を開いた親密な調子で呼び合う。公爵はロゴージンの書斎にソロヴィヨフの書物が読みさしのまま置かれているのに気づき、ロゴージンの家の信仰に興味を抱く。彼らはそれぞれにナスターシャへの思いを語り、卓のうえに置かれたナイフを奪い合う。このとき公爵は一瞬だが放心状態に陥り、対話に集中できなくなる。実は注意深く読むと、これが発作の予徴だと判明するのだが、癲癇のことなど何も知らないロゴージンには理解するすべもない。彼は公爵にむかって他の部屋を案内しようといい、大僧正の肖像画や風景画が掲げられている大きな広間へと連れていく。だがそこにはたった一枚しか絵が掛けられていない。それは横幅が2メートルほどあるにもかかわらず、縦幅が30センチしかない、ひどく奇妙なサイズの絵画である。ハンス・ホルバインの『死せるキリスト』の複製である。こうして二人は、ロゴージンの死んだ父親が二束三文で購入したという、ハンス・ホルバインの『死せるキリスト』の複製の前に立つことになる。絵の前を通り過ぎた後、ロゴージンは公爵に、「あんたは神を信じているのか、どうなんだ?」と、突然に真面目な口調で詰問する。

ホルバインの『死せるキリスト』は、およそ西洋の宗教画のなかでもきわめて特異なものである。ドストエフスキーはヨーロッパ滞在中、『白痴』に着手する数ヵ月前にバーゼルの美術館でこの絵の実物に接し、妻アンナの回想によれば、「癲癇の発作の最初の瞬間に何度も見たことのある例のおどろいた表情」を示したと伝えられている。この絵にはいわゆる宗教画の常套である、栄光に包まれた神の子の肉体を感じさせるものは、何ひとつとして描かれていない。そこにあるのはすでに死後硬直が始まっていくばくかの時間が経ったのであろう、眼を見開き、口を開けたまま息絶えた死体の、およそ考えられるかぎり惨めな表象にすぎない。死体はひどく痩せており、手と足の甲に杭を打たれた傷跡が赤黒く残っている。もしこの徴がなかったとしたら、どこにでも転がっている、匿名の餓死者の死体だと勘違いしたとしても不思議ではないだろう。ホルバインはこの作品を通して、キリストにおいてをや肉体を所有し、死後には一介の肉塊に引き戻されてしまったことを証立ててみせた。神の子としての超越性は、そこでは完全に廃棄されている。

「あの絵を見て、信仰を失くしてしまう人だっているかもしれないよ!」と、公爵はロゴージンに語りかけ、ロゴージンはそれに応えて「そりゃ失くしちまうさ」と相槌を打つ。だが二人は互いの十字架を交換し、兄弟としての友情を確認する。ホルバインの絵と向き合ったことが契機となって、彼らは逆に信仰と友情を確認し合うのだ。

公爵の癲癇の発作の直前にホルバインの絵画が登場していることは重要である。というのも、そこで問われているのが、キリスト教社会が長い間表象を回避してきた、キリストにおける肉体の現前の問題であるからだ。そしてこの衝撃的な画像を目の当たりにしたことがあたかも直接の原因であったかのように、ロゴージンは公爵をナイフで刺すという凶行に及ぼうとし、公爵は発作から階段を転倒する。

いかに神聖なる存在であっても、およそ人間であるかぎり人間は、観念の無限とは裏腹に、いつかは肉体という有限に突き当たってしまうことになる。このイロニーに満ちた主題は、小説のまさに結末部においてもう一度反復される。ナスターシャがロゴージンの手で刺殺され、その死体が安置されている部屋に公爵が導き通されるときである。この場面ではきわめて抑制された形ではあるが、ホルバインの絵画の残響が微かに聞こえてくるような演出がなされている。

ロゴージンは朝の3時ごろ、書斎のソロヴィヨフの書物に挟んでいたナイフを取り出し、眠っているナスターシャの左胸のすぐ下のあたりに突き立てる。「ところが、血は、せいぜい小さじ半分ぐらい、下着にちょこっと染みだしただけで、それっきりだったぜ……」と、彼は告白する。この言葉は、ナスターシャにおいて肉体がいかに希薄なものであったかを告げている。公爵は癲癇の発作を通して逃れがたき肉体の呪縛に恐怖を感じるが、ナスターシャはその死の瞬間にあってもほとんど肉体的な汚穢とは無縁である。言説においても感情においてもつねに移りゆくことをやめず、男たちはおろか、地上の重力にさえ馴致されない存在。ドストエフスキーはその死を描くにあたっても、スプラッタームーヴィのような凄惨な流血を回避し、あたかも血液など通っていない蒼白な肉体として彼女を描いている。

ロゴージンはナスターシャの死体をアメリカ製の油布で包《くる》み、その上にさらにシーツで包むと、防腐剤の瓶を四本、かたわらに並べた。彼が怖れているのは殺人が発覚することではなく、蒸し暑い夏の夜、死体から臭いがしてくるのではないかということである。ナスターシャの死を知って驚愕のあまり体が震え、まともに立っていられなくなった公爵を前に、ロゴージンはひたすら臭いの発散を気遣っている。

幸いなことにナスターシャの死体からは、臭いは発しない。彼女はその肉体の希薄さゆえに救済される。だがその代償として、やがて扉が開かれて人々が部屋に踏み込んできたとき、公爵はすでに以前の白痴に戻ってしまっている。彼はもはやいっさいの状況が理解できず、ただ身じろぎもせずに座り込んでいるばかりだ。かたわらには高熱に魘《うな》され、完全に意識を喪失したロゴージンが横たわっている。公爵はもはや意味もわからないまま、震える手で彼の髪や頬を撫でさすっている。作者はその間に彼の身の上に癲癇の発作が生じたとは明言していない。だが公爵はあまりに強い精神的衝撃を受けたために、知能と記憶を喪失してしまった。ただ人を赦し癒そうとする身振りだけが、意味を喪ったにもかかわらず、彼の手に残されている。

ドストエフスキーは『白痴』の後、神聖さと肉体の汚穢の矛盾という主題を、もう一度取り上げている。『カラマーゾフの兄弟』の中ごろでは、民衆の病気を治療し、深く尊敬されていたゾシマ長老が亡くなるという出来ごとが起きる。大勢の人々が弔問に修道院を訪れるなか、死体からうっすらと腐臭が漂い始める。やがてそれは耐えがたいものとなる。長老の弟子にあたる神父が、これは神の裁きであるという年配の官吏の言葉を耳にしてしまう。だが長老を深く思慕していたアリョーシャは事態をどう納得していいのかがわからなくなり、神学校の同級生とともに、女のいる場所へウォツカを呑みに出かける。

『白痴』では肉体の希薄さによって回避されていた死臭が、『カラマーゾフの兄弟』ではより深い形で掘り下げられている。もはやスキャンダルとしての肉体は隠しようがない。ではいかに神聖なる存在ですら地上のこの掟に従わなければならぬとすれば、人間の修練と信仰はいかなる意義をもちうるのか。

ドストエフスキーにとって結果的に未完の遺作となったこの長編では、肉体の現前をめぐってもうひとつ、癲癇の主題が大きく取り上げられている。もっともそこでは『白痴』で描かれていたような、天上界での恍惚と無限時間への飛翔といった至福感とはまったく無縁の描かれ方がなされている。カラマーゾフ家には太って淫蕩な父親のもとに、直情的な偽悪家ドミートリイから冷酷な無神論者イワン、そして敬虔な神学生アリョーシャと、三人の息子たちがいる。だが彼らとは別に父フョードルが路傍の狂女に産ませた、スメルジャコフという傍系の息子がいる。「スメル」という名前だけを聞くといかにも悪臭芬々といったイメージが立ち上るが、作者は彼を痩せて髪をきれいに整え、清潔好きの青年であると描写している。彼はカラマーゾフ家に召使として引き取られ、炊事洗濯掃除とあらゆる家事を受け持っているのだが、心のなかでは実の父親に対し、かぎりない憎しみを抱いている。

このスメルジャコフが癲癇の持ち主で、ときどき発作に襲われ倒れたりする。だが彼は宿痾を甘んじて受け入れているわけではない。フョードルが何者かの手で殺害されたとき、自分は癲癇の発作に喘いでいて意識がなかったと供述し、罪をドミートリイに擦り付ける。実はこれは嘘で、スメルジャコフは癲癇と偽って父親を殺害したのである。彼は一家のなかでもっとも周縁的な場所にあり、兄弟のなかでもつねに貶められた存在である。癲癇という病はそこでは、彼が父親に認知されることなく、白痴の狂女から生まれたことの聖痕《スティグマ》という意味を担っている。一家の最下層にあたるこの青年が、兄弟のなかでとりわけ権謀術策に長けたイワンに誘導され、殺人に手を下してしまったというのが、この長編の真実である。

『白痴』から『カラマーゾフの兄弟』へと移ったとき、聖性と肉体の間に走っていた罅《ひび》割れは、これまで以上に深い亀裂と化している。ゾシマ長老の遺体から発する死臭は、その深淵を覗き込まないかぎり真の信仰はありえないという要請を読む者に突きつける。癲癇は至福の夢であることをやめ、政治的な回路に巻き込まれる。この病は一家の呪われた歴史の凝集点にあって、もっとも卑しめられた者がもっとも高位にある者を亡き者とするさいに強力な根拠となる。『白痴』にあっては、天上的なムイシキンと地獄に苦悶するナスターシャといった二元論がまだしも成立していた。『カラマーゾフの兄弟』の世界ではもはやこうした二元論の秩序は消滅し、語られていることのすべてが薄明の混沌のなかで蠢いている。

## 4

さて長々と公爵を中心に、彼がナスターシャとロゴージンとどのような関係をとり結ぶかということを論じてきた。彼らはいうなれば特権的な主人公たちである。だが『白痴』という長編小説は、けしてスター級の俳優だけで演じられているわけではない。三人のかたわらにはそれこそひと昔前の東映映画のように有象無象の小悪党や詐欺師、狂信家、妄想家のたぐいが控えていて、昼夜を問わず人のパーティに出かけて行っては大騒ぎをし、次から次へと愚行という愚行を演じている。主役たちの荒唐無稽にはとうてい敵わないとしても、愚行の凡庸さを観察するには極上の機会である。というわけでここらで少し視点を変え、脇役の愚行ぶりに眼を向けてみることにしよう。

ドストエフスキーは波乱万丈の第三部が終わったところで、一服というのだろうか、第四部冒頭ではいきなり作者として顔を出し、自作について方法論的反省を始める。自分はこれまできわめて独自の個性をもち、特殊な運命のもとに生きる主人公たちばかりをもっぱら語ってきたのだが、小説を成立させるためには世間に一般的に存在している普通の人間のことをきちんと描いておかなければいけない。そこで彼は思索を披露してみせる。

作家は凡庸な人間、ごく「ふつうの人間」をどう扱ったらよいか、またそのような人間をいささかなりとも興味深い人間に仕立てるために、読者にどう提示すべきかという問題である。物語のなかで、そうした連中を完全に素通りしてしまうわけには絶対にいかない。そもそも凡庸な人間はどこにでもいて、たいていのばあい、日常生活のさまざまな出来事との関連でつねに欠かせない要《かなめ》の役割を果たしているからである。

にもかかわらず自分はこれまでこうした「凡庸な人間」の存在について、読者を前に充分な説明を怠ってきたのだったと、作者は語る。ではドストエフスキーが具体的に念頭においている「凡庸な人間」とは、どのようなタイプの人間なのだろうか。

じっさい、何にもまして腹立たしいのは、たとえば金持ちで家柄もよく外見もなかなか立派で、それなりに教養もあり、頭も悪くはなく性格も善良でありながら、何の才能も特徴も、奇癖さえなく、自分の考えというものをいっさいもたず、完全に「十人並み」であることである。財産はあってもロスチャイルドほどではなく、家柄は立派であってもこれまでいちどとして顕彰されたためしはなく、外見はなかなかのものながらいたって表情にとぼしく、受けた教育もかなりのものなのにその使い道がわからず、頭はよくても自分の考えがなく、ハートはあっても寛大さに欠ける、などなど、すべてがこの調子である。このような人間はこの世のなかにはありあまるほどいるし、一般に想像されているよりはるかに多い。

ここで作者は一歩突っ込んで、人間の凡庸さには二種類があると説く。ひとつのタイプは「偏狭な人間」である。もうひとつは「はるかに賢い」人間である。

「偏狭な人間」は、自分が他人よりも優れた、独自の人間であるという空想に耽っている。自分が何か全人類的で善良な感情を抱いていると思い、自分ほどに物ごとを深く感じている者はいないと信じている。流行の思想書を何頁か齧っただけで、それを鵜呑みにし、これこそ自分の考えであると頑強に信じ込んでしまう。ドストエフスキーはこうした「純真な厚かましさ」の典型を、先達の小説家ゴーゴリの中編『ネフスキー大通り』に登場するピロゴーフ中尉なる人物に見てとっている。

ピロゴーフはペテルブルグに住む独身男で、つい先頃中尉に昇進したばかりである。好んで文学談議に耽り、劇場の常連で、自分の地位を鼻にかけている。もちろん容貌にもダンスにも自信をもっていて、士官である自分に靡かない女はいないという確信を抱いている。あるとき彼は繁華街ネフスキー大通りでみごとに美しい金髪の女性を見かけてしまい、そのままフラフラと彼女の後をついていってしまう。女は目抜き通りを抜けるとどんどん場末へ向かい、娼婦がたむろする一角へと入っていく。着いた先はドイツ人の職人の家で、彼女はその家の女房であった。彼女と何とか言葉を交わす切っ掛けを作りたいピロゴーフは、必要でもないのに拍車を作ってほしいと職人に依頼する。職人は高い代金を要求し、その女房はまったく愛想がない。とはいえそれからというものピロゴーフは足しげく職人のもとを訪れ、拍車が完成すると、今度は短剣に象嵌を施してほしいと依頼する。その一方で士官仲間の集まりの席では、「実はこのごろドイツ女といい仲になっちゃってねえ」などと、気持ちよさそうな微笑を浮かべながら自慢をする。

努力が報いられたというべきか、ピロゴーフはついに夫の不在の時を狙い、金髪女のもとを訪れることに成功する。だが彼女は頭が悪いのか、彼のいう洒落や冗談にまったく無反応だ。そこでお得意のダンスに誘い、ついに接吻にまで漕ぎつける。だが次の瞬間、へべれけに酔った職人が二人の仲間を連れて戻ってくる。青年士官は寄ってたかって殴られ、罵倒されて退散する。

ピロゴーフは帰宅すると狂気のごとき怒りに駆られ、職人など笞刑を受け、流刑にでもなっちまえばいいのだと空想する。いっそのこと御上に投書でもしてやろうか。しかし結局のところ、彼は何もしない。ほとぼりが冷めると、相変わらずネフスキー通りに出没し、パーティでは女たちを前に優雅にマズルカを踊ってみせたりする。

このピロゴーフという人物はきわめて偏狭な人物で、自分を疑うことがなく、自分の「才能」に絶対の自信を抱いている。『白痴』にはこの男が「純真な厚かましさ」を持ち、彼には「問題そのものが存在していないのである」と書かれている。「わが国の文学者、学者、宣伝家たちのあいだには、どれだけ多くのピロゴーフもどきがいたことだろう？　わたしはいま、『いた』と過去形で言ったが、むろん、現在もなおいる」。まあ、このように書かれてみると、21世紀の日本に生きる筆者の周囲でも、事態はまったく同じであると思わざるをえない。

だがドストエフスキーは凡庸な愚者にはこの偏狭タイプとは別に、もうひとつのタイプが存在していると説いている。「はるかに賢い」人間である。この範疇に属する者はピロゴーフのごとき不毛な自信家と比べて、はるかに不幸である。なぜなら彼はあまりに賢すぎるために、思い切った愚行を実行することもできず、卑劣な行為に踏み切ることのできない自分の誠実さに思い悩んでしまうからだ。

普通程度に「賢い」人間は、自分が天才的であり独自の存在であるとつい空想するものであるが、それでもどこか心の隅では疑いを抱いているものだ。そのため青年時代にはお決まりの煩悶を体験する。彼が諦めの心境に到達するまでには、それなりに長い歳月が必要である。では絶望のどん底に突き落とされたり、虚栄心に蝕まれて挫折してしまうまでの間、いったい彼は何をして時間を潰せばよいのだろうか。いうまでもなく愚行である。自分だけは独自の才能を持ち、独自の願望を抱いているという確信を抱いているかぎり、彼には心が安らぐことも、慰めを与えられることもない。そのため、あえて卑劣で無鉄砲な行為に出てしまうことだって大いにありうる。とはいえドストエフスキーにいわせると、そこまで悲劇的な結果になる本格派はさすがに少なく、「せいぜい死にぎわになって肝臓にガタのくるぐらいが関の山である」。

もっとも以上は、普通程度に「賢い」人間の場合である。「より賢い」人間は、どうしても思いきって愚行に突っ走ることができない。そのためにいっそう悩むことになるのだ。ドストエフスキーは以前にもこの手の人物を描こうと試みた。本書でも先に言及したが、『地下室の手記』で自分を押しのけた将校に憎悪を抱き、彼をストーカーのように追いかけるのだが何もできないでいる中年の語り手である。『白痴』にも似たような人物が登場する。結核病みのイポリットのことだ。だがムイシキンに対抗意識を燃やし挫折するという点でもっとも興味深いのは、イヴォルギン家の御曹司ガヴリーラである。およそこれまで『白痴』を論じる者がけして取り上げようとしなかったこの青年について、少し考えてみよう。

ドストエフスキーは『白痴』にガヴリーラを登場させるにあたって、彼をこの「より賢い」人間の典型として描いた。ガヴリーラはそれなりに聡明であるがゆえに、最初から自分には才能がないことを自覚している。とはいえ過剰なまでに嫉妬心が強く、自分が人と同列ではない、飛び抜けた存在でありたい、あるべきだとつねに願っている。しかしロゴージンやナスターシャのように、衆人の眼を無視して破天荒な行動に自分を賭けるなどといったことはどうしてもできない。最後の瞬間には踏み切ることができず、愚行から身を引いてしまい、それが彼につねなる後悔をもたらすことになる。

ガヴリーラは何をやらせても失敗してしまう、不毛の道化である。最初、彼はアグラーヤとの結婚を望み、次にトーツキーがナスターシャに莫大な持参金を付けたと聞きつけると、気乗りはしなかったものの、やはりそちらへ鞍替えしてしまう。だがそれをアグラーヤに宣言できずにいる。もちろんナスターシャはこのような卑劣漢に対しては、軽蔑以外の何ものも感じていない。そこに公爵が突然、ペテルブルグに到着し、ガヴリーラは上司エパンチン将軍の命で、彼を自分の家に下宿させることになる。

ガヴリーラにはこの自分よりわずか一歳年下にすぎないこの青年が生来的に携えている無垢と謙虚とが、まったく理解できない。心のなかでは（この白痴《ばか》が！）程度に思っている。公爵が下宿人として自分の家にやって来るとき、ガヴリーラはナスターシャの写真のことで神経質になっている。そのため新しい下宿人の示す率直さは苛立ちでしかない。その結果、それはすべて手の込んだ演技だと信じ込み、彼のことを抜け目のない男ではないかと思い違えてしまう。そこへナスターシャが、続いてロゴージン一党が突然に押しかけて来る。かねてからナスターシャに悪感情を抱いていたガヴリーラの妹は、彼女を「恥知らずな女」と罵倒し、兄にむかっても唾を吐きかける。ガヴリーラは仕返しに、妹の頰にむかって拳を振り立てる。公爵がそれを止めようとすると、今度は公爵の頰を張り飛ばす。公爵は蒼ざめた顔で、自分のことはいいが、あの人（初対面のナスターシャ）を侮辱したことは赦せないといい、「あなたはいずれ、ご自分のふるまいを恥じることになります！」と、途切れ途切れに語る。ガヴリーラは激昂が覚めるとただちに公爵の部屋に向かい、心底から謝罪する。公爵はもちろんガヴリーラを赦す。「今は、ぼくにもよくわかります。あなたのことを悪人扱いするどころか、堕落した人間とみるわけにもいかないって。ぼくに言わせると、あなたはもしかすると、これ以上ないくらいきわめてありふれた人間なんです。ただとても弱いだけで、ちっともオリジナリティなんてありません」。

これが『白痴』第一日目でのガヴリーラの行動である。その後も彼はいたるところでそそっかしい失敗を重ねるのであるが、その逐一を記す必要はないだろう。結局のところ、彼はナスターシャには相手にされず、もともと好きだったアグラーヤからは、愛している証拠に目の前の蠟燭で自分の指を焼いてみせてくれる？　と、無理難題をいわれて揶揄《からか》われ、それに躊躇している間に、彼女に去られてしまう。約めていうならば、この癇癪持ちで野心家の青年は、公爵のまさに対極にあって、物語に喜劇的な彩りを添える道化なのだ。荒唐無稽な愚行をなすには聡明すぎ、卑小な失敗を重ねたあげくに消滅してしまう。これが『白痴』の作者が意図していた「はるかに賢い」人間の形象である。

## 5

『ネフスキー大通り』のピロゴーフ中尉と『白痴』のガヴリーラの間には、決定的な溝が横たわっている。ピロゴーフは愚行から何も学ぶことがない。彼はドイツ人の人妻との情事に失敗しても、しばらく経つとまた平然とネフスキー通りを闊歩し、女たちとパーティで踊ったりするようになる。ゴーゴリの視線は徹底して外面的であって、彼はあたかもこの人物には苦悩すべき内面など存在していないかのようにすべてを描いている。だがドストエフスキーはそれに飽き足りない。「普通の人々」のなかに横たわっている愚かしさを描くには、「偏狭な人間」とは別に「はるかに賢い人間」にも照明を当てなければならないと、小説家として考えている。

このとき彼が理論的に参照の根拠とするのが、興味深いことに『ボヴァリー夫人』である。『白痴』のなかで彼は、ゴーゴリからフローベールへと、愚者の認定と表象にあたって、微妙な基軸の変更を行なっている。それが具体的に何を意味しているのかが判明するのは、結末部においてナスターシャが失踪し、最後に死を遂げるあたりにおいてである。

ナスターシャの行方を尋ねる公爵は、彼女が寄宿していた教師未亡人の家に到達し、つい先日まで彼女がいた豪奢な家具のある部屋に踏み入る。彼はそこで卓のうえに、図書館から借り出した『ボヴァリー夫人』が、頁を開いたまま置いてあるのを発見する。当時のロシア貴族にとってフランス語は第二言語のようなものだったから、これは翻訳本ではない。おそらくは原書であろう。公爵はナスターシャがどこまで読んでいたかを確認するかのように、開かれた頁の端を折り、図書館の本ですからという制止など無視して自分のポケットに仕舞い込む。本文では「ポケット」としか書かれていないが、今日のジーンズの尻ポケットに文庫本を押し込むようなわけではない。上着の胸下のポケットということだろう。

なぜ『ボヴァリー夫人』なのか。なぜ公爵はこの小説本を無理にでも自分のものにしようとしたのか。後に判明することであるが、ナスターシャは左胸の下をナイフで刺されていた。奇しくもそれは、公爵が書物を仕舞い込んだポケットの位置でもある。ここに行為の相同性がある。公爵は知らずとマダム・ボヴァリーの物語を自分の肉体に「接木」させたのであり、この行為を通して、ナスターシャの受難を反復し引き受けたのだと解釈できる。

ここで本書の前章に取り上げた『ボヴァリー夫人』と『白痴』の間にある共通項のことを考

えてみよう。エンマ・ボヴァリーとナスターシャは、どちらも複数の男たちの間で翻弄され、最後に破滅に到る。エンマは同時代の通俗メロドラマ小説に夢中であり、それが昂じて不倫姦通に及ぶのであるが、同じことはナスターシャにもいえて、宿敵であるアグラーヤからは文学の読みすぎで「ブッキッシュで世間知らずな女性」だと罵倒されている。そして何よりも彼女は『ボヴァリー夫人』を愛読していた！

だが二つの小説は、それ以外にも重大な人物において重なり合っている。『ボヴァリー夫人』では夫シャルルの前にしばしばイポリットなる人物が登場する。彼は田舎町の旅館の下男で、以前から足に軽い障害をもっていた。シャルルはこの人物に対し医学技術の発展だと称して、頼まれもしないのに外科手術を提唱し、その結果この善良にして哀れな人物は片足を喪失してしまうのである。義足を駆使する彼の足音が聞こえてくるたびに、事情を知る人々はいたたまれない気持ちを抱く。しかしシャルルだけは鈍感で、彼の存在そのものが自分への告発であることに気付かない。

『白痴』では公爵の言動を大っぴらに非難し、長々と弁舌を振るう者として、同名の青年（亀山訳では「イッポリート」）が登場する。フランスのイポリットと比べて彼は恐ろしく博学にして雄弁であり、語り終わった後、あらかじめ予定していたのだろう、ピストル自殺を試みる。だがそれに失敗して泣き叫ぶ。事故の顚末を知った公爵は、「自分ひとりだけが死産児」というイポリットの遺そうとした言葉に衝撃を受け、自分がスイスで療養中に知った、全世界が自分にはまるで無縁のように感じられた体験を想起する。告発者としてのイポリット。彼は事件からほどなく結核が昂じて死ぬのであるが、ドストエフスキーは明らかにここで、けして口を開いてシャルルを非難しない無学な使用人イポリットの、反転された像を投影している。だが『白痴』において『ボヴァリー夫人』の影響が最大限に感じられるのは、こうした人物の設定の類似や固有名詞の一致などにおいてではない。影響はこれまでわれわれが読み進めてきた公爵の物語が別の視座から、きわめて批判的な文脈のもとに語り直されてしまう場面において、まさに明確な形をとって現われる。そこではそれまでの語り手になり代わって、一人の登場人物が自分の立場から、われわれが知っているはずの物語を、まったく別のふうに解釈し語ってみせる。

第四部の後半で、ラドムスキーなる人物がそれまでの公爵の言動の一部始終を総括してみせる。自分はあなたを「白痴」だなどと呼ぶ連中には憤りを感じると、彼はまず断言する。だがあなたの生まれながらの世間知らず、尋常ならざる素朴さ、とてつもない節度のなさ、頭でっかちの信念が、これまでの事件の根底にあるのですと、彼は公爵の面前で、歯に衣を着せず批判を行なう。彼によれば、公爵のナスターシャに対する態度には初めから「紋切型といっていいデモクラチックな」憧れ、「『女性解放問題』の憧れ」が潜んでいた。

若いあなたは、スイスにあって祖国を見たいと願っていた、まるで、だれも見たこともない、カナンの地に向かうかのごとくに、まっしぐらにロシアに戻ってこられた。ロシアにかんする本もたくさん読まれた、それは、たしかに優れた本だったかもしれませんが、あなたにとっては有害だった。活動したいという初々しい情熱に燃えてあなたは現われ、言ってみれば、やぶから棒に実践にとりかかった！　すると、どうでしょう。まさにその日のうちに辱しめを受けたある女性について、悲しい、胸をときめかせるような話が伝えられる。聞かされた相手は童貞の騎士、話の中身は、女性です！　しかもその日のうちに、あなたはその女性と出会った。あなたは彼女の美しさ、それこそ現実離れした悪魔的ともいえる美しさに（ええ、彼女が美人であることはぼくだって認めますよ）心を奪われてしまった。おまけに、あなたは神経を病んでいるし、癲癇という持病をおもちだし、それに、神経をかき乱されずにはおかないペテルブルグの雪どけという事情が加わった。

いやはや、身も蓋もない表現である。ラドムスキーはこうして公爵がみずから信じ、周囲も信じたがっている神聖なる衣装をもののみごとに引き剝がしてしまい、彼を丸裸にしてしまう。公爵はこれに対しいつものように謝罪をし、赦しを乞う。しかしラドムスキーの怒りはそれでは収まらない。きわめて誠実な人間である彼は、公爵がナスターシャに対して自分が造り上げた幻の憧れに酔うあまりに、「神さまみたいな」アグラーヤを騙し、置き去りにしたことが赦せないのである。ちなみにこのラドムスキーは、後に公爵が白痴に戻ってスイスに移ってからも、彼を病院に見舞ったり、彼を知る人々の間に情報を伝えたり、なかなかに情の深いところを見せる人物である。だがこのラドムスキーの言葉を通してわれわれは、これまで小説を通して理解してきた公爵の物語が、ひとたび視点を変えて語られるならば、まったく異なった雰囲気の様相を見せることを知らされる。ここでは神聖なる物語の相対化が一挙になされているのだ。

長編小説のこの部分では、公爵がこれまで口にしてきたあらゆる観念が批判され、神聖だと信じられてきた数多くの人物が格下げされることになる。バフチンの言葉を借りるならば、ここで実践されているのは、テクスト内部における「奪冠」、すなわち神聖で権威あるものとされたものの脱神聖化、脱権威化である。主人公である公爵も、他のあらゆる人物と同様、世俗の愚かしさを分有する存在へと、強引に引き戻されてしまう。ラドムスキーの口を借りるならば、ムイシキンもまた雑多の登場人物と変わるところのない、卑小な愚行の徒に還元されてしまう。この口調の辛辣さの背後には、手法的に明らかにフローベールに学んだところが窺われる。しかしこの手法に従うならば、本筋である公爵とレーベジェフやガヴリーラとは、愚行の物語の主体として論理的階梯をもたなくなり、平等に並置されてしまう。

ドストエフスキーは『白痴』を執筆するにあたって、どうして同時代のフローベールを強く意識し、彼に共感を抱くにいたったのだろうか。この点についてはまず、彼らが共通の人物を師と見なしていたことを忘れてはならない。二人は偉大なる先達、つまり『ドン・キホーテ』を著したセルバンテスの、二世紀後の弟子なのだ。とはいえわたしには、ドストエフスキーがフローベールに抱いた、特別の親愛の感情が理解できる。彼らは奇しくも1821年という同じ年に生まれ、父親はともに医師であった。だがそれだけではない。ドストエフスキーはクロワッセに住まうこの同時代の作家が、青年時から酷い癲癇の発作に悩まされていたことを、おそらくヨーロッパ長期滞在中に聞き及んでいた。この事実はフローベール家の家庭内では直接には触れてはならぬ禁忌であったが、『ボヴァリー夫人』が風俗壊乱の罪で法的に問題となったことが原因で、作者の名前が社会的に話題になった時点で、ゴシップとしてメディアに取沙汰されていた。『白痴』の構想を練りながらも客地にあってたび重なる癲癇の発作に悩まされていたドストエフスキーは、その噂に無関心でいることはできなかった。

にもかかわらず、この二人の作家は、宿痾をめぐって正反対の態度をとった。フローベールはけして自作のなかに癲癇という問題を持ち込もうとしなかった。彼の描く人物たちは、癲癇によって肉体が統率不可能となる事態などにはまったく無関心な健常者である。ドストエフスキーは逆に、『白痴』のみならず、『悪霊』『カラマーゾフの兄弟』においても重要な人物に癲癇患者を配し、発作によって体験される超越的な恍惚の顕現を、美学と思想の点から物語のなかに積極的に取り込もうとした。彼にとって重要だったのは、主人公の肉体が無意識の次元でつねに動揺しており、ときおり本人を前にしても〈他者〉として立ち現われてしまうという逆理であった。それはいうまでもなく、フローベールの関心領域を超えたところにある問題であった。そのためドストエフスキーはフローベールに敬意を払い、地下の納骨堂に設けられた祭壇に彼を祀ることはあっても、みずから抱いた共感に抑制を課さなければならなかった。

『白痴』は『ボヴァリー夫人』の位相において人間の愚行を活写していると結論するならば、この小説をいくぶん単純化しているように思われる。なるほど、ドストエフスキーがゴーゴリの視座からはどうしても脱落してしまう「はるかに賢い」人間を描こうとするあまり、フローベールの視座と手法を招喚したことは理解できる。だが、はたしてそれで充分なのだろうか。というのも、『ボヴァリー夫人』にはキリストへの参照はおろか、およそ神聖なるものへの言及が徹底して欠落しているからである。フローベールは晩年に短編「愚直な心」を発表し、無知で愚かではあるが誠実な使用人の人生を簡潔に活写した。とはいうものの彼はどこまでも愚かしさを聖性と結合させることがなかった。愚とはどこまでも世俗的で腹立たし気なもの以上の存在ではなかった。彼は日常の次元にあっては人間世界のいたるところに愚かさを認め、自分がそれに反発しながらも魅惑されているという事実を隠そうとはしなかった。彼には、キリストは愚かであるがゆえに神聖であるというキルケゴール以降の哲学的主張は、理解困難なものでしかなかった。

『白痴』では愚かさと無垢は、作者であるドストエフスキーにすら到達不可能なものとして留まり続けているというより接近ができないがゆえに、作者はその周囲を旋回しながら書き続けたといった方がいいかもしれない。そのような作品をフローベール風の徹底した世俗次元の滑稽物語へと強引に還元してしまった場合、作者が公爵に託したキリストの人間としての回帰という構想や神性と肉体との矛盾といった問題は、置き去りにされ、蔑ろにされてしまう。話がこのように展開していったとき、ドストエフスキーにとってフローベールとはどうやら囮ではなかったかという印象を受けるのは、おそらくわたしだけではあるまい。だが執筆当初の構想にもかかわらず、あまりに拡がり過ぎたテクストに何とか秩序を回復させ、語りの全体を結末へと運んでいくためには、どこかで一度、公爵の物語を相対化して、別の視座から眺める必要があると、作者は考えていた。『ボヴァリー夫人』への参照は、その意味でけして単なる思い付きではなかったように思われる。結果として『白痴』は、キリストの回帰としての公爵の無垢なる物語の語りと、それを切り崩して凡庸な愚行へと引き戻そうとする語りとが対決しあい、テクストに亀裂を走らせる作品となった。そしてこの亀裂こそを作品として差し出すことで、ドストエフスキーは面目を保ったといえる。

『白痴』は、エリザヴェータ夫人がアグラーヤを連れて、スイスの治療施設を訪れたところで幕を閉じる。もはや自分のことを認知できなくなっている公爵を前に、夫人はラドムスキーにむかって語る。

ここにあるものはぜんぶ、あなたお好みの外国にしたって、このヨーロッパにしたって、すべて幻にすぎませんよ、それにわたしたちだって、ここ外国にいるかぎり、ただの幻なんですから……

エリザヴェータ夫人のこの言葉は、死せるナスターシャの肉体を包んだ油布がアメリカ製であったこととも関連し、ロシアの外部とは死の世界に他ならないことを隠喩的に語っている。『白痴』という長編小説が、ヨーロッパからロシアに帰還し、つかの間の正気を体験した後、ふたたびヨーロッパで暗愚の生を送ることになるムイシキン公爵の物語であることを考えてみるならば、これは実にその結末にふさわしい言葉である。ヨーロッパは詰まるところ幻影にすぎず、ただロシアだけが実在のものなのだ。ここでは高らかにナショナリズムが謳われている。それを発動させたのは、故郷を離れて久しい作者のノスタルジアであった。後に亡命の映画監督タルコフスキーにとって重大な主題となる故郷喪失の病に、ドストエフスキーは熱病のように罹っていたといえる。だがここでロゴージンが公爵を指して呼んだ「ユロージヴィ」という単語に立ち返ってみなければならない。ナショナリズムの背後には民俗学的想像力の世界が拡がっているのだ。

ロシア以外はすべて幻であるという観念は、ペテルブルグにいた時の公爵だけが実在の公爵であって、スイスで治療を受けている彼は本体を喪った影であるという事実に対応している。わずかの時間ではあったがロシアにおいてこそ光明の世界を体験した公爵の精神と肉体は、ヨーロッパではふたたび監禁され、沈黙を強いられている。ではわれわれが知り得ることのできた公爵の物語とは何だったのか。彼がペテルブルグで体験した時間が、銃殺刑の直前に死刑囚が体験した最後の5分間と同様、無限のなかに引き延ばされ、時間の外側に出てしまった時間であったことに気付くのは、このときである。

作者であるドストエフスキーに戻って考えてみると、彼もまたロシアの外側にあって、なかば幻影としてこの小説を執筆していた。『白痴』を完成させ、ペテルブルグに帰還したとき、彼ははじめて本体として実在を回復することだろう。

最後に一つ、問題が残される。公爵が誰彼とも分け隔てることなく、万人にむかって話しかけようとしたことだ。彼がもし聖者であり、その行動がもし愚行であるとすれば、それは居合わせた誰に対しても開かれた存在として、世界のすべての債務を引き受けようとしたことにある。この小説が発表された１８６８年から21年後、一人のドストエフスキー愛好家のスイス人が、同じ愚行を引き起こそうとして大学病院精神科に収容される。その名はフリードリッヒ・ニーチェ。次章ではこの超人哲学者について語ることになるだろう。

# わたしはなぜかくも聡明なのか　ニーチェ

## 1

1889年1月3日の夕方、トリノのカルロ・アルベルト広場を見下ろす学生下宿の部屋を出たフリードリッヒ・ニーチェは、中世の城を眺めながら広場を横切った。騎馬像のかたわらを抜け、ポー街の方へと足を向けた。

トリノに初めて来たのが前年の4月。その後、高山の景勝地シルス＝マリアでひと夏を過ごし、9月にはふたたびこの町に帰って来た。澄みわたった秋空はどこまでも高く、ニーチェに幸福な充実感を与えた。彼はこの北イタリアの都市を、ひと目で気に入ったのである。

宿痾であった頭痛と嘔吐感がまず消滅した。ストックホルムのストリンドベリからは賞賛と尊敬のこもった厚い手紙が到来し、コペンハーゲン大学では彼をめぐる連続講演が大人気を呼んでいた。トリノでビゼイの『カルメン』を繰り返し観劇するたびに、あの忌まわしいヴァーグナーの呪縛から少しく解放されていくような気分がした。夜になると広場にはアイスクリームの夜店が出た。さあ、いよいよ収穫の時が到来したのだ。自分は世界のうちでもっとも感謝の念に満ち溢れた人間だ。彼はそう思った。

事実、旺盛な執筆欲がニーチェを襲っていた。トリノに戻って来て以来4ヵ月の間に、彼は『アンチクリスト』を完成し、出版社から『偶像の黄昏』を受け取っている。自伝『この人を見よ』をわずか21日で書き上げ、その余力で『ニーチェ対ヴァーグナー』に向かい、年末にはそれを終わらせている。44歳の彼は、自分がこれまでの生涯のうちで創造力の頂点に立っているように感じた。

ポー街に入ったところに、四人乗りの馬車が停められている。馭者がしきりと一匹の馬を鞭打っていた。ニーチェはそれを見るといたたまれなくなり、馬に近寄るとその首を抱きしめた。彼はそれから大きな声で泣き叫び気絶した。たちまち人々が集まってきた。

広場のキオスクで新聞を売っていたダヴィッデ・フィーノが騒ぎに気づいたのは、それからしばらく経ってのことである（以下の記述は Anacleto Verrecchia, *La Catastrofe di Nietzsche a Torino*, Torino, Einaudi, 1978, pp.192~221 による）。大勢の人が広場へと近づいてくる。先頭にはいつもの「先生」がいた。「やあ、フィーノさん」先生はいつものように声をかけた。だが今回は少し状況が違っていた。先生は両脇を二人の警官に摑まれており、人々は何やら声を潜めて話しながら、緊張した雰囲気を崩そうとしていない。フィーノは先生を抱えると部屋まで連れて行った。人々はしばらく広場に留まり怪訝そうな顔をしていたが、やがて消えてしまった。

19世紀末のトリノの王宮前広場。Verrecchia, *La Catastrofe di Nietzsche a Torino* より

フィーノが初めてニーチェと出会ったのは、前年の春である。トリノの鉄道駅に到着し、広場まで来たものの、ニーチェにはどこへ行ってよいのやら、とうていわからない。フィーノはそれを気の毒に思い、進んで案内人の役を買ってでたのである。若いころに一時期フランスに住んでいたこの新聞売りは、片言ではあるがフランス語を解した。イタリア語に不自由なニーチェにとってこれが幸いした。どこかにいい宿がないだろうかと尋ねるニーチェにむかって、フィーノはただ広場に面した建物を指さした。ただちにチェックイン。すっかりこの部屋が気に入ったニーチェは、最初のうちは世捨て人のような日々を送ってはいた

ものの、少しずつフィーノに胸襟を開き、その一家を信頼するようになった。彼らもまた持ち前の人のよさから、毎日のように手紙を書くニーチェを中央郵便局へと連れて行ったり、何かと彼の面倒を見るようになった。話をしているうちに、フィーノは目の前の、年齢もさほど自分とは違わない人物がかつて大学教授であったことを理解したが、息子はどうしてもそれが信じられなかった。ニーチェの服装があまりにも質素でみすぼらしく見えたからである。

とはいえフィーノ自身もあるときから、「先生」の精神状態を疑うようになっていた。祝祭の日のことであったが、先生が今日は国王と女王陛下が自分の部屋に来られることになったので、部屋の飾りつけが大変だといいだしたときである。この日も警官に付き添われて広場まで戻って来た先生を見て、フィーノはいよいよ何かが起きてしまったのだと観念した。彼はニーチェに部屋まで付き添うと、寝台に寝かしつけ、精神科医を呼んできますからといった。ニーチェは、自分は病気なんぞではないと大声で怒鳴った。

1月3日から6日の間、ニーチェは自室で数人の知人友人にむかって、矢継ぎ早に葉書きと封書を書いている。いくら中央郵便局が近くにあるとはいえ、錯乱した精神状態では、自分で投函に行ったとも思えない。おそらくフィーノかその息子エルネストが出しに行ったのであろう。

手紙は一通を除いてひどく短い文面であり、そこには異常なまでの緊迫感が感じられる。もっとも多いのはヴァーグナー夫人コージマに宛てたもので、四通を数える。ニーチェはそこで自分をディオニソス、コージマをアリアードネと呼び、愛の告白をしている。コージマはニーチェより7歳年長で、ニーチェはかつて彼女の誕生日に自作の曲の楽譜を捧げたこともあるほど、親密な関係にあった。ニーチェが夫ヴァーグナーと訣別し、罵倒のかぎりを尽くした著述を発表するようになってからは、二人の間には気まずい距離ができてしまったが、ひとたび意識と理性の蓋が外れてしまったニーチェは、ギリシャ神話の神々に託けて、彼女へ愛の手紙を送っている。

友人では作曲家のペーター・ガストと、デンマークの文学史家のブランデス。ガストはニーチェの原稿を清書したり、校正を手伝ったりする献身的な年少の友人で、ニーチェは彼に「世は明るく輝けり、天はこぞりて悦べり。」と書き送った。ブランデスは先にも触れておいたが、コペンハーゲン大学でニーチェについて連続講演を行ない、彼にキルケゴールの存在を教えた人物である。ドイツとドイツ人を嫌ってやまないニーチェの哲学を、彼はデンマークの聴衆に向かって、あまりにもドイツ的であると説いた。ニーチェは彼に対し、「いまは、僕を失うことは困難な業だろう……」と書いている。この二人の友人への葉書は、いずれも「十字架にかけられし者」という署名がある。

他に重要なところでは、かつてバーゼル大学で同僚であったヤーコプ・ブルクハルト宛に、二通の手紙が書かれている。二通目はひどく長い。ブルクハルトはニーチェが生涯にわたって敬愛していた文化史学者で、彼よりも26歳年長だった。『悲劇の誕生』が学界に嘲笑をもって迎えられたとき、その根底にあるディオニソス論にいち早く理解を示したのも、ブルクハルトであった。ニーチェはその老教授にむかって、「私は神であるよりは、はるかにバーゼル大学教授でありたいのです。しかし神に世界創造を神のためにやめさせようとしてまで、私はあえて自分の我欲を張ったことはなかったのです。」といった書き出しの手紙を送る。驚いたのはそれをバーゼルで受け取ったブルクハルトで、ただちにニーチェの親友でプロテスタントの神学者であるオーヴァーベックに連絡を取り、オーヴァーベックはただちに列車に乗ってトリノへと向かう。一説にはこれはフィーノが電報を打って知らせたともいわれているが、今となっては確認のしようがない。

オーヴァーベックは1月8日にトリノ入りする。現地に着くと、広場ではすでに人々の噂で持ち切りである。彼は下宿の大家と言葉を交わす。大家は警察とドイツ領事館から戻ってきたばかりだ。その話しぶりを聞いてオーヴァーベックは、何よりもまず親友をバーゼルへ連れ戻すことが一番だと判断する。こんなところでもし地元の精神病院に送られでもすれば、それで一生出られなくなってしまう。物見高いイタリア人どもの前で晒し者になるのが落ちだ。彼はニーチェの部屋に突入する。そこにはフィーノ一家の全員がものいわず控えていた。先生の災難に深く同情していたのである。

ニーチェはソファーの隅に蹲っていた。彼はオーヴァーベックを認めると身を起こして彼を抱擁し、涙を流した。それからふたたびソファーに倒れ、呻き出した。苦労して身を捩り、机のうえの飲み物を口にすると、すこし気分が落ち着いたらしく話し出した。だがその後は突然に歌い出し、ピアノを烈しく叩きながら、神の後継者だとか、崇高といった言葉を曖昧な声で口にした。実は事件が起きてから5日の間、下宿の他の住人たちは彼の高唱とピアノのせいで、夜も眠れない日々が続いていたのである。ニーチェは極度の興奮と無感情の間を往還していた。

オーヴァーベックは丸一日、部屋に滞在した後、ニーチェをトリノ駅まで連れて行った。ニーチェは駅構内で、道行く人を誰彼の区別なく抱擁しようとした。付き添いのユダヤ青年が、大人はそんなことをしなくていいのですよと注意すると、それからは大人しくなった。列車ではクロラール水のおかげで大体が眠そうにしていたが、ときおり目覚めると歌い出した。オーヴァーベックは後にそれが、死後刊行された『ニーチェ対ヴァーグナー』に収録されている「ゴンドラの唄」であることを知った。

バーゼルはニーチェが弱冠24歳で教授職についた都市である。オーヴァーベックはただちに彼を当地の精神病院に入院させた。だがその7日後、母親は息子をイェーナの大学病院へ移し、精神科医ビンスワンガーが彼の治療を担当することになった。とはいうもののニーチェが正気に戻ることは二度となかった。母親は息子をナウムブルクの自宅に引き取り、1897年に彼女が亡くなると、ニーチェは妹エリザベートに引き取られ、ワイマールへ移った。1900年8月25日、彼はまったくの痴呆状態のまま、55歳の生涯を閉じた。

狂気の契機となった馬の事件のことは、公式的には長らく伏せられていた。オーヴァーベックは事件から12日後、1889年1月15日にガストに宛てた手紙のなかでは、「ニーチェは道路から転倒し、引き揚げられた」という婉曲的な表現を用いている。推測するに、親友の厄難をめぐって不用意に騒ぎ立てたくなく、つい穏当な表現を用いたのであろう。ニーチェの妹であるエリザベートへの配慮もそこに働いていたはずである。エリザベートは後に兄の狂気を否定し、その夥しい遺稿から『権力への意志』なる書物を捏造するや、ニーチェ思想を強引にナチス・ドイツに結合させようと企てた。こうした一連の動きのなかで、トリノの馬事件に関し見えない緘口令が敷かれていたことは想像に足る。ちなみにこの事件が初めて活字として報道されたのは、1900年、ニーチェの死をきっかけにイタリアの新聞雑誌がいっせいにトリノに注目した時であった。フィーノ家の息子で、事件当時はまだ幼少であったエルネストが取材に応じ、先生は馭者が馬に鞭打っているのを見て、悲しみのあまりに首を抱きしめたと語った。彼はまた、先生が室内で裸になって踊っていたという証言を付け加えた。

西洋社会において、馬は神話的に高貴な動物であると見なされてきた。驢馬に乗ることは滑稽で道化的な身振りとされてきたが、馬に乗ることは貴族的で誇り高い行為であった。両者の差異を理解するためには、イエスが「ユダヤ人の王様」として茨の冠を被せられ、道化として驢馬に乗せられたことを想起するといいかもしれない。ドン・キホーテが馬に乗り、従者のサンチョ・パンサは驢馬に乗るという構図のなかにも、馬の高貴さと驢馬の卑俗さが対照的に描かれている。哲学者と馬という主題は、ニーチェに独創的なものではなかった。本書七七頁以降で取り上げたスウィフトは、完璧な理性をもった高貴な馬たちの世界に行きたいというガリヴァーの旅行記を、すでに18世紀前半に世に問うている。ショーペンハウアーも、ヴァーグナーも、馬を好ましく思っていた。

ニーチェもまた馬を愛する眷属に属していた。『偶像の黄昏』には「われわれ心理学者が、馬のように落ち着きを失って暴れ回るという場面がある。自分自身の影が目先でゆらゆら浮き沈みするのが見えてしまう場合である。」という、後の彼の発狂を予言するような断章がある。トリノに到着してからもなぜか馬のことが気になっていたようである。ニーチェに日本文化について講釈をしたことで記憶されている画家フォン・ザイドリッツに対して、「冬景色、まわりの冬よりも苛酷な、残忍きわまる無恥の表情をして、自分の馬に放尿する老馭者がひとり。酷使された哀れな生物《いきもの》の馬は、ありがたそうに、まことにもってありがたそうに、あたりを見廻す。」と、教訓劇の一場面を想像して書き送っている（1888年5月13日）。酷使され、虐待されている馬の映像は、ある意味で彼にとって強迫観念のようなものであった可能性がある。

ちなみにトリノにおけるニーチェの錯乱に想を得て、ハンガリーの現代小説家、クラスナホルカイ・ラースローが、「トリノで最後に」Legkésőbb Torinóban（1990年）なるエッセイを発表している。それに触発されて、『トリノの馬』（邦題は『ニーチェの馬』、2011年）なるフィルムを監督したのがタル・ベーラである。フィルムにはトリノもニーチェも登場しない。ただ世捨て人の老人とその娘、二人が飼っている馬だけが登場する。だがそれこそがニーチェが憐憫の眼をもって抱きついた馬の、その後の物語であると、タル・ベーラは主張したいかのようだ。

## 2

ニーチェは哲学者としてはきわめて例外的なことであるが、愚かしさを見つめることを回避しなかった人物である。芸術神話の蔓延状況への批判においても、キリスト教道徳の批判においても、人間と運命の関係においても、彼はつねに愚かしさを分光器として論じるのがつねであった。もっとも簡単な例は、日常の処世術における言及である。

もし他人から愚行の被害を受けた場合、どのように振舞えばよいか。ニーチェは『この人を見よ』のなかで、自分はけして弁明も「釈明」もしないと宣言する。

私流の報復といえば、相手から受けた愚劣に対してできるだけ素早く何らかの怜悧さを送り届けてやることにほかならない。そうすれば受けた愚劣をひょっとして何とか挽回できるかもしれない。これを比喩で言えば、酸っぱい話をご免蒙るために、砂糖漬けの果物一瓶を送り届けてやることを意味する。……私に何か善からぬことを一寸でもしさえすれば、その相手に私は必ず『報復』するだろう。これだけは確かだと思っていて欲しい。つまり、善からぬことを私にしたその『犯人』に、私はすぐさまチャンスを摑んで、私の感謝の気持を（ときにははっきりこの『犯行』に対してだと念を押しさえして）表明するということなのである。

イタリアの食料品店に行くと、桃やら葡萄やらさまざまな果物をシロップにしたり、グラッパに漬けたものが、瓶に詰められて並んでいる。酒をほとんど嗜まないニーチェがこうしたスイート系にすぐさま連想の矢を向けるのを読むと、つくづく彼がこの一節を執筆していた時期、トリノで幸福であったことがわかる。生きるにあたってもっとも重要なことは、憎悪と怨恨、つまりルサンチマンを溜め込まないことである。愚行を前にして沈黙を続けていると、胃袋どころか、こちらの性格が悪くなってしまうのだ。ニーチェはここで砂糖漬けの瓶に続いて、食物とそれを消化する胃の比喩に訴える。
病気であり虚弱であるときに人は何ひとつとして振り捨ててしまうことが出来ない。何ひとつとして終わりにしてしまうことが出来ない。何ひとつとして突き返すことが出来ない。——何をやっても自分が傷ついてしまう。人間や事物がしつこくわが身につき纏うし、何かを体験すると必ず胸の奥に深く突き刺さるし、思い出はいつまでも膿んだ生傷《なまきず》のままである。

病気であること自体が、すでに「ルサンチマンそのもの」なのだ。仏教が礼賛され、ブッダのキリストに対する優位が唱えられるのは、こうした文脈においてである。「憤怒の情、病的な傷つき易さ、復讐したくても出来ない非力感、復讐へ向かう欲求と渇望」、こうしたルサンチマンの症候からかぎりなく自由な仏教を、ニーチェはもはや「キリスト教のようなあんな哀れむべきもの」と同列の宗教だなどとは呼ばない。それは優れて「衛生学」であり、「生理学」なのだ。「敵意によっては敵意は終結しない。友愛によって敵意は終結する」と説くブッダは

「深い生理学者」なのである。
『偶像の黄昏』はきわめて多声論的な構造をもった書物である。夥しい数の断章がそれぞれに異なった声、つまり異なった視座をもっているため、全体として統合的な結論を導き出すことが困難である。ある断章はニーチェの地声であるように思われる。だが別の断章に目を移すと、そこには仮面を被り、アイロニカルな声色を響かせているニーチェがいる。たとえば冒頭に「愚鈍への権利」と記された断章。

——疲れきってゆっくり息をしている労働者、人の好い目付きをして、物事を成り行き任せにしている労働者、今や労働（並びに「帝国」！——）のこの時代に、われわれが社会のあらゆる階級の中で出会うこの典型的な人物までが、自分に当然のものとして要求しているのは、ほかでもありません、芸術なのです。またそれには書物、とりわけ新聞雑誌が含まれています。——さらに美しい自然、イタリアが含まれているのは尚更のことです。……『ファウスト』が語っている「粗暴な欲望は寝入った」夕暮れの人間までが、避暑地を、海水浴を、氷河を、バイロイトを必要としている有様です。……こういう時代には、芸術は純粋なる愚に徹する権利を持っているといえましょう。——精神、機智、情操に対する一種の休暇として。これを理解していたのはヴァーグナーでした。純粋なる愚は再建の力を与えてくれます。

いったいニーチェはいつの時代のことを語っているのだろうか。ここで彼が悪戯っぽく語っているのは、あらゆる文化現象が凡庸なまでに対等となり、世界のいたるところがトゥーリズムの対象となってしまった21世紀的状況についての、まさに先取りされた言説ではないだろうか。この断章には、一世紀後に書かれたアドルノの文化産業批判を予見させるものがある。ニーチェは何がいいたいのか。端的にいって彼は、もはやヴァーグナーの楽劇はハイブロウな神話的芸術なのではなく、労働者が息抜きにちょっと手を出してみるサブカルチャー、つまり新聞雑誌やイタリア観光といささかも変わることのない娯楽にすぎないと指摘しているのだ。それこそが今日、「芸術」の名に値するものであり、別名を「純粋なる愚」という。労働者はもちろんのこと、万人がこの愚かしさの芸術へと向かう権利を平等に有しているのだ。日々の労働に疲れきった労働者がふたたび英気を養い、翌日の労働へと向かうためには、芸術こそまさに生活必需品なのである。

よくぞいってくれた、フリードリッヒ！　思わず大向こうから拍手をしたくなるような、辛辣にして痛快な一節である。ことはヴァーグナー批判の次元を超えている。泰西名画の展覧会に長蛇の列が出来、癒し系音楽のCDなるものがベストセラーとなる現在の日本ほどに、この断章が当てはまる愚者の楽園はおそらくないだろう。もはや芸術は社会の労働再生産のシステムの内側に完全に取り込まれ、それを補塡し増強する側に立っている。当のニーチェですら、「超訳」と題されて安直なベストセラーとなる世界に、われわれは生きているのだ。

とはいうものの愚かしさの問題は、こうした文化批判の契機に留まっているのではない。それが本質的に底光りを見せるのは、いうまでもなく道徳批判の領域においてである。「あらゆる美徳は愚鈍になり、あらゆる愚鈍は美徳になる傾向がある。」という発言が『善悪の彼岸』にある。ここでニーチェが射程においているのは、キリスト教のもとに発展し、現代ではいたるところで「自然」の名のもとに跳梁している道徳観のことである。もう少し具体的な例を挙げているところから引いてみよう。ニーチェにとって愚行とは知識や厳格さに対立するものではない。むしろそれは、教育と訓練によって育まれていく何ものかである。

> 山上の垂訓では物事がいささかも高い処からは見られておりません。あそこでは例えば性欲に応用して、「もし右の目なんじを躓かせば、抉り出して棄てよ」などと言われていますが、この掟に従って行動するキリスト教徒などは、幸いなことに一人もいないのです。今日では、情熱や肉欲の持つ愚劣やまた愚劣のもたらす不快な帰結を予防するというそれだけの目的で、情熱や肉欲を根絶やしにするなどというのは、われわれから見れば、それ自体が愚劣の烈しい形式であるとしか思われなくなっています。歯が二度と痛まないようにと歯を抜き取ってしまうような歯医者に、もはや感心するわけにはいきますまい。

マタイ福音書のなかの厳粛なる垂訓が、愚かな歯医者の言葉に並べられて格下げされ、激しい言葉のもとに批判されている。キリスト教をはじめあらゆる道徳の根底には、こうした強制による抑圧が横たわっている。欲望と情熱が押し殺されてしまうばかりではない。『善悪の彼岸』によれば、道徳にとって本質的なこととは、「『天上においても地上においても』、長いことある一つの方向に服従されること」に他ならない。二千年近くにわたって精神を不自由な状態に置き、思想に不信をこめた強制を強いることが、キリスト教道徳のなしてきたことであった。思想家たちは教会や宮廷が定めた基準に応じ、またアリストテレス哲学の前提に従って、すべての思想的課題と事象をキリスト教の図式のなかで解釈し、正当化を続けてきた。彼らはただ神を証明するためにだけ思索を続けてきたのだが、その神はもとよりつねに確定されていたものだった。

　このような圧制、このような恣意、このような厳しく壮大な愚かさが、精神を教育したのだと、ニーチェは力説する。奴隷状態とはまさにこのような事態である。精神を一方向に育て上げ、訓練させるためには、人は奴隷であることを要求される。奴隷がまず教えられることは、「余りにも大きな自由を憎むこと」である。彼らは身近に限定された場所での欲求を植え付けられ、それこそが道徳的「自然」であると教え込まれる。みずからの分を守り、けして視野を拡げすぎず、愚かしさを受け容れること。「この自然が、遠近法を狭めることを、したがってまたある意味では愚かさを、生および生長の条件として教えるのである。」

　歪められて狭小なものと化してしまった遠近法。この遠近法のもとに事物を認識しているかぎり、いかなる思想も絶対的な自由には到達できず、訓育された偽りの「自然」と「自由」に甘んじているしかない。われわれの運命を監禁してきた愚行とはそのようなことだ。「道徳はすべて自由放任《レセ・アレー》の反対であり、『自然』に対する、また『理性』に対する一片の圧制である」ことはキリスト教にかぎらない。ストア主義も、ポール・ロワイヤルも、清教主義も、同じ穴の貉である。ニーチェは詩人をも攻撃する。詩における「韻律的強制、押韻と律動《リズム》の圧制」を受け容れているかぎりにおいて、彼らもまた抑圧的存在なのだ。イギリスの功利主義者は「ある愚行のために」とわざわざ言い訳をし、無政府主義者は「恣意の法則に対する服従」ゆえにと称しているが、彼らはただ自由精神という観念に捕らわれているにすぎない。だがそれは「恣意の法則の圧制」によってはじめて発展が許されたものに他ならず、ブニュエルのフィルムの題名に倣っていうならば、〈自由の幻想〉を生きているだけである。

したがって多くの人間にとって愚かしさとは、自己保全のために必要欠くべからざるものである。それはいともたやすく彼らを残酷なる熱狂へと向かわせる。身近に体験できる「崇高さ」としての殉教、あるいは処刑。「闘技場にいるローマ人、十字架の恍惚にひたるキリスト教徒、火刑の薪の山や闘牛を眼の前にしたスペイン人、悲劇へおしかける今日の日本人、血なまぐさい革命に郷愁を感じているパリの場末の労働者、いかにも堪能しているように見せかけて、『トリスタンとイゾルデ』を「我慢して」見ているヴァーグナー狂の女」。ニーチェは思いつくままに、人間の愚行を列挙してみせる。彼らはときに忍び寄ってくる自己懐疑を回避するために、かならずやこうした愚かさの傘を天空に向かって拡げ、超越性の雨を嬉々として受け止めるのだ。

とはいえ奴隷道徳における愚かしさを批判してやまないニーチェが、その一方で「高貴なる愚かさ」を説いていることも忘れてはならない。高貴と卑俗とは、彼にとって価値判断の根底にある二分法であった。

『華やぐ知慧』のなかでニーチェは両者の違いを次のように説明している。

卑俗な人間には高貴な人間の寛容さや犠牲的な精神が理解できない。つねに目先の利己的な意図や利益に囚われているからである。「高貴な人間は一種の馬鹿者と思われる。彼らは高貴な人間がよろこんでいるのを軽蔑し、その眼の輝きを嗤う。『なんだって損をするのをよろこんでいられるのだろう、なんだって見えすいているのにむざむざ損を招くことができるのだろう！　それは高尚な感情につきまとう理性の病気に相違ない』――そう彼らは考え、軽蔑の眼つきをする、さながら狂人がその固定観念のために味わっている悦びが軽蔑に値するように――。」

では、高貴な人間を高貴たらしめているものは何だろうか。ニーチェはまず「我執のもつ論理一貫性」であると説く。高貴な人間は自分を襲う熱情が特殊なものであるにもかかわらず、その特殊性を知らないでいる。「稀有な特殊な物指しを使用し、ほとんど狂気に近いこと。他のすべての者には冷たく感じられる物事を熱いと思う感覚。まだそれを計る秤りが発明されていない価値を察知すること。知られざる神の祭壇に、犠牲を奉献すること。名誉を求める意志のない勇敢さ。ありあまる余剰を持ち、それを人間や事物に分配する自己満足」といったものが、人間に高貴さを賦与する。それはいうまでもなく稀有なものであるが、この稀有を認識していないところに高貴さは宿っている。

ここで高貴さを説明するときに、狂気という表現が用いられていることに注目しなければならない。というのもあらゆる時代を通して人類の上に襲いかかる最大の危険とは「狂気の嵐」であると、考えられているからだ。それは「頭脳の放埒の享楽」であり、「人間的無分別への悦び」である。だが人類を維持してきた頭脳の訓練とは、こうした狂気を排除し、認識と価値裁定において「一致の掟」をみずからに課すことであった。狂気は真理に対立するがゆえに危険視されるのではない。それは事物の認識における普遍的信念と「一般的拘束性」にとって気まぐれであり脅威であるがゆえに、徹底して疎外されるのである。しかしいうまでもなく優れた頭脳はこうした信念に嘔吐感を感じ、抵抗を行なう。芸術家や詩人はこの状況から脱出しようとする。

だから高潔なる知性が必要なのだ、——ああ！　私はもっとも明瞭な言葉を使いたい、——高潔なる愚かさが必要なのだ。大きな一般的信念の信奉者たちがより集まってその踊りを続けるために、緩慢な精神をもった頑固な音頭取りが必要なのだ。

高潔なる愚かさ！　それはまさに高潔なる知性と同義であり、その悦びを狂気の嵐と分かち合うものである。人類はこの愚かさを怖れ、機会あるたびにそれを抑圧し排除してきた。だが、とニーチェは語り続ける。このつねに例外と見なされ、危険視されてきたものこそ、人類の一般的信念が精神に求めるのろのろとしたテンポに対し、「陽気な弾んだテンポ」をもたらすものではないだろうか。なぜならそれは高貴な者にのみ許された、狂気のテンポだからである。

## 3

『この人を見よ』はニーチェが発狂する前年の秋、トリノで一気に書き上げられた自伝である。

いうまでもないことだが、Ecce Homo というラテン語の題名は、処刑直前のイエスのことを指している。『ヨハネ福音書』はそれを、総督ピラトがイエスをユダヤ人たちに引き渡すときに、イエスの無実を示そうと口にした言葉だと記録している。自分をイエスに準《なぞら》えるとはニーチェも思いきった冗談を披露したものだが、その決断の背後には、「私は聖者にはなりたくないのだ。それくらいなら道化になった方がまだましだ」という自己認識があった。ニーチェは衆人の嘲りのなかで驢馬に乗せられ、侮辱的な冠を被せられたイエスが、救世主である以前にまず第一級の道化であることに敬意に近い感情を抱いていた。道化としてのイエス＝ニーチェ。おそらくこのニーチェの大胆な題名に匹敵することを成し遂げたのは、『マタイ福音書』を映画化するさいに自分の母親にマリアを演じさせた、ピエル・パオロ・パゾリーニ一人だけではないかと、わたしは考えている。

だが題名程度で驚いていては、この書物を読み通すことなどできない。自伝は四章からなっているが、章ごとの題名もまた前代未聞であるためだ。驚くなかれ、「私はなぜかくも聡明なのか」「私はなぜかくも怜悧なのか」「私はなぜかくも良い本を書くのか」と三章が続き、最後に「私はなぜ一個の運命であるのか」が最終章となる。

これがもし「私はなぜかくも愚かなのか」であるのなら、後悔と反省に満ちた犯罪者の告白録の題名だといえば通るだろう。「私はなぜこんな悪いことをしたのか」にしても同様。だがみずから自分の聡明さ、怜悧さを公然と口にし、それを自伝の章タイトルに用いるという例は、おそらくそれまでにもなかったし、その後もないであろう。古代ギリシャの哲学者であれば、何という傲慢《ヒュブリス》と呆れ返ることだろう。だが本稿の前節でも論じたことだが、ニーチェにとって高潔な知性とは高潔な愚鈍と同義だということを想起すべきである。わたしはなぜ聡明であるのかと問いを立てることは、そのまま、わたしはなぜ愚昧なのかと問うことと同じことなのだ。とはいうものの、これまでの哲学史を振り返ってみて、かくも思いきった問いをわが身にむかって発した人物がいただろうか。

書物の全体を支配しているのは強い幸福感である。いや、むしろ多幸症的な雰囲気といった方がいいかもしれない。作者は満を持して、自分の誕生日に執筆を始めた。万物が成熟しようとしている「この完璧な日」を讃え、自分が携えている使命感の大きさに言及する。彼は近いうちに、これまで人類が突きつけられたことが一度もなかったような、重大な欲求を人類に突きつけることになっている。そのためにまず自己紹介が必要だと思い、この書物をものしているのだと、序文で宣言している。ちなみに彼の著作『ツァラトゥストラ』は、「この世に存在する最高の書、文字通り高山の空気を湛えた書」であるばかりか、「真理の奥底にひそむ豊饒潤沢の中から誕生した最深の書」であり、「その中へ釣瓶を下ろせば、必ずや黄金と善きものとが満載して汲み上げられて来る一つの無尽蔵の泉」であると、最大の自賛のもとに語られている。
「私はなぜかくも聡明なのか」の章では、作者は自分が長い時間をかけて病気から快復し、今ではデカダンとは正反対の存在となったことを語る。彼はポーランド貴族としての自分の純血を誇り、自分の使命を低劣で近視眼的な衝動から守らなければならぬと、みずからに語り聞かす。この血筋の問題は今日の調査では事実無根であることが判明しているが、ニーチェとしては自分がいかにドイツの血から遠いかを強調しておきたかったのだろう。

「私はなぜかくも怜悧なのか」に移ると、まず自分が良心の呵責や失敗をめぐる後悔からいかに無縁であるかが語られる。続いて質素で単純な日常生活への言及。アルコールよりは澄みきった泉の水を好むこと。フランス的教養の偏愛とともに、自身のヴァーグナー体験が回顧され、ドイツの影のあるところ文化は駄目になるという断言がなされる。過剰なる読書は思考の妨げになるもので、学者とはデカダンである。偉大な使命に取り組むには遊戯こそがもっとも優れた流儀である。何ごとにおいても運命を必然だと信じ、それを隠しもせず耐えることが重要だ。こうした意見表明の間に、シェイクスピアの『ハムレット』に関して、「彼を狂気にしたのは、疑惑ではなく、むしろ確信なのだ」といった、ドキリとする記述が挟まっていたりする。こうした一節は、この上なく高揚した気分の高原状態にあって、ニーチェがみずからの発狂の可能性をこっそり憂慮していたことを証立てている。

「私はなぜかくも良い本を書くのか」は、『悲劇の誕生』から『ヴァーグナーの場合』に到る十冊の自著への註釈である。そして最終章「私はなぜ一個の運命であるのか」では、自分がキリスト教道徳を否定する卓越した破壊者として、自分を除く人類の残り全部と対立しているという決意が述べられている。最後に「十字架にかけられた者　対　ディオニュソス」という謎めいた署名によって、この書物は閉じられる。

『この人を見よ』は1888年11月に書き上げられた。執筆にはわずか21日しかかかっていない。驚くべきは、その直後から『ニーチェ対ヴァーグナー』なる別の書物に取り掛かっていることである。12月にはそれも書き上げ、出版社に送っている。遺された書簡を読むと、さすがにその時期には狂気すれすれの心的緊張状態が続いていたようだ。もはやニーチェにとって正気の時間が僅かばかりとなっていた。先にも書いたように、翌年の1月3日、彼は馬に抱きついて叫び出し、精神の均衡を崩してしまうのである。

## 4

狂気に陥った後のニーチェの手紙を、はたしてそれ以前の著作と同じ次元において読むことができるのか。これは微妙にして重大な問題である。
みずからもニーチェの著作に深く親しみ、方法論のみならず認識論において彼から決定的な影響を受けたミシェル・フーコーは、『知の考古学』のなかでこう書いている。

一方でニーチェの名前と、他方で青年時代の自伝、学校での論文、文献学の論稿、『ツァラツストラ』、『この人を見よ』、書簡、「ディオニュソス」とか「皇帝《カイザー》ニーチェ」とか署名された晩年の葉書、洗濯屋の勘定書とアフォリスムの企てがごっちゃになった無数の紙のとじ、などの間に存在するのは、同一の関係ではない。

たしかに西洋における言説の統括と分類の制度的歴史を問うかぎりにおいて、それは同一の関係ではないだろう。テクストとそれを書いた者の固有名の間にはさまざまなレベルの関係があり、それを不用意に単純化して、作者の名のもとに統合的に捉えることは慎まなければならない。だが一方でフーコーが『古典主義時代における狂気の歴史』や『言語表現の秩序』といった著作のなかで説いているように、近代西洋社会が狂気と理性を弁別し、前者には沈黙を命じてきたことも事実である。狂人は監禁され、そのテクストは真理への探究という秩序原則に背くものとして、社会から排除されてきた。これは大学におけるアカデミックな哲学研究の場で、ニーチェの哲学的著作が哲学文献として顕彰される一方で、発狂以降の手紙が精神病理学の症例見本以上の扱いをこれまで受けてこなかったという事実に、みごとに対応している。
だがわたしはここで観点を変え、あえてこの一連の手紙を哲学的著作の延長上に読み直し、両者の間に横たわる連続性を認めるという作業に携わってみたいと思う。ヴァン・ゴッホの描いた麦畑の絵画を発狂以前と以後で分割して「名画鑑賞」することに意味がないように、あるいはアルトーのデッサンや書簡、数々の宣言を、狂気の表象と断定してみたところで意味がないように、ニーチェが友人たちに書き送った手紙においても、それを彼の思考の連続性のもとに読み直すことを試みてみたいのである。そのとき手紙は、『ツァラトゥストラ』が教説において提示した永劫回帰を、エクリチュールとして実践したものとして理解されることだろう。

わが巨匠ピエトロに。
わがために新しき歌をうたえ、――世は明るく輝けり、天はこぞりて悦べり。
十字架にかけられし者

ガストに宛てた手紙である。ここにはいかなる抑圧からも完全に解放された、まごう方なき至福感が文面を蔽っている。「十字架にかけられし者」という表現はすでに『この人を見よ』

の結末部に記されていた。いうまでもなくイエスを示す表現である。もっともニーチェはブランデス宛の手紙を除けば、他の手紙では「ディオニュソス」と署名している。それは『この人を見よ』では対立関係にあったこの二人の名前がついにその対立を解消し、ニーチェの内にあって同一の存在として統合されたことを意味している。

私が人間であるということは、一つの偏見です。しかし私はすでにしばしば人間どものあいだで生きてきました。そして人間の体験することのできる最低のものから最高のものまですべてを知っています。私はインド人のあいだでは仏陀で、ギリシアではディオニュソスでした、――アレクサンダーとシーザーは私の化身で、同じものでは詩人のシェークスピア、ベーコン卿。最後にはなお私はヴォルテールであったし、ナポレオンであったのです。多分リヒァルト・ヴァーグナーでも……しかし今度は、勝利を収めたディオニュソスでやってきて、大地を祝いの日にするでしょう……時間《ひま》は存分にはないでしょう……私のいることを天空は喜ぶことでしょう……私はまた十字架にかかってしまったのだ……

コージマ・ヴァーグナー宛では四通の手紙が遺されているが、これは二番目の、もっとも長いものである。手紙を特徴づけているのは、ニーチェが自分が歴史上数々の偉大な名前であったと書き記していることだ。さらにコージマに宛てた最後の手紙では、アリアードネよ、われ汝を愛す。

ディオニュソス

と、愛の告白だけが簡潔に記されている。アリアードネとはギリシャ神話でクレタ王ミノスの娘で、テセウスがミノタウロスの迷路から抜け出るにあたって糸玉を渡してこれを助けた女性である。だがテセウスは彼女の愛に応えず、置き去りにされ悲嘆に暮れていた王女を救い慰めたのはディオニソスであった。ニーチェはこの物語がお気に入りであったようで、「アリアードネの嘆き」(『ディオニュソス頌歌』に収録)という詩を、「わたしはおまえの迷宮なのだ」というディオニソスの言葉で締めくくっている。思うに彼の空想のなかではヴァーグナーがテセウスであり、自分がアリアードネを救出するディオニソスの役まわりであったのだろう。
　だがそれにしても手紙にある「私」の夥しい変身は、いったい何を意味しているのだろうか。ブルクハルトに宛てた手紙のなかで、ニーチェは端的に宣言している。彼は「歴史のなかのあらゆる名前」なのだ。ニーチェは自分が世界史に登場する、あらゆる偉大な支配者であり芸術家であるかのように書いている。これは明らかに舞台役者の科白である。彼はギリシャの古典劇よろしく、コージマという観客を前に、ブッダからヴァーグナーまで数多くの仮面を身に付けては外し、また別の仮面を付けるという演技を披露してみせる。複数の、というより多元の仮面の着用は、最終的には彼を誰でもない、匿名の存在に帰着させることだろう。私は世界のすべての名前であると宣言することは、「私」なる狭小の自我の消滅とともに、存在の多元性に身を委ねることの至福を語り手にもたらす。かつて『道徳の系譜』において、〈それは何か〉という問いを廃棄し、〈誰がそれをそう呼んでいるのか〉という問いに切り替えたニーチェは、今まさにその〈誰が〉が八つ裂きにされ廃棄される瞬間に居合わせている。

「深いものはすべて、仮面を愛する。」と、ニーチェは『善悪の彼岸』のなかで書いている。「何か高価なもの傷つきやすいものを隠しもっている人」は「仮面が自分の代わりに友人たちの心や頭のなかを歩きまわることを欲し、またそれを要求する。」最晩年の手紙に見られる仮面への偏愛は、自己保全のための内面への沈溺とはいささかも関係がない。それはむしろ重力の魔から逃れ、事物の表層の上を軽やかに飛び回る精神のあり方を語っている。深い精神があるところ、そこには必ず仮面が生じているものであり、あらゆる言葉も一つの仮面に他ならないのだ。数多くの仮面の乱舞はニーチェにおいて、多神教の神々の尽きることのない祝祭を意味している。もしここで『ツァラトゥストラ』の教説である永劫回帰という言葉を持ち出すならば、ひとたび笑いながら死んだはずの神々は、仮面を媒介として復活し、回帰してくるのだ。ディオニソスは八つ裂きにされることで身体を多元化し、多元的肯定を体現することになった。十字架に掛けられたキリストは、その死を媒介として矛盾の解決へと向かった。ニーチェがコージマに宛てた手紙は、支離滅裂な論理の跳梁などではない。それはこれまで彼が理論的に蓄積し研磨してきた多元論的肯定をめぐる、簡潔にして本質的な実践である。

私はどこへいくにも学生上着を着て、あちこちで誰彼の区別なく肩をたたいては、こういいます、――俺たちは満足してるのか？　俺は神だ、俺はこんなカリカチュアをしてしまったのだ……と。

「あちこちで誰彼の区別なく」とは、現実にオーヴァーベックに付き添われてトリノ駅に向かったニーチェが、駅を行きかうすべての人々を抱擁しようとしたという事実を想起させる。だが、世間的な地位財産はもとより、理性による判断と記憶のすべてを喪失したまま、すべての人間に対し心を開きながら、身ひとつで鉄道駅に立っている存在とは、いったい何であろうか。わたしは想像する。「十字架にかけられし者」を自称するニーチェはこのとき、ドストエフスキー描くところのムイシキン公爵に、もっとも近いところにまで到達していたのである。

## 5

ニーチェはフローベールを蛇蝎のごとくに嫌っていた。

「フローベールにおいては憎悪が創造的となったのである。フローベールはパスカルの新版であるが、『フローベールは常に忌むべき（haïssable）もので、人間としては無にひとしく、作品がすべてである』という、根底からの本能＝判断を具えた芸術家としてである。……彼は、パスカルが思考したときに自虐を行なったのとまったく同様に、詩作するときに自虐を行なった」（「われら対蹠者」）

フローベールの「詩作」といった風に、ニーチェの筆には若干の混乱が見られるが、ともあれ彼が『ボヴァリー夫人』の作者をデカダン、つまり生を萎縮させ、力＝意志を衰退させる側に加担しているという認識を抱いていたことは事実である。もっとも思想史的な立場からすれば、この個人的認識については少し落ち着いて、慎重に考えてみなければなるまい。というのもここでは深く立ち入らないが、デリダのように、スピノザを媒介として、フローベールはニーチェの兄弟であると宣言する哲学者（「フロベールのある一つの観念」、『プシュケー』第1巻、藤本一勇訳、岩波書店、2014年）も存在しているからである。

ではドストエフスキーはどうだったのだろうか。前章でも書いておいたように、このロシアの作家はともに癲癇を患っていることもあって、フローベールに並々ならぬ共感を抱いていた。彼は『白痴』のヒロインを、『ボヴァリー夫人』の愛読者として設定し、凡庸な愚者を描くさいにこの小説から少なからぬ示唆を受けていた。

常識的に考えてみれば、ドストエフスキーは熱心なロシア正教の徒であり、ニーチェは無神論者である。前者は大ロシアのナショナリズムを登場人物たちに唱えさせ、後者はドイツ人の粗野で野蛮なナショナリズムと反ユダヤ主義を何よりも嫌った人物である。いってみれば水と油。ところがニーチェはドストエフスキーに対し、最大限の賛辞を贈った。

強い人間というものがいる。だが社会はこの強い人間が携えている徳、つまり生気潑剌たる衝動を警戒し、ことあるごとに彼を追放しようとする。その結果、彼はつい自分の本能に背を向けてしまい、中庸で去勢された社会にあって、犯罪者へと退化変質してしまうことがある。この点に関してニーチェは、「ドストエフスキーの証言が重要です。序でに申し添えて置きますが、ドストエフスキーは私が学ぶ処のあった唯一の心理学者で、私の生涯の最も素晴しい幸運の一つに属します。スタンダールの発見にさえ勝る幸運の一つでした。」と、手放しで賞賛している。

ニーチェはニヒリズムの克服を考えるにあたって、とりわけドストエフスキーに示唆されるところが大きかった。『アンチクリスト』では『悪霊』と『白痴』を、『偶像の黄昏』では『死の家の記録』と『虐げられし人々』を分析し、肯定的な註釈を寄せている。さらに近年になって編纂された遺稿の中でも、イエスの表象をめぐって注目すべき断章を少なからず遺している。

イエスを天才にして英雄だと持ち上げるルナンの『イエス伝』の通俗性に反発して、ニーチェは逆に「白痴」としてのイエスの像を提示しようとする。


こんなイエスを英雄に仕立てあげるとは！――そして『天才』という言葉もまったく何という誤解だろう！　『精神』というわれわれが用いている概念、われわれの文化概念は、イエスが生きている世界においてはまったく意味をなさない。生理学者の厳密さをもって言うなら、ここではむしろ、まったく別の言葉を用いる方がふさわしいと言えるだろう。まったく別の言葉、すなわち、白痴。

『アンチクリスト』に収められたこの断章は、ニーチェがキリスト像を構築するにあたって、小説『白痴』に大きな示唆を与えられたことを物語っている。1888年春に執筆されたと思しき遺稿では、さらに一歩進んで、文字通り「イエス――ドストエフスキー」と題された断章が見受けられる。

私はキリスト教が可能であり、キリストがいまにも発生しうるような世界があり、そうした世界の中に生きていた心理家があるとすれば、ただひとりしか知らない。……それはドストエフスキーだ。彼はキリストの正体を察知した。――また何よりもこうした人間タイプをルナン的な通俗性をもって想像するようなことを、ドストエフスキーは本能的にしなかった。……だがパリではルナンがあまりにも多くの鋭敏《フィネス》さの持ち主だと信じられている!……しかし白痴であったキリストを天才にしてしまうほどのひどい勘ちがいがあるだろうか?

『白痴』を読み終わった後のニーチェの心中では、もはや救世主は強く頑強な人物ではない。それは脆弱で愚かな道化神であり、今日的な表現を用いるならばヴァルネラビリティ(攻撃誘発性、やられやすさ)の徒として十字架に掛けられ、非業の死を遂げる存在である。ドストエフスキーの描くムイシキン公爵が白痴であるように、イエスもまた白痴である。ではこの弱く愚かな悲嘆に満ちたイエスと、強靭な自己肯定に満ち、つねに陶酔と歓喜の徳を説いてやまないディオニソスという対立を、どのように統合して行けばよいのか。癲癇の地獄のなかで床を這い、苦痛に転輾《のたう》ちまわるドストエフスキーを前に、澄みきった大気の中での舞踏を説き、重力の魔から解放されることの歓喜を謳い上げるニーチェは、どのような立ち振る舞いを見せればいいのだろうか。
1889年1月3日に生じた馬への突然の抱擁がその回答であったことを、すでにわれわれは知っている。その直後に書かれた書簡において、「十字架にかけられし者」とディオニソスは対立して記され、次に交互に署名として用いられ、最後にニーチェと呼ばれる思考のなかで、永遠に回帰すべき仮面の二つの相として同時に肯定されるにいたった。

ドストエフスキーとニーチェは、つねに肉体の現前を視野に収めながら思考を構築するという点で深く共通している。肉体とは意味という意味が解体してゆく際の重大な契機として、この二人にとって本質的なものである。そしてこれは、フローベールが生涯をかけて隠蔽し、回避してやまなかった主題であった。『白痴』の公爵は癲癇の発作に苦しみ、ホルバインの描いたキリストの遺骸の表象を目の当たりにして大きな衝撃を受ける。彼はまた神聖であるべきナスターシャの遺体から死臭が漏れ出すのではないかと、それを気遣っている。いかなる崇高なる霊性もつねに形而下の肉体を伴っているのであり、それを隠蔽してキリストの超越性だけを認識することはできない。ドストエフスキーの小説において肉体が登場するとき、それはつねに貶められ、侮辱された肉体である。肉体は傷と腐臭、グロテスクな表層を通して強烈にみずからを主張し、共同体が長らく構築してきた信仰の秩序に亀裂を走らせる。処刑台から降ろされた直後のイエスが惨たらしい傷跡をもち、肉体の汚穢そのものと化しているように、ムイシキン公爵も癲癇の発作を通して、自分の肉体を統括できないという宿命を露呈させる。イエスの霊性にとって汚れた遺骸が他者であり醜聞であるように、公爵にとっても肉体は〈他者〉として彼の前に立ち現われ、彼の無垢なる聖性を強引に格下げしようとする。

ニーチェは観念世界だけに生きる者たちを「肉体の侮蔑者」と呼んで嘲笑し、両足で大地を強く踏み固め、軽やかに舞踏する肉体を賛美する。だが肉体をめぐる彼の眼差しの根底には、病める肉体、萎縮した生の原因である病気の肉体への自覚が横たわっている。ニーチェにおいて肉体の優位が説かれるとき、それはつねに病気とそこからの健康回復という物語を伴っている。病気とはデカダンであり、それ自体ルサンチマンであって、人はそれから快癒しなければならない。世界全体がデカダンな徴候を湛えているとすれば、いっそうのこと治療に専念して、否定的な生を肯定的なものへと切り替えていかなければならない。ニーチェはこの肉体の現前を思考の出発点に置き、ドストエフスキーに接近する手立てとした。彼がムイシキン公爵の物語からイエスが白痴であるという言説の正し《レゾン》さを直感的に受け取ることができたのは、そのためである。超人思想、同時代の科学信仰が創り出すユートピア像の偽善、制度的な道徳意識としての善悪の愚劣……フランス語での翻訳を通してニーチェはドストエフスキーの小説のなかに、自分の哲学とのさまざまな対応物を発見した。

もっともそれは、ドストエフスキーが差し出したすべての問いかけをニーチェが共有しえたことを意味しているわけではない。太陽と月が部分的に蝕をなすことがあるように、作家と哲学者は少なからぬ点で重なり合っているが、また別のところでは異なった問題文脈を構成している。とはいえそれについて詳細を語ることが本章の意図であるわけではない。われわれは白痴のイエスという主題と、宿命としての肉体の現前という主題とが、狂気と愚行をめぐって両者を近い場所に立たせているという事実を確認しておくだけで充分ではないだろうか。

ニーチェは『この人を見よ』のなかで、病人の究極的な自己治療法として、「ロシア的宿命主義」なるものに言及している。行軍があまりに耐えがたいものとなったとき、ロシアの兵士がついに雪のなかに身を横たえ、何ものも受け取らず、何ものも受けつけず、外部に向かっていっさい反応をしないという態度のことである。「かかる宿命主義の持つ偉大な理性は、新陳代謝の低下、その緩慢化、いいかえれば一種の冬眠への意志だといえる。」
トリノの馬事件直後、ニーチェは短期間精神病院に預けられた後で、母親の、続いて妹の家に預けられた。彼はどこにあっても不動で、外界に対し無反応、無感情の姿勢を見せていた。それを狂気から来る沈黙だと呼ぶことは簡単だが、ひょっとして彼はみずから推奨した「ロシア的宿命主義」を実践していたのではないだろうか。ルサンチマンに満ちたデカダンな外界に対し、エネルギーの消耗をできるだけ抑え、無反応に徹すること。わたしにはそれが、ニーチェの説く最後の徳のあり方であったように思われてならない。

# おまえが深く愛するものは残る　その他は滓だ　愚行と後悔

## 1

さて、本書も折り返し点に立った。わたしはここまでにボードレールを先鋒として、フローベール、ドストエフスキー、ニーチェと、19世紀西洋を代表する三人の作家と哲学者が、愚行という主題をめぐっていかに本質的な思考を展開してきたかを論じてきた。ドストエフスキーがフローベールを愛読し、ニーチェがドストエフスキーから大きな影響を受ける。だがそのニーチェはフローベールをデカダンだと呼んで一蹴し、その代わりにボードレールに共感を寄せる。それぞれは異なった問題文脈に属しながらも、微妙に共鳴と反発を繰り返しているのだが、いずれもが愚かしさを偶発的な認識錯誤であるとは考えず、むしろ人間に宿る本来的な宿命であると考えていた点で、多くのものを共有している。

仮に19世紀の愚行認識がこの三人の築き上げる三角形によって代表されるとすれば、それでは20世紀にそれに対応する愚行の三角形は、いかなる人物たちによって構成されることだろうか。とりあえず思いつくのはローベルト・ムージルであり、ポール・ヴァレリーである。またロラン・バルト、とりわけその晩年のあり方は、今日的な愚行を論じるさいにけして見落とすべきではないだろう。だがここに日本から谷崎潤一郎を招喚したとき、20世紀の三位一体は微妙な転調を迎えることになる。

ここでわれわれは少しく休息し、間奏曲を差し挟むことにしよう。

これまでさまざまな立場から人間の愚行について探究をしてきたのだが、では愚行の後には何が残されるのかという問いがここで登場してくる。なるほど人は過ちを犯した。それを愚かな振舞いだと認識した。だが、はたしてそれだけで充分なのだろうか。愚行にもし償いというものがありうるとすれば、それはいかなる形でなされるものなのだろうか。有限な時間の内側に生きることしかできない人間にとって、倫理的な姿勢の表明はどのような形でなされる、あるいはなされうるものなのだろうか。

オイディプス王はわが身の愚行を知って両眼を抉り、乞食となって放浪の身となった。『黄金の驢馬』のルキウスは驢馬の身になるまでの愚行を反省し、人間の身に戻るや、ただちに女神イシスに帰依した。リア王は最愛の娘を見殺しにしたことを知って、狂気に身を委ねた。ムイシキン公爵は、すべて僕が悪いのです、われわれはすべて万人に責任があるのですと、口癖のように呟いた。ではキリスト教の世界ではどうだろうか。

キリスト教にあっては、愚行の自覚と告白は回心への大いなる契機である。過去に犯した愚行を罪と認め、それを深く悔悟することで、多くの者が聖職者への道を歩んだ。原始キリスト教においてもっとも重要な役割を果たした二人の人物について、簡単に触れておこう。

最初の悔悟者は首座使徒の一人で、後に最初のローマ教皇となったペテロである。彼は本来が漁師であり、イエスを舟に乗せてガリラヤ湖を渡ったことが縁となって、彼を信じるにいたった。師が捕縛されたとき、ペテロは三度にわたってその弟子ではないかと嫌疑を受けた。彼はその度ごとに怯懦の心に苛まれ、それを否認した。三度目に否認したとき、鶏の声が聞こえたと、マタイ福音書は記している。ペテロは自分がイエスを裏切ったことに気付き、深い後悔に捕らわれた。みずからの罪を償おうとした彼は危険を冒して各地を廻り、師の教えを説き続け、ネロ帝のローマで殉教を遂げた。

パウロの場合にはユダヤ教の立場から、異端者であるキリスト教徒を迫害する立場にあった。あるとき彼はダマスコへ向かう途中で、天からイエスの声が聞こえてくるのを知り、一時的に目が見えなくなった。視力はやがて回復したが、この事件を契機にわが身の愚行を認識したパウロは回心し、布教を始めた。彼はエルサレムで捕らえられ、ローマで殉教したと伝えられるが、定かではない。

2世紀頃に成立した使徒教父文書のひとつ、『ヘルマスの牧者』では、人は洗礼を受けた後に罪を犯しても、悔悛を口にするならば、少なくとも一度は罪の赦しを得る可能性があると説いている。ではその罪の範囲とはどこまでなのか。けして赦されない三つの罪とは何か。被迫害時に棄教した者は、教会への復帰が認められるのか。こうした問題をめぐって、以後さまざまな神学的議論が戦わされた。そのなかでアウグスティヌスが、一回かぎりの悔悛の後に再度罪を犯したとしても、神はさらなる悔悛を受け容れるであろうと説き、死後の償いの場として煉獄の存在を認めた。浄化の火は地獄の火とは峻別されなければならない。生者が祈り寄進することで、死者の魂は来世において救済されるというのが、その教説である。『告白』を読むと、こうした教えの背後に、彼が若き日になしたさまざまな悪行、愚行と、それをめぐる真摯な悔悟の体験が横たわっていることがわかる。

わたしはカルタゴに来た。すると、わたしのまわり到るところに、恥ずべき情事の大釜がふつふつと音をたてていた。わたしはまだ愛してはいなかったが、愛することを愛して、心ひそかに欲しがり、わたしがあまり欲しがらないことを嫌った。わたしは、愛することを愛して愛の対象を求めていた。そして安全を嫌って、罠のない道を好まなかった。わたしは、内において、内心の糧に、すなわちわたしの神よ、あなた自身に餓えていたが、しかもこの餓えのゆえに空腹を覚えることはなく、不朽の栄養をとろうとする欲望を感じなかったからである。といっても、この栄養に満ちていたからではなく、それに空しくなればなるほど、ますます好悪の念ははなはだしくなり、そのゆえにわたしの魂は健康を害い、潰瘍にかかって、その身を外に投げ出し、可感的なものにふれてひきかかれることを熱望していたからである。

17歳から19歳までの3年間、異邦の都市にあって肉欲に溺れ、マニ教の迷妄に陥っていた時期を回想する一節である。息子の堕落を知って、キリスト教徒であった母親は深く嘆いた。だがその後、自分をマニ教へと誘った友人が、死の直前にキリスト教に回心したと知ったアウグスティヌスは、悲嘆のうちに深い感動を体験する。29歳にしてマニ教の誤謬を知った彼は、しだいにキリスト教に心惹かれるが、心はさらに惑い、なかなか回心にまでは行きつかない。アウグスティヌスが洗礼を受けたのは33歳のときであるが、『告白』ではそれに到る心理的動揺が何章にもわたって記されている。愚行の認識とそれからの訣別をめぐり、かくも精緻に語られた書物は、以前には存在していなかった。

もっとも悔悟と回心という物語は、当事者みずからの告白によるものばかりではなかった。中世のベストセラーであった『黄金伝説』には、愚行悪行のはてに深い信仰の道に入った聖人たちの物語が、少なからず見受けられる。また悔悛者が聖者となるという伝承は、近代以降の小説家たちに絶好の主題を与えた。悪魔の預言を怖れ、両親の家を離れて漂泊の旅に出た青年が、それゆえに両親と妻を殺害してしまい、その罪を贖うために信仰の道に入る。双子の兄妹の間に生まれた子供が、それとは知らず自分の母親と結婚してしまい、近親相姦の禁忌を二度にわたって破ってしまう。彼は深い悔悟の末、聖職者となり、ついにはローマ教皇の座に就く。民間伝承として親しまれてきた、聖ジュリアンと聖グレゴリウスの物語である。フローベールとトーマス・マンが『聖ジュリアン伝』と『選ばれし人』で、それを近代小説の形に脚色した。

西洋社会においてはこうして、過去の過誤と罪障を超越神の前で告白するという行為が、長らく制度化されてきた。それは人間を内面的に解放する手立てであったのではなく、むしろ人間に内面を構築させる契機を与えてきたといえる。ミシェル・フーコーが『性の歴史』で説いたように、西洋では人は告白を媒介として、みずからの主体を形成してきたのである。この告解という制度は、西洋人がキリスト教の軛《くびき》から離れた後も、心理的痕跡として今もなお強く残存している。ここで二人の同性愛の芸術家の場合を考えてみよう。ワイルドの手記『深き淵より』(邦題は『獄中記』)やパゾリーニの初期イタリア語詩篇に窺うことができるのは、かつてわが身がなした愚行をめぐる深い思索と、それを克服し心理的再生の契機を見つけ出そうとする強い意志である。

ワイルドは同性愛の嫌疑で告発され、亡命も可能であったにもかかわらずあえて裁判を受け、懲役刑に服した。彼は負債ゆえに自宅差し押さえの強制執行を受け、蔵書も家具も売却されたあげくに、破産の宣告を受けた。『深き淵より』は、レディング監獄に収監中に執筆したものである。

「人生のもろもろの致命的な過失は人間が無分別であることによるものではない。無分別な瞬間が人間のもっとも美しい瞬間でもありうるのだから」と、彼は書く。だがその一方で、悔悟の効用を忘れてはいない。「むろん罪人は悔い改めねばならぬ。だが、なぜだ? さもなければ自分のしたことが自覚できない、というただそれだけの理由だ。悔悛の瞬間こそ悟入の瞬間なのである。そればかりではない。それが自分の過去を変える手段なのである。」

パゾリーニはフリウリ地方の中学で教師として勤務中、生徒に性的な悪戯をしたという風評から職場を追放され、共産党から除名処分を受けた。彼は母親とともにローマに出ると、あえてゲットーに住み、文学で身を立てようと決意した。フリウリ語で書くことから離れ、心機一転してイタリア語での詩作に熱中した。『ローマ　一九五〇』という連作のなかで、暗い過去からの訣別を宣言した。

　　　ぼくは
幸福に身を任せることもない。
たとえ罪に悩んだときでも
心底から後悔に迷うことはなかった。
ぼくがぼくである、その根源において
ぼくは表わしえぬものに、いつも見あっていたのだ。

ここには自分のなした愚行の罪に悩みつつも、根本において自分に対する信頼を失おうとしない、詩人の強烈な自我が見受けられる。
罪を犯しつつも、私刑の焼けつく熱さを

喉もとに知る者はつねに純粋だ、
もしいまだ憎しみを知らないならば。
甘美さと勇気からなる、
薄明りの優しさ。

後に執筆された「グラムシの遺骸」（1957年）のなかでも、パゾリーニはいまだに「過ち」に拘泥している。「きみは若い、この五月には／過ちがまだ人生だった。」だがその過ちは美しかったと、彼は考えている。ここには過去の愚行を否定的な体験として封印するのではなく、「甘美さと勇気」からなる体験として肯定し、新たな生へ向かおうとする積極的な意志が見られる。とはいえパゾリーニはワイルドとは異なり、その後の人生においても、少年たちを性的に誘惑することを止めなかった。彼は欲望に忠実なまま、愚行に耽溺することを決意したのである。その結果についてはここであえて記すこともあるまい。わたしは来たるべきパゾリーニ評伝のなかで、おそらくこの問題に立ち返ることになるだろう。

## 2

1930年代から40年代前半にかけて、ナチス・ドイツがヨーロッパを席巻し、ファシズムの嵐が吹き荒れていた時期、少なからぬ芸術家や学者がヒトラーの台頭に拍手をし、ナチスに共感を示した。反ユダヤ主義の言論に携わる者も少なくなかった。ユングはナチスの台頭を、ゲルマン人の集合的無意識における古代北欧神話の神々の復活であると信じた。パウンドはアメリカ向けラジオ放送でムッソリーニを礼賛し、アメリカの資本主義を攻撃した。セリーヌは口を極めてユダヤ人を罵倒し、若きシオランは祖国ルーマニアでもナチスに似た暴力的政治改革が起きることを渇望した。ポール・ド・マンはナチス占領下のベルギーで反ユダヤ主義言論に関わった。こうした醜聞のなかで最大のものは、ハイデガーのナチス入党だった。

第二次世界大戦が連合国の勝利で終わり、世界が冷戦体制に入ったころ、こうした芸術家、学者はさまざまな形で事態への対応を迫られた。彼らが国家社会主義と反ユダヤ主義への熱狂をどのように考えていたかはきわめて興味ある問題である。だがそれは同時に微妙な問題でもあって、勧善懲悪の一般図式のもとに判断することができない。迫害と悔悟。懲罰と亡命。彼らを待っていた運命はさまざまである。だがいずれにしても戦後社会において、ここに名を挙げた誰もが抜き差しならぬ態度決定を迫られたことは事実である。

もっとも穏健に生き延びたのはユングだった。彼はナチズムが没落しようとも現下の状況に対しいささかも距離を変えることなく、神々の敗退を無意識と意識の対決の物語として解釈した。シオランはパリに亡命し、ひとたびユートピア的情念を抱いたことへの悔悟から著作活動を開始した。ポール・ド・マンは何食わぬ顔で新大陸へ渡った。セリーヌは深く混迷し、逃亡に逃亡を重ねたあげくに入獄。出獄すると一切の経緯を何冊もの長編小説に記した。パウンドは長く精神病院に監禁されながら、悲嘆と世界の再生を主題とした長編詩を書き続けた。そしてハイデガーはすべてにおいて沈黙を守った。

パウンドとハイデガーを比較してみよう。二人が信奉した政治イデオロギーが何であったとしても、彼らが20世紀において最大の詩人と哲学者であることを否定する者はいない。パウンドは英語圏のモダニズム詩人として傑出しているばかりか、日本や中国の古典文学に始まり、西洋中世の吟遊詩人からフランスの象徴詩まで、世界中のポエジーを自家薬籠中のものとした偉大なる翻訳者であり、文学テクストにおける引用理論の過激なる実践家として、今日なお詩的ヴィジョンの強さにおいて圧倒的である。ハイデガーは実存哲学の主唱者として、〈神の死〉以来世界に蔓延するニヒリズムから解放されるべき手立てを生涯にわたって思考し、ドイツ語の詩的言語に思索の根源を求めた。

彼らははたして１９３０年代における時局への熱狂を、生涯の愚行と認識していたのだろうか。それとも現実政治のあり方に失望し、深い幻滅を感じていただけなのだろうか。これは部外者が安易に結論を下すことのできない問題である。というよりも実のところ、結論を下すには下す側にもそれ相当の覚悟が要求されるというべきかもしれない。とはいえ愚行について論じるためには、ひとたび愚行がなされた後に、それがいかに回収され、あるいは放棄されるかという問題を避けて通るわけにはいかない。ひとまずパウンドの詩的体験に踏み込んでみることにしよう。


エズラ・パウンド（１８８５―１９７２年）はイマジズム詩人として出発し、中世ロマンス語文学から日本の俳句まで、数多くの詩作品に接しながら、しだいに独自の、雄渾にして前衛的な詩のスタイルを確立していった。1917年に後に畢生の大作となる『詩篇《キャントーズ》』の最初の草稿を発表して以来、生涯にわたってこの長編組詩の執筆に情熱を注いだ。

1924年にイタリアに移住。ほどなくしてファシズムに傾倒し、ムッソリーニの接見を得た。人間を堕落させ、世界を破滅させるのは高利《ウーズラ》であり、高利を貪って財を成しているユダヤ人である。パウンドはこの確信に基づいて経済学の入門書を著し、ユダヤ人を無差別に攻撃した。1935年にはローマのラジオ局から対英米向けの宣伝放送を行ない、それは戦時下にレギュラー番組となった。後に『エズラ・パウンドは語る』なる題名のもとに纏められた放送原稿を読むと、「エズ叔父さん」が語った内容は主に世界経済、アメリカ史、ユダヤ人への悪口雑言、ファシズムの宣伝といったものである。1939年にはワシントンを訪問し、上院議員たちにヨーロッパでの戦争への不介入を進言したが、相手にされなかった。大統領にも会見を申し込んだが、こちらは却下された。ムッソリーニは現代の孔子であるというのが、パウンドの信念であった。

1943年、ローマが陥落し、イタリアが連合国軍に降伏すると、パウンドは苦境に陥った。まもなく彼は国家反逆罪容疑で起訴された。だがムッソリーニが北イタリアで新たにサロ政権を樹立すると、それを支持し、その機関誌に「人種すなわち病気」という反ユダヤ主義の論考を発表した。彼は1945年4月まで宣伝放送のための匿名原稿を書き続け、5月にパルチザンの手で自宅から連行された。

この時は簡単に釈放されたが、身の危険を感じた詩人はみずからアメリカ軍に投降。ピサのアメリカ軍収容所に移送され、3週間にわたって雨ざらしのコンクリート地の空間に捨て置かれた。強烈な陽光と熱を浴びたパウンドは、日射病と心身消耗で危機的な状態に陥った。医療テントに運ばれたとき、ムッソリーニとその愛人がミラノで逆さ吊りになって処刑されたと知らされ、強い衝撃を受けた。彼はここで実質上は『詩篇』第6部に当たる『ピサ詩篇』を執筆。収容所の所長には、自分のタイプ原稿が暗号で記された扇動文章ではないと、申し開きをしなければならなかった。

その後パウンドは飛行機でワシントンに移送され、厳重な取り調べを受けた。だがムッソリーニとヒトラーは孔子の教えに忠実な間はよかったが、孔子を離れたので自滅したと平然と説く初老の詩人を前に、取調官は起訴を躊躇い、パウンドは郊外の聖エリザベス精神病院に軟禁されることになった。公聴会では突然に起立して、「ファシズムなど一度も信じたことなどないわ！」と叫び、精神異常者だと診断された。

精神病院で個室を宛てがわれたパウンドは、旺盛な執筆欲を見せた。『中庸』『大学』『論語』『詩経』といった中国の古典を次々と翻訳。100篇で完結すると予告されていた『詩篇』も、95篇まで書き進んだ。

パウンドはかつての盟友エリオットをはじめ、ヘミングウェイやフロストといった文学者の尽力により、1958年に起訴が取り下げられ、彼は退院、ただちに国外追放となった。家族を連れてイタリアに移住。ナポリ港でインタヴューを受け、「アメリカ全体が狂人の病院だ」

と宣言した。だが第二の祖国に戻ったものの精神状態は悪化し、鬱状態に加え、自殺衝動を伴う強い不安、恐怖症的な心気症などに苦しめられた。それでも1967年にアレン・ギンズバーグがビートルズのLPを手に訪問した時には、自分の犯した最大の過ちとは、愚かで偏狭な反ユダヤ主義という偏見を持ったことだと告白した。

1972年、パウンドは87歳の誕生日の直後に永眠した。『詩篇』は110篇を越えても延々と書き続けられたが、最後のあたりは断片的な草稿ばかりであり、テクストとしては不完全な状態に留まっている。


ここでパウンドが第二次大戦の末期、サロ政権の敗色が濃くなった時代に執筆した「詩篇72」「詩篇73」と、その後に収容所の限界状況のなかで、深い悲嘆と挫折感に苛まれながら書き続けた『ピサ詩篇』74から84を読み比べてみることにしよう。両者の間には、彼が堅く信じて疑わなかったファシズムの瓦解とムッソリーニの処刑が横たわっている。

「詩篇72」と「詩篇73」はムッソリーニがサロに樹立した「イタリア社会共和国」の『共和国海軍』誌に、1945年初頭に続けて掲載された。

二つの詩篇はいずれも死者が回帰してきて物語るという形をとっている。「詩篇72」では、パウンドと親交があり、つい直前に物故したばかりの未来派のマリネッティがまず登場し、イタリアに戦いを続けるように語る。続いて中世のヴェローナの領主エッツェリーノが、ローマ教皇を含め、ファシズムの大義に逆らう者を名指しで弾劾し、世界がユダヤ人によって創造されたなど信じないと宣言する。いずれも怒り狂った口調である。「詩篇73」ではダンテと同時代の詩人、カヴァルカンティが出現し、海辺の町リミニで進駐してきたカナダ兵に集団で強姦された少女が、言葉巧みに彼らを地雷原に誘導し、ともに壮絶な爆死を遂げたという物語を語る。語り手は黒シャツに身を固めた少年少女の勇敢さを讃える。

思うにパウンドは、過去の亡霊が到来して物語を語るという着想を、ダンテの『神曲』から得たのであろう。そこにみずから翻訳した日本の謡曲の記憶が働いていたと考えることもできなくはない。だがそれにもまして驚かされるのは、語りの底に流れる怒りと憎悪であり、読み進めて行くうちに病的なものを感じないわけにはいかなくなる。ファシズムに対する狂信的な熱狂が、きわめて惨たらしい形のもとに表象されているという印象がある。

ちなみにイタリア人を読者に想定していたため、2篇ともに原文はイタリア語である。もっともファシズム政権が余命いくばくもない時期であり、おそらくほとんど読まれることはなかったであろう。この2篇は長らく『詩篇』に正式に収録されることがなく、それについて言及することは英語圏の研究者にとって禁忌に近いことであった。

ところがおよそ半年後、ファシスト政権が最終的に倒れ、作者がピサのアメリカ軍収容所へ移送されてから執筆された「詩篇74」では、すべては一変する。『ピサ詩篇』の冒頭に置かれたこの詩には、もはやヒステリックなファシズム讃美はない。代わりに登場するのは、ミラノで愛人とともに逆さ吊りにされたムッソリーニの屍体の描写であり、もはや地上のどこにも行く場所を見失い、「レテの河を渡りし者」として、地獄に降り立った詩人自身である。

ノー・マン
すでに日の沈んだ者
ダイアモンドはなだれにも滅びることはない
　　たとえ土台から裂かれても
ほかの力が滅ぼすまえに　みずから破滅するからだ。

一つ目の巨人キュクロプスの島から逃げ出そうとするオデュッセウスに倣い、語り手は自分を「ノー・マン」、もはや誰でもなくなった者であると規定する。『ピサ詩篇』全体を通してこの呼称は繰り返され、悪夢のごとき過去を掻い潜ってきた者に特有の後悔と絶望のもとに唱えられることになる。

「わが眼は見たり……」
　　　　　　　　　　　たしかに見た
いやというほど
　　全くいやというほど見てきた
辛い忘れがたいものを

そしてあの国歌は……
糞いまいましい（神に呪われた）猫なで声とは裏腹に
おれを「過ぎし日々」とみなした
ノー・マン
時もなく《アクロノス》
もはや残りの日々もない

パウンドを見舞うのは、過去の巨大な愚行をめぐる悔悟の感情である。人間は苦痛を体験するたびに、聡明になるのではない。「つまりは、年をとるにつれて愚かになっていくだけだ」と書きつける。すべてのものを失ってしまったという喪失感が、彼を襲う。だがその中で、彼は何とか自分を勇気づけようと、呪文のように連禱を試みる。

おまえが深く愛するものは残る
その他は滓だ
おまえが深く愛するものは　おまえから奪われはしない
おまえが深く愛するものこそ　おまえの真の遺産だ
この世界は自分のものか、かれらのものか
それともだれのものでもないのか

『ピサ詩篇』ではこうした自己省察の間に、収容所にある規律訓練センターでの日常生活の描写が挿入され、そこに古代の神々や中世の詩人たちの映像が重ね焼きされて登場する。ムッソリーニに対しては、以前のような熱狂こそ見られないが、かといって非難や罵倒をしているわけではない。労働者を貧困から救い出し、金融資本の原理である高利と戦った英雄として、孔子、ジョン・アダムズ（アメリカ建国初期の大統領）と並んで賞賛されている。その意味では、彼はファシズムに対し無転向であったといえるかもしれない。ただ反ユダヤ主義に捕らわれたことが、終生にわたり傷の意識となった。自分を巨大なケンタウロスと思い込む卑小な蟻に喩え、ヨーロッパという巨大な蟻塚が崩れ出したとき、かろうじて逃げ出した一匹の蟻だと、自分のことを語った。

蟻は自分の竜の世界のケンタウロスだ
おまえの虚栄をひきずりおろせ、人間が勇気をつくった
　のでも、秩序や美をつくったのでもない
　おまえの虚栄をひきずりおろせ、おろせと言うのだ
秩序のある創造や本当のたくみのなかで
おまえのあるべき位置を　みどりの世界に学べ

『ピサ詩篇』は1948年に刊行され、ワシントンの精神病院の4畳ほどの個室で、パウンドはそれを受け取った。それはオーデンやエリオットの推挙によって、翌年にボーリンゲン賞を受けた。とはいうものの、国家反逆者になぜ賞を与えたのかといい出す者が続出し、物議を醸した。パウンドはその後も『詩篇』を書き続け、1969年に最後の『詩篇草稿　110〜117』を刊行した。とはいうものの、彼は自責と後悔の念から解放されることがなく、ひとたび信じえた秩序宇宙《コスモス》構築の夢の挫折に、生涯にわたって拘泥していたように思われる。800頁に及ぶ『詩篇』の最終頁から、「詩篇117」を引用してみよう。

わが愛よ、愛よ
　わたしが愛するものは何か
　　おまえはどこにいるのか。
わたしは中心を喪った
　　世界と戦いながら。
夢と夢とは衝突《ぶつか》り
　　微塵に砕ける
わたしは地上に楽園を築こうとしたのに。

## 3

パウンドは後半生を大いなる悔悟に生き、自分を「ノー・マン」だと呼んだ。では『キャントーズ』の作者と同じ時期にナチズムに加担し、ドイツ民族の民族精神を鼓舞した哲学者、マルティン・ハイデガーの場合はどうだったのだろうか。彼はパウンドとは正反対に、みずからの愚行に対し徹底して沈黙を貫いた。

1933年1月、ドイツでは合法的選挙によって躍進した国家社会主義ドイツ労働者党（ナチ党）の党首ヒトラーが大統領ヒンデンブルクに指名され、首相の座に就いた。いわゆるナチス・ドイツの始まりである。

当時、フライブルク大学の哲学教授であったマルティン・ハイデガーは、激しい実存的危機感を抱いていた青年たちの不安に、自著『存在と時間』で論じた共同─運命 Geschick に対応するものを感じていた。彼はヒトラーの登場に際し、もはや人間の共同─存在と歴史との関係を講壇哲学として記述するだけでは不充分であるという認識を抱くようになり、みずから彼らの運動の指導者《フューラー》として、大学を運動に奉仕させようと考えるにいたった。覚悟決定 Entschlossenheit である。彼はこれまで大学運営にも政治にもいかなる体験も持ってはいなかったが、4月に大学総長に選出されると、他の二十二名の同僚教授とともにナチス党に入党。5月27日には、総長としての就任式において、「ドイツ的大学の自己主張」という就任演説を行なった。式典ではナチス党歌が演奏された。

ハイデガーはその後も新聞や学生雑誌に「ナチ革命」を支持する談話を発表し、大学の講義では開始と終了の際に「ハイル・ヒトラー！」と敬礼することを義務付けた。だが翌年、1934年になると、彼の大学改革案は学内に混乱を招き、2月には総長を辞任。通常は2年の任期をもつはずのこの地位を、彼はわずか10ヵ月で去った。総長辞任式典には参列を拒否。前年の就任記念講演録は、ただちにナチス党の指示によって書店から回収された。

加えて6月30日には、かねてから共感を抱いていた突撃隊のレームとその一統が、いっせいに粛清されるという事件が起きる。いわゆるレーム事件である。これは後にヴィスコンティが『地獄に堕ちた勇者ども』で映画化し、三島由紀夫が『わが友ヒットラー』で素材に仰いだことでも知られているが、ナチスの権力体制の変質を物語る出来ごとである。ハイデガーのナチスに対する幻滅は、この時点で決定的なものとなった。

ナチスから距離をとったハイデガーは、党籍を捨てることこそなかったが、それ以後はフライブルクの教壇に立つことを別にするとトートナウベルクの質素な山荘に閉じこもり、直接的な政治発言を控えるようになった。ヘルダーリンの詩の解釈に取り組みだし、シラー、さらにギリシャ悲劇『アンティゴネー』の解釈へと、もっぱら芸術作品を素材として哲学的探究を行なうという道を進んだ。4年にわたってニーチェ研究がなされたのもこの時期である。

1933年の時点ではナチスこそ、ヨーロッパ全域を黒雲のように覆うニヒリズムに対し、救出の道筋を示唆し、世界を転換する可能性を抱いていたはずではなかったのか。だが現実の国家社会主義の運動は急速にその期待を裏切り、金融資本と癒着し、新手のニヒリズムとしてドイツに君臨している。ハイデガーはこうした考えのもとに（きわめて韜晦的な筆法ではあるが）ナチスを批判した。１９３５年夏学期には『形而上学入門』の名のもとに講義を行ない、そのなかで「今日、国家社会主義の哲学として横行している」哲学は、「この運動の内的真理と偉大」には少しも関係がないと断言した。いうまでもなくこの一節は、彼がひとたび信じえた国家社会主義の理念から、それ以降のいわゆる俗流ナチス哲学が大きく逸脱し、ハイデガーに深い失望と軽蔑をもたらしたことを示している。ちなみに戦後になってこの講義が１９５３年に刊行されるとき、弟子たちの反対にもかかわらず、ハイデガーはこの一節を削除しようとしなかった。かつて短期間ではあったが期待を寄せ、信じえたものに対しては、どこまでも封印も隠蔽も拒み、その通りに痕跡を残しておくという態度が、そこには明確に窺われる。

ハイデガーは１９３３年にナチスが教皇庁と政教協定を結ぶと、批判的な態度をとった。ナチスは彼が党にはっきり距離を置くようになったことに気が付いていた。大学の上級ゼミには通報者が参加しており、彼はたえず監視されていた。１９４４年、敗色の濃くなったナチス・ドイツは、ついに彼を「不用」学者と認定し、学者芸術家の特権である軍務免除のリストから外した。ハイデガーは54歳という年齢にもかかわらず、ひと夏をライン河堡塁工事に駆り出された。

「ドイツ的大学の自己主張」は、ハイデガーが本来抱いていた存在論と学問論が、ある時から突然にナチス体制の支持肯定へと横滑りしていくという点で、複雑な陰影をもった講演である。だがそれはその翌年、ラジオで放送された講演「なぜわれらは田舎に留まるか?」と比較したとき、いっそうその特異性が明確になる。この二つの講演記録原稿は、口調においても、使用されている語彙においても、主題においても、とうてい同一の人物が執筆したとは思えないほど異なった印象を与える。両者の間に横たわる断層をいかに解釈すればよいのか。この非連続性に哲学者ハイデガーの前期と後期を分かつ、決定的な分水嶺があると主張する研究者も存在している。では具体的に、そこでは何が語られているのか。

「ドイツ的大学の自己主張」で語られているのは、ドイツという国家のなかでみずからを知る民族としてのドイツ民族が、歴史的にいかなる精神の任務を課せられており、それをいかに実現せんとする意志を抱いているかという問題である。
学問とは問うこと、とりわけ存在とは何かを問うことである。なるほど知は運命の前に無力であるかもしれない。だが知は存在への反抗であり、それを通して存在の隠された本質を露わにすることでもある。6年前に発表された『存在と時間』の延長に立って、ハイデガーはそう託宣する。だがそこで突然に「民族」という言葉が登場することになる。

精神とは存在の本質へむけての根源的に規定された決意である。民族の精神世界とは一文化の上部層でもなければ、まして有用なる知識や価値を生みだす工廠でもない。それは、民族の血と大地に根ざすエネルギーをば最深部において保守する威力、すなわち民族の現存をば、最奥かつ広汎に昂揚せしめ、ゆりうごかす威力なのだ。ただに、このような精神世界のみが、民族の偉大さを保証する。なぜなら、この世界の衝迫によってこそ、偉大さへの意志と没落の受容とのはざまでのたえざる決断が、わが民族がその将来の歴史において歩を踏みだそうとしている進軍にとっての歩行法則となるのである。

（笠井雅洋訳）


一見して気付くのは、ニーチェの『ツァラトゥストラ』の語彙が、さらに高揚した口調で、別の方向に向けて使用されているという印象である。ニーチェがドイツ人を蛇蝎のごとく嫌っていたことを知る者にとって、これはどうにも消化の難しい一節である。だがそのようなことをいっていれば、先を読み進むことができない。ハイデガーによれば、ドイツ民族の精神世界は血と大地に根ざしており、知は国家への義務を抱いている。ドイツの大学にあって学問の本質とはドイツ民族と国家への義務であり、それは峻厳なる責任と忍耐のもとに実践され完成されなければならない。大学の任務とは、勤労・国防・知的奉仕という三つの奉仕に他ならない。

この講演の根底にあるのは、統率の問題である。誰が誰を導くのか。誰が真の統率者《フューラー》であるのか。この問いは単に問題が一大学の内側という限定された空間を越え、あらゆる制度と限定を踏み越えて、外部の、普遍的な問いとして定立される。ドイツ民族の命運を民族の歴史に刻みこまなければならない。そのためには統率者みずからも統率されるべき存在である。学生の共同体は民族の共同体に通じ、民族の共同体は、ドイツ民族こそがあまたある民族の間にあってまさに中央に位置する、名誉ある民族でなければならない。ドイツ民族の精神的使命とは、それを成就することだ。

これはまさに意気揚々たる調子の講演で、想像するに式典に列席した者たちはさぞかし熱狂的な興奮に包まれたことだろう。だがそれから一年後、総長職を辞任したハイデガーが行なった講演では、まったく異なった事柄が語られることになる。

「なぜわれらは田舎に留まるか?」のなかでハイデガーは、当時隠遁していた小さな山小屋のことから語り始める。それはシュヴァルツヴァルト南部、渓谷の急斜面に立っている小さなスキーヒュッテである。標高にして1150メートル。斜面には農家がぽつりぽつりとあるばかり。下の方から草原と牧場が続き、やがて鬱蒼とした樅の木の森となる。その上には清澄な夏の青空があるばかりで、二羽の鷹が大きな輪を描いて舞っている。

山小屋は屋根が低く、居間兼台所、寝室、仕事部屋の三室しかない。ハイデガーはそこで日ごと夜ごとに風景の変化を体験しながら、純粋なる思索に耽っている。「冬の深夜、ヒュッテのまわりを突き上げるように狂暴な吹雪が荒れ狂い、いっさいが蔽い隠される時、そうした時こそが哲学の至高の時なのだ。」ときおり都会から人が到来する。彼らは著名な哲学者がかくも単調な独居生活を続けていることに驚く。だがそれは独居ではなく、孤独ということなのだと、ハイデガーはいう。「大都会で人間は、他のいかなるところでもないほどたやすく、一人であることができる。けれども彼はそこでは決して孤独ではありえないのだ。というのは孤独は、根源的な力をもっているからであって、この力は、われわれをばらばらにしてしまうのではなく、現存全体をいっさいの事物の本質の間近に解き放つのである。」

シュヴァルツヴァルト南部にあるハイデガーの山荘

この講演のなかでは、「民族」という言葉はきわめて懐疑的に、皮肉を込めて用いられる。都会人は押しつけがましく農夫と対話をすれば、自分が「民族の方」へ近づいたと錯覚している。だが農夫たちは饒舌でもなければ、話題に長けているわけでもない。彼らはただ夕べの寛ぎの時間に、パイプを吹かしているだけである。それはこの地方において幾世紀にもわたって続いてきた「郷土の固有性」に由来するものであり、自分の哲学の思考もその伝統に近い、似たようなものだと、ハイデガーは語る。農夫たちの現存を、都会人の虚偽のお喋りに引き摺りこんではならない。「農夫の存在をその固有な掟に委ねること、言いかえれば手を触れないこと」が大切なのだ。彼らを前にしたとき、都会人が口にする「民族性」なるものは、「如才ない諂《へつら》いやまがいもの」以外の何ものでもない。

この講演の結末部では、ベルリン大学から招聘を受けた語り手と、旧友である高齢の農夫との対話が紹介されている。農夫は何もいわず、ただ彼の肩に手を置き、微かに頭を振る。それが「絶対にだめだ！」という意味であると、ハイデガーが解説したところで、講演は終わる。

この講演は2月末にラジオで放送された後、3月7日にナチス党上部バーデン地区機関紙である『アレマンネ』に掲載された。機関紙編集部としては、おそらくハイデガーがナチスの文教政策の延長で、現下の状況に似つかわしい話題で話すだろうと期待していたはずである。だがハイデガーは予想に反し、高山での孤独な生活と農民に見る郷土の固有性について語るばかりだった。彼はそれどころか、「民族」という語の胡散臭さを繰り返し口にしている。ドイツ民族の統率という観念は一蹴され、代わりに彼自身の仕事のすべては「そこの農夫たちの世界に支えられ導かれる」と言明されている。前年になされた「ドイツ的大学の自己主張」の意気揚々とした興奮口調と比べると、その倹《つま》しやかにして低くくぐもった語り口は、ほとんど別人であるかのようだ。

1945年にドイツが敗戦を迎えると、ハイデガーはまもなくナチス加担の責任を問われ、連合軍の指示により教職から追放された。1951年にはこの処分は解かれたが、彼はそのまま大学を退官し、山小屋での思索に没頭した。アウシュヴィッツを始めとして、ナチスが絶滅収容所で行なった蛮行が次々と明るみに出されていったが、それに対しては一貫して沈黙を守った。収容所からの生残者である詩人、パウル・ツェランの詩作品を高く評価し、一時は彼についての著述を考えたこともあった。とはいうものの、ハイデガー哲学から強い影響を受けていたツェランが彼を訪れ、ホロコーストについての発言を求めた時にも何も答えず、詩人を落胆させた。

ハイデガーのナチス体験とユダヤ人虐殺をめぐる沈黙は、これをどう理解すべきなのか。戦後70年以上にわたって、多くの者がこの問いに結論を出そうとしたが、彼を非難する側も弁護する側も説得的な結論を出すことができなかった。ハイデガーの醜聞は機会あるごとに蒸し返され、現在に到ってもその火は完全に消えてしまったわけではない。それは現代哲学が体験した、未曽有の規模の躓きの石であり続けている。

一方に、ハイデガーの沈黙は、彼の哲学の限界を示していると主張する者がいる。アウシュヴィッツは西洋社会に不可逆的な断絶をもたらしたのだが、かの事件を認識し包摂するには彼の存在論では不可能であるという立場である。だがもう一方に、ハイデガーにとってユダヤ人の大量虐殺は、クローン人間の製造や核兵器の開発と同様、人間の枠を超えたテクノロジー万能主義の現われであり、人間の定義を危機に陥らせる厄難というかぎりにおいて、ハイデガーが生前から唱えていた技術批判の認識枠の内側で生起した事件にすぎないという弁護論も存在している。また別の立場からすると、彼の沈黙は戦後のアメリカナイズされたドイツ社会に対する無言の抗議であると解釈される。また彼が礼賛してやまなかったドイツ南西部の頑固な農民の訥弁を、素朴に踏襲したものではないかという解釈も存在している。ともあれ、どのような解釈を採用するにしても、彼が弁解も悔悟もせず、死に到るまで沈黙を守り抜いたという事実は揺るがない。

ハイデガーは死後にのみ公開するという条件のもとに、1966年に『シュピーゲル』紙のインタヴューに応じた。彼が1976年に逝去した5日後、それは同紙に大きく掲載され、話題を呼んだ。インタヴューの中で哲学者は、総長職に就くまでの経緯を説明し、巷間でつとに語られていた師フッサールへの迫害の噂が事実無根の中傷であると語った。総長辞任後は講義に専念したと述べ、30年代後半の主要な仕事であるニーチェ研究は、ナチズムとの対決であると語った。

１９３０年代をめぐる彼の回想的発言が皆無であったことを考慮すると、このインタヴューの意味は大きい。もっともそこでハイデガーは、総長辞任以降の幻滅と抵抗の日々については語ってはいるものの、ナチスの急速なる台頭を前に心を躍らせた期待の日々については、頑として口を閉ざしている。ハイデガーが１９３３年にナチス入党と大学総長就任演説に到るまでの期間を、おのれの生涯における愚行と考えていたかどうかは、インタヴューから窺い知ることができない。彼はただその翌年からのナチスの変貌に幻滅したと語っているだけにすぎず、最初にナチスが抱いていた理念に対しては、ヨーロッパをニヒリズムから救出する手立てとして期待したことを、明確に言明していない。それは周辺資料から鑑みて明らかに事実なのだが、それに対して戦後の彼が愚行という念を抱いていたかどうかは定かではない。パウンドの場合のような後悔の念はあったのか。もし後悔が彼の内面に生じていたとすれば、それはどの時点においてなのか。いっさいが不詳である。『シュピーゲル』インタヴューは結果として、彼が語りえた時期と語ろうとしなかった時期をより明確に言明しただけに終わった。ハイデガーは生涯に及ぶ沈黙を、その死を媒介としてより厳密なものにしたのである。

おそらくハイデガー問題は、今後も機会あるたびに繰り返されることだろう。しかし最後に残るのは、つねにこの秘密めいた疑問である。秘密に対してもっとも礼儀正しい態度とは、それを解明することではなく、どこまでも秘密として扱うことだ。われわれの耳に聴こえてくるのは、ハイデガーのこの言葉である。

# 馬鹿なことは得意ではない　ヴァレリー

## 1

愚かさに陥らずにすむにはどうすればよいのか。22歳のポール・ヴァレリーは、南仏モンペリエの家の一室で考えている。

それは世に出て、目立つような振舞いをしないことだ。精神を知性の極限にまで向かわせながらも、それをいっこうに人に悟られることなく、やりすごすことだ。たとえ優れた能力を携えていたとしても、それを誇示などしてはいけない。運用などもってのほか。市井にあって凡庸な生を送ることこそもっとも聡明なことであって、人が慎むべき最初のこととは、自分の特異さをひけらかし、声高に自分を囃し立てることだ。特異さはそれだけで充分に愚行である。それはおのずからそれと知れてしまうがゆえに、愚かなのだ。そして愚行の最たるものは、おのれの特異性を、いや、おのれを不用意に語ることである。

かくして彼は虚構のうちに、ムッシュー・テストという人格を創りあげる。「テスト」Testeとはフランス語でtête、つまり「頭」「頭脳」の古い表現である。ミスター頭脳。ヴァレリーはこの風変わりな人物を自分の理想的な分身として拵えると、さらに彼の友人と称する人物を創造する。この人物には名前がない。だが彼はムッシュー・テストの脇に廻り、その言行を記録し、その死後に追憶を書き記すという黒子に徹する。だがこの黒子がよく喋る。何とも込み入った、前例のない設定だ。だがこうして二重にも三重にも枠組みをしっかり築いておけば、直接に自分のことを書くという愚行に陥らずにすむだろうと、ヴァレリーは考える。すべてを分身が代わりに引き受けてくれるからだ。

『ムッシュー・テスト』は風変わりな小説である。いや、虚構とはいえ、小説と呼べるほどに波乱万丈な筋立てがあるわけではない。ムッシュー・テストと呼ばれる架空の人物について、これも虚構である語り手が語り続けるというのが、テクスト（＝テスト）の根底にあって、そこに後になってテスト夫人からの手紙やら、テスト氏本人が生前に書き記したアフォリスティックな断章やらが付け加えられている。ご丁寧にヴァレリー本人の序文まで、冒頭に掲げられている。

『ムッシュー・テスト』の冒頭に置かれた「ムッシュー・テストと劇場で」がモンペリエで書きあげられたのは1896年、作者が24歳の時であった。これはニーチェがトリノで一気呵成に『この人を見よ』を書き上げた1888年の、わずか8年後にすぎない。ヴァレリーはフランス語に紹介され出したニーチェの最初の読者の世代に属しており、生涯にわたって彼を読み続けた。だが『ムッシュー・テスト』という書物のあり方は、「わたしはなぜかくも聡明なのか」という、派手派手しい章題名をもった『この人を見よ』とは、まさに正反対であるように思われる。

馬鹿なことは得意ではない。たくさんのひとに会い、外国もいくつか訪れた。いろいろな事業に一役買ってみたが、どれも好きになれなかった。まあ毎日、飯を喰《く》い、何人か女と関係をもった。ふり返ってみれば、何百かの顔、二つか三つのなかなかの光景が眼に浮かぶし、二十冊ほどの本の中身も思い出す。わたしとしては、一番いいものだけを記憶にとどめたのではないし、一番ひどいものだけをそうしたわけでもない。残ることのできたものが残ったのだ。

（清水徹訳）

「ムッシュー・テストと劇場で」の書き出しである。語っているのはテスト氏ではなく、彼を賢者の理想だと信じる語り手である。

わたしは高校時代、小林秀雄に傾倒している同級生から、小林訳によるこの書物を熱心に勧められた。だが読みだしたものの冒頭から付いていけず、投げ出してしまった記憶がある。もとより外向的な性格もあって、わたしにはすべてを深く認識しながら一人だけ沈黙を守り、意地悪く周囲を観察しているといったムッシュー・テストの生き方が、どうにも好きになれなかった。楽譜とは演奏され、人が聞いて、はじめて意味を持つものである。演奏されることのないピアノの楽譜を後生大事に仕舞い込んでいて、何の価値があるのだろう。当時の訳題は『テスト氏』であり、最初の文章は「僕には、自分の愚かさは、うまく扱えない。」となっていた。

戦前の小林訳は、今ここに掲げたばかりの最新の清水徹訳とはだいぶ雰囲気が違う。「愚かさ」は自分と至近距離にあって、制御や操作をなすべき何ものかであり、語り手はそれがうまくできないと、いくぶん戸惑うような表情で告白している。これはどうもヴァレリー御大から逸脱してしまう気がして心苦しいが、喧嘩や恋愛に明け暮れた若き日の小林の神話化された愚行があってこそ成立した訳文ではないかと、つい想像を逞しくしてしまう。自分の愚行が眼前にあり、語り手はそれを制御しようとして四苦八苦しているという感じがするのだ。それに対し清水訳では、語り手はよりクールでドライである。最初から「馬鹿なこと」を放逐してしまうと、後を顧みようとしない。

原書の *Monsieur Teste* を当たってみると、La bêtise n'est pas mon fort. とある。もしわたしが『愚行の賦』という本書の文脈に則して訳すとすればどうするだろうか。藤原定家に倣って「愚行は吾が事に非ず」と断言してみたい誘惑にも駆られるが、調子が高すぎて不適当だ。「愚行はわたしにとって、大したことではない」「わたしはとりわけ愚行に長けているわけではない」程度の訳でいいのではないかと思う。とはいえ話を戻すと、17歳のわたしには、小林訳のそれから先を読み続けることは容易ではなかった。語り手の背後に立っているヴァレリーの強固な達観に、追随できないものを感じたのだ。

　ここに引いた一節が書かれたのは、作者がわずか24歳の時である。ヴァレリーは後にフランスの知性の代表と讃えられ、社交界では一流人士と広く交際する名士となった。ノーベル文学賞の候補にいくたびも挙げられたばかりか、女性の肉欲の世界にも深く踏み込むことになったわけだが、当時はまだ社会的栄光どころか定職さえもなく、モンペリエで日夜文学のことばかり考えている孤独な独身青年に過ぎなかった。それがあたかも『ムッシュー・テスト』の冒頭では自分の人生を先取りしたような文章を平然とものし、しかもそこに「馬鹿なこと」という烙印を押して振り返ろうともしない。未来の夢や期待を語るというのではない。人生でこれから到来するであろうあらゆる事件に関して、まだ一度も問いかけられたこともないのに一人で勝手に答えを出してしまい、冷ややかな表情を浮かべている。わたしはそこに傲慢ともナルシシズムともつかぬ違和感を感じ、当惑してしまったのだ。

　いったい、外国を訪問したり、毎日の食事をしたりすることが、どうして「馬鹿なこと」なのか。女性と関係を持つことを得意げに吹聴することは、まあ家庭に乱脈をもたらす場合もあるわけだから、さほど褒められたことではないかもしれない。しかしジャン・ルノワールであるならば、「生きる悦び」ではないかというところだろう。わたしは本編の主人公であるムッシュー・テストが登場する前に、まず語り手の自己紹介のところで躓いてしまったのだ。この男はいったい何歳に設定されているのだろう。24歳であるわけがない。おそらく人生の半ばを過ぎ、あるときに自分の人生の指導原理《ト・ヘゲモニコン》を、かくも陰気に定めてしまった人物なのだ。

彼は続けて書いている。

それにしても、自分の判断はいつも誤ってはいなかったと思う。わたしは自分を見失うことはめったになかった。自分を嫌悪したこともあり、自分を熱愛したこともある。――やがて、われら両者ともに老いた。

「われら」とは「わたし」と「わたしの判断」である。原文ではJe me suis……と代名動詞が3回にわたって使用され、いきなり一人称単数が複数になり代わって終わる。これは相当に変な、というより不自然な文章である。要するに、自分はほとんど一度も愚かなことをしなかったというわけである。もちろん先にも書いたように、語っているのは虚構の語り手であって、ヴァレリー本人ではない。

だがその少し後に続く文章は、あまりに自己韜晦が強すぎて、一度読んだだけではよく意味が呑み込めない。

もし、ものごとの決め方が世の多くのひとと同じようだったら、わたしは自分を人並み以上と思っただろう、それればかりではない、世間の眼にもそう見えたことだろう。しかしわたしは他人より自分自身のほうを選んだのだ。世間がすぐれた人物だと呼ぶのは、みずからを欺いたひとである。

少しわかりやすく読み解いてみると、次のようになる。世間の人はたいてい、自分が他の人よりも偉いはずだと思い込んでいる。もしわたしも世間様に倣って、同じようにそう信じていたならば、自分の姿は世間にも偉い人として映ったことだろう。けれども私にとっては、自分が他人からどう思われるかよりも、自分のことだけが大切だったのだ……。語り手はこうしてきわめて明晰な、一点の曇りもない鏡に自分の姿を映し出して見せる。彼は自己をめぐる反省的意識そのものである。

ひとしきり自己紹介を終えた後で、語り手は自分が本当に優れていると思う人間について信念を語る。もっとも強靭な頭脳を持ち、もっとも明敏で正確に思想を認識する人とは、かならず無名の人物である。まったく普通に「透明な生活」を営み、孤独に生きて、それでいて誰にも先駆けて道理を弁えている人というのがいる。自分からは何もしないが、やろうとすればその能力を持っており、それで満足をしている人、現実には行動者としては無に近いが、内面においで完結している人。語り手はこうした人物を捜し出し、「世人の知る歴史を匿名の年代記の下に消滅させ」ることに、秘かな喜びを感じている。世界のすべての現象は頭脳の内側で生起するというこの確信は、たぶんにロマン主義的なものであり、実はこの後のくだりで、語り手とムッシュー・テストが（推測するに）ヴァーグナーの楽劇を聴きに行くことと、実は無関係ではない。

さて、ここでようやく主人公ムッシュー・テストが登場する。

あるとき語り手は自分が理想とする人物を発見する。その人物の眼付や服装、カフェでギャルソンにぼそぼそと話しかけるときの言葉遣い、読み捨てたばかりの新聞を拾い上げたり、ふとした時に見せる控えめな仕種を、こっそりと心の中で反復してみる。それから主に劇場で彼と話をするようになる。

ムッシュー・テストは40歳くらいの年齢で、株式取引場で小さな売り買いをして暮らしている。異常な早口なので、言葉は聞き取りにくい。食事は職場近くの路地あたりで、まるで「下剤でも飲むように」手早くすましてしまう。およそ目立つというところがなく、笑うこともない。もう20年ほどは本を手に取ったこともない。かつては何かモノを書いたことがあったらしいのだが、それは焼いてしまった。自分の心のなかにある観念が繰り返し生起してくると、草花に水をやるようにそれを育て上げ、自分の本能であるかのように血肉化するのが愉しみで、本人はそれを「生ま身の自分を推敲」し、「成熟」させることだと呼んでいる。アパルトマンの最上階にある狭い部屋に住んでいるのだが、そこには備え付きの寝台や洋服箪笥、それに椅子があるばかりだ。要するに享楽的な要素が一切存在しない質素な暮らしをしている。彼は自分の観念も、欲望も、心象も、妄想も、すべてはたかだか心的現象にすぎないと断言できる達人であって、「みずからを変奏することに没頭する存在、みずから自分のシステムと化したひと」であり、「自由な精神の恐るべき規律にあますところなく身を委ね」ることのできる人物なのだ。

語り手はムッシュー・テストと親交を深めるうちに、どんどん彼に同一化していく。その何の変哲もない部屋を訪れたときには、「わたしもまた、このような部屋で暮らしたことがあるが、これが自分のついの住処かと思うだけで慄然としたものだった」と思うまでになる。ムッシュー・テストとは、語り手にとって理想の体現者なのだ。しかも興味深いことは、この「ムッシュー・テストと劇場で」を読み進めて行くうちに、だんだん語り手とムッシュー・テストの識別がつかなくなってくることである。

語り手が曇りなき鏡に自分を映し出しては眺めているように、ムッシュー・テストも機会さえあれば内面の鏡に自分を映し出し、自己反省に余念がない。さらに加えて、語り手はムッシュー・テストを鏡としてさらなる自己認識へと向かう。要するに二人の間にはいくつもの鏡が介在しており、鏡と鏡が反映しあって、無限の映像を造り上げているといってよい。その光景はわたしに、ブルース・リーの『燃えよドラゴン』の結末部に登場する鏡の間を連想させる。

思うに、ヴァレリーの主眼はそこにあったのだろう。十歳代の終わりにポーに熱中し、レオナルド・ダ・ヴィンチの『手稿』に倣って、みずからも精神の自由な運動を小学生用のノート《カイエ》に書き始めた青年にとって重要だったのは、偉大なるアイドル、レオナルドに可能なかぎり接近し、彼の手法を敷衍発展させていくことであった。ムッシュー・テストなる偶像を造形するに際して、もし直接に作者が彼の人となりを描写し、その人生観を説明するというのであったら、合わせ鏡の迷路は成立しえなかったことだろう。無名の語り手を媒介させる必要があった。この語り手は、かつてヴァレリー本人がレオナルドに向き合ったようにムッシュー・テストに向き合い、彼の存在の普遍的なあり方をなんとか表象しようと試みるのだ。

## 2

「ムッシュー・テストと劇場で」は、語り手はオペラ座でムッシュー・テストと観劇をした後、彼を部屋まで送っていく。二人は部屋でしばらく言葉を交わすが、ほどなくして就寝の時間となる。部屋の主は静かに服を脱ぎ、寝台に横たわると、「死んだようにな」る。だが完全に意識を失ったわけではない。一本の蠟燭の灯りが照らし出すなか、語り手はムッシュー・テストと最後の対話をする。ムッシュー・テストの言葉は途切れ途切れとなり、やがて彼は完全に眠りに陥ってしまう。語り手は蠟燭を手に、そっと部屋を出ていく。それが結果として二人の最後の出逢いであった。

ムッシュー・テストは単に一日の終わりに眠りに就いただけなのだが、ヴァレリーは彼があたかも死を迎えたかのような書き方をしている。思弁的な要素の強い小説として語り出された作品が、なぜこうした不思議な結末を迎えることになったのだろうか。ここでは明らかに、エドガー・アラン・ポーの『催眠術の啓示』からプロットが借用されている。この短編はポーの作品群のなかではさほど知られているわけではないが、ボードレールが翻訳し、高校生のヴァレリーが耽読した『異常な物語』に収録されていた。そこでは死の世界の秘密を探るため、今まさに死に赴こうとしている男にむかって催眠術が施される。男は死ぬが、術の効果は死後もしばらく続き、彼は到着したばかりの死後の世界について、途切れ途切れに語り続ける。ヴァレリーは当時、睡眠時の頭脳の働きに深い関心を抱いていて、それは後に『アガート』なるエッセイに結実することだろう。

もっともヴァレリーにおける文学的〈初期〉は、ここで途絶してしまう。彼は「ムッシュー・テストと劇場で」を１８９６年に発表すると、その後を顧みない。彼は陸軍省砲兵資材局に就職し、結婚をし、さらに通信社の重鎮の私設秘書として長く勤め上げる。ムッシュー・テストの顰に倣っていくつかの作品を構想はしたものの、何も発表しないといった時期が20年以上も続く。彼が長編詩『若きパルク』で文壇に復帰するのは、なんと１９１７年である。このとき彼は文学者として、いつの間にか成熟した中年を迎えていた。

１９２４年になって、彼は長らく放置しておいたムッシュー・テストものをふたたび手掛けるようになる。『手紙』という題名のもとに、ムッシュー・テストの友人である作家がムッシュー・テストに宛てた手紙や、ムッシュー・テストの夫人であるエミリーがその友人に宛てた手紙などが発表される（われらが主人公はいつの間にか、結婚していたのである）。そればかりか、ヴァレリーは自分で書き続けてきた『カイエ』から抜き書きを作り、「ムッシュー・テスト航海日誌抄」と題して発表する。こうした一連の作品を通して、ムッシュー・テストのものともヴァレリーのものとも区別のつかない思想が、相変わらずの韜晦した枠組みを通して語られることになる。だがそれは、28年前に執筆された「ムッシュー・テストと劇場で」とは大きく異なった印象を与える。「人生の道半ばを過ぎた」（ダンテ）ヴァレリーは、もはや愚行に対し曖昧な回避など口にしない。彼は激しい口調で愚行を非難し、しかも自分もまた愚行の徒であることを宣言するのだ。
「友の手紙」のなかで語り手は、「おのれの運命に呼び招かれて気ちがいじみた職業に従事することになった華々しい不幸者たちの多く」を罵倒してやまない。

(彼らは)当然、偉大でありたいというある種の妄想に悩まされているのですが、そういう妄想がまた、ある種の被害妄想にたえず憑きまとわれ、苦しめられているありさまです。このそれぞれに独自なる連中のあいだで支配しているのは、かつてだれもやったことがないし、これから先もだれもやらないようなことをなしとげるべしという法則です。すくなくともそれが、彼らのうちのもっとも優れた人びと、つまり決然として何か馬鹿げたことをやってのけようという意志を抱く連中の掟なのです…… 他とはちがう、自分たちだけなんだという幻想、——というのも、優越性とは、ある種の実際的な限界のうえに位置する孤独以外のものではないからですが——彼らはそういう幻想を獲得し持続させる、ただそれだけのために生きているのです。

ヴァレリーは個人が主張する特殊性、稀少性を、原子物理学の比喩を用いて説明する。人間一人ひとりのなかには、他の多くの原子よりも重要な原子があって、それは互いに分離しようとする二つのエネルギー粒子から構成されている。両者は狂気のように反目しあっているのだが、自然が二つを永遠に結び付けてしまった。陽電子は「わたししかいない。わたししかいない」と単調に繰り返し、それに対して陰電子はあらんかぎりの鋭い声で「なるほど、でも、かくかくの、だれかがいる……」と叫んで、陽電子を突き刺す。愚行とはこの二種類の電子の、永遠にわたる不毛な戦いに他ならない。

愚かさとは特異性である。自分が特別に稀有な人間であり、唯一の存在であるという妄想に囚われてしまった時から、愚行が生じる。それは世界の統合的秩序、知的順列からの逸脱であり、システムに抗おうとする意志の現われである。ヴァレリーはこのようにして、「気ちがいじみた職業」に従事する者たちにおけるシステムの欠落を批判する。これはフローベールとは異なる世界認識である。フローベール（その『聖アントワーヌの誘惑』が、ヴァレリーの枕頭の書であったにもかかわらず）は人間の愚かさをシステムからの逸脱ではなく、確固として存在する頑強なシステムであると考えていた。世界が愚かであるのは、そもそも原初からそう秩序付けられていたのだと認識していた。ヴァレリーはそれに対し、どこまでも特異性に固執する人間の妄想に愚かしさの根源を見ている。「楽しませる必要、生きる欲求、後生に生き残りたいという願望、驚かせたり、衝撃をあたえたり、叱責したり、教えたり、軽蔑したりする楽しみ、さらには嫉妬の棘」といったものが、この愚昧の帝国を支配する法則なのである。

では、かつて「ムッシュー・テストと劇場で」の冒頭でなされた、「馬鹿なことは得意ではない」という宣言はどこへ行ってしまうのか。「ムッシュー・テストの航海日誌抄」では、本人自身が端的に宣言している。

わたしは馬鹿者ではない、なぜならば、自分のことを馬鹿者だと思うたびに、わたしは自分を否定しているからだ——自分を殺しているからだ。

『カイエ』から抜き取られたこの一節は、ヴァレリー本人の紛う方なき本音であろう。ここにはいかなる韜晦も留保もなく、自己を内省的に見つめることで愚行を撲滅しようとする強い姿勢を認めることができる。

とはいうもののこの硬直した断言は、はたしてどこまで実現可能なのか。文学者ヴァレリーにおける〈初期〉と〈中期〉との間に差異が認められるとすれば、それは厳粛なる自己反省の代わりに、ユーモラスな自己相対化、みずからを喜劇的に格下げしようとする道化的姿勢が現われたことにある。「マダム・エミリー・テストの手紙」のなかで、エミリーは夫であるムッシュー・テストについて、次のように書いている。


思いもよらぬときにふとあのひとの口をついて出る言葉があまりにも真実でありすぎるので、その言葉を聴くと、世のなかの人びとがみるみるかたなしになってしまう。世の人びとはなんとも馬鹿な生き方をしている自分の姿に目覚め、ありのままでいる状態と、愚かしさを糧としてじつに自然にしている暮らしぶりにがんじがらめになっているありさまを、われとわが前に突きつけられるのです。ふつうわたくしたちは、それぞれの馬鹿さかげんにとじこもり、まるでお魚が水のなかにいるようにごく気楽に暮らしていて、分別のある人間の生活にどれほどの馬鹿ばかしさが含まれているかということには、いつだって、なにかのはずみで気がつくだけです。

エミリーにとって愚かしさとは人間が自然に携えている生活感覚なのであり、生活の「気楽」の証である。彼女はときおり夫の言葉を通して、わが身の馬鹿さ加減を思い知らされると、それこそ平易に語っている。そこにはムッシュー・テストの自己韜晦の身振りなど微塵もなければ、硬直した言葉遣いもない。彼女は愚かであることの自然を、文字通り享受している。
ムッシュー・テストは（ちょっと常軌を逸したことではあるが）妻のことをエミリーという名前でなど呼ばない。彼はそれが当然であるかのように、彼女を「存在《エートル》」とか「もの《ショーズ》」と呼ぶ。まさに特異にして稀有な夫である。それに対しエミリーは、

わたくしのような名前で呼ばれている女は世間にはおりません。愛しあう者たちがどんなに滑稽な名前でおたがいに呼びあうか、ご存じでいらっしゃいますね。犬や鸚鵡《おうむ》を呼ぶときのようなどんな名前の呼び方も、肉体で親密に結ばれていることから自然に生まれた果実なのです。心の語る言葉は子供っぽいものですし、肉体の声は簡単な要素だけからなっております。それにムッシュー・テストは、愛とは、一緒に馬鹿になれる à pouvoir être bêtes ensemble ことにある、と考えているんです、

エミリーの声を導入することで、『ムッシュー・テスト』の連作は根本的に構造に変化を来すことになった。これまで語り手という独身男性の声を通して表象されてきたムッシュー・テストは、ここではじめて自分を軽々と相対化してしまう女性の声によって語られる。「ムッシュー・テストと劇場で」において彼が頑強に拒否してきた日常生活なるものが、そこではごく自然に紹介され、その文脈のなかで普通の生活者であるムッシュー・テストの姿が描かれることになる。そこではムッシュー・テストはなるほど匿名の生活者であるが、そのあり方は、かつて語り手が生真面目かつ禁欲的に語った、頭脳の内側においてすでに完結している匿名者とはまったく異なった風貌を見せている。愛は人を愚かさへと導く。日々の営みは無数の愚かさの集積である。だからといって、もはやそれは批判すべきでも、内面において殺害すべきものでもない。エミリーという視座を導き入れることで、ヴァレリーのムッシュー・テストは、独身者の夢想が生み出した虚構の人物であることを止め、成熟した生活者、つまり平然と凡庸さを受け容れる中年（あるいは初老か）男性として回帰する。それはとりもなおさず、作者であるヴァレリーが〈初期〉に決別し、安定した眼差しのもとにみずからの過去の作品を相対化するに至ったことを意味している。１８９６年の時点ではまだ想像もされていなかった成熟に、彼は到達したのだ。

# 稲妻にさとらぬ人　バルト

## 1

「ある著者が、自身を語らなければならない場合に、これほど〈愚かさ〉に取り憑かれるとは奇妙である。あたかも彼が怖れるものが彼の内部にあって、威嚇しながら、いつでも飛び出そう、語る権利を主張しようと身構えているかのようである（愚かになる権利がわたしにないわけがあろうか）。要するに、〈手に負えないもの〉だ。それを祓うために、バルトはグリブイユと同じく、その只中に飛び込んでしまう。『彼自身によるロラン・バルト』の断章のなかには短いものもある（「ちと短いな、お若いの」）。ある意味で、この小著は、狡猾かつナイーブなやり方で愚かさと戯れている。ただし、他人の愚かさではなく（それはあまりに容易だろうから）、これからまさに書こうとしている主体の愚かさである。頭に浮かぶことは、最初は（わたしに最初の言説をささやきかける〈他者〉にすっかり絡め取られていて）愚劣である。自発的なものが愚かなのは、再生産や模倣しかできず、しかも良心に恥じることなくそれを行なうからである。」

１９７５年、ロラン・バルトがみずから筆を執った『彼自身によるロラン・バルト』が刊行されたとき、パリの文芸週刊誌『ケンゼーヌ・リテレール』がバルト本人に依頼したという書評の一節である。

『彼自身によるロラン・バルト』はずいぶん人を喰った書物である。

バルトは文芸批評家としてデビューしてまもなく、スイユ社が長年にわたって刊行してきた「永遠の作家」シリーズの一冊として、１９５４年に『彼自身によるミシュレ』を世に問うた。このシリーズで定められている形式に倣って、前半ではバルトがこの19世紀の大歴史家を論じ、後半ではミシュレ本人のテクストが抄出されている（日本でも『ミシュレ』という題名で、みすず書房より翻訳あり）。バシュラールの物質的想像力理論に大きく影響を受けて執筆された書物で、その後フランスで興隆したヌーヴェル・クリティックの先駆ともいえる批評書であった。それから20年ほどの歳月が経ち、今度はバルトを対象として誰かが同じ叢書で一冊を手がけるという段になった。それをバルト本人がひょいと引き受けてしまったのである。

では『彼自身によるロラン・バルト』は本人による自叙伝かというと、そういうわけでもない。いたるところに自伝的な要素はあり、幼少期や青年時代の写真が少なからず掲載されているが、著者はみずからを語るに際して、いささか手の込んだ枠組みを準備した。まず書物を夥しい断章に分割し、「わたし」と一人称で語る部分、「あなた」と二人称で呼びかける部分、さらに「彼」（「R・B」）と三人称で語る部分がランダムに交錯し混ざり合うような仕掛けを拵えたのである。しかも「わたし」は、現実のロラン・バルト本人であるというよりも、多分に虚構化された物語の語り手のようである。

1960年代の後半、文学の記号学をしきりと提唱していたバルトは、「作者の死」という論文を発表し、これまで自明とされてきた文学作品のなかの作者と語り手とを峻別したばかりか、作品の起源にして統括者としての作者という観念がたかだか歴史的な現象にすぎないと主張した。それ以降、文学研究の世界に大きな波紋を投げかけたこの論文の著者として、彼が「わたし」を口にするときには、そこには周到な理論的配慮が施されることになった。書き方に困って、あるエッセイを、「今ここで語ろうとしている主体は」という表現から始めたことさえある。だが雑誌編集者はこうした〈わたし〉の錯綜した事情を見越した上で、さらにバルト本人に書評を依頼し、ここにバルトについてバルトが書いた本を、バルトが批評するという、冗談のような企画が実現されたのである。題して「バルトの三乗」。バルトはこうした、自己イメージをめぐるユーモラスな戯れが嫌いではなかった。

前章でヴァレリーにつきあってきた読者は、思わず『ムッシュー・テスト』との比較をしてみたい誘惑に駆られることだと思う。確かにこの二人の批評家には重なり合うところが少なくない。

第一に、ヴァレリーにしても、バルトにしても、素顔のままの自分が語ることに躊躇し、いくえにも韜晦的な枠組みを設定している。ヴァレリーは架空の無名の人物を語り手として設定し、彼の口を通してムッシュー・テストを描写した。二人は鏡に映る像のように瓜二つであり、さらにその背後には超越的存在として、ムッシュー・テストのプロンプターを務めるヴァレリー本人が控えている。バルトも、いかにも自分らしい想像上の自分を「わたし」として提示し、さらにその仮初の主体を二人称、三人称へと自在に分裂させ、複数の自己の声が多元的に跳梁する空間として書物を構築した。

もっともベル・エポックのさなかにあったヴァレリーが、生来の慎重さも手伝って、いかにも優雅に鏡像の戯れを演出したのに対し、20世紀後半に生きたバルトは、イデオロギーの学と精神分析を通過した時代の知識人として、〈わたし〉を形成している三つの要素、つまりイデオロギー、無意識、歴史の存在に周到に目配りをした上で、はじめて主体の複数化に立ち会うという、繊細な演技を求められることになった。彼は自己のブルジョワジーとしての階級イメージに対し、一貫して戦闘的な姿勢を見せている。また「わたし」とは「わたし」をめぐるイメージにすぎず、それはつねに現実の自分とは齟齬をきたす何ものかであると考えている。自分自身を想像するとは、自分をイメージに置き換えてしまうことであり、究極的には自分をめぐる「誤認」に他ならない。

なるほどバルトの書物のなかには、個人的な写真が少なからず掲載されている。まだ若い母親の傍にいる幼いわたし。サナトリウムで療養中の青年時代のわたし。現在のわたし……。だがもっとも重要なのは母親の写真である。それはバルトという主体が想像の世界においてアイデンティティを築きあげるのにあたり、もっとも大きな役割を果たした映像であるからだ。イデオロギーとイマジネールという二つの観念と格闘することの不可避性は、ヴァレリーの時代には存在していなかった。逆にいうならば、バルトはそれらとの闘争を媒介として、はじめて〈わたし〉と発語することができるようになったというべきである。

だがヴァレリーとバルトは主題的に、もうひとつの点においても共通している。いずれもが愚かさという問題に取り憑かれていることだ。『ムッシュー・テスト』の語り手を悩ましているのは、いかにして苦手な愚行なるものから身を遠ざけておくかという問題である。つまりヴァレリーにとって愚かさとは、自己の外側から襲いかかる偶発的なものにすぎない。世の多くの者たちと同じ道を歩まないことで、できるだけ無縁でいたいと願う出来ごとである。バルトはそれに対し、あたかも愚かさが自分の内面に充満していて、機会あらば外部へと噴出しようと狙っているかのように考えている。彼にとっては自分を思い描くこと、自分のイメージの生成に立ち会ってしまうこと自体が、すでに愚かさの現われなのだ。


本書を舞台に展開される創造は、語られた内容のなかにはなく、書き方のなかにさえなく、何よりもバルトが「自分を思い描く」内密な行為のなかにある。彼は自分を思い描き、一個の観念と化した自分を引用符で囲むのだが、次いでその引用符を外してしまう。

こう書いているとき、バルトはいかにも愉しそうにエクリチュールと戯れている。「引用符を外してしまう」と書くことそのものが、引用符を外すという身振りだからだ。書くという行為が本来的に愚かなものであるという認識において、彼は前世紀のフローベールと多くのものを分かち合っている。だから『彼自身によるロラン・バルト』なる書物を執筆することは、愚かさをきわめて洗練された身振りのもとに戯れることなのだ。「愚かになる権利がわたしにないわけがあろうか」と書くバルトは同時に、「彼（バルト）こそ彼自身について真に語ることのできないただ一人の人間だ」と書きつけることしかできない。いかに自分について文章を綴ろうが、いかにインタヴューに応じようが、また「イカが墨で身を包むように雲なす注釈で身を包」もうが、「架空のイデオロギー的主体」としての「わたし」が理解されないで終わることは宿命である。真実は言語を通して、無限に先送りされるものなのだ。このように述懐するとき、バルトは内側にあって外部へと噴出しようとしている愚かさを、逆にふたたび、より強固な形で内側に封印してしまったかのような印象を与える。

## 2

ヴァレリーはその文学的経歴において、輝かしい〈初期〉を持った。その後、ほぼ20年に及ぶ沈黙の後、充分に成熟した〈後期〉に到達した。〈中期〉を飛び越えてしまったのである。彼はコレージュ・ド・フランスの教授としてフランスの知性を代表し、長年にわたってノーベル文学賞の候補者となった。ではバルトの場合はどうだっただろうか。晩年に同じくコレージュの教授に任命されたとはいえ、文学者としての人生は大きく異なっている。

バルトには〈初期〉が存在していなかった。若き日に結核を発病し、短くない期間をサナトリウムで過ごした。彼が最初に著書を発表したのは、なんと37歳のときである。エジプトやルーマニアで教鞭を執りはしたものの、パリ中央の学界からは博士論文を拒絶され、公式的な教員資格もないまま研究所に所属し、ジャーナリズムにコツコツとコラムの連載を続けた。ブレヒトの紹介を試みたがフランスではなかなか受け入れられず、ヌーヴォーロマンに肩入れしたが混乱してしまい、最後に記号学を契機に文学の科学化を提唱した。それがアカデミズムに大きな醜聞《スキャンダル》を巻き起こしたとき、バルトの名前は大きく脚光を浴びた。だが本人はいくたびかの日本滞在の後、自分が構築した記号学をも放棄してしまい、あてどない知的漂流に身を任せた。それがバルトの〈中期〉である。

この〈中期〉では、まだ「愚かさ」という言葉は用いられていない。バルトは『神話学』(1957、邦題は『現代社会の神話』)のなかで同時代のフランスの大衆文化と、その背後にあって社会通念だと一般的に信じられている観念を言語活動《ランガージュ》とみなし、そのイデオロギー的分析を行なった。プロレス、火星人の噂、結婚記事、グレタ・ガルボの顔、フランスの日常的食物としてのワインとミルク、ストリップショー……一見自然な形で日常生活に遍在しているこうしたものは、実はある政治を体現しているにもかかわらず、非政治的な顔つきをし、歴史的にいえば虚構の産物でありながらも、プチブルジョワの世界観を体現している。バルトはこうした現象を古代社会に倣って「神話」と呼び、神話が修辞的に訴える紋切型の手法を列挙しては、快刀乱麻を断つかのように批判した。

とはいえ神話を内側から解体することは至難の業である。下手をすると神話から脱出しようとする身振りそのものが、まんまと神話の餌食とされてしまい、新しい神話の成立に寄与してしまうからだ。ただひとつ可能なのは、神話をもう一度神話化することであり、こうして造り上げられた人工的神話を対象に脱神話化を企てることだ。この文脈のなかでバルトはフローベールの『ブヴァールとペキュシェ』を高く評価する。主人公の二人の筆耕は、当時神話化されていた学問的著作を次々と引用し、第二の神話を構築する。作者のフローベールはその作業を脱神話化する意図のもとに、この小説の執筆に向かった。バルトは書いている。「言語にとって可能なのは、神話的であるか、そうでないか、あるいはさらに、『ブヴァールとペキュシェ』におけるように反‐神話的であるかだ。」

バルトは『神話学』を纏めるにあたって、スコラ論理学から言葉を借りて、外示（デノタシオン、字義通りのあるがままの意味）と共示（コノタシオン、意図的に捻転された意味の含み）の二項対立を、イデオロギー批判の際の方法として採用している。さまざまな神話における紋切型（ステレオタイプ）のあり方が、「ワクチン」、「歴史の剝奪」、「同一化」、「同語反復」、「ないない主義」……といった分類のもとに、批判的に分析されている。だがこの時点では、まだ愚行という主題は前景化されていない。神話はどこまでも分析者の外部にある現象であり、その紋切型は嫌悪を誘導《そそ》るものではあるが、分析者の主体に纏わりつく粘着性をもった存在としてはまだ認識されていない。そこで語られている「わたし」という一人称は、分析者にして執筆者であるバルトと透明で安定した関係を保持している。

記号学的分析の透明性に少しずつ不透明な曇りが生じ、二項対立的な意味論の体系に懐疑が生じてくるのは、１９６０年代後半、つまり〈五月〉と日本滞在の前後あたりからである。それは１９７０年代の中ごろにいたって決定的なものとなった。バルトは徐々に〈中期〉から〈後期〉へと移行する。彼は大きな栄光と名声に包まれる。コレージュ・ド・フランスの教授に就任し、『恋愛のディスクール・断章』がベストセラーとなる。ＴＶやラジオにひっきりなしに出演し、次々と著名人の晩餐会に招待される。１９７７年には彼をめぐって、スリジー＝ラ＝サールで一週間にわたりシンポジウムが開催される。要するにバルトは、神話を傍観者として観る主体から神話として観察される対象へと、大きく転進していったのである。バルトの書きもののなかで「神話」という単語が消えていき、逆に「愚かさ」「愚行」という表現が大きく前景化されていくのがこの時期に他ならない。先に取り上げた「バルトの三乗」なるエッセイは、まさにこの移行期に執筆された。

だが少し後戻りをしてみよう。１９７１年に発表された「作家、知識人、教師」では、まだ「愚かさ」という言葉は登場していない。しかしステレオタイプの問題をめぐっては、『神話学』のイデオロギー批判とはいくぶん違った角度から対処法が提案されている。
たとえば「革命的学生のグループが構造主義的神話の破壊を準備している」という言説があったとしたらどうだろうかと、バルトは提案する。これは〈五月〉以降、しばしば口にされてきた紋切型のスローガンであり、推測するに、サルトルが構造主義は歴史を忘却していると批判したことがその背景にある言説だと考えられる。まず「構造主義的神話」という言葉じたいがステレオタイプである。だがより性格《たち》が悪いのは、「革命的学生」という表現だ。このスローガンを口にする者は、「戦争未亡人」や「かつての闘士」といった評言と同じく、「革命的学生」がすでに神話と化してしまったことを知ってはいないのだろうか。「神話の破壊というものは、それの推進者と目される者の言表を始めとして、神話の中で最も美しいものから開始されるのである」と、バルトは書きつける。

ステレオタイプとは本質的にわびしいものである。それは大真面目であり、自分が真理に近いところにあると信じている。だが所詮は「言語活動の壊疽」であって、エクリチュールに空いた穴を塞ぐための人為的なものにすぎない。だからその陳腐にして謹厳な性格ゆえに、爆笑の対象となるのだ（バルトはまさか見ていなかったとは思うが、『モンティ・パイソン』の方法はひとえにこの点に依拠している）。ステレオタイプを遠ざけるのは政治ではなく批評の仕事である。というのも、政治的言語活動がすでにしてステレオタイプだからだ。ステレオタイプは支配的言語活動に簡単に従属してしまう。状況とか、権利、闘争、制度、運動、科学、理論……といった支配的イデオロギーに、たやすく順応してしまう。ちなみにこうバルトが説くとき、そこでは１９７０年代初頭のフランスの右翼ではなく、左翼が好んで口にしていた言葉がもっぱら例に挙げられていることに注目しておかなければならない。

では、どのようにすればステレオタイプを回避することができるのだろうか。破壊ではない。破壊しようと指を差し出してみても、ステレオタイプは恐ろしく粘着性が強い。無理に引き剝がそうとしても、指にまでべとべとと粘りが絡みついてくる。だからステレオタイプに対しては達観して超越するしかないと、バルトは語る。非現実的な願望といってしまえばそれまでであるが、要は言語活動を仕切っている者たちが押し付けてくる「ドクサ」、つまり通念に対抗して、「パラドクサ」を差し向けることである。

パラドクサとは矛盾であり逆説であるが、ギリシャ語の字義通りに解釈すれば、それはドクサを越えるものという意味になる。バルトはこうしたパラドクサを実践した者として、チョムスキーとマルクスの名を挙げる。彼らの言説はつねに何者かに対する逆説としてなされていた。そのドクサ／パラドクサの運動が閉鎖的な円環の内側に留まることなく、螺旋状に伸展していくことで、思考が発展していったのだ。ある著者の思想に接近するためには、その人物がいかなるドクサに対立しているかをつねに見究めなければならない。

ステレオタイプは明らかに愚かなものであり、社会に横たわるイデオロギーとして支配的な権能を誇っている。いや、その表現は冗語である。あらゆるイデオロギーは支配的なのだ。だが文学において、個人の芸術家の独創性だけを根拠にこのステレオタイプを断罪して顧みないとしたら、それは無謀である。というのも独創性という観念こそ、19世紀が育んできた神話であるからだ。ステレオタイプを批判するには、ステレオタイプにはステレオタイプなりの社会的効用が存在していることを、あらかじめ弁えておかなければならない。紋切型の挨拶が慣習的に成立していればこそ、人間社会にあって対話は成立するものであるし、多くの文学テクストは原型的・伝統的トポス（クルティウス）を踏襲することでこれまで生産され、文学的ジャンルを形成してきたではないか。20世紀にあってもロブ＝グリエのような前衛作家は、意図的にステレオタイプだけを並べ挙げ、その重ね焼きから来るアイロニーをもって小説と映画の根拠付けとしてきたではないか。
ステレオタイプの破壊を宣言し、イデオロギーの即時解体を唱えるとき、人は往々にしてイデオロギーの外側に立ってしまう。少なくとも『神話学』の時期のバルトはそうであった。だが１９７０年代のバルトは個々のイデオロギー批判の域を越え、あらゆるイデオロギーを成立させている言語活動の側により関心を向けることになる。イデオロギーに関しては、その内側に滞留しつつ、といってもその中心にではなく周縁領域に身を置きながら、そっと「浮遊」することを提唱する。たとえば大学と学問という制度の内側にあって、知識人はどう振舞うべきかという主題を与えられたバルトは、次のように書きつける。

この浮遊は何も破壊しないだろう。「法」を逸らすだけで満足するだろう。昇格の必要、職業の義務（したがって、それを細心に遂行することを禁ずるものはない）、知識の要請、方法の威光、イデオロギー批判、すべてがそこにある。しかし、浮遊しているのだ。

こうしたユートピア的な姿勢は（もはや夢想といった表現がふさわしいのかもしれないが）、文学テクストにあっては記号表現《シニフィアン》の浮遊という形をとる。バルトがソレルスを擁護するのは、彼が毛沢東主義からカトリシズムへと、帰属するイデオロギーを次々と変えながらも、エクリチュールにおいて一貫して浮遊の状態を保っているからである。意味や「法」の周縁に放擲されている状態を、バルトは「ぼんやりしている」étourdiという単語を用いて肯定する。ゼミナールの場にあって他人の発表に耳を傾けながら、次々と湧き上がる想念をそのままにしておくこと。この聴き取りにこそ、「法」が綻《ほころ》ぶ裂け目が存在しているのだ。このような思考を通して、バルトは少しずつ分析と批判の人から、ユートピア的な快楽の人へと、自分の立場を移行させてゆく。彼は紋切型の神話が体現している愚かしさから離脱し、しだいに別の意味での愚かさ、意味と「法」の世界秩序から自分を積極的に置き去りにすることの愚かさの領域へと転身を遂げてゆく。それについては、もう少し後の方で記しておくことにしよう。

## 3

「作家、知識人、教師」から6年後、1977年のバルトをめぐるシンポジウムの会場で発表された講演録「イメージ」では、もはや「ステレオタイプ」という言葉は姿を消し、「言語活動」という一般的表現に置き換えられている。バルトの口調はより確信に満ちたものとなり、アフォリスティックな隠喩が際立ってみえる。彼が拘泥するのはもはや社会一般の現象ではなく、みずからをめぐる想像物であり、そこからの解放の手立てである。

言語活動とは闘争《マケー》なのですぞと、バルトはギリシャ語を用いて宣言する。この大胆な口調は、それに先立って彼がコレージュ・ド・フランス教授就任講義（1977、邦訳は『文学の記号学』、みすず書房）で提示した命題、言語とはそれ自体としては進歩的でも反動的でもなく、単にファシズム的であるという命題を想起させる。言語活動の一方の極には愚行があり、もう一方の極には非可読性がある。愚行とは読みやすさであり、読解することの透明性である。それに対し非可読性とは、不透明度が強すぎて読むことができないということである。自分は愚かしさに対して怒りを覚えるが、自分のテクストがとうてい読むことができないと批判されたときにも、同様の怒りを覚える。では読むことができないテクストを前にしたときには、何が起こるのか。

私は、文字通り、《羅針盤を失った》状態になります。私のうちに、めまいが、内耳の迷路管の混乱が生じます。《耳石》が全部一方に寄ってしまいます。私の聴き取り（私の読み取り）において、テクストの意味の塊が片寄って、もう空気が通じず、文化の働きによって平衡を保つことができなくなるのです。

頭が悪いのは書いている側なのだろうか、それとも読んでいる自分の側だろうか。ともあれ非可読性を科学的に把握することはできない。読める・読めないの基準は曖昧であり、その時々の言語状況に依拠している。非可読性は「人文科学の城内に入るトロイアの馬」だと、バルトは語る。それでは彼がテクストの非可読性を忌避しているかといえば、この講演では言及されてはいないが、かならずしもそうではない。ソレルスはもとより、ピエール・ギュヨタやセヴェロ・サルドゥイまで、『テル・ケル』に寄稿する作家たちの「晦渋な」テクストをいち早く受け容れ、賛辞を寄せてきたのは、他ならぬバルトなのだ。『S／Z』ではそれらは「読みうるテクスト」ではなく、「受け取りうるテクスト」として分類されている。読めるか読めないかは別として、とにかく到着してしまったテクストを、その重量において受諾し承認するべきであるという立場が、ここには示されている。

ではもう一方の愚かしさの方はどうだろうか。バルトは説く。愚かしいものとはひどく理解しやすいものだ。それはその本質的透明さゆえに、自明のごとく遍在している。愚行はつねに勝利する。それは死と同じく鈍重であり、剝き出しのまま輝かんばかりに現前している。愚行はけして悩まない。それは単なる認識の誤りなどではなく、ドクサを形作り、世論を支配する。

この文脈のなかで、バルトは「馬鹿なことは得意ではない」と書いたヴァレリーに、軽く言及する。この立場は初回ではそれで充分かもしれないが、愚行の面倒なところは、それが無限にわたって反復されていくことなのだ。最初は愚行に対決の姿勢をもっていた体系にしても、時間が経過するうちに原初のフレキシビリティを喪失し、愚行へと凝固してしまうことがまま起こりうる。その例としてバルトはマルクス主義と精神分析を挙げている。マルクスもフロイトもドクサに抵抗し、人間が愚行から解放されるべき道筋を説いたはずだった。しかし現実のマルクス主義と精神分析は人を抑圧してやまない、愚かな体系へと低落してしまった。こうなると人はまた別の場所へと赴かざるをえなくなるものだと、バルトはいう。

続けてバルトは第二の託宣を行なう。言語活動は吸盤である。したがって言語活動の非神話化は、吸盤を外すことに他ならない。しかし言語そのものが糊と化しているので、この行為のさなかにまたしても新しい神話の類型が築き上げられてしまう。そもそも言語というものは、自分を批判する者をたやすく自分の内側に回収してしまうものなのだ。精神分析は、それが金銭の応酬を招くゆえに商品経済の文脈で論じなければならないという批判に対し、報酬の問題は治療に内在する義務であると韜晦的に応じ、議論を精神分析の内側に閉じ込めてしまう。マルクス主義は自分の教義を批判するすべての声を、階級の問題に還元してしまう。いや、そもそもキリスト教がそうではなかっただろうか。パスカルがなしたこととは、キリスト教に抵抗する主張をキリスト教の内側に包摂して論じることであった。こうした例を見るかぎり、体系がイデオロギー的にいかに異なったものであっても、その文彩《フイギユール》の機能は似たようなものであると判明する。必要なのは文彩の一覧表を作ることだ。

では、どうすればよいのか。ある体系に抵抗するために別の体系を持ちだしたところで、もはや何の意味もないことは瞭然としている。たとえ現実社会で革命が起きたとしても、言語活動が何一つ変化しなかったことも、すでに例証されている。言語活動の支配的意志から逃れる手立てがもしあるとすれば、それは体系を未決定なままに留めておくことでしかない。1971年の時点で「浮遊」と呼ばれていた戦略は、ここでより積極的な運動性を帯びた「漂流」という語に置き換えられる。言語活動を放棄してはならない。それは盥の水とともに赤ん坊を捨ててしまうことだからだ。むしろ「寛容」「民主主義」「契約」……といったふうに、神話としてあまりに使い古されてしまったために紋切型へと低落し、新鮮な喚起力を喪失してしまった言葉を、改めて一つひとつ取り上げ、それを定義し直して、体系を相対化する手立てとしなければならない。

ここまで論を進めてきたバルトは、『彼自身によるロラン・バルト』以来懸案の、自己イメージの問題をふたたび取り上げる。

イメージとは他者がわたしに対し抱いていると、わたし自身が思うことである。それは本来のわたしではない。わたしはジャガイモが調理されてフライドポテトとなるように、わたしのイメージに仕立てあげられてしまう。これが、言語活動が闘争だという意味である。イメージはつねにわたしを傷つけるが、社会的兵役のようなもので、逃れることができない。ラカンの精神分析の語彙を借り受けて語るならば、イメージは人が「想像界」から「象徴界」へ向かおうとするのを妨げるのだ。

どのイメージも信用できない。人のお世辞も自分に与えられる名誉もイメージにすぎない。バルトは自分が「しゃれたエッセイスト、知的ヤングの人気者、アヴァンギャルドの収集家」といったイメージを宛てがわれてしまっていることを指摘し、もしそれに立腹して拒否の姿勢をとれば、今度は「あらゆるイメージを拒否する」人というイメージを与えられることになると指摘する。この危機を回避するためには、聖アウグスティヌスが説いたように沈黙しかないのだろうか。

バルトはここで個人的に三つの戦略を提示している。ひとつは尸解《しかい》の法を説いた道教に倣って、五穀を断つようにイメージを断つことである。これはギリシャ哲学における判断中止《エポケー》に相当している。二つ目は言語活動の闘争から離れ、イメージを忘れようと努めることである。イメージにたとえ心動かされることがあっても苦しまないためには、イメージが差し出してくる罠を外すことだと、彼は説く。三番目のものは、より積極的な攻勢に出て、他人の言葉を意図的に歪めて引くことを含め、言語、語彙の歪形に加担し、その意味に逸脱を与えることである。専門家を憤慨させれば勝利であるとバルトは書いているが、構造言語学から精神分析まで、さまざまな知的領域を横断し、しかもどの分野の専門家にもなることを拒みつつ、その語彙を自在に変形して用いるという彼のスタイルには、言語学者のジョルジュ・ムーナンを始めとして、各方面からつねに批判がなされてきた。思うにこの歪形はバルトの理解不充分によるところではなく、むしろ制度化された知の体系に対する彼の意図的な戦略であったと見なすことができる。

## 4

バルトはこうして大衆社会に蔓延する神話の批判に始まり、言語活動の戦場における自己イメージからの脱却の手立てまで、徐々に主題の重心を移動させ、語彙を切り替えながら、一貫した思考を続けてゆく。その底に流れているのは、「わたし」と「わたし」がどうしても関わらざるをえない愚行との問題である。ここで1970年代中頃において彼の身に起きた、決定的事件が問題となってくる。それはバルトにおける〈中期〉の終焉を宣告し、あまりにも短かったがその〈晩年〉を始動させる契機となった出来ごとであった。１９７７年、大シンポジウムの4ヵ月後の10月25日、母親アンリエットが死んでしまったのだ。

バルトは幼くして父親を亡くしたこともあって、母親の手だけで育てられた。没落した地方の、訪れる人とてないブルジョワ家庭での、寂しい少年時代。彼は生涯にわたり独身で、母親と同じアパルトマンに住み続けた。コレージュ・ド・フランスの教授に就任したときには、老いた母親の手を引いて就任講演の会場に入場し、聴衆はそれを、まるで結婚式で花嫁の手を引く花婿であるかのように眺めた。こうした強い母親への固執を生きたバルトにとって、母親の死がいかに耐え難いものであったかは想像がつく。彼は翌日から深い悲嘆と瞑想の日々を生きることになった。人生最後の日々が、こうして開始されたのである。

とはいえそれだけであったとしたら、世によくある親孝行の息子の物語で終わっていたかもしれない。だがバルトの晩年は異なっていた。61歳の彼は、母の死を忘れんとするかのように、みずからを鼓舞してエクリチュールへと向かった。

執筆欲に陰りはなかった。というより、以前にもましてそれは旺盛となり、テクストに豊かな実りをもたらした。１９５０年代に主に月刊誌に連載していたコラム『今月の小さな神話』を、形を変えて新たに連載し始めた。コレージュ・ド・フランスではプルーストを論じ、前衛作家ソレルスを擁護する論集を刊行した。母親の少女時代の写真に促されて、『明るい部屋』という写真論を書き上げた。

加えて彼はこれまで以上にメディアに身を委ね、みずからを忙しくさせていった。まず俳優として映画出演をした。アンドレ・テシネの『ブロンテ姉妹』で、イザベル・アジャーニ演じるエミリ・ブロンテの文学上の師、サッカレーを演じた。次にひっきりなしに講演と対談を引き受け、書物の序文を執筆した。なかには、どうやら書物の中身を読まずに執筆されたと思しき序文まで存在している。依頼という依頼を、彼は断らなかった。TVに、ラジオに、とにかくいたるところに顔を出した。モンマルトルにあるディスコ「パラス」に、連日のように入り浸り、若者たちが踊り狂っているさまを眺めた。イランでホメイニによる革命の機運が生じ、フーコーがただちに革命の本質を見究めるためテヘランに飛んだとき、バルトはこのディスコの貴賓席で、避難してきた王家の面々とシャンパン・グラスを傾けていた。

親しい肉親を喪失した直後、人が一時的に躁状態に襲われることはしばしば報告されることである。おそらくバルトにおいても、自己同一性の根底にあった母親の不在が、彼をしてかかる精神状態へと向かわせたことであろう。だが愚行論の立場からわたしが強く興味を惹かれるのは、彼がこの時期に、積極的に愚行を繰り返すようになったという事実である。母親の生前には気付かれることを警戒し、秘密裡に続けていた性的快楽の追求を、バルトは衆人環視のもと、公然と行なうようになったのである。

母親の死後、それまで日記をつけるという習慣になかなか馴染めなかったバルトは、思い立って日記を書き始める。日記は、母親の死の翌日、10月26日から書き始められ、およそ2年後に終わっている。それは死者の遺品のなかから発見され、後に『喪の日記』の名のもとに公刊された。だがこの悲嘆に満ちた美しい日記の裏側に、もう一冊、呪われた日記が隠されていた。やはり死後に発表されたもので、「パリの夜」と仮に題名がつけられた日記である。「パリの夜」は、バルトが母親を喪った2年後、1979年の8月24日から9月17日にかけて執筆されている。バルトはそのなかで、昼間に出会った知人友人の印象を書き記すとともに、枕頭の書としてシャトーブリアンやパスカルへの偏愛を告白している。だがそればかりではない。夕方になると頻繁に自宅近くのサン・ジェルマン・デ・プレを徘徊し、レンヌ街やカフェ「フロール」、また公衆浴場を訪れる。さらにモンマルトルにまで足を延ばす。目的は若い男娼《ジゴロ》を見つけることだ。バルトはこの日記のなかで、彼らと関係をもったことを赤裸々に告白している。彼らに魅惑され、金を騙し取られ、期待と失望を繰り返し体験する。接吻を求めて拒まれると、昔のようにそれで傷つくようなことはしまいと自分にいいきかせ、約束を反故にされるたびに孤独を思い知らされる。日記の最後の日には、とりわけ悲痛な告白が書きつけられている。

きのう、日曜日、オリヴィエ・Gが昼食に来た。彼を待つ間も、出迎えたときも、細かく気を配った。これは通常、私が恋をしている兆候だ。しかし、食事が始まると、彼の遠慮がちな、あるいは距離をおいた態度に早くも気後れを感じていた。二人の間に昂揚感がまるでわかない。むしろそれとはほど遠い。私は、昼寝をする間、ベッドの私の横に来てくれないかと頼んだ。彼はきわめてやさし気に来てくれたが、ベッドの縁に坐って、絵入りの本を読んでいた。彼の身体は遠くにあって、手を伸ばしても身動き一つしない。殻に閉じこもったまま、心を許す気配さえ見せなかった。その上、ほどなく隣りの部屋に引き揚げてしまった。一種の絶望感にとらわれて、泣きたくなった。もはや明らかなことだった。若い男と交渉を持つことを諦めなければならない。彼らの方で私を求めてはいないのだし、また私の方から彼らに自分の欲望を押しつけるには、私に良心のこだわりがありすぎるか、あるいは不器用すぎるのだ。

バルトはこう書いた後、自分の男友だちの名前を次々と書き記す。だが彼らとのセックスはその度ごとに失敗し、自分は惨めな生活を強いられてきたと考える。人生から希望を追放しなければいけないと、彼は自分にいい聞かす。

私にはもう男娼《ジゴロ》しか残っていない。(だがそうなったら、外出したときにはいったいどうすればいいのだろう。私はたえず青年たちに目を奪われ、見るとすぐに彼らに期待するのは、彼らに恋することなのに。これから私にとって世の中はどんなふうに見えるのだろう。)(中略)そうしながら私は了解した。終わったのだ、ということを、そしてこの青年を越えて何かが——つまり特定の一人の青年だけを愛する恋が——終わってしまったということを。

1987年、つまりバルトが亡くなって7年後に、「パリの夜」が突然に公刊されたとき、多くの者が衝撃を受けた。バルトがあからさまに自分の同性愛について告白したことに、複雑な気持ちを抱いたのである。もっとも彼が母親の死後に若い男を求めて巷を彷徨っていることは、すでにゴシップとして知られていた。バルトより一つ前の世代であるが、愛妻エルザを喪ったアラゴンが、老境に到って突然に美少年狂いに到ったことも、記憶に新しかったはずである。読者が衝撃を受けたのは、ゴシップゆえにという以上に、日記のなかで告白されているバルトの悲嘆の大きさであった。母の死以来、日記を書いていたのはバルトではなかった。実のところ、悲嘆がみずから筆を執って書いていたのである。

しかし、これははたして愚行と呼べる事態だろうか。なるほど母親の死後、もはや憚ることなくディスコやカフェに入り浸り、男娼たちのいい鴨にされている初老の男というのは、いかにも愚かで嘲笑に値するかのように見える。『ヴェネツィアに死す』のアシェンバッハ教授どころの話ではない。それどころか、保守的な性道徳の持ち主からすれば、フランス最高の知性の一人が同性愛に耽るという行為自体が、世を憚る愚行だと非難する向きもあるだろう。だが人生に絶望して世の快楽に耽溺する人間など、男にも女にもいくらでもいるだろうし、それにふさわしい言葉は「愚行」であるよりも、むしろ「凡庸な営み」ではないだろうか。バルトにおける真の問題は、実のところ、そのような卑俗な場所にはない。もしこの秘められた日記が愚行であるとすれば、それはテクストを語る主体が実在の、生《なま》のロラン・バルトであると読者が受け取ってしまうところにある。

かつて『彼自身のロラン・バルト』を執筆するにあたって、あれほどまでに人称を攪拌させ、本当の自分を仮面の奥深くに匿《かく》し、代わりに差し出したみずからのイメージに対しては、それはステレオタイプの誤認であるという身振りを見せた著者が、かくもあけすけに性的嗜好を告白し、悲嘆と絶望を語ってみせるとは、いったい誰が想像できただろう。

だがここでわれわれはもう一度、疑ってみなければならない。「パリの夜」の語り手をそう簡単に実在のバルトに還元してしまっていいものだろうか。というのもこの日記の執筆開始の3日前、8月21日に、彼はいよいよ小説を書こうとする決心をし、『新生』というきわめてダンテ的な題名のもとに、小説のメモを取り始めているからである。メモには老子の説く無為の哲学に始まり、「男娼」や「見知らぬ若い男」、「カフェ・フロール」といった言葉が散見し、彼がこうした日常に体験した思考や出会いを素材として、小説を構想していたことを推測させる。

この事実はわれわれに、「パリの夜」がアトランダムに書きつけられた日記ではなく、日記の形態をとった創作、あるいはその草稿ではないかという強い疑念を抱かせる。このテクストと並行して執筆されていた真の日記、母親をめぐる『喪の日記』の、いかにも断片的で未完結な記述と読み比べてみれば、ここに収められたそれぞれの記述は一つひとつが充分に長く、そこには明らかに物語に凝固させようとしている意志を認めることができる。とりわけ先に引用した最後の日のテクストは、彼がつとに偏愛した二つの作品を思い出させる。過去の男友だちの名前を（イニシャルではあるが）一人ひとり数え上げ評定するという行為は、スタンダールが50歳を少し過ぎて著した自伝『アンリ・ブリュラールの生涯』の第二章に倣ったものである。『恋愛論』の作者はそこで過去の恋愛を振り返り、女友だちをアルファベットの頭文字だけで記しながら挫折の数々を思い出し、一人ひとりを評定している。また「パリの夜」の結末部にむかってしだいに強度を増していく悲しみの諧調は、バルトが好んだシューマンのピアノ曲にどこか似てはいないだろうか。

ともあれバルトはコレージュのために「小説の準備」という講義ノートを認め、1978年の年末からはプルーストに言及する。1980年に入ると『明るい部屋』が刊行され、話題を呼ぶ。2月25日、ミラノのスタンダール学会のため、講演原稿を書き終えて外出。大統領になる前年のミッテランと昼食を取った後、カルチェ・ラタンのエコール街で小型トラックに撥ねられてしまう。その時点では回復が期待されていたが、彼は病院で感染症に罹り、肺の併発症で3月26日に逝去する。青年時代に患った結核が遠因となった。彼が最後に執筆したスタンダール論の表題は、「人は愛するものには、つねに語りそこなってしまう」というものである。何と皮肉な題名だろう。結局のところ、彼は最後まで、プルーストの顰に倣って小説を執筆することがなかった。

バルトの死後、次々と遺稿から5冊にわたる著作が纏められる。2回にわたって全集が刊行される。死から3年後、1983年には、バルトが一冊の書物まで執筆して擁護したソレルスが、『女たち』という長編小説を発表し、そのなかにヴェルトというマザコンで少年愛に狂う老人を登場させる。老人は周囲から「マミー」という綽名を付けられている。明らかにバルトを嘲弄したこの小説はベストセラーとなる。その7年後には、ソレルスの妻クリステヴァが、柳の下の泥鰌といわんばかりに自伝小説『サムライたち』を刊行。そこでもバルトは別名のもとに登場する。

こうして事態は、バルトがもっとも嫌悪していた方向へと進んでいく。今日彼は、彼をめぐるステレオタイプのイメージに幾重にも覆われ、ノスタルジアと知的権威、それに愚かなゴシップの人として記憶されている。彼は『恋愛のディスクール・断章』のなかで書いている。「イメージとは、そこからわたしが締め出されるものなのだ。狩人の姿が藪の中にひそかに画きこまれている判じ絵のたぐいとは異なり、イメージの舞台にわたしはいない。」

## 5

『記号の帝国』（邦題は『表徴の帝国』『記号の国』）は、バルトが1960年代後半に行なった日本滞在を契機として執筆されたテクストである。彼は日本語を解せず、日本について専門的知識を持っていたわけでもなかったが、当時入手できるわずかな資料の力を借りて、この直感と魅惑に満ちた書物を書き上げた。それはきわめて独自の細部をもち、今日にいたるまで（日本人を含めて）読者に示唆を与えてきた。

この書物のなかでバルトはとりわけ俳句に着目している。俳句は簡潔にして完璧であり、素朴のように見えて深遠さを湛えている。だがそれを西洋の文学の基準に従って解釈しようとしても何も得られないだろう。というのも俳句は、それを読む者に意味への渇望を喚起させるが、実のところ意味を中断することを意図しているからである。西洋人はどうしても俳句のなかに充溢した意味やら、凝縮された情感やら、優れた瞬間の率直な記述やらを求めてしまう。そのため、俳句が故意に意味を脱落させてしまうことを理解できない。それは読者に、無意味で、平凡で、短いものであることの権利を与えるのだ。

芭蕉の手になるいくつかの俳句について言及した後、バルトは次の句を掲げて章を閉じる。

「稲妻にさとらぬ人の尊さよ」

この句は何を体現しているのだろうか。バルトの文脈に則して考えるならば、それが語っているのは解釈の拒否である。意味を認識しないことは稀有のことであるが、それは尊いことである。だがこの句には、それと平行してもう一つの肯定が存在していると、芭蕉はいいたげだ。


世の多くの人は闇夜に稲妻が走るのを目撃すると、それを人生のはかなさの隠喩であると了解し、無常観を新たにする。だがときおり人々の群れにあって、稲妻を前にしても無感動なまま何も学ぼうとしない者が出現する。その人物こそ稀有にして尊い人物ではないだろうか。この句を詠んだ芭蕉は、いっこうに無常（日本人の美学における支配的イデオロギー）を悟ろうとしない愚昧な人間を賛美している。彼は愚かさを肯定しているのである。

若き日のヴァレリーが接近を躊躇い、何とかして回避することを期待した愚行は、バルトにおいてはさまざまに複雑な陰影のもとに、特権的な認識の対象となる。彼はまず社会に蔓延する愚行を批判し、次に人はなぜかくも愚行を怖れているのかという問いを立てる。この恐怖の根源には、自分は愚かであると他人に思われたくないという心理が横たわっている。だがはたして自分が愚かなのか、愚かでないのか、それを確かめる手立ては誰にもない。人は愚かであると思われたくなければ、つねに愚行を怖れるという姿勢を示し続けていなければならない。だが最後にバルトは愚行と戯れることを知る。愚行を破壊することも告発することもやめ、認識をしないでいることの愚かさを受け容れようとする。稲妻を前にしても、人生の無常というステレオタイプの観念から無縁であろうとする姿勢を選ぶ。

わたしの心は愚者の心だ、
おそろしく動きが鈍いからだ。
だれもが千里眼なのに、
わたしひとりが闇の中にいる。
だれもが鋭い精神をそなえているのに、
わたしひとりが混乱しきっている。

『恋愛のディスクール・断章』の後半、「ひとり」と題された章から引いてみた。ちなみにこの一節はバルトの手になるものではない。１９７０年代に入って彼がその無為の哲学に憧れた、老子『道徳経』第20章からの引用である。

# わたし独りが鈍く暗い　老子

## 1

これまで8章にわたって、西洋文化における愚かさについて考えてきた。具体的には18世紀以降のヨーロッパの文学と哲学の領域において、愚行なるものがどのように思考され語られてきたか、その典型ともいうべき例を取り上げ、検討を行なってきた。なぜ18世紀以降なのだろうか。この問いに対しては、端的にこう答えてみたい。すなわち近代とは、愚行に対する恐怖、愚行を忌避しようとする意志によって定義づけられる時代であるからだと。

思い出してみよう。中世からルネッサンスの時期の西洋では、人間の愚かしさを礼賛する書物がどれほど執筆されてきたかを。ラブレーは『ガルガンチュア』と『パンタグリュエル』において、厳粛なる人士の理知と学識の権威を悉《ことごと》く転倒させ、身体のグロテスクな描写を通して、彼らの本性に宿る愚かしさを嘲罵してみせた。エラスムスは『痴愚神礼讃』のなかで、神々や人間を産むのは「とても笑わずにはその名を口に出せないような、馬鹿馬鹿しくて愚にもつかぬところ」であり、人間世界を支配しているのは聡明な神などではなく、「痴愚神《モーリア》」に他ならないと書いた。そしてセルバンテスは『ドン・キホーテ』において、現実と妄想の識別ができなくなった老人に宿る無垢に共感を寄せた。ルネッサンス期のこうした文学を特徴づけているのは、他人の愚かさを嘲笑する者はその愚かさを陽気に分有しており、笑う者が同時に笑われる者であるという両面価値的な構造である。

とはいうものの、こうした祝祭的な原理をもった文学は、18世紀以降に大きな屈曲を迎える。理性の時代には狂人が社会から排除され、監禁の対象となるように、文学的想像力の領域においても、愚者は周縁的な場所へと追いやられる。スウィフトの『ガリヴァー旅行記』にはもはや陽気な笑いは存在していない。主人公は人間の愚行を罵倒するものの、陰鬱で否定的な認識の悪無限へと墜落していくばかりである。ヴォルテールの『カンディード』では愚かさをめぐる冷笑的な態度はさらに度合いを増している。語り手は登場人物たちの愚行を容赦なく辛辣に描きはするものの、みずからは超然とした場所に留まっている。愚行が蔓延する人間世界にあって、いかに愚行を遠ざけるかというのが、この風刺物語の主眼である。

そして19世紀が到来する。文明の進歩は原罪の忘却と同義であるとボードレールが語ったこの時代には、愚行は文学者たちにとって強迫観念となった。人間社会に遍在する愚行に対し敢然と戦いを宣言し、それゆえ愚行の殉教者として生涯を終えたフローベール。愚行の内側に聖性が潜んでいることを独自の炯眼で見抜き、ムイシキン公爵なる人物を創造したドストエフスキー。奴隷道徳の愚かさを批判しつつ、高貴なる愚かさを説いて狂気に到ったニーチェ。彼らはいずれも人間の愚行を機軸として思考を築きあげていった点において、その気質の違いにもかかわらず共通している。

愚行に対して、西洋近代は基本的に二つの立場をとってきた。

一方に愚行とは外部から到来するものであって、回避するに越したことはないとする立場がある。この立場に立つならば、愚行はどこまでも偶発的なものであり、それから身を引き離すための手立てをこそ探究すべきであるとされる。認識における誤謬を避けるにはどのようにすればよいか。愚行の根底にある無知から解放されるためには、どのような啓蒙が必要とされるのか。知識の獲得と冷静な配慮によって、人は愚行を免れることができるという確信が、ここでは暗黙のうちに前提とされている。

だがもう一方の側には、愚行とは単に認識と判断の誤謬などではなく、人間存在の根底に、本来的に横たわっているものであると考える立場がある。愚かしさは人間の内側に宿る宿命のようなものであり、それから逃れうることは何人《なんぴと》にも不可能である。知性が愚行を軽減してくれるという信念は迷妄にほかならない。知識は逆に、愚行を促進してしまうことが少なくない。

二つの立場は一見したところ、対立しているように見える。だがいずれも、愚行を忌わしいものであると考えることにおいて共通している。なるほど、愚行を地上から消滅させることは不可能であると認識していた者は、いつの時代にも少数だが存在していた。だが多くの者は、何らかの条件さえ整えば、人は愚行に対して勝利を収めることができるものだと考えていた。しかし今日にいたるまで愚行は消滅することなく、それどころかますます猖獗を極め、強固な構造として世界に遍在している。

ではどうすればよいのか。誰もが自分がはたして愚行のさなかにあるのか、それとも愚行から免れているのかを判断できないという絶望的な状況が、そこには横たわっている。ただ許されているのは、自分が愚行に陥っていないという意志表示を、他人に向かって発信することだけである。人はそのためには、つねに愚行に恐怖しているという姿勢を示すか、愚行など怖れてはいないと虚勢を張って言明していなければならない。いずれにしても、人は愚行の奴隷であることから逃れることはできない。


こうした愚行をめぐる西洋の思考の文脈を辿っていったとき、東洋はどのように立ち現われてくるのだろうか。アジアは人間の愚かさについて、どのように考えて来たのか。

本書の終わりに差し掛かっているわたしは、こう書きつけたものの、問題の巨大さに眩暈のような感情に襲われている。おそらくそれを自分に納得のいく形で論じ尽くすことは、わたしには不可能だろう。わたしは自分の非学に思い悩むばかりだ。しかしたとえ探究の能力と情熱が与えられたとしても、それを実践する時間は、もはやわたしには残されていないような気がする。だがなしえぬ作業をめぐって先取りされた後悔に思い悩むことこそ、愚かしさの現われではないだろうか。微力にもかかわらず、わたしはわたしなりに、この問題に接近しておきたいと思う。東洋人は人間の愚かしさに対し、どのように思考を構築してきたのだろうか。

仏教はどうだろうか。西洋人はまだそれを理解するまでには成熟していないとニーチェが語った仏教は、愚かさについてわれわれに何を教えてくれるだろうか。

ブッダは『ウダーナヴァルガ』（『感興のことば』）のなかで、「もしも愚者が『われは愚かである』と知れば、すなわち賢者である」と語った。その後大きく発展した仏教は機会あるたびに欲望（煩悩）の愚かしさを説き、それに囚われているかぎり、人間は無明の世界から解放されることがないと説くに到った。

浄土宗はこうした人間観を、「凡夫」という表現のもとに凝縮している。すべての人間は罪人や悪人である以前に、まず愚かな存在なのだという意味が、この語には込められている。凡夫はみずからの力で救済に到達することはできない。救済が唯一可能となるのは、阿弥陀仏の力に縋ることによってである。阿弥陀仏の名を口にするという行為が、阿弥陀仏に顕現を許す。だから一途に念仏を唱えなければならない。この凡夫という観念を極限にまで突き詰めていったところに、親鸞の思想があった。僧籍を剥奪され、流刑の身となった親鸞は、みずからを「愚禿《ぐとく》」と呼んだ。さらに最晩年に到っても、「愚禿悲歎述懐」なる和讃のなかで、「悪性《あくしよう》さらにやめがたし／こゝろは蛇蝎《じやかち》のごとくなり／修善《しゆぜん》も雑毒《ぞうどく》なるゆへに／虚仮《こけ》の行《ぎよう》とぞなづけたる」と、厳しい自己批判をやめなかった。

もっとも本書では、仏教についてこれ以上の深入りを控えることにしよう。わたしは『親鸞への接近』から『無明　内田吐夢』へと続く著作のなかで、ようやく浄土教の人間観に向かい合う契機を得た。道はまだまだ遠く、わたしはまだ「凡夫」なる観念について最後の、結論めいた言葉を口にすることができない。もはや本書は紙数が尽きようとしている。過去の自著の冗長な反復を快しとしないわたしは、これまで言及したことのなかった東洋思想について、ここで触れておきたいと思う。老子と荘子のことだ。

歴史というよりも、むしろ神話の霧のなかからぼんやりと浮かび上がるこの二人の哲学者の説くところは、われわれがこれまで論の対象としてきた西洋思想とはまったく異なっている。デカルト以降の西洋近代が不可侵の前提としてきたコギト、「我想う」という思考の根拠そのものが、彼らの前ではいともたやすく解体され、神秘的な象徴法と祝祭的な対話のなかで解消されていく。20世紀の西洋が倫理的に疲弊状態に陥ったとき、ハイデガーからジョージ・ハリスンまでが老子『道徳経』に心の縁を求めようとしたのもむべなるかなという気がしないでもない。

だが往古の古典のみをもって愚行をめぐる東洋的立場を代表させるわけにはいかない。わたしは本書の完結部を、20世紀日本文学を代表する作家の一人である谷崎潤一郎を論じることで終えたいと思う。愚行を呪わしい宿命と見なしたボードレールを始めとする西洋デカダン文学に、若き日には深く親しみながらも、谷崎はそれを軽々と凌駕して、人間の愚かしさを全面的に肯定する文学的境地へと向かった。前近代に退却し、性的倒錯のアジール（秘密の隠れ場所）に参籠し、老年という社会の周縁部に積極的に身を置きながら、いかなる抑圧からも解放された地点に立って愚行を讃美した。

老荘思想から谷崎へと到る広大な領域のなかに、愚行を礼賛してやまない東アジアの文学的想像力は悠々と横たわっている。江戸の風来山人源内から、坂口安吾を始めとする戦後の無頼派の作家たちまで、とりあげるべき作家はあまりに多いが、それはいずれ別の機会を見て論じることにして、これからわたしは、本書の掉尾を飾る愚者の系譜へと赴くことにしよう。

## 2

老子については、ほとんど伝記的な事実が残されていない。確かに実在はしていただろうが、その内実はよくわからない。『道徳経』二巻（以下、『老子』と記す）を遺したと伝えられるが、それが単一の作者の手になる著作なのか、複数の作者による文書を纏めた収蔵庫的なるものなのかさえ定かではない。『史記』を著した司馬遷にしても、彼については三通りの説をただ羅列している。その一説によると、老子は姓は李、諱《いみな》は耳といい、聃《たん》（長い耳）という字《あざな》を持っていた。「老子」とは号、すなわち通称である。この年老いてすなわち子供という矛盾した表現が、わたしには彼の哲学の晦渋さをみごとに物語っているように思われる。

『史記』によれば老子は楚人であり、周の文書保管室の役人であったが、官を棄てて放浪の旅に出た。ある関所を通過するときその長に教えを乞われ、書き物を残した。春秋戦国時代の半ば、前5世紀のことである。『史記』の別の話によれば、孔子は周の洛陽で老子に教えを乞い、大いに圧倒されたという。もちろんこうした逸話はすべて伝説であり、歴史的に実証されうるものではない。それが語るのは、司馬遷の生きた前2~前1世紀において、すでに老子の実像が朧げなものと化していたということだ。

『老子』はわずか五千字あまりのテクストであり、81章から構成されている。いずれの章も短く、表現は極度に凝縮されている。そのため現在に到るまで字句の理解をめぐりさまざまな説が飛び交い、難解な書物であるという印象を与えている。

老子の思想の中心となるのは、「道《タオ》」という観念である。それは世界の根底であり、現実世界のいたるところに原理として遍在している。一見すると空虚のように見えるが、万物を育む根源であり、無限に事物を産出することから、女性性器(「玄牝之門」)にも喩えられる。さかしまな人智に拘泥しているかぎり、道の本質を把握することはできない。『老子』の冒頭には、「道《みち》の道とす可《べ》きは、常《つね》の道に非《あら》ず。名の名とす可《べ》きは、常の名に非ず。」という言葉が掲げられている。これが道であると言葉で道《かた》りうるものは、本当の道ではないし、これが名であると言葉で名指しうるものも、本当の名ではない。道とは表象不可能性であり、ただ現実に天地を作動させ、具体的な事物や生物に宿っているものとしてしか認識することができない。

こうした世界観は一方で自然探究の意志を育み、もう一方で神秘主義、ノスタルジアと脱我へと向かう。太古の道が衰退したとき、人間は「仁義」なる道徳理念を考案し、それに束縛されるようになった。かつて存在していた万物照応の世界は失われ、世界は至福から転落してしまった。それ以来、人間は事物を分節化し、実用に供することしか考えなくなり、道の運行から大きく逸脱してしまった。老子の説くこうした人間中心主義への批判は、人智を越えた神秘主義と物質主義（唯物論）への意志とが矛盾するものではないことを物語っている。
老子の神秘主義は、彼の出自である楚の社会の巫覡文化に基づいているという説がある。中国社会で一般に信じられている、老子の哲学が元となって道教が生まれ、老子が聖祖として神格化されたという俗説は、実は順序が逆であると見なすべきであろう。道教の民間儀礼や習俗をよしとする共同体のなかに生まれ落ちた者が、おそらくは政治的挫折に近い体験を味わった後、みずからの思索を抽象化して纏め上げたとき成立したのが『老子』であったと考えた方がいい。
『老子』には固有名詞が登場しない。高度な隠喩と象徴法による表現がどこまでも続く。ただその途上で、あたかも間欠泉からの噴出であるかのように、突然に「我」という一人称単数が登場し、読む者を驚かせる箇所がある。第20章を引いてみよう。

絶學無憂。唯之與阿、相去幾何。善之與惡、相去何若。人之所畏、不可不畏。荒兮、其未央哉。

学ぶことを止めれば、思い悩むことはなくなる。「はい」と丁寧に挨拶しようが、「ああ」とぞんざいに応えようが、どこが違うというのか。善と悪はどこが違うというのか。世間が一応畏《おそ》れるところだけを畏れておけばよいのだ。それ以上はとりとめもなく、いくら探究してもキリのないことだ。

この一節で語られているのは、浅薄な知性主義に対する批判である。具体的には儒教のことだろう。孔子は人間社会における礼儀作法を重視し、人間を越えたものを「怪力乱神」として思考の対象から排除した。老子からすればそのような態度は大いなる「道」を忘れた卑小な気遣いにすぎない。『老子』のこの直前の章にも「聖を絶ち智を棄てば、民の利は百倍す。」とあり、やはり人間界の次元における神聖さと知識を放棄することが推奨されている。世界は分節化され、測量と刑罰の対象となったとき、根源である道を見失ってしまう。それゆえ聡明に学ぶことをやめ、賢《さか》しらなる知識を捨て去ってこそ、天下はその全体性を露わにするのである。

「四川漢代画像展（拓本）」より宴楽図（後漢）

衆人熙熙、如享太牢、如春登臺。我獨怕兮、其未兆、如嬰兒之未孩。儽儽兮、若無所歸。衆人皆有餘、而我獨若遺。我愚人之心也哉。沌沌兮。

世間の人々は、誰もが愉しそうにしている。宴席で美食に溺れ、高台に登って観望に忙しい。わたし独りだけが物音も立てず、まだ笑いを知らない幼児のようだ。力なく疲れきって、どこに帰っていいのかもわからない。誰もが豊かな蓄《たくわ》えをしている。わたし独りが手許に何もないかのようだ。わたしは愚か者の心をしている。何が何だか、わからない。
この節では、世俗の快楽に耽り、豪奢な日々を過ごす者たちと、そこから排除され、孤独のさなかにある「わたし」とが、対比されている。ともあれここで突然に現出する「わたし」は、読む者を充分に驚かせる。わたしは愚かであり、心は混沌のうちにある。
いうまでもないことだが、「わたし」といってもそれを『老子』の作者である老子本人と考えるのは、あまりに素朴な見方だろう。それは全宇宙を前に孤独に対峙する自己意識のことである。だが「愚人」であるわたしとは、一体何なのか。この言説の率直さは、これまでわれわれが検討してきた西洋の言説には見られないものである。わたしは愚かなだけではない。笑いも知らず、寄る辺なく、何も所有していない。わたしとは力ない孤児なのだ。

俗人昭昭、我獨若昏。俗人察察、我獨悶悶。澹兮、其若海。飂兮、若無止。衆人皆有以、而我獨頑似鄙。我獨異於人、而貴食母。

世間の人は明晰で頭がいい。わたし独りが鈍《にぶ》く暗い。世間の人は頭の回転が速い。わたし独りが愚図で鈍《のろ》い。海の波のようにいつも揺れていて、吹き荒れる風のように止《とど》まるところを知らない。誰もが有能だというのに、わたし独り頑《かたく》なで、垢抜けしていない。でもいいのだ。わたし独りが人と違い、自分を養ってくれる母を大切にしている。

才知をひけらかす、洗練された俗人に対し、自分だけは愚鈍で、陰鬱で、節度も落ち着きもなく、無能で頑固である。しかし道に育まれ、道を敬う心を持っている。

前節に続き、才知をひけらかす俗人たちと対照的に、わたしの愚鈍さ、無能さが語られる。ただ結末部において、この節は大きな転倒を迎える。わたしだけが「食母」を尊ぶことを知っている。「食母」が乳母を意味していると考えるべきか。それとも字義通り、母を食べると読み解くべきなのか。いずれにしてもこの「母」の一字が前節の「兒」に対応していることは間違いがない。わたしだけが衆人とは違い、幼児として母（あるいは乳母）に養われていることを尊いことだと知っている。先に『道徳経』では道が女性性器の隠喩で語られている箇所があると書いたが、道は本質的に女性の身体と深く結びついている。母が道の隠喩であることは、いうまでもあるまい。

ちなみに1970年代にソウルに滞在していたわたしは、「食母《シンモ》」とは韓国語で、主に台所仕事を司る下女《ハニョ》という意味であったことを知っている。日本でいう「飯炊き」がそれに近い。現在では差別用語として公的には用いられることのない言葉であるが、それは家庭にあって下層の身分でありながら、一家の食生活のいっさいを取り仕切る重要な女性を意味していた。もっとも「食母」を字義通り「母を貪り食う」と読み解くならば、この一節は一気に精神分析の圏域に属する言説として解釈されるだろう。ここでは立ち入ることをしないが、ここで参照されるべきはジュリア・クリステヴァが悍《おぞ》ましきもの（アブジェクション）として、汚穢に満ち、貶められた存在としての母親の身体を論じた『恐怖の権力』である。『荘子』知北遊篇における荘子と東郭子の対話において、道が「屎溺」（糞便）に準えられていることは、この文脈において重要である。

さて、以上が『老子』の第20章全文である。すでに前章をお読みになった読者は、ただちにこの章が、ロラン・バルトの『恋愛のディスクール・断章』に引用された箇所であることに気付かれたことであろう。この引用に先立って、バルトは『記号の帝国』で「稲妻にさとらぬ人の尊さよ」の句を引いている。多くの人々がその利発さによって、雷光から人生の無常という観念を引き出し、小賢しく己の人生を改めようとするのに比べ、いっこうにかかる殊勝な認識に達することができず、ただぼんやりと稲妻の美しさを眺めているだけの者を、バルトは却って稀有なものとして褒めたたえた。かかる人物の愚かさを肯定したのである。
バルトは芭蕉の句をより説得的にするために、『老子』からの「愚人之心」の一節を引いてくる。ここに語られているのは孤独である。ただ独り、愚かのうちに留まろうとする者の孤独。

# 3

19世紀よりこの方、老子の『老子』は少なからぬ西洋の知識人に強い影響を与えてきた。最晩年のトルストイは日本人神学生の協力を得て、それをロシア語に翻訳した。1880年代後半、国家もロシア正教会も、さらに私有財産までをも否定し、『復活』の執筆に向かおうとしていた時期のことである。

ハイデガーもまた、ナチス・ドイツが崩壊し、敗戦国の混乱のなかで、この書物の翻訳に没頭した。彼はとりわけ「孰《たれ》か能《よ》く濁りて以《もっ》て之《これ》を静め、徐《おもむろ》に清《すま》さんや。孰か能く安らかにして以て之を動かし、徐に生ぜんや。」（第15章）の一節に深い共感を覚え、戦後の言語哲学を発展させる契機のひとつとした。冬に谷川を渡るには慎重でなければいけない。だが氷が溶けると、すべてを併せのむ谷は、濁り水で溢れかえる。濁っているものを沈静させ、ゆっくりとではあるが澄み切ったものへと変えることができるのは誰だろうか。短い時期ではあったが、自分がひとたび信じえた国家社会主義が瓦礫のごとくに崩壊するのを目の当たりにしたハイデガーが、この一節に心慰められたことは想像に難くない。

ハイデガーは「貧しさ」（1944年に執筆?・）のなかで、「貧しく〈ある〉こととは、不必要なものを除いては何も欠いていないことを言う」と前置きしながら、次のように書く。

我々は豊かにならんがために貧しくなった。豊かになることは、原因に結果が続くのと同じように、貧しく〈ある〉ことの後に続くのではない。そうではなく、本来的に貧しく〈ある〉ことは、それ自体において、豊かで〈ある〉ことなのだ。我々が貧しさゆえに何ものをも欠かないことによって、我々はあらかじめ、すべてを持っていることになる。

この一節などさしずめ、つい先ほど引用したばかりの『老子』第20章の変奏だと考えて、どうしていけないことがあるだろうか。誰もが豊かであり、蓄えをしている。ただわたしだけが貧しく愚かである。けれども玄徳とは、万物を生み出しても自分では何も所有しないことではないだろうか。道《タオ》とは空虚な器にすぎない。けれどもわたし一人だけが母なる道の乳房を吸い、道に育まれている。ハイデガーの説く「貧しさ」は、その空虚ゆえの豊饒において、老子の説く道にかぎりなく近いところにあるように思われる。


『老子』第20章が引用されている例として、最後にもう一つ、今度は日本人の小説家の例を挙げておきたい。埴谷雄高の長編小説『死霊』である。

『死霊』は戦後日本文学にあって、もっとも不思議な小説だといえる。主要な登場人物は十人にも満たない。彼らがお互いに訪問しあい、対話を重ね、また他の者の夢のなかに出現して長広舌を振るうといった出来ごとが語られるだけで、とりたてて劇的な事件が起こるわけではない。しかもその間には3日しか時間が流れていない。にもかかわらず単行本で900頁近い分量であり、人物たちが語る形而上学的言説の晦渋さゆえに、多くの読者が手にとっては挫折してきた。

とはいうもののひとたび観点を違え、愚行という分光器にかけてみると、興味深い事実が浮かび上がってくる。登場人物のほとんどがその奇矯な行動によって、狂人とも愚者とも違わないような存在であるからだ。有体にいってしまうならば、これは奇行と愚行の総合カタログとでも呼ぶべき長編小説である。

まず矢場徹吾という青年。彼は高校時代、身障者の子供が公園で犬を虐めているのを目撃し、発作的にその子供の耳朶《みみたぶ》を摑むと頬を殴り、投げ飛ばす。たちまち群衆が彼を取り囲み、罵倒の声を挙げる。その夜、一人の少女が学生寮に彼を訪れ、どこかへ連れ去っていく。徹の同級生である三輪与志は状況が理解できず、そのまま友人と別れ別れとなる。彼女吾と再会するのはそれから数年後、郊外にある「風癲病院」においてである。どのような事情かは定かではないが、徹吾はその後刑務所に収監され、「黙狂」として風癲病院に移送されていた。何を話しかけても無反応な徹吾を前に、与志は茫然とする。徹吾は病院の患者たちから、あたかも聖者のように崇拝されていた。実は与志には左翼活動で検挙された高志という兄がいて、彼から刑務所病院で知りあった徹吾の世話を依頼されていたのだった。だが与志が徹吾に再会した翌日、徹吾は失踪してしまう。

何とも摑みようのない筋立てであるが、ここに与志の高校の同級生で屋根裏部屋に住む黒川建吉やら、一匹狼の革命家で、徹吾と同じ日に仮釈放となった首猛夫といった青年たちが加わり、長々とした哲学的対話を続ける。「神様」と呼ばれる白痴の少女が登場する。小説が進んでいくうちに、高志、与志ばかりか、徹吾、首猛夫までが、悪徳政治家の三輪広志の子供であったことが判明する。『カラマーゾフの兄弟』の四兄弟に倣ったのだろうか、なんだか雲を摑むような荒唐無稽の筋立てである。だが作品の細部の検討については後日機会を待つことにして、登場人物たちの愚行ぶりについてはここらで切り上げておこう。

作者の埴谷雄高は死に到るまでこの長編小説を書き続けることを、あるときに決意した。愚かであること、あえて愚行に徹すること。彼は執筆にあたって、自分が愚行に向かおうとしていることを明確に自覚していた。『死霊』の登場人物たちは作者の思惑などを平然と無視し、極端な沈黙と饒舌の間を往復し、頑固なまでに自分の原理に基づいて生きる。そこにはいかなる意味でも衆人との妥協はなく、それゆえに誰もが愚行ゆえの自由を享受している。

こうした人物たちの行動原理を註釈するかのように、第3章で老子『道徳経』が引用されている。

先ほども名を挙げた与志の友人、黒川建吉は、老朽化した家屋の屋根裏部屋に一人住んでいる。大学に一応籍はあるのだが、ほとんど出席せず、もっぱら狭い部屋に閉じこもり、昼間は眠り、夕方になると起きて散歩に出るという生活をしている。町はいたるところに運河があり、黒川建吉の住居の近くには老いた朝鮮人の鋳掛屋がいて、いつも熱心に仕事をしている(ひょっとして作者は、江東区枝川あたりの風景に示唆されたのかもしれない)。老人の家の土間には床机が据えられていて、ときおり夕暮れどきになると、憂愁を帯びた眼差しの若い男が胡弓を弾いていたりする。

胡弓は啜りなき、噎びあげる、物悲しい音をたてた。蒼白い大氣のなかへ、こまかに震え沁みいるような響きであつた。それが亡國の響きとひとびとに呼ばれるのも誤りであるまいと思われるほどの侘しく、寂寥たる響きであつた。けれども、國が亡びようと、地球が冷えきつてしまおうと、それは彼等にとつていささかも関わりないことだつたのだろう。こんな静かな蒼白い光のなかにこの世の身を月の光と化し、胡弓の音と化し得れば、それで好いといつたふうに、彼等はその悲痛な響きに深く沈みこみ、とけこんでいた。

我愚人之心也哉　沌沌兮　俗人皆昭昭　我獨若昏　俗人皆察察　我獨悶悶

そんな老子の一節を、もしその老人が魂の何處かで口ずさんだとしても、この蒼白い光と音へ似つかわしく諧調しただろう。それほどこの世からかけはなれた憂愁に彼等の姿は蒼白く、ひつそりとつつみこまれていた。

本章の先の方で引用しておいたので、いささか重複することになるが、道《タオ》の玄妙さを説き、民をよく統治する術について語ってきた『道徳経』は、第20章の中頃にいたって、突然に調子を変える。周囲の静寂を破っていきなり水が噴出し、止めどもなく流れ出したかのように、テクストは「我」の個人的心情を語り始める。わたしの心は愚かだ。何もわからないでいる。世間の人はみな、明るく輝いている。わたしだけが暗いのだ。世間の人はみな、利発で回転が速い。わたしだけが暗く、ぼんやりとしている。
先に書いたように、老子という人物については『史記』に若干の記述があるばかりで、実在はしていたものの、その伝記はほとんど謎である。白川静の『孔子』によれば、ただ彼が敗戦国、つまり亡国に出自をもつことだけが明らかだとされている。埴谷雄高が『道徳経』から一節を引くにあたって、日本の植民地統治によって祖国を喪い、日本に渡ってきた朝鮮人を脇役として配したとき、彼は『死霊』を築き上げているエクリチュールの本質的周縁性を深く自覚していた。この一節は朝鮮人の鋳掛屋の内面を形象化しているとともに、恐ろしく寡黙で厭人癖をもった黒川建吉の自己認識のあり方をも語っている。いや、さらにいうならば、『死霊』という、戦後文学のなかにあっていかなる帰属をも拒んでいる長編小説の本質をもいい当てているといえなくもない。

こうした近現代の知識人たちの老子への接近が興味深いのは、ハイデガーにせよ、埴谷雄高にせよ、国家の敗北の直後に『道徳経』に赴いていることである。この事実は、老子の哲学が本来的に政治への深い絶望を基調とし、社会の前進という観念に対し強い拒否の姿勢をとっていることと、本質的に結びついているように思われる。先にも書いたが、もし老子なる人物が実在していたとするなら、彼は必ずや一国の敗戦を目の当たりにした知識人ではなかったのか。あらゆる権力への契機を退け、主体性への固執を放棄し、世界のもっとも低い場所、下層な場所へと、水のように流れゆこうとする意志。この意志だけが認められる哲学とは、ある見方からすれば、徹底した敗北の思想にほかならない。亡国と離散体験のみがよくなしうる思考として、『道徳経』を読み直さなければならない。世界の原初へのノスタルジアを語り、「小國寡民」を説くその立場は、かつて大国と戦って敗れた体験を持つ者にして初めて可能となったものであろう。

# 4

『荘子』は『老子』と並んで道家思想の重要なテクストであるが、これも『老子』同様、作者の素姓も成立年代もよくわからない。老聃という人物がしばしば登場していることから、『老子』よりも後に成立したことは推測できるのだが、『史記』の荘周列伝にはただ梁の恵王と斉の宣王の時代、つまり前4世紀中ごろの人物と記されているだけである。『荘子』は内篇、外篇、雑篇からなるが、後者の二篇は荘子の流派の者たちのテクストを収めたアーカイヴであると見なしておいた方がいいだろう。

『荘子』のスタイルは『老子』とはまったく異なっている。『老子』は言葉寡なく、ひどく謎めいて晦渋な文体で書かれている。本来的にそれは厳粛なる託宣、つまり一人称の語りであり、「無為」「不言」といった否定語の連続によって、道を語りえぬものとして提示している。

それに対し、『荘子』のテクストは大半が対話であり、夥しい人物が語り合う寓話の形をとっている。人物は孔子や顔回のように実在の人物ばかりではない。長梧子のように伝説上の人物、はては雲将や渾沌のように自然現象や抽象概念を擬人化した人物まで、さまざまである。彼らは次々と荒唐無稽な話を披露しては、常識の枠に縛られ、狭い才知に捕らわれた者たちを驚かし、その認識の刷新を図る。

老子が神話的想像力に訴えるとすれば、荘子は軽快な民間伝承を駆使し、人間世界の規模をはるかに超えた大樹や大魚、また常軌を逸した生物の変身を自在に語る。また無用のもの、世間から貶められ、蔑ろにされているものにこそ大きな価値が宿っていると説く。『荘子』の言葉はきわめてパフォーマティヴであり、対話、つまり二筋の声の交感のうちに生じる事件である。それはユーモアと驚異に満ちた「狂言」であって、「狂言」に対しては「妄聴」こそがふさわしいあり方なのだ。『老子』が否定辞の連続を好むのに対し、『荘子』は自然界に実在する事物、それも最下層の実在をわれわれに喚起させる。道はどこに存在しているのか。「外篇知北遊篇」のなかで東郭子が尋ね、荘子がそれに答える。道は螻蛄《おけら》や蟻のなかに、また稗の実のなかにある。しかし東郭子には、それが理解できない。荘子はさらに言葉を続ける。道は「屎溺」、つまり糞尿のなかに宿っているのだ。

狂接輿は『荘子』のなかでもっともユニークな人物である。名前の通り、彼は精神に異常を来した人物として、三回にわたって登場する。だがその言葉は人間社会に対する鋭い批判精神に満ちており、聖人たちを当惑させるのに充分である。「応帝王篇」のなかで彼は似非道徳家を、激しい言葉で批判してやまない。みずからを規範に従わせ、しかる後に人を教化せんと説く賢人を否定し、それは鑿で大河を切り開き、蚊に山を背負わせるようなものだと、奇想天外な比喩をもって語る。

それでは狂接輿が理想とすべき人物はどのような姿をしているのだろうか。彼は「逍遥遊篇」のなかで語っている。

はるか遠くにある深山に神人が住んでいる。氷か雪のように白い皮膚をもち、穀物は口にせず、もっぱら風を吸い、露を飲んでいる。雨や霧に跨り、龍を自在に操りながら、四海の外側へ遊びに行く。狂接輿が説くこの神人のあり方を、世俗の知識人は理解できず、「狂として信ぜざるなり」と感想を口にする。だが傍らにいたもう一人は、盲人に彩模様が理解できず、聾者に音楽の音色が聴き取れないように、きみには狂接輿の言葉が理解できないだけだといい、かかる神人がどうして世俗の現実世界に降り来たってくるだろうと反論する。ここで語られている超自然的な存在である神人は、明らかに巫覡（シャーマニズム）や煉丹術の伝統と深く関連しあっている。

別のところで狂接輿は、楚を訪れた高齢の孔子に向かって、奇妙な謎歌を披露する。彼は孔子の滞在先の門の前をうろうろ徘徊して、語りかける機会を求めていたのだ。謎歌はみごとに韻律を踏んだ文章で、いかにも節回しを伴って歌われていた雰囲気がする。

鳳《ほう》や鳳や、如何《いかん》ぞ徳の衰えたる。来世《らいせい》は待つ可からず、往世は追う可からざるなり。天下に道有らば、聖人は成し、天下に道無ければ、聖人は生く。今の時に方《あた》りては、僅かに刑を免れんのみ。福は羽よりも軽きに、之を載《の》するを知る莫《な》く、禍《わざわ》いは地よりも重きに、之を避くるを知る莫し。已《や》みなんかな、已みなんかな、人に臨むに徳を以てす。殆《あや》ういかな、殆ういかな、地を画《かく》して趨《はし》る。迷陽《めいよう》、迷陽、吾が行《こう》を傷つくること無からん。吾が行の郤曲《げききょく》すれば、吾が足を傷つくること無からん。(人間世篇)

狂接輿はまず著名な聖人である孔子を鳳凰に喩え、その徳の衰えを嘆く。未来は信じるに足りないし、過去は取り戻せない。今の乱世に聖人(知識人)として生きることは、大変難しいことだと彼は歌う。道が実現されている世界では聖人も成立できるが、道のない現在では生きているばかりで、刑罰を逃れるのに精一杯だ。幸福は鳥の羽毛より軽く、誰もそれを拾おうとしないし、禍いは大地より重く、誰も避けようとしない。ここで語られているのは政治的な絶望である。現世において政治的に受け入れられることは堕落に他ならず、理想を高く掲げる鳳凰のごとき気高い人物が、地上におけるその実現をいまだに夢見るようであっては、その徳もたかが知れたものではないか。

実はここまでのくだりは、孔子の側からも記録されている。孔子が車に乗っていると、狂接輿が歌いながら前を横切って行ったと、『論語』微子篇には語られている。もっともそこでは狂人の言辞は微温的である。過ぎたことを諫めても無駄だが、これから先のことはまだ間に合う。今の政治に関わっていると危険だから止めなさいと、警告を発しているにすぎない。気になった孔子が車を停めて彼に話しかけようとしたが、狂接輿は避けるかのように走り去ってしまったという。

『荘子』の狂接輿は逃げようとはしない。逆に孔子との積極的な対話を求めている。彼が歌う謎歌はより攻撃的で強い調子を帯びており、いっそう晦渋な隠喩が用いられている。

「迷陽。迷陽。無傷吾行。吾行郤曲。無傷吾足。」

「迷陽」には諸説があり、胡明中（中公文庫　森三樹三郎訳注）は楚に産する花木で、茨《いばら》に似て棘が多いことで有名であるとしている。この場合には「イバラよ、イバラよ、わたしの歩みを妨げないでくれ。気を付けてジグザグに歩くつもりだから、足を傷つけないでくれ」というほどの意味になるだろう。世間に生きる際に生じる困難をあらかじめ予想し、足を進めるときには細心の配慮をもって臨もうという忠告と考えることができる。これに対し、司馬彪（ちくま学芸文庫、福永光司、興膳宏訳）は「迷陽」を詐狂、つまり愚か者の真似をするという字義を提示している。こうなると解釈は俄然面白くなってくる。「馬鹿のふりをすることだ。馬鹿のふりをすることだ。怪我をしないように進まなければいけない。真直ぐにではなく、いろいろと回り道をしながら、足を痛めないように進まなければいけない」という意味になる。

乱世にあって知識人は、権力者から身を護るために、愚者を演じていなければならなかった。おそらく狂接輿は、みずからその教えを実践し、狂人を装うことを選んだのであろう。佯狂の徒からすれば、孔子のように諸国の王侯に直言し、容れられずに放浪する知識人のあり方が、ひどく危なっかしいものに見えて来るのも不思議ではなかった。『老子』から『荘子』へ移るときただちに気が付くのは、単一で独白する声が廃棄され、より演劇的な身振り動作を伴った複数の声が登場することである。もはや衆人から置き去りにされた薄暗がりにあって、自分の心を愚かと呼ぶ者の孤独はない。『荘子』の登場人物たちはいずれもグロテスクにして陽気、道化じみていて喜劇的であり、荒唐無稽の法螺話を平然と唱えながら、混沌とした乱世を生き延びようとしている。彼は愚かではなく、愚かを装っているのだ。その言葉は「狂言」であり、狂言であるがゆえに妄聴されることになる。厳粛なる真理への意志からも、狭小な人《じん》間《かん》の道徳規範からも逸脱し、悠々として非日常的な幻想世界に遊ぶこと。愚かさに脅え、それを遠ざけるのではなく、意図して愚行を呼び寄せ、愚者を装ってみせること。

狂接輿はきわめて独創的な挑発者である。とはいえ狂気への道を説くこうした道化は、老荘思想に独自のものではない。旧約聖書に登場する預言者たちも、ギリシャ悲劇の囚われの王女カッサンドラも、またウィリアム・ブレイクの壮大な預言詩に登場する神話的形象も、いずれもが狂気と非理性の危うい縁《ふち》に立ちながら、警世の言を発したものだった。ムソルグスキーのオペラ『ボリス・ゴドゥノフ』に登場する「ユロージヴィ」юродивый、つまり神聖なる愚者は、周囲の者が臆して口にしない街角の流言を皇帝に進言し、彼を正道に戻そうとする。狂人のみが真理を口にすることができるのだが、それは誰にも聞き留められることがないという逆理は、洋の東西を問わず、ひとつの文学的トポスを形成してきた。こうした事実は、現在の科学認識論が老荘思想に深い関心を寄せていることと無関係ではない。

# 「愚《おろか》」と云ふ貴い徳

谷崎潤一郎

## 1

さて、いよいよ本書も終盤戦に差しかかった。率直にいってわたしは嬉しい。この時をずっと待っていたような気がしている。これまで数多くの陰鬱な西洋の文人につきあってきたのだが、ここでようやく大好きな谷崎潤一郎について、いかなる留保もなく書くことができるからだ。

なぜ谷崎が大好きなのか。それは彼に抑圧が不在だからだ。実生活においても、エクリチュールにおいても、およそ古今東西の文学者のなかで彼ほどに超自我的な抑圧から自由な場所に身を置き、欲望と夢想の赴くままに筆を走らせることのできた文学者は存在していなかった。なるほど国家による検閲は厳しく存在し、しばしば彼の戯曲の表現に制御を加えたり、小説の発表を禁止したりした。とはいうものの谷崎にとってより重要だったのは、国家が強いてくる匿名の禁止よりも、同居している義妹からの具体的な拒絶であったはずだ。禁止は作品の発表を延期させただけであったが、拒絶は媚態へと転じて、愚行痴態のオンパレードともいうべき『痴人の愛』を生み出した。洋の東西を問わず、多くの文学者哲学者が愚行を嫌悪しつつもそれに魅惑されるという自己分裂に悩み、みずからの人生から愚かしさのことごとくを排除しようという不毛な戦いに腐心していたとき、ただ一人谷崎だけは人間の愚行をつぶさに描写するとともに、それを肯定してみせた。衆人が眉を顰めようともどこまでも愚行に拘泥し、ついにみずから愚行の徒であることを高らかに宣言しては、死に至るまでそれを讃え続けた。
これからわたしは、彼の初期から晩年にいたる作品から主だったものを選び、そこに表象されている愚行の相の変容を辿っておこうと思う。

其れはまだ人々が「愚《おろか》」と云ふ貴い徳を持つて居て、世の中が今のやうに激しく軋《きし》み合はない時分であつた。

谷崎潤一郎の短編『刺青』の書き出しである。谷崎はそれ以前にもいくつかの習作を執筆しているが、1910年に発表され注目されたこの短編が事実上のデビュー作だといっていいだろう。ちなみに題名は「しせい」と読み、文身、彫物を意味している。谷崎の考案による言葉である。
「『愚』と云ふ貴い徳」とは何だろうか。なぜ「愚」が「徳」なのだろうか。またそれはなぜ、過去形のもとに語られているのか。以下に続く文章を分析的に捉えてみることにしよう。まず谷崎はそれが「時分」の美学的モードであったことを指摘する。

女定九郎、女自雷也、女鳴神、――当時の芝居でも草双紙でも、すべて美しい者は強者であり、醜い者は弱者であつた。誰も彼も挙《こぞ》つて美しからむと努めた揚句は、天稟《てんぴん》の體へ絵の具を注ぎ込む迄になつた。芳烈な、或は絢爛な、線と色とが其の頃の人々の肌に躍った。馬道を通ふお客は、見事な刺青《ほりもの》のある駕籠《かご》舁《かき》を選んで乗つた。吉原、辰巳の女も美しい刺青の男に惚れた。博徒、鳶の者はもとより、町人から稀には侍なども入墨《いれずみ》をした。時々両國で催される刺青会では参会者おの〱肌を叩いて、互に奇抜な意匠を誇り合ひ、評しあつた。

ここで語られているのは江戸時代、といっても寛永や元禄といった初期ではないだろう。文化が爛熟し、頽唐の美を迎えることになった19世紀前半、きわめて抽象的な書かれ方しかされていないが、年号でいうならば文化文政のあたりが想定されているように思われる。鶴屋南北の『桜姫東文章』が当たりを取ったり、若冲や蕭白といった綺想の画家が活躍した時代だと考えてみた方がいいかもしれない。この時代を谷崎は「愚」の名のもとに肯定する。そこでは誰もが競って己が肌に文身を施し、その図柄の美と強さを競い合った。いかに強者の表象を身に纏うかが大事であって、それをよくなしえた者が衆人の喝采を受けるのであった。
作者はこうした時代にあって、しだいにカメラが接近するように、一人の刺青師に焦点を当てていく。

清吉と云ふ若い刺青師《ほりものし》の腕きゝがあつた。浅草のちやり文。松島町の奴平《やつへい》、こんこん次郎などにも劣らぬ名手であると持て囃されて、何十人の人の肌は、彼の絵筆の下に絖地《ぬめぢ》となつて拡げられた。刺青会で好評を博す刺青の多くは彼の手になつたものであつた。達磨金《だるまきん》はぼかし刺《ぼり》が得意と云はれ、唐草権太は朱刺《しゆぼり》の名手と讃へられ、清吉は又奇警な構図と妖艶な線とで名を知られた。


ここに掲げられている刺青師が歴史的に実在の人物であったかはわからない。おそらくは谷崎の創作であろう。だが「ちゃり文」「奴平」「こんこん次郎」といった渾名は、いかにも庶民の口に上るにふさわしい通称であり、それを口にするだけでも盛り場の賑わいやら、刺青師の腕の確かさ、その評判の高さが伝わってくるような祝祭的雰囲気をもっている。ところがそれらの賑々《にぎにぎ》しい名前のわきに「清吉」という名前が並べられるとき、その名の地味さは逆に、彼の禁欲的な身振りと孤高さを暗示することになる。

清吉は本来は浮世絵師であり、豊国国貞に私淑していたのだが、それが「刺青師に堕落して」いるという設定である。その間の事情を谷崎は故意に曖昧にしているが、ここで国貞の存在に気を留めておかなければならない。というのも後にもこの絵師は、谷崎の短編のなかで重要な意味をもつからである。

清吉の境遇の変化は、彼が消費社会の華やかな表象文化の流行に飽き足らず、より隠微な文化の側へと転落したことを意味している。「堕落して」というのは、より愚行の度合いを深めたということである。もっとも彼は「画工《ゑかき》らしい良心と、鋭感」をいまだに有している。自分が心惹かれ、納得できる皮膚と骨組みをもった者の軀でないかぎり、刺青を購わせはしない。人の肌を針で突き刺すことは「人知らぬ快楽」である。大の男が血で膨れ上がる肉の疼きに耐えかねて思わず呻き声をあげ、その声が高ければ高いほど、清吉はサディスティックな満足感を体験する。彼の宿願とは、究極の美女の肌を見つけ出し、そこに渾身を込めた刺青を施すことにある。だが単に美しい顔、美しい肌というだけでは充分ではない。自分の気分に適った女を探し求め、江戸中の色町を徘徊するのだが、3年経っても4年経っても、憧れを満たすことができないでいる。

ところが4年目の夏、清吉は深川の料理屋の前で、ふとしたことからその理想の女体に出会ってしまう。といっても顔や体軀の全体を知りえたわけではない。門口に待たせている駕籠の簾のかげから、真っ白い女の素足が零れているのを目撃しただけである。とはいえこの天才的な絵師の鋭敏な感性は、その足を指の整い方や爪の色、皮膚の潤沢さを瞥見しただけで、その持ち主が永年にわたり尋ねあぐねていた女の中の女であることを見抜いてしまう。女の顔を確かめようと駕籠を追いかけるのだが、二三町も過ぎると見失ってしまった。彼の思いは憧れから激しい恋に変わる。

清吉が女と再会するのは5年目の晩春のことである。深川佐賀町の寓居にいたところ、馴染の辰巳芸者の遣いとして到来した小娘が、その女であった。年頃は16か17だというのに、「その娘の顔は、不思議にも長い月日を色里《いろざと》に暮らして、幾十人の男の魂を弄《もてあそ》んだ年増のやうに物凄く整つて居た。それは國中の罪《つみ》と財《たから》との流れ込む都の中で、何十年の昔から生き代り死に代つたみめ麗しい多くの男女の、夢の数々から生れ出づべき器量であつた。」

清吉は女に対して自分の思いの丈を告白すると、大川に面した二階座敷へと連れていく。彼はそこで女に二本の巻物を見せる。一本は古代中国の暴君紂王の寵妃、末喜が金冠を被り、贅沢な衣装を着て勾欄に身を預け、大杯を傾けながら、今にも庭先で斬首されようとしている男を眺めているという絵柄である。もう一本は桜の幹に身を寄せた若い女が、足下に累々と倒れている男たちの屍骸を見つめている絵柄で、女の顔には誇りと歓びの色が浮かんでいる。これには「肥料」という題名がつけられている。ちなみにいう。インドでは女神カーリーを讃美するにあたり、彼女が男性の屍体の上に立ち、周囲に生首が散乱しているという画像を掲げることがけして珍しくはない。加えて男を貪り食う女という主題は、19世紀西洋のロマン主義文学と絵画でしばしば取りあげられてきた。

清吉は女に向かい、最初の絵には「お前の心が映つて居るぞ」といい、「お前の未来を絵に現はした」のが二枚目の絵だと説く。女は最初、顔を背けようとするが、やがて態度を変え、自分が「其の絵の女のやうな性分」を持っていることを告白し、怖ろしいから帰りたいと懇願する。清吉は意地悪そうにそれを拒み、蘭学医から入手した麻酔を女に嗅がせ、気を失わせてしまう。

清吉はのどやかな春の昼下がりをかけて、無心に眠る娘の背中に墨汁と琉球朱に浸した針を刺していく。娘の帰りを案じて箱屋が迎えに来ても、無下に追い払ってしまう。やがて夕暮れとなり、月が上る。刺青は少しずつ女郎蜘蛛の形を備え出すが、完成にはほど遠い。夜明け方、娘がしだいに意識を回復してくると、彼は語りかける。「己はお前をほんたうの美しい女にする為めに、刺青の中へ己の魂をうち込んだのだ、もう今からは日本國中に、お前に優《まさ》る女は居ない。お前はもう今迄のやうな臆病な心は持つて居ないのだ。男と云ふ男は、皆なお前の肥料《こやし》になるのだ。………」。すると娘は「親方、早く私に背《せなか》の刺青を見せておくれ、お前さんの命を貰つた代りに、私は嘸《さぞ》美しくなつたらうねえ」。その口調には、これまでの世間知らずの娘にはない、どこか鋭い力がこもっている。刺青を施され、清吉の美の理想を体現することで、彼女は明らかに彼に対し優位に立つことになったのだ。

娘は色上げのために入浴する。恐ろしい苦痛が彼女の全身を苛む。だがそれにみごとに耐え、乱れ髪のまま全裸で鏡の前に立った女は、もはや前日の娘ではない。ここで作者はこれまで用いてきた「娘」という呼称を、「女」に切り替える。その豹変ぶりに驚く清吉に向かって、女は宣言する。「親方、私はもう今迄のやうな臆病な心を、さらりと捨てゝしまひました。――お前さんは真先に私の肥料《こやし》になつたんだねえ」。彼女はいつしか「剣《つるぎ》のやうな瞳」を輝かしている。

清吉はすっかり女に屈服してしまい、帰る前にもう一度、その刺青を見せてほしいと懇願する。女は勝ち誇ったかのように肌を脱ぎ、背中の刺青は朝日に映えて燦爛と輝く。

全集版にしてわずか10頁の短編である。だがここでは5年の歳月とわずか一晩の出来ごととが、恐ろしい密度のもとに語られている。手練れの刺青師がまだ無垢で臆病な娘を相手に、挑発的な振舞いを見せる。策略を仕掛けて女を眠らせ、その間に女郎蜘蛛の刺青を背中に施す。目覚めた女はたちまちのうちに刺青師に対し優位に立ち、彼を自分の崇拝者にして奴隷であるかのように扱いだす。

この大逆転劇について、以前から気になっていることを二点、書き記しておきたい。一つは、江戸時代の美学的モードと清吉との関係であり、もう一つはこの挿話《アネクドット》の全体が江戸時代の出来ごととして想定されているということである。

「其れはまだ人々が『愚《おろか》』と云ふ貴い徳を持つて居て」という、作品冒頭に戻ってみよう。この「愚」の示す射程範囲は、どこからどこまでなのだろうか。

お茶坊主やら幇間といった職業が存在し、芝居でも草双紙でも「すべて美しい者は強者であり、醜い者は弱者であつた」という時代がそもそも愚かであり、愚かであるがゆえに肯定されるべきものであったとしたら、一人の無垢な娘を美しくも強い女に仕立て上げることに情熱を傾ける清吉は、まさに時代の美学的イデオロギーの代表選手であり、それゆえに「貴い徳」を体現する愚者として称賛されるべき存在であると見なすべきなのか。それとも時代の美学の寵児であった彼が、自信たっぷりに刺青の傑作をものしたところ、図らずも美の奸計に絡めとられ、女を支配するはずのところが、その「肥料《こやし》」として彼女に傅《かしず》くことになってしまう。この想定外の逆転劇の主人公こそは、時代の誰にも増して愚かであったということなのか。細々としたことを書いてみたが、この二つの解釈は重なりながらも微妙に異なっている。愚かであるのは清吉を含む時代の本質であるのか、それともとりわけ清吉だけの問題なのだろうか。約めていうならば、彼は時代の典型なのか。それとも倒錯的な例外なのか。

加えてもう一つの問題を忘れてはならない。「其れはまだ人々が『愚《おろか》』と云ふ貴い徳を持つて居て、世の中が今のやうに激しく軋《きし》み合はない時分であつた。」という文章は過去形で記されている。これは翻って考えてみるならば、現在では愚という徳は消滅してしまい、人々は激しく軋みあいながら生き延びることを強いられているという意味である。お茶坊主や幇間がお追従を口にし、みごとな刺青が褒めそやされるといった時代は、とうに昔日のものと化してしまった。人はのんびりとした愚かの楽園から転落し、進歩と効率を旨とする新しい世界に生きなければならない。ちなみにこの短編は明治維新から43年後、１９１０年に発表されている。銀座に煉瓦造りの建物が並び、活動写真が興隆しようとしていたこの時期、もはや御一新前の旧世界は遠い記憶になろうとしていた。

社会が近代に向かうとともに愚かしさが社会から放逐され、消滅して行ったという谷崎の感慨は、19世紀の西洋近代の文学者・哲学者の認識をかたわらに置いてみた時、奇妙な対照を示しているように思われる。われわれが本書でつぶさに検討してきたように、他ならぬこの時代こそは、ヨーロッパで先鋭的な詩人や小説家が、挙って人間の愚行を問題としだした時期に相当しているからだ。

進歩の度合いとは原罪意識の希薄化によって測定されると説き、愚行こそが人類の宿命であると見なしたボードレール。幼少時から周囲の人間たちの愚行に苛立ち、その一方では同じ愚行に心密かに魅惑されていたフローベール。人間は猿以上に猿であると喝破し、自分はなぜかくも聡明であるのかと反語的に問う自伝を著した後に発狂したニーチェ。純粋無垢な「白痴」の青年を鏡面に見立て、世俗の人間たちの愚行の羅列を小説に描いたドストエフスキー。19世紀の最先端の文学と哲学を特徴づけているのは、愚行という主題である。人は愚行に抗していかなる戦いを組織すべきか。愚行がその頑強さの裏側に隠している魅惑をめぐり、人はいかに振舞っていかなければならないか。西洋近代とはまさに愚行が大手を振って跳梁し、思うがままに跋扈する時代に他ならなかった。

谷崎は幼少期より漢籍はもとより江戸の黄表紙や浄瑠璃、歌舞伎に親しむ一方で、青年時代にはポーやボードレールの文学を読み耽った。彼は西洋近代のロマン主義とデカダン趣味を、それなりに理解するところから文学修行を開始した。にもかかわらず、愚行をめぐる時代認識において、彼は興味深いノスタルジアに深く囚われている。『刺青』の作者にとって愚行とは、前近代にこそ存在したが、西洋近代の文化が日本に到来するに及んで、その「徳」を消滅させてしまったものとして認識された。一方、海の向こうでは、近代こそが愚行を前景化し、その盛行ぶりを問うことが文学のモードとなった。

愚行はいかにして可能とされ、いかにして「貴い」権能を喪失するのか。谷崎と西洋近代との間の対立は、けして両者が正面から向かい合った時に生じる齟齬に由来するものではない。というのも文明開化に懸命であった明治時代が幕を下ろし、大正時代に到って西洋的な消費社会が都市東京を席巻するようになったとき、谷崎が前近代の江戸に対して抱いていたノスタルジアは微妙に転調し、モダニズムと不思議な関係のもとに重なり合って、愚行の二重奏を奏でることになるからである。その典型的な作品として『痴人の愛』を取り上げてみることにしよう。

## 2

地方の農家の長男で、かなり実入りのいい会社に勤めている28歳のサラリーマン譲治が、ふとした偶然から浅草のカフェでウェイトレスをしている15歳の少女を家に引き取ることにする。ナオミというその少女は下層階級の出身で、両親の生業のこともなかなか語ろうとしない。とはいえ彼女は無垢そのもので、西洋人との混血を思わせる美貌とみごとに伸び切った肢体の持ち主である。譲治はナオミにさまざまな衣服を買い与え、英会話と音楽を習わせ、自分の理想の女性に仕立てあげようとする。彼は大森に一風変わったアトリエを見つけると、そこでナオミとともに甘美な隠遁生活の真似ごとをする。まだ充分に成熟していないナオミの肢体をバスタブに入れ、全身を隈なく洗ったり、ナオミを主人に見立てて「馬ごっこ」をするとき、譲治は幸福の絶頂である。二人の間に自然と肉体関係が生じると、双方の親元を訪れ、世間的には夫婦となる。

あるときからナオミは譲治を欺き出し、ダンス仲間と称する複数の男友だちと性的な交渉を持つようになる。彼女の無垢を信じて疑わない譲治は、その御乱行が職場でさえも話題にされているると知って大きな衝撃を受ける。譲治は私立探偵よろしくナオミの痕跡を追い、真相を知るや彼女を責める。ナオミはそのたびにしおらしい態度を示すが、次の瞬間にはふたたび譲治を騙して無断外出を続ける。怒り心頭に発した譲治は、あるときついに彼女を家から叩き出してしまう。後になって彼は、どうやら彼女の交際圏は横浜の不良外国人たちにまで及んでいるらしいと知る。

だが魔性の女としてのナオミの本格的な物語が開始されるのは、その後の後半部においてである。ナオミと訣別した次の瞬間から、譲治はナオミの残像に苛まれ、後悔に心を蝕まれる。しばらくしてナオミが戻ってくる。彼女は譲治を徹底して性的に焦らした上で、彼には何も与えず、彼を心理的に完全に屈服させる。二人の結婚生活は表向き継続されるが、それ以降はナオミが女王然として譲治の上に君臨することになる。見た目も西洋女性そっくりになったナオミの、外国人男性との交際は、ますます盛んになる一方である。だが譲治はそうした屈辱をもはや快楽として受け入れるまでになっている。

これが『痴人の愛』の筋立てである。恋する者の滑稽さ、愚かさを克明に描いた小説としては、19世紀末にピエール・ルイスが著した『女とあやつり人形』と並んで、辛辣なエロティシズムをもった作品であるといえる。余談ではあるが、ブニュエルがルイスの小説を映画化したように、谷崎の『痴人の愛』も、これまで三度にわたり、しかも一度は増村保造の手で映画化されている。

譲治がナオミを前にどのような愚行に耽ったか。一例を引いてみよう。

殊に私の忘れられないのは、彼女が十五六の娘の時分、毎晩私が西洋風呂へ入れてやつて體を洗つてやつたこと。それから私が馬になつて彼女を背中へ乗せながら、「ハイハイ、ドウドウ」と部屋の中を這ひ廻つて遊んだこと。――――どうしてそんな下らない事がそんなに迄も懐かしいのか、実に馬鹿げてゐましたけれど、若しも彼女が此の後もう一度私の所へ帰つて来てくれたら、私は何より真つ先にあの時の遊戯をやつて見よう。再び彼女を背中の上へ跨がらせて、此の部屋の中を這つて見よう。それが出来たら己はどんなに嬉しいか知れないと、まるでその事を此の上もない幸福のやうに空想したりするのでした。いや、単に空想したばかりでなく、私は彼女が恋しさの余り、思はず床に四つ這ひになつて、今も彼女の體が背中へぐツとのしかゝつてゞもゐるかのやうに、部屋をグルグル廻つてみました。

やがてナオミは戻ってくる。とはいえ譲治はナオミに触れることを許されず、彼女の示すさまざまな媚態に苛立ちながら日々を過ごすことになる。

此の「友達の接吻」と云ふ風変りな挨拶の仕方、――――女の唇を吸ふ代りに、息を吸ふだけで満足しなければならないところの不思議な接吻、――――此れはその後習慣のやうになつてしまつて、別れ際などに、

「ぢや左様なら、又来るわよ」

と、彼女が唇をさし向けると、私はその前へ顔を突き出して、恰も吸入器に向つたやうにポカンと口を開きます。その口の中へ彼女がはツと息を吹き込む、私がそれをすうツと深く、眼を潰つて、おいしさうに胸の底に嚥《の》み下《くだ》します。彼女の息は湿り気を帯びて生温かく、人間の肺から出たとは思へない、甘い花のやうな薫りがします。――彼女は私を迷はせるやうに、そつと唇へ香水を塗つてゐたのださうですが、さう云ふ仕掛けがしてあることを無論その頃は知りませんでした。――私は斯う、彼女のやうな妖婦になると、内臓までも普通の女と違つてゐるのぢやないか知らん、だから彼女の體内を通つて、その口腔に含まれた空気は、こんななまめかしい匂がするのぢやないか知らん、と、よくさう思ひ〳〵しました。

接触することが禁じられたとき、フェティシズムの対象は以前にも増して絶対的な権能を発揮する。ナオミは譲治に直の接吻を許さない。それゆえに譲治はより強力なファンタスムの虜となり、際限のない愚行の渦のなかへと墜落してゆく。『痴人の愛』のナオミが真に魔性の女として顕現するのは、幼げな裸体を無邪気に譲治の視線に晒す場面においてではない。また、譲治の不在を狙って複数の男たちとの情交に耽ったことが発覚する場面においてでもない。自分の身体に触れることを譲治に禁止した後で、いかにもこれ見よがしに媚態を晒し、彼の眼前で着替えをしてみせる。かと思うと、合鍵を用いて予告もなく深夜に譲治の住居を訪れ、勝手に宿泊して行ったりもする。こうして彼女はつねに譲治を不意打ちする。その誘惑の素振りにおいてこそ、彼女は譲治にとって宿命の女たりえているのだ。

ナオミは距離を故意に攪乱する。と同時に彼女は距離が絶対的なもので、けして踏み越えることができないものであることを、譲治に確認させる。恋する主体である譲治は、かくして永遠に未決定の状態に留め置かれてしまう。本書の冒頭の章でも記したことであるが、ロラン・バルトは『恋愛のディスクール・断章』において、「愚かしさとは、つまり、不意打ちを喰うということである」と定義している。恋愛のさなかにある者はつねに不意打ちを喰う。ラテン語でいうstupeo、つまり驚きのあまり、咄嗟に動けず、硬直を余儀なくされる。この語から英語のstupidity（愚かしさ）という語が派生したことを、気に留めておかなければならない。恋愛とは愚かしさに積極的に身を委ねることに他ならない。そして『痴人の愛』は、その後半に到ってナオミが残酷な本性を露わにするようになったとき、恋愛小説としての本質の顕現を見るのだ。


ここで少し脱線することを許していただくことにしよう。実をいうと、本書の執筆者であるわたしは、『痴人の愛』とは個人的に因縁浅からぬところがあった。ナオミのモデルとされた和嶋せいと個人的に親交がないわけでもなかった。大学教員だった頃、わたしの研究室に出入りしていた学生が、自分の遠縁にあたる女性が池袋の病院で孤独に療養しているというので、のこのことお見舞いに付いていった先が、94歳の彼女の病室だったのである。

和嶋せいは芸名を葉山三千子といい、谷崎の最初の夫人千代の妹である。若き日の谷崎は千代と結婚する予定であったが、その直前にこの美貌の妹と出会ってしまい、強引に彼女を新婚家庭に同居させると、音楽学校へと通わせた。千代に向かっては両親の面倒を見るようにとか、執筆の邪魔になるといった口実を拵え、生まれたばかりの娘とともに実家に送り返してしまった。このあたりの谷崎の我儘ぶりには開いた口が塞がらないが、ともあれ新進作家と義理の妹による不思議な同棲が開始された。

谷崎の夢は彼女を日本で最初の映画女優に仕立て上げることであった。長身でスラリとした脚の持ち主であるせいはみごとにそれに応え、谷崎が制作した『アマチュア倶楽部』（1920年）では、鎌倉の由比ヶ浜を舞台にみごとな水着姿を披露した。岡田時彦や内田吐夢といった、谷崎に憧れる映画青年たちが彼女を取り囲み、ハリウッド風のスラプスティックスに興じるという無声映画である。せいはたちまち美貌の岡田時彦に夢中になった。また美少年として名高かった今東光とも浮名を流した。その後、谷崎は映画制作に関心を失ったが、葉山三千子は女優として短くない期間活躍し、その後は霊能力者として知られるようになった。もうこれ以上書くと本稿の文脈を外れてしまうことになるので、詳しくは拙著『署名はカリガリ』（新潮社、2016年）をお読みいただくことにしよう。せいが1996年に逝去した時には、スポーツ新聞が「ナオミ死す」と題し、一面に大きな記事を掲載した。

谷崎とせいとの間には、はたして性的な関係はあったのだろうか。『痴人の愛』という作品を理解する上でどうしても気になるのはこの問題である。せいはこの問題について長らく沈黙を守っていたが、84歳の時に突然沈黙を破り、インタヴューに応じた。それによると、何も知らない時に一度だけ関係を持ったことがあるが、それ以降は頑として拒絶したということらしい（柏木慶子「モデルが明かした『痴人の愛』の真相」、『新潮45』、１９８６年11月号）。またわたしが病室で尋ねた時には、「わたしは背の低い男は嫌いでした」と、にべもなく答えた。にもかかわらず、二人は関東大震災を挟んで数年にわたり、横浜から京都へと居を変えながらも同棲を続けた。『痴人の愛』が新聞小説として連載されたのは、それがまさに終わろうとする時期である。

こうした経緯を知ってみると、『痴人の愛』に描かれている譲治とナオミの、いく段階にもわたる屈折した関係も、ナオミを理想の女性に仕立て上げようとする譲治の理念とその挫折も、ナオミの広範囲に及ぶ男性関係も、すべて現実に谷崎が体験した不自然な男女関係、つまり性交渉もないままに何年もの長きにわたって続いた同棲生活に基づいていることが判明する。谷崎はせいが眼前で着替えをみせたり、蠱惑的な姿勢を取ることに屈辱と羨望を感じ、そうした境遇を愚かしいものだと自認しながらも、あえてその愚かしさに留まり、マゾヒスティックな快楽を享受していたのである。この小説を執筆するために谷崎が支払った代価の大きさについては、やはりここで言及しておくべきであろう。彼はけして愚行を怖れようとせず、むしろ自分が愚かでありうるという状況を歓迎した。

『痴人の愛』の譲治はまだ少女然とした軀つきのナオミにさまざまな衣服を買い与え、さながら二人だけのコスプレショーに耽るという日々を過ごしている。やがてナオミが去ってしまうと、彼はありし日に撮影した写真をアルバムのなかに認め、慚愧の想いに駆られる。

そこには、彼女があの時分好んで装つたさま〴〵な衣裳やなりかたちが、奇抜なものも、軽快なものも、贅沢なものも、滑稽なものも、殆ど剰《あま》す所なく写されてゐました。或るページには天鵞絨《びろうど》の背広服を着て男装した写真がある。次をめくると薄いコツトン・ボイルの布を身に纏つて、彫像の如く彳立《てきりつ》してゐる姿がある。又その次にはきら〳〵光る繻子《しゆす》の羽織に繻子の着物、幅の狭い帯を胸高に締め、リボンの半襟を着けた様子が現れて来る。それから種々雑多な表情動作や活動女優の真似事の数々、――メリー・ピクフオードの笑顔だの、グロリア・スワンソンの眸だの、ポーラ・ネグリの猛り立つたところだの、ビーブ・ダニエルの乙に気取つたところだの、憤然たるもの、嫣然《えんぜん》たるもの、竦然《しようぜん》たるもの、恍惚たるもの、見るに随つて彼女の顔や體のこなしは一々変化し、いかに彼女がさう云ふことに敏感であり、器用であり、怜悧であつたかを語らないものとてはないのでした。

賤しい出自の美少女に次々と奇抜な服装を着せたり男装をさせたりして、写真を撮影する。ハリウッドの白人少女スターの真似をさせ、これも撮影する。譲治が試みていたことは、さしずめ現在でいうコスプレである。だが衣装というものが審美的に皮膚の上に被せられた人工の皮膚であり、主人公のフェティシズムの対象であるということは、何を意味しているだろうか。端的にいってそれは刺青の代替物である。『刺青』の清吉であるならば娘の皮膚に針を刺すべきところで、大正時代の譲治は、ナオミにありえぬ変身を演出し、それをカメラに収めるのだ。

『痴人の愛』をこのように説明してみると、この長編の基本構造が『刺青』とほとんど変わらないことに気付く。『刺青』の主人公清吉は、ふと廻りあった無垢な娘の足に魅惑され、彼女の肉体を素材に、女性における理想美を実現させようと渾身の力を振るう。その結果、女郎蜘蛛のみごとな刺青を背に負うことになった娘は、これまでのおどおどとした態度から豹変し、清吉を傅かせるまでになる。清吉は彼女の「肥料《こやし》」として果てていくことに悦びを覚える。『痴人の愛』においても同様で、ナオミを素材として西洋人に近い理想の女性を創造しようと決意した譲治は、夢が実現するやナオミに裏切られ、彼女の下にあたかも奴隷のように隷属することで生き長らえる。完璧な女性を創造せんとする男性の意志と情熱とが、皮肉なことに彼に失墜を招き寄せてしまう。だがこの屈辱的で悲惨な状態こそが、譲治にとって快楽なのだ。もし『刺青』と『痴人の愛』において主人公の愚行が頂点を極める部分があるとすれば、それはともに結末部においてであろう。彼らはいずれも、自分が愚行のさなかにあることを重々に承知していながら、にもかかわらず、いや、それゆえに、その愚かしさのなかに留まることを選び、そこに尽きせぬ悦びを見出しているのだ。

とはいうものの、『刺青』と『痴人の愛』が決定的に異なっている点に関しても、われわれは注意を喚起しておかなければならない。思い出してみようではないか。『刺青』は「其れはまだ人々が『愚』と云ふ貴い徳を持つて居て、世の中が今のやうに激しく軋み合はない時分であつた。」という一文から語り起こされていた。江戸期という前近代の文化的駘蕩が前提となって、清吉の愚行がスペクタクルとして展開されるというのが、この短編の主眼であった。『痴人の愛』の場合、こうした文化的なノスタルジアはどこにも存在していない。譲治とナオミはそれこそ最新流行の奇抜なファッションに夢中になり、封切られたばかりのハリウッドの無声映画に登場するスター女優を模倣する。ここでは憧れは江戸のような時間的な方向へは向かわず、アメリカへの空間的方向へと向かう。愚行を発動させるのはもはや前近代ではない。それは身体と言語の二極において、最新のモダニティを模倣しようとする意志である。この摩り替えと移動は、谷崎の内面において、いつどのようになされたのであろうか。『富美子の足』という、どちらかといえば論じられることの少ない短編が転回点だと思えてくるのは、こうした文脈においてである。

『富美子の足』は『刺青』で文壇へのデビューを果たした谷崎が、『痴人の愛』を執筆するまでの間、具体的には1919年に執筆された。曙町に居を構えたものの、映画への情熱消しがたく、焦燥感を抱いていた時期の作品である。

主人公の青年はある偶然から、代々日本橋にある質屋の隠居老人と知己を得る。隠居は通人ぶった下町趣味の老人で、さながら江戸文化そのものを体現しているような人物である。一方、青年は西洋の文学美術に憧れ、将来は洋画家になりたいという夢を抱いている。ところがこの二人がある隠微な趣味が共通していたことから意気投合してしまう。老人は富美子という若い妾にご執心で、とりわけ彼女の足に対し、フェティッシュな感情を抱いている。青年にむかって国貞描くところの浮世絵を見せ、ひとつこんな風に富美子の足の魅力を十二分に強調する西洋画を描いてもらいたいと依頼する。実は国貞の名が本章の前の方に登場していることを、読者はご記憶だろうか。『刺青』の清吉が私淑してやまない絵師のことである。どうやら老人は富美子を縁台に腰かけさせ、自分はその足にじゃれつく犬の真似をして遊ぶことが好きであるようだ。まさに「『愚』と云ふ尊い徳」を絵に描いたような存在なのだ。

とはいえ老人の奇矯な性癖を知って、青年はある種の安堵感に捕らわれる。というのも彼もまた女性の足をめぐって、強いフェティシズムを抱いているためである。彼は西洋で昨今刊行された心理学の書物を繙いたことがあって、この変態的な病状が、西洋近代に特有のものであると認識している。そのためにみずからの倒錯趣味に孤独を感じていたのであるが、洒落《しやらく》な江戸っ子をもって任じる隠居がかかる近代の病を患っていることを知り、同志愛を感じたのである。

やがて隠居の体調が思わしくなくなると、青年が彼に代わって、富美子の足にじゃれつく犬の役を演じるようになる。隠居の臨終を知った親族が駆け付けたとき、老人は富美子の足に顔を踏まれながら、恍惚とした表情をしている。

『富美子の足』のなかで、前近代の「愚」は西洋近代の倒錯といかなる矛盾もなく結合しあっている。もはや江戸へのノスタルジアが明治大正の近代化と対立する必要はなくなった。隠された少数派である倒錯者は、いかなる社会においても大多数の者からは愚行を糾弾され、憫笑に値する存在なのだ。この短編を書き上げることによって、谷崎は『刺青』の背景であるノスタルジアから解放されることになった。およそ愚行に関するかぎり、文化文政の爛熟した社会とモダンな都市生活の間にはいかなる差異も障壁もない。『痴人の愛』が『刺青』のリメイクであるべき条件が、こうして整えられたのであった。

## 3

『少将滋幹の母』は、戦後になって大作『細雪』をとうとう書き終えた谷崎が、気分転換のつもりで平安朝初期に材を採り、悠々たる調子で書き上げた中編である。主人公は桓武天皇の孫の孫にあたる兵衛佐《ひようえのすけ》平定文（あるいは貞文）なる貴族で、三人兄弟の二番目であるため、平中と呼びならわされてきた実在の人物である。平中は美男で色好みであったが、生前より色事の上でのそそっかしい失敗が有名であったらしく、『源氏物語』にもその滑稽な失敗譚を揶揄する言及がある。谷崎はこの平中を狂言回しに仕立てながら、左大臣藤原時平や大納言藤原国経、またその夫人の北の方、子息の少将滋幹《しげもと》といったぐあいに、物語の中心を絵巻物のように次々と移動させ、貴族たちの愚行をユーモラスに描いている。

平中は「われこそは当代一の色事師である」と自惚れている人物である。宮中に真面目に出仕することなど眼中になく、ただただ女のことばかり考えている。彼は若き日に、まだ官位も低かったにもかかわらず、本院の侍従の君を口説いてみようと決意したことがあった。そこで彼は時の権力者、時平の屋敷に足しげく通い、互いに同じ年で女好きということもあって彼と昵懇の間柄となる。もっとも真の目的は歓談の後、そっと女房たちの局へ忍び入り、侍従の君のいるあたりを徘徊することであった。

ちなみに彼は侍従の君の「世に稀な美女であると噂の高いその容姿」を垣間見たことすらない。どうもこれは女が意図して自分を避けていると信じた平中は、召使の女童《めのわらわ》に文を託すが、けんもほろろの返事しか返ってこない。美男の聞こえ高きプレイボーイとしては、こうなると嫌でも後に引けない。一度は諦めたものの、ある五月雨の降る晩、矢も盾もたまらなくなって女のもとを訪れてしまう。いきなりの訪問に女童は驚くが、とにかくお側の人が寝てしまうまで遣戸の前で待っているようにいう。平中が忍耐強く待っていると、やがて遣戸の懸金《かけがね》を外す音がする。待ってましたと内に忍び入ると、真っ暗闇で誰もいないかのようだ。手探りで女を探し当て、髪の上から両手で顔を押さえ、目鼻立ちを見究めようとするのだが、濃い闇のおかげで何もわからない。すると女は障子の懸金を掛け忘れたといって立ち上がり、どこかへ行ってしまう。平中は服を脱いで待っていたが、待てど何の気配もない。実は女は隣の部屋へ逃げ、向こうから懸金を掛け、どこかへ行ってしまったのだ。

騙されたと知った平中は、思わず悔し涙を流してしまう。脱ぎ捨てた自分の服を手に取っても、すぐに着る気にはなれない。「愚かなことであると知りながら、女の衣と枕とが置いてあるのを抱いてみたり、撫でゝみたりして、やがてその枕に我が顔を載せ、その衣を我が身に纏うて、長い間打ち伏してゐた。」もっとも夜明け近くになり、人の気配がし出すと、さすがに彼もきまりが悪くなり、こそこそ逃げ出してしまう。

こんな目に遭わされたことが逆効果となり、平中はいよいよ侍従の君に真剣な気持ちを抱くようになる。「あなたに嘲弄されてもなほ懲りずまに通つて来る私と云ふものに、少しでも不憫をかけて下さるのであつたら」などと、臆面のない手紙を書いたりするあたりは、『痴人の愛』の譲治もかくやといわんばかりのマゾヒストぶりである。

さてここで視点が転換し、時平に移る。時平は以前から北の方に野心を抱いていて、その陥落の手引きを平中に相談する。というのも「当時世間に評判されてゐる女たちの中で、平中が一往渡りをつけてゐない者は殆ど一人もない」からだ。大納言国経は時平の伯父であるが、75歳の高齢で二十何歳という夫人に男子を生ませている。この北の方を何とか自分のものにしたいから知恵を貸してほしいというのが、時平の願いである。

計画はみごと成功し、時平は身分の上下を越えて老人の家に乗り込むと、さんざん彼に酒を勧め、ついに衆人環視のうちに北の方を拉致してしまう。もっとも仲介の労をとった平中には感傷がないわけではない。というのも彼は以前から大納言の眼を盗み、北の方と情交を持ち、老人に対して罪悪感を覚えていたからである。彼は時平がかくもあっけらかんと自分の愛した女を攫っていくのを目撃すると、大納言の悲嘆に深い同情を覚える。もっともそこは天下の色好みである。たとえ時平の妻になったとしても、北の方を諦めるわけにはいかない。彼女が大納言のもとに遺した一人息子が母親を訪れるさいに、こっそりと歌を託したりする。とはいえさすがに左大臣の妻を誘惑することまではできず、諦めざるをえない。

しかしこうなると、一時は大変な屈辱を味わわされた侍従の君が懐かしく思えてくる。色事師の面目にかけてもヨリを戻そうと努力し、その甲斐あって、一応は彼女と思いを遂げることに成功する。だが相手が相当に辛辣で、ときに意想外の悪戯を仕掛けてくるものだから、思い切って愛想尽かしを決意する。非の打ち所のない美女を思い切るにはどうすればよいのか。平中はここでスカトロジーに訴える。侍従の君の排泄物を目の当たりにすれば、満足の行く幻滅が得られるのではないか。彼は妙案を思いつくと召使を待ち伏せし、女が使用したお虎子《まる》を強奪することに成功する。
家へ逃げ帰った平中は、ひとまず心を落ち着け、恐る恐る容器の蓋を外す。

丁子《ちやうじ》の香に似た馥郁《ふくいく》たる匂が鼻を撲つた。不思議に思つて中を覗《のぞ》くと、香の色をした液體が半分ばかり澱《をど》んでゐる底の方に、親指ぐらゐの太さの二三寸の長さの黒つぽい黄色い固形物が、三きれほど圓くかたまつてゐた。が、何しろさう云ふものらしくない世にもかぐはしい匂がするので、試みに木の端きれに突き刺して、鼻の先に持つて来て見ると、あの黒方《くろはう》と云ふ薫物《たきもの》、――沈と、丁子と、甲香と、白檀《びやくだん》と、麝香とを煉り合はせて作つた香の匂にそつくりなのであつた。

信じがたいことに、お虎子のなかに隠されていたのは悪臭を放つ排泄物ではなく、高雅な薫りを湛えた、正体不明の物体であった。大きさといい、色といい、なるほどそれは見た目には排泄物に似ている。好奇心に駆られた平中は、さすがに直に手で触れることには躊躇したが、かたわらにあった木切れを用いて、その物体の匂いを嗅いでみる。その結果わかったのは、それが高貴な香料を巧みに煉り合わせて作ったものではないかという可能性である。何としてもその本性を知りたいという平中の探究心は、彼をさらなる積極的行為へと促していく。ちなみにこの探究心は、彼が未知の女性に向けて抱く色好みの実践とまさに同一のものであり、ここに谷崎が生来的に抱いていた官能性探究の情熱が、原型的身振りとして現われていることを認めるのに、わたしは吝かではない。

平中は、あまり不思議でたまらないので、その筥を引き寄せて、中にある液體を少し啜《すゝ》つて見た。と、やはり非常に濃い丁子の匂がした。平中は又、棒ぎれに突き刺したものをちよつぴり舌に載せて見ると、苦い甘い味がした。で、よく〳〵舌で味はひながら考へると、尿のやうに見えた液體は、丁子を煮出した汁であるらしく、糞のやうに見えた固形物は、野老《ところ》や合薫物《あはせたきもの》を甘葛《あまづら》の汁で煉り固めて、大きな筆の欛《つか》に入れて押し出したものらしいのであつたが、しかしさうと分つて見ても、いみじくも此方の心を見抜いてお虎子にこれだけの趣向を凝らし、男を悩殺するやうなことを工むとは、何と云ふ機智に長《た》けた女か、矢張彼女は尋常の人ではあり得ない、と云ふ風に思へて、いよ〳〵諦めがつきにくゝ、恋しさはまさるのみであつた。

今風にいうならば、糞のように見えたのはテリーヌであり、尿のように見えたのはクローヴの風味を利かせたスパイシー・ソースである。侍従の君は召使女と語らって、かくも手の込んだ拵えものを調理していたのだった。聡明にして意地悪《メシャン》な彼女は、自分が脱ぎ捨てた衣を手に取り、フェティッシュな夢想に耽るような平中が、今度は自分の排泄物を強奪してわが身に意識的な幻滅を招き寄せるという目論見を抱いていたことを察知し、堂々とその裏を掻いてみせたのだ。

平中は最初、お虎子のなかのものに恐る恐る手を出し、わずかの量を口に含んでは、その味を確かめてみる。それが洗練された美味であることに気付いた彼は、今度は物怖じもせずに固形物へと手を伸ばし、いかにもグルメ然としてその成分と調理法を推測する。最後に彼は、こうした悪戯を思いつく侍従の君の機知と聡明さに降参し、ますますもって恋情を募らせていく。排泄物を見て彼女を思い切ろうとする当初の計画は、ここで完全に敗北することになる。

だが、ここで読者はより深く行間を読み込むことを要求される。そもそも平中はこの勇気ある行動のどの時点で、筥に入っていた固形物と液体が排泄物などではなく、凝りに凝って拵えられた食物であることに気が付いたのか。固形物に木切れを突き刺し、その臭気を嗅いだ時点では、彼はまだそれがさまざまな香料を混ぜ合わせた匂いに「そっくり」だという印象を抱きはするが、その実態について確信を抱いてはいない。その後、恐る恐る液体を口に含み、固形物を舌に載せていく過程のなかで、彼はそれが人工的に調理された食物であることに気付くことになる。文中ではもっぱら平中の味覚と嗅覚の体験しか記述されておらず、その際に彼が感じた心理的動揺に関しては、意図的に省筆が施されている。

ここで老婆心ながら補ってみるならば、彼は最初、筥のなかのものを排泄物だと信じて疑わなかったはずである。そのえもいえぬ芳香は、さすがに高貴な身の美女であるがゆえ当然のことだろうと納得し、自分で自分を説得して試験的な摂取へと向かったのではないか。つまり端的にいって、平中は意をけして美女の排泄物を口にし、しかもその美味をグルメとして賞味した。これは真の意味で倒錯であり愚行である。だが次の瞬間、彼はその成分を分析的に把握し、かくして倒錯的な快楽から失墜してしまった。排泄物を媒介として美女への幻滅に到達することもできず、かといってこの聡明な美女を思い切ることもできない。平中はこうして、二重の意味において挫折を余儀なくされたといえる。

本書の読者は、わたしがサミュエル・ベケットの短編『初恋』に言及していたことをご記憶のことであろう（六一頁以降）。第二次大戦が終わって間もない時期、つまり『少将滋幹の母』にわずか三、四年先んじて執筆されたこの短編のなかで、ベケットは無名の主人公を「牛糞でいっぱいの牛小屋」に泊まらせている。この青年は生まれて初めて体験した恋愛に心ときめかせ、寝床のかたわらにある雌牛の古い糞の上に、恋人の名前を指で書きつける。だがそれだけでは物足りず、指をわざわざ舐めてみてようやく満足感に到達する。常識的に考えるならば、これは愚行、それも狂人のなしうる愚行である。だがベケットはあるグロテスクな悪意のもとに、世界に生起するあらゆる恋愛、とりわけ初恋とは、かくも愚かしいものではないかと主張している。ウェルテルがシャルロッテという署名のある手紙に接吻をするのと、それはどこが異なっているのか。ベケットは恋愛がスカトロジカルな愚行だと断言しているばかりではない。あらゆる恋愛物語のなかには、糞の臭いを夢中になって嗅ぐ行為に匹敵する愚かしさが宿っているのだと説いている。

ベケットの『初恋』の隣に谷崎の『少将滋幹の母』を並べてみるという試み！　おそらくこれまでいかなる比較文学者も、こうした荒唐無稽を試みたことはなかったはずだ。だがこの作業を通して浮かび上がってくるのは、結果的にはそれがフェイクであったと判明はするものの、ひとたび覚悟して人間の排泄物を啜り口に含もうと決意した人間が、超自然的な芳香に包まれ、いまだかつて味わったことのない法悦の味覚を体験することになるという逆説である。ベケットが糞便をめぐる愚行を通して世界全体に対する呪詛を呼びかけるとき、谷崎は糞便を模して調理された食物の香しい美味に舌鼓を打つ。平中はますます侍従の君に心惹かれることによって、みごとに敗北する。彼の計画は愚行として、後世にまで語り伝えられる。とはいうものの、彼はその愚行のさなかにあって稀有なる快楽に遭遇し、欲望のまったき充溢を体験するのである。

『少将滋幹の母』の物語はこの滑稽譚の後も長々と続き、北の方の息子滋幹が長い歳月の後に実母と邂逅するという、大メロドラマで幕を閉じることになる。だがわれわれの問題文脈にあってこの作品は、何よりも平中の悪計とその挫折という特異な挿話において記憶されることだろう。『刺青』から『痴人の愛』まで、恋する女性を支配しようとして逆にみごとに君臨されてしまう男たちの挫折劇を目の当たりにしてきたわれわれは、戦後に執筆されたこの中編小説のなかに、そうした原型的プロットが軽妙に換骨奪胎され、愚行のうちに潜む官能的快楽がみごとに大輪の花を咲かしているさまを確認することだろう。ちなみに谷崎はその後もスカトロジーとフェティシズムの結合を大胆に描き続けた。

晩年に差し掛かろうとする1955年、谷崎は日記ともエッセイとも夢の記述ともつかない、グロテスクな書きものを発表する。『過酸化マンガン水の夢』と題されたこのテクストはけして長いものではないが、彼の無意識に宿っていたスカトロジカルな衝動が、もはや抑圧するものもないまま表出されてきたという点で、きわめて興味深いものといえる。

久しぶりに東京に出た谷崎は、公開中のフランス映画『悪魔のような女』を家人とともに観劇し、その後大丸地階の辻留で鱧料理に舌鼓を打つ。フランスの田舎の小学校を舞台とした殺人サスペンス劇は、谷崎を満足させる。とりわけ主演を演じたシモーヌ・シニョレの「異常に残忍な感じのする風貌」、「大柄で薄汚れのしたやうな顔、濁つた疲れたやうな皮膚、冷酷で、豪膽で、いかにも腹黒さうな女」に強い印象を受ける。

だがその程度のことであれば、ロマン主義研究家マリオ・プラーツが『肉体と死と悪魔』のなかで類型化してみせた〈つれない乙女〉〈宿命の女〉の典型に、70歳近い作家がいとも簡単に魅惑されたという程度の挿話で終わったことだろう。谷崎が興味深いのは、『過酸化マンガン水の夢』という、日記とも創作ともエッセイともつかない短編において、この体験をグロテスクに歪形し、スカトロジーの力を借りて、なんとも奇怪な妄想を語る手立てとしていることである。

辻留で存分に鱧を口にした谷崎は、深夜近くに熱海の自宅に戻る。だが食べ過ぎに腹が張っていたこともあって、深夜にふと目醒めると、自分が不思議な幻覚に捕らわれていたことに気づく。昨夜の牡丹餵の真っ白な肉が春川ますみを想起させ、いつしか『悪魔のような女』のシモーヌ・シニョレが愛人であるミシェルを水中に押し込んで殺害する場面へと移っている。ここで不思議なことに、幻想場面は自宅書斎に備え付けられた、小さな便所へと移っていく。健康診断のために自分の排泄物の点検を怠らない谷崎は、洋式便所に浮かぶ便の様子を、日夜観察することにしているのである。

胃潰瘍の血便や子宮癌の出血などは早期に発見することが出来る。予も此の間、便通の度毎に水が真紅に染まるのに心づき、さては胃潰瘍ではないのかと不安の数日を送つたことがあつたが、それは朝食にレツドビーツ（サラダ用火焔菜）を好んで食べるのが原因であることが分り、安心した。蓋し胃潰瘍の血便は黒色を呈してゐる筈だが、レツドビーツの場合は実に美しい紅色の線が排泄物からにじみ出て、周辺の水を淡い過酸化マンガン水のやうに染める。予はその色が異様に綺麗なので暫時見惚れてゐることがある。その紅い溶液の中に浮遊してゐる糞便も決して醜悪な感じがしない。時としてその糞便のかたまりが他の物體の形状を思ひ起させ、人間の顔に見えたりもする。今夜はそれが、あのシモーン・シニヨレの悪魔的な風貌に、………あれが紅い溶液の中から予を睨んでゐる。予は水を流し去ることを躊躇してじつとその顔を視つめる。………と、その顔が粘土が崩れ出したやうに歪み、曲りくねつて又一つに固まり、ギリシヤ彫刻のトルソーのやうになる。

この後も谷崎の空想は留まるところを知らず、『史記』呂后本紀にある戚夫人の受難をめぐって、延々と蘊蓄が傾けられていく。夫人は太后の怒りを買って四肢を切断され、眼を潰されたばかりではなかった。厠中に閉じ込められ、「人彘《じんてい》」(人間豚)と呼ばれた。谷崎は過酸化マンガン水の美しい紅色の溶液の中に四肢を失った人間の、牝豕の塊が浮かんでいるさまを眺め、背後に皇太后の幻を認める。自分はいつしか皇帝と化している。

『少将滋幹の母』では、侍従の君という美女を思いきるために、彼女の排泄物を自ら口に含み、体内に取り込もうとする意志が表明されていた。『過酸化マンガン水の夢』では逆に、自分の体内から排泄されたものが、美しいビーツの紅色の液体のなかに浮かび、フランス女優の顔となって「予」を見つめている。谷崎はここでも一段、階梯を登っている。すべての美とグロテスクは、もはや外部からではなく、彼の内部から外部へと抽出され拡散していくのだ。『刺青』から『富美子の足』を経て『痴人の愛』へと及ぶ系譜にあって、愚行とはもっぱら脅威的他者としての女性を前にして演じられるものであった。だが『少将滋幹の母』から『過酸化マンガン水の夢』へと到る流れでは、もはやそれは外部から偶発的に到来する存在ではない。それは主人公の内側から排泄されるべき何ものかであって、彼の自己同一性と密接な関係にある。ここに到って、谷崎潤一郎は愚行そのものと化した。彼は「『愚《おろか》』と云ふ尊い徳」から大きく隔たった近代社会に身を置きながら、ひそかにフェティッシュな倒錯を縁として愚行を説き、愚行を肯定し続け、ついにみずからを「愚」に仕立てあげることに成功した。

最晩年の谷崎が『鍵』や『瘋癲老人日記』といった日記体の小説を通して、愚行の跳梁する王国に遊んでいたことは、よく知られていることである。本書でわざわざ取り上げることもないだろう。その長い作家としての生涯にあって、彼は対決すべき他者としての女性の姿を、いつしか曖昧にしていったような気がしている。すべてはいかにグロテスクで愚かであったとしても、すでに自分の内側にあり、それが外に現われ出たものにすぎないのだ。こう考えるに到ったとき、谷崎はまさに「愚」という徳をみごとに体現していた。西洋近代が愚行に苛立ち、愚行に恐怖していたとき、彼ただ一人だけは、『千一夜物語』に登場する秘密の御殿の天井から零れ落ちる金貨のように、身に余るほどの愚かしさをわが身に浴びていたのである。

## 引用文献

### 愚行は人を苛立たせ、魅惑する

ニーチェ『ツァラトゥストラ』（手塚富雄訳、中公文庫、１９７３年）
藤堂明保編『学研　漢和大字典』（学習研究社、１９７８年）
ローベルト・ムジール『特性のない男』第１巻（高橋義孝、圓子修平訳、新潮社、１９６４年）
ロラン・バルト『恋愛のディスクール・断章』（三好郁朗訳、みすず書房、１９８０年）
『ボードレール全集』第１巻、第５巻（阿部良雄訳、筑摩書房、１９８３年、１９８９年）
ユゴー『レ・ミゼラブル』第３巻（西永良成訳、ちくま文庫、２０１３年）
Gilles Deleuze, *Différence et Répétition*, P.U.F., 1968. ジル・ドゥルーズ『差異と反復』本書には邦訳が存在するが、本書の文脈の都合上、拙訳を使用した。
フーコー「幻想の図書館」、『ミシェル・フーコー思考集成』第２巻（工藤庸子訳、筑摩書房、１９９９年）に収録。
『フローベール全集』第４巻（渡辺一夫、平井照敏訳、筑摩書房、１９６６年）
トマス・ペレス・トレント、ホセ・デ・ラ・コリーナ『ルイス・ブニュエル　公開禁止令』（岩崎清訳、フィルムアート社、１９９０年）
ホルクハイマー、アドルノ『啓蒙の弁証法』（徳永恂訳、岩波文庫、２００７年）

### わが偽善の同類、兄弟よ

ジャン＝クロード・カリエール、ギー・ベシュテル編『珍説愚説辞典』（高遠弘美訳、国書刊行会、２００３年）
『舊新約聖書』（日本聖書協会、１９８１年）
サミュエル・ベケット『初恋／メルシエとカミエ』（安堂信也訳、白水社、２００４年）
シャルル・ボードレール『小散文詩　パリの憂愁』（山田兼士訳、思潮社、２０１８年）
『ボードレール全集Ⅰ悪の華』（阿部良雄訳、筑摩書房、１９８３年）
*The Prose Writings of Jonathan Swift*, 14 vols. ed. Herbert Davis（Oxford; Basil Blackwell, 1939-68）スウィフト『ガリヴァー旅行記』の翻訳は多々存在するが、本稿では拙訳を用いた。四方田犬彦『空想旅行の修辞学』（七月堂、１９９６年）を参照。
フョードル・ドストエフスキー『地下室の手記』（江川卓訳、新潮文庫、１９６９年）

ぼくはあの馬鹿女のことをみんな書いてやる　フローベール

ジャン＝ポール・サルトル『家の馬鹿息子』第1巻（平井啓之他訳、人文書院、１９８２年）
フローベールの著作は『ボヴァリイ夫人』（中村光夫訳、講談社文庫、１９７３年）、『ブヴァールとペキュシェ』全3巻（鈴木健郎訳、岩波文庫、１９５４～５５年）、『紋切型辞典』（小倉孝誠訳、岩波文庫、２０００年）に拠る。書簡に関しては、Flaubert, Gustave. *Œuvres complètes et Annexes -69 titres*（Nouvelle édition enrichie）Arvensa Editions. Kindle 版の拙訳を用いた。

## わたしは本当に白痴だったのです　ドストエフスキー

ヴァーツラフ・ニジンスキー『ニジンスキーの手記』（鈴木晶訳、新書館、1998年）
ウラジーミル・ナボコフ『ロシア文学講義』（小笠原豊樹訳、TBSブリタニカ、1982年）
ミハイル・バフチン『ドストエフスキーの詩学』（望月哲男、鈴木淳一訳、ちくま学芸文庫、1995年）
ドストエフスキー『白痴』全4巻（亀山郁夫訳、光文社古典新訳文庫、2015〜18年）

## わたしはなぜかくも聡明なのか　ニーチェ

『ニーチェ書簡集Ⅱ　詩集』（『ニーチェ全集』別巻2、塚越敏、中島義生訳、ちくま学芸文庫、1994年）
『ニーチェ全集』第一期第10巻（氷上英廣訳、白水社、1980年）
第二期第2巻（吉村博次訳、同、1983年）
第二期第3巻（秋山英夫、浅井真男訳、同、1983年）
第二期第4巻（西尾幹二、生野幸吉訳、同、1987年）
第二期第11巻（氷上英廣訳、同、1983年）

## おまえが深く愛するものは残る　その他は滓だ　愚行と後悔

『オスカー・ワイルド全集』第9巻（西村孝次訳、出帆社、1976年）

『パゾリーニ詩集』（四方田犬彦訳、みすず書房、2011年）
エズラ・パウンド『ピサ詩篇』（新倉俊一訳、みすず書房、2004年）
Ezra Pound, *The Cantos of Ezra Pound*, London, Faber and Faber, 1975
M・ハイデッガーほか『30年代の危機と哲学』（清水多吉、手川誠士郎編訳、平凡社ライブラリー、1999年）
マルティン・ハイデッガー『形而上学入門』（川原栄峰訳、同、1994年）

**馬鹿なことは得意ではない　ヴァレリー**

ポール・ヴァレリー『ムッシュー・テスト』（清水徹訳、岩波文庫、2004年）
『ヴァレリー全集』第2巻（小林秀雄、中村光夫、佐藤正彰他訳、筑摩書房、1968年）

**稲妻にさとらぬ人　バルト**

『ロラン・バルト著作集』第3巻（下澤和義訳、みすず書房、2005年）
第9巻（中地義和訳、同、2006年）
第10巻（石川美子訳、同、2003年）
ロラン・バルト『テクストの出口』（沢崎浩平訳、同、1987年）
『偶景』（沢崎浩平、萩原芳子訳、同、1989年）
『恋愛のディスクール・断章』（三好郁朗訳、同、1980年）

## わたし独りが鈍く暗い　老子

『ブッダの真理のことば　感興のことば』（中村元訳、岩波文庫、１９７８年）
『親鸞全集』第４巻（石田瑞麿訳、春秋社、１９８６年）　原文のカタカナ表記を平仮名に直し、振り仮名を新仮名遣いに改めた。
『老子』（蜂屋邦夫訳注、岩波文庫、２００８年）　現代語訳は著者による。
『荘子』内篇（福永光司、興膳宏訳、ちくま学芸文庫、２０１３年）
マルティン・ハイデガー、フィリップ・ラクー＝ラバルト『貧しさ』（西山達也訳解題、藤原書店、２００７年）
埴谷雄高全集第３巻『死霊』（講談社、１９９８年）

## 「愚」と云ふ貴い徳　谷崎潤一郎

谷崎潤一郎全集第１巻、10巻、16巻、17巻（中央公論社、１９８１〜８２年）
ロラン・バルト『恋愛のディスクール・断章』（三好郁朗訳、みすず書房、１９８０年）

引用の訳文には本稿の文脈の都合上、表記に一部変更を加えたことをお断りしておきたい。また引用中の旧字は適宜、新字に改めた。

# 後記

本書は、『群像』２０１９年８月号から２０２０年２月号まで連載された長編エッセイに、若干の加筆と訂正を施したものである。

書き出したころには、現代日本社会に蔓延する愚行をことごとく書き出してみせようという、神話破壊的な気持ちがなかったわけではない。だが愚行の撲滅は不可能であり、それを期待すること自体が愚行であるという真理に気付いたところで、書く姿勢を改め、ボードレール、フローベールと、愚行を呪いつつ所与として受け入れた先人たちの足跡を辿ることにした。こちらの関心がドストエフスキー、ニーチェへと移行し、バルトと老荘を経て谷崎潤一郎に到ったところで、とにかく無事に母港に戻ることができた。古代ギリシャとロベルト・ムージルについて論じられなかったのは心残りでもあるが、そのために却って愚行とは近代の現象であり、近代の宿命であるという主張に本書の方向を収斂できたことはよかったと考えている。取り上げた文学作品は、結果的に見ると、往古の世界文学全集の名作を横並びにした感がないわけでもない。筆者としてはおのれの凡庸さに恥じ入るばかりである。

『地獄篇』第三歌にてウェルギリウスはダンテにいう。「彼らについては語るな。ただ見て過ぎよ。」non ragioniam di lor, ma guarda e passa. けだし賢者の言である。しかしもしそうであったとしたならば、わたしが愚行に関してかくも長々と書いたことは、愚の上に愚を積み重ねることでなくて何であろう。ひとたび書いてしまったものは、消し去るわけにもいかない。なぜならば、それは現実に書かれる前にすでに書かれていたからである。生涯にわたる愚行の瓦礫の上に、またひとつ小石が積み重ねられてしまったのだと観念するしかない。

ひそかに思い出すに、筆者が前作『摩滅の賦』を江湖に問うたのは2003年のことであった。鉱物から絵画彫刻、人体に到るまで、およそ地上の万物が時間のうちに摩滅し、ついに無に帰すまでを辿ってみたのだが、驚くべきことは、これまで摩滅について類書が一冊も書かれていなかったという事実であった。誰も論じようと思わなかったのである。この人類の知的怠惰に対する憤慨が、前著執筆の直接の動機であった。そのときいずれは『愚行の賦』『零落の賦』を執筆し、三部作として完結させたいという口吻を漏らしたかどうか。ここに17年を経て曲がりなりにも愚行論が完成し、残るは零落論を待つばかりである。

完結篇については、ただちに取りかかるわけにはいかない。零落について語るにはまずもってわが身の零落を体験しておかなければならず、それを欠いた論考は必ずや浅薄にして軽薄なものとなることが目に見えている。読者におかれてはしばしお待ちいただきたいと思う。散文家としてのわたしに残された希望とは、口にすることすら怖ろしいことではあるが、まさにみずからの零落を見据えることに他ならないからだ。これまでの人生にあって愚行に愚行を重ねた者にとって、それ以外のどのような道が残されているというのだろう。

『愚行の賦』を執筆するときに心がけていたのは、完全なる散文作品を造り上げることであった。『摩滅の賦』の根底にあった詩的緊張をあえて放棄し、テクストの全体がなだらかな散文を構成するように配慮することであった。わたしが〈詩〉をこの新著から追放した理由は簡単である。『摩滅の賦』の後で2冊の詩集と3冊の翻訳詩集を世に問うたからだ。詩は詩によって達成され、散文はまったき散文によって成就されるべきであると、現在のわたしは考えている。

『群像』連載にあたっては森川晃輔氏に、単行本に纏めるにあたっては佐藤辰宣氏にご尽力していただいた。ここにお礼を申し上げたい。

2020年5月
著者記す

初出　「群像」二〇一九年八月号―二〇二〇年二月号

**四方田犬彦**（よもた・いぬひこ）
1953年大阪府箕面生まれ。東京大学で宗教学を、同大学院で比較文学を学ぶ。エッセイスト、批評家、詩人。文学、映画、漫画などを中心に、多岐にわたる今日の文化現象を論じる。明治学院大学、コロンビア大学、ボローニャ大学、テルアヴィヴ大学、中央大学校（ソウル）、清華大学（台湾）などで、映画史と日本文化論の教鞭をとった。93年『月島物語』で斎藤緑雨賞、98年『映画史への招待』でサントリー学芸賞、2000年『モロッコ流謫』で伊藤整文学賞と講談社エッセイ賞、02年『ソウルの風景——記憶と変貌』で日本エッセイスト・クラブ賞、04年『白土三平論』で日本児童文学学会特別賞、08年『翻訳と雑神』『日本のマラーノ文学』で桑原武夫学芸賞、14年『ルイス・ブニュエル』で芸術選奨文部科学大臣賞、19年『詩の約束』で鮎川信夫賞をそれぞれ受賞。他の著書に『摩滅の賦』『犬たちの肖像』『土地の精霊』や、詩集『人生の乞食』『わが煉獄』、訳書『パゾリーニ詩集』、小説『すべての鳥を放つ』などがある。

愚行《ぐこう》の賦《ふ》
二〇二〇年八月二五日　第一刷発行
**著　者**——四方田犬彦《よもたいぬひこ》

**発行者**——渡瀬昌彦
**発行所**——株式会社講談社
東京都文京区音羽二—一二—二一
郵便番号一一二—八〇〇一
電話——出版　〇三—五三九五—三五〇四
販売　〇三—五三九五—五八一七
業務　〇三—五三九五—三六一五
**印刷所**——凸版印刷株式会社
**製本所**——株式会社若林製本工場


ISBN978-4-06-520242-5